VUUR UIT DE HEMEL

Eerder verscheen van Ted Dekker:

Hemelbestormer
Wanneer de hemel huilt

VUUR UIT
TED DEKKER
DE HEMEL

NOVAPRES

©2007 Uitgeverij Novapres, Hoenderloo
Alle rechten voorbehouden
Oorspronkelijke titel: *Thunder from Heaven*
Oorspronkelijke uitgever: Word Publishing, Nashville, USA
Vertaling: Willem Keesmaat
Omslag: HAS, Ede
Omslagillustratie: Bob Crane
Druk: Wöhrmann, Zutphen

Isbn: 978-90-6318-281-6

4

Noot van de auteur

Ik heb dit verhaal in 2000 geschreven, meer dan een jaar voor de tragische gebeurtenissen die plaatsvonden op 11 september 2001, hoewel ik het na die datum wel wat heb aangepast. Terwijl u leest, zult u het belang van dat gegeven begrijpen. Ik weet nooit precies waarom bepaalde verhalen bij me boven komen borrelen of wie ze zal lezen. Maar wat ik wel weet, is dat als je verder kijkt dan de gebeurtenissen op zich – als je een kijkje neemt achter de schermen van deze wereld – je de dingen altijd anders gaat zien.

'Ik heb de smid geschapen...
Zo heb ik ook de vernietiger geschapen, die verderf wil zaaien.
Maar elk wapen dat tegen jou wordt gesmeed, zal machteloos zijn...'

Jesaja 54: 16-17

Proloog

Acht jaar geleden

'Het begint weer, Bill.'
'Alweer? Wanneer we even de andere kant op kijken, steekt er weer iets anders de kop op.'
Ze negeerde de voorganger. 'Ik heb weer een visioen gehad.'
Het bleef even stil aan de andere kant van de lijn.
'Ben je weer aan het wandelen geslagen?'
'Nee, maar ik bid wel. En ik wil dat je met me meedoet.'
'Wat voor visioen was het?'
Helen zweeg even. 'Dat weet ik niet precies.'
'Je hebt dus een visioen gehad, maar je weet niet precies wat het was?'
'Er staat iets verschrikkelijks te gebeuren en op de een of andere manier hangt de uitkomst van mij af. Van ons.'
'Van ons? Kan God dit dan niet alleen af?'
'Doe alsjeblieft niet zo helder, zeg. Ik ben te oud voor spelletjes.'
'Vergeef me.' Hij zuchtte luidruchtig. 'Ik weet niet of ik al puf heb voor een volgende ronde, Helen.'
'Ik denk dat niemand dat deze keer is.' Haar stem beefde een beetje. 'Hij die getrouw is in weinig, zal veel toevertrouwd worden. Maar ik heb het gevoel dat dit een beetje te veel is. En eerlijk gezegd ben ik ook een beetje bang.'
Het was weer stil aan de andere kant van de lijn.
'Wie is het?', vroeg Bill ten slotte.
'Tanya', zei Helen.

1

Degenen die het kunnen weten, noemen dat deel van de jungle niet voor niets het hellegat van de schepping. En ze noemen de indianen die daar leven om zelfs nog betere redenen de kwaadaardigste mensen op aarde. En dat is de reden dat niemand erheen wil. De reden dat niemand erheen *gaat*. De reden dat degenen die het toch doen, er zelden levend vandaan komen.

En dat is ook de reden dat het Amerikaanse meisje dat door de jungle rende, daar niets te zoeken had. In elk geval volgens degenen die het kunnen weten.

Tanya Vandervan kwam zwaar hijgend tot stilstand op een schoongekapt heuveltje en probeerde weer op adem te komen. Het grootste deel van de afstand vanaf de zendingspost van haar ouders had ze rennend afgelegd. De post lag bijna twee kilometer achter haar verborgen achter de bomen en in deze hitte was rennen geen eenvoudige opgave.

Ze stond stil en haar borst ging op en neer. Haar handen had ze in haar zij geplant en haar diepblauwe ogen sprankelden als saffieren tussen lang blond haar door. De robuuste bergschoenen die ze droeg, gingen over in goed gedefinieerde kuiten. Vandaag droeg ze een korte spijkerbroek en een rood hemdshirt dat goed afstak tegen haar gebruinde huid.

Ze hijgde nog steeds flink, maar nu door haar neus. Ze sloeg haar ogen op naar het schreeuwerige geroep van de rood met blauwe ara's die in de bomen links van haar zaten. Vanaf de grond rezen lange stammen op naar het groene bladerdak boven haar, als Griekse zuilen die de verwarde groene massa ondersteunden. Vanuit het bladerdak hingen lianen naar beneden. Tanya zag een brulaap aan één arm tussen de takken door slingeren, waardoor de ara's protesterend opvlogen. Ze glimlachte toen het bruine zoogdier een fragiele arm uitstak en een paarse passievrucht van een slingerplant plukte, voor hij zich weer terugtrok in de takken boven haar.

Plotseling echode er een geweerschot door de vallei en ze keerde zich met een ruk om naar de plantage. Shannon!

Een beeld van hem vulde Tanya's gedachten en ze rende het heuveltje af, waardoor haar hart weer hevig begon te bonken.

Aan haar rechterkant raakte de open plek de heuvels die oprezen tegen een zwart klif, die ruim anderhalve kilometer ten noorden van de plantage uit de groene massa opdoemde. Het grote, twee verdiepingen tellende huis van de familie Richterson stond onbeweeglijk in de zinderende middagzon, een witte vlek in een groene zee.

Links van Tanya was zo'n twintig hectare van de plantage beplant met het exotische natuurproduct van de plantage: *Cavash* koffiebonen, door de kenners aangemerkt als de lekkerste koffie ter wereld. Shannon zou daar ergens aan het werk kunnen zijn, maar dat betwijfelde ze. Hij had zich nooit zo geïnteresseerd voor de boerderij van zijn vader.

Zijn vader, Jergen, was Denemarken ontvlucht en had hier een leven opgebouwd vanwege zijn haat voor het Westen. *Het Westen vertrapt de ziel van deze aarde,* zei hij dan met zijn donderende stem. *Met Washington voorop. Vandaag of morgen wordt Amerika wakker in een veranderde wereld. Iemand zal hun een lesje leren en misschien dat ze dan zullen luisteren.* Maar dat waren maar woorden. Jergen was een koffieboer en geen revolutionair.

Af en toe kauwde Shannon zijn vaders retoriek na, maar uiteindelijk was het zijn liefde die hem in beweging hield en niet haat. Liefde voor de jungle.

En liefde voor Tanya.

Weer donderde het geweervuur door de vallei. Tanya glimlachte, sloeg af naar links en sprintte om de aanplant heen naar de schietbaan.

Tanya zag hen toen ze om de laatste koffiestruik heen rende – drie blonde Scandinavische hoofden die zich met hun rug naar haar gekeerd over een geweer bogen. Shannons vader, Jergen, stond aan de linkerkant, gekleed in kakigroen. De oom die op bezoek was, Christian, stond rechtop en leek precies op zijn broer.

De jongeman met ontblote borst, die tussen hen in stond, was Shannon.

Tanya's hart maakte een sprongetje. Ze vertraagde tot een wandelpas en zorgde ervoor geen geluid te maken.

Shannon was lang voor zijn achttien jaar, ruim over de één meter tachtig en voorzien van spieren die elke dag groter leken te worden. De ontelbare uren in de zon hadden ervoor gezorgd dat zijn lange blonde haar lichter was geworden en zijn huid donkerder. Ze plaagde hem vaak door hem aan te raden eens een kam te gaan kopen, maar in werkelijkheid hield ze van de manier waarop die losse plukken langs zijn hals en over die heldere, smaragdgroene ogen vielen. Dat betekende dat ze met haar vingers zijn haar opzij kon vegen en ze vond het prettig op die manier zijn gezicht aan te raken. Zijn borstspieren liepen van zijn wasbordje naar zijn brede schouders. Vandaag droeg hij alleen maar een korte zwarte broek – geen schoenen voor deze man.

Tanya glimlachte bij de gedachte dat ze op die schouders rondgedragen zou worden, de berg af, terwijl Shannon bleef volhouden dat ze zo licht als een veertje was.

Zijn zorgeloze stemgeluid dreef naar haar toe. 'Ja, de kalasjnikov is tot op een paar honderd meter loepzuiver. Maar het is niks voor de lange afstand. Ik heb liever de Browning Eclipse', zei hij terwijl hij naar een ander geweer wees, dat op de grond lag. 'Die is nog zuiver tot duizend meter.'

'Duizend?', zei zijn oom. 'Kun je vanaf die afstand nog een doelwit raken?'

Shannons vader zei zacht: 'Hij raakt een kwartje op achthonderd meter. Hij is een geboren kampioen, zeker weten. In de States zou hij alles in zijn klasse winnen.'

Tanya stond twintig passen achter de drie mannen stil en sloeg haar armen over elkaar. In al hun mannelijke opschepperij hadden ze niet door dat ze hen vanuit het struikgewas observeerde. Ze zou eens kijken hoelang een vrouw achter hen kon blijven staan zonder te worden opgemerkt. En als ze haar wel zouden zien, zou dat vrijwel zeker door Shannon komen. Maar ze stond benedenwinds, dus hij zou vandaag haar geur niet zo snel opmerken. Ze glimlachte en probeerde niet te hijgen.

'Laat het hem eens zien, Shannon', zei zijn vader terwijl hij hem het geweer toestak.

'Hoe moet ik dat doen dan?' Shannon nam het geweer aan. 'De doelwitten staan hier maar tweehonderd meter vandaan.'

Jergen keek langs zijn broer heen naar de andere kant van de plantage. 'Ja, maar de schuur staat een behoorlijk eind weg. Hoe ver denk je dat dat is, Christian?'

Ze keken alle drie naar het verderweg gelegen bouwsel, dat aan de rand van het hoog oprijzende bos stond. 'Dat moet zeker duizend meter zijn. Misschien zelfs meer.'

'Twaalfhonderd', zei Jergen, die nog steeds naar de kleine schuur keek. 'En zie je dat windvaantje op de nok?'

Christian pakte zijn verrekijker van zijn borst en tuurde in noordelijke richting. 'Die haan? Je kunt moeilijk verwachten dat Shannon dat ding vanaf deze afstand raakt.'

'Nee, niet de haan, Christian. Alleen de kop.'

'Onmogelijk.' Hij liet de verrekijker zakken. 'Echt niet. Zelfs de beste scherpschutter ter wereld zou nog moeite hebben om daar een kogel doorheen te jagen.'

'*Een* kogel? Wie zei er iets over één kogel? Die haan zit al jaren vastgeroest. Ik zou er zelfs geld op durven zetten dat die jongen vanaf deze afstand *drie* kogels door z'n kop kan jagen.'

Shannon staarde stoïcijns naar het ver weg gelegen doelwit. Tanya wist natuurlijk dat hij kon schieten. Hij was goed in alles wat met jagen of met sport te maken had. Maar ze moest echt haar best doen om de kop van die haan te kunnen zien. Geen denken aan dat welke scherpschutter dan ook aan deze kant van Jupiter, laat staan Shannon, een doelwit kon raken dat zo ver verwijderd was.

De drie mannen stonden met hun gezicht van haar afgekeerd en hadden nog steeds niet in de gaten dat ze toekeek.

Plotseling keek Shannon over zijn schouder, glimlachte en knipoogde naar haar.

Ze glimlachte en knipoogde terug. Heel even hechtten hun blikken zich aan elkaar en toen keek Shannon weer naar de haan. Tanya deed een stap dichterbij en slikte.

'Laat het hem maar zien, Shannon', zei Jergen, die nog steeds zijn verrekijker voor zijn ogen hield.

Shannon verdraaide het geweer iets, greep de grendel en laadde het wapen door in één vloeiende beweging. *Katsjink!*

Hij liet zich op één knie zakken en zette het geweer tegen zijn schouder, waarbij hij zijn oog tegen het vizier drukte. Zijn gebruinde wang drukte tegen de houten kolf. Tanya bleef doorademen, maar dan ook maar net. Het leek of de luchtmoleculen waren opgehouden te bewegen.

Plotseling het eerste schot. *Krakk!* Tanya schrok.

Shannon schokte door de terugslag, laadde door – *Katsjink* – richtte kort en haalde de trekker nogmaals over. En toen een derde, zo snel na de andere, dat de kogels elkaar achterna joegen in de richting van het doelwit. De schoten echoden door de vallei. Vader en oom stonden als standbeelden door hun verrekijkers te staren, als generaals op het slagveld.

Zonder zijn geweer te laten zakken, keek Shannon opzij en doorboorde Tanya met zijn herdergroene ogen. Zijn gezicht werd in tweeën gespleten door een brede glimlach. Hij knipoogde nogmaals en stond op.

Zijn oom gromde. 'Niet te geloven! Het is hem gelukt! Het is hem echt gelukt!'

Tanya liep naar hem toe en legde een hand op zijn arm. De wind tilde zijn schouderlange haar op en ze zag het dunne filmpje zweet dat zijn hals en borst bedekte. Hij boog zich voorover en kuste haar lichtjes op haar voorhoofd.

Tanya pakte zijn hand en trok hem mee, terwijl zijn vader en oom nog steeds door hun verrekijker stonden te turen. 'Laten we gaan zwemmen', fluisterde ze.

Hij zette het geweer in een standaard en ging achter haar aan.

Met tien stappen had hij haar ingehaald en samen verdwenen ze lachend tussen de bomen. De luidruchtige roep van een troep brulapen galmde als een aanzwellende poolstorm door het bladerdak.

'Weet je wat de inheemsen zeggen?', zei Shannon, die vertraagde tot een wandelpas.

'Nou?', vroeg ze hijgend.

'Dat als je je in de jungle beweegt, ze je zien. Behalve als ze zich benedenwinds bevinden. In dat geval zien ze je ook, maar dan met hun neus. Zoals ik je daar achter ons weg zag kruipen.'

'Je kunt me nooit hebben geroken!' Ze draaide zich om en ging voor hem op het pad staan. Hij hield halt en deed net alsof hij de takken naast het pad bestudeerde. Maar ze zag de glinstering in zijn smaragdgroene ogen.

Haar hart ging open. Ze greep zijn hoofd, trok hem tegen haar lippen aan en kuste hem innig. De warmte van zijn blote borst rees op naar haar hals. Ze liet hem los en staarde hem spottend aan.

'Ik had de wind vol in mijn gezicht! Je had me op geen enkele manier kunnen ruiken. Geef het maar toe. Je wist pas dat ik achter je stond toen je je omdraaide!'

Hij haalde zijn schouders op en knipoogde. 'Als je dat per se wilt.'

Ze hield hem vast en wilde hem nogmaals kussen, maar aarzelde even. 'Goed, dat lijkt er al meer op', zei ze glimlachend, waarna ze weer verder liepen.

'De kalasjnikov', zei Shannon.

'Wat?'

'De kalasjnikov', herhaalde hij lichtjes grinnikend. 'Daar praatte ik over toen jij ons van achteren naderde.'

Ze stopte nogmaals op het pad, terwijl ze zich dat gesprek weer voor de geest haalde. 'Kom op, pummel.' Ze grijnsde speels. 'Probeer maar eens eerder bij de poel te zijn.'

Ze rende langs hem heen het pad uit en zette elke voet op de vlakst mogelijke plek neer, zoals hij haar had geleerd. Hij had haar gemakkelijk kunnen inhalen. Hij had waarschijnlijk zelfs tussen de bomen door kunnen rennen en dan nog steeds eerder de poel kunnen bereiken dan zij. Maar hij bleef achter haar, hijgde haar in haar nek, dreef haar zwijgend tot het uiterste. Het pad slingerde al snel dicht, schaduwrijk struikgewas in, waar het altijd vochtig was, waardoor ze af en toe over een plas heen moest stappen. Er groeiden dikke wortels over het modderige pad.

Ze sloeg af naar een smaller pad, amper zichtbaar tussen het groen. Het geluid van naar beneden stortend water werd steeds sterker en er flitste een vervelende gedachte door haar hoofd: Shannon die bij de zwarte kliffen naast de waterval stond, nu al meer dan een jaar geleden. Hij had zijn armen uitgespreid en zijn ogen gesloten, en hij luisterde naar het gemompel van een medicijnman, voordat de oude Sula was gestorven.

'Shannon!', had ze uitgeroepen.

Hun beider ogen schoten tegelijkertijd open – die van Shannon helder groen, die van Sula doordringend zwart. Shannon glimlachte. Sula staarde haar kwaad aan.

'Wat ben je aan het doen?', had ze gevraagd.

In eerste instantie reageerde geen van tweeën. En toen verscheen er een minachtende lach op het gezicht van de oude man. 'We praten met de geesten, bloem van het woud.'

'Geesten.' Ze wierp Shannon een boze blik toe. 'En met welke geesten praat je dan wel niet?'

'Hoe heet ik?', vroeg de oude medicijnman.

'Sula.'

'En waar komt mijn naam vandaan?'

Ze aarzelde. 'Ik weet niet of dat me wel interesseert.'

'Sula is de naam van de god van de dood', zei de oude man tussen zijn grijnzende tanden door. Hij wachtte, alsof ze daar bang van zou moeten worden. 'Sula is de machtigste geest ter wereld. Alle heksen vóór mij namen zijn macht en zijn naam aan. Ik ook. Dat is de reden dat ik Sula heet.'

Shannon deed een stap opzij en bekeek de man met een mengeling van interesse en geamuseerdheid. Daarna keek hij naar Tanya en knipoogde.

'Jij mag dat dan grappig vinden,' beet ze Shannon toe, 'maar ik niet!' Ze keek de medicijnman aan en onderdrukte de drang om een steen te pakken en die naar zijn hoofd te slingeren.

Zijn ogen hadden zich vernauwd tot spleetjes en hij was eenvoudigweg de jungle in geglipt.

Ze had het nooit aan haar vader verteld en dat was maar beter ook, want hij zou gegarandeerd hels zijn geweest. De Yanamamo-stam stond niet voor niets bekend als 'de Kwaadaardigen' – ze waren waarschijnlijk het meest gewelddadige volk ter wereld. En de bron van hun obsessie met de dood was duidelijk geestelijk. Dat zei haar vader tenminste en ze geloofde hem op zijn woord.

Een maand na die gebeurtenis was Sula gestorven en daarmee verdween ook Shannons interesse voor zijn krachten. Na drie dagen te hebben gehuild, had de stam hem begraven in de verboden grot. Niemand van de stam had nog de moed bij elkaar weten te schrapen om de nieuwe Sula te worden. Om de geest van de dood aan te nemen. Om Satan zelf aan te nemen, zoals haar vader het noemde. De stam had het ondertussen een jaar zonder medicijnman moeten doen en wat Tanya en haar ouders betrof, was dat een positieve ontwikkeling.

Tanya schudde de gedachte van zich af. Dat lag achter hen. Shannon was weer de oude. Hij zat haar nog steeds op de hielen en Tanya rende de jungle uit en stopte bij de rand van het klif, vanwaar ze uitzicht had over een waterval die zeven meter lager in een diepblauwe poel stortte. Hun poel.

Ze draaide zich hijgend om. Zijn lichaam vloog langs haar heen, uitgestrekt en horizontaal, waarna het over de rand van het klif zeilde. Ze hapte naar adem en zag hem duiken voor hij zelfs maar het water kon zien. Als hij ook maar een klein beetje verkeerd sprong, zou hij elk botje in zijn lijf breken op de rotsen beneden. Haar hart zat in haar keel.

Maar hij sprong niet verkeerd. Zijn lichaam doorsneed bijna geluidloos het wateroppervlak en verdween. Hij bleef best lang onder water en toen dook hij weer op, waarbij hij zijn lange lokken met een snelle achterwaartse beweging van zijn hoofd naar achteren gooide.

Zonder iets te zeggen, spreidde Tanya haar armen en liet zich naar hem toe vallen. Ze brak door het wateroppervlak heen en voelde de welkome koelte van het bergwater langs haar benen stromen.

Op dat moment, toen ze naar de diepte van de poel zonk, had ze het gevoel dat ze het paradijs had betreden. Haar God had haar uitgekozen, haar op jonge leeftijd uit de voorsteden van Detroit geplukt en haar in een junglehemel geplant, waar al haar dromen zouden uitkomen.

Ze kwam naast Shannon weer boven water. Hij kuste haar terwijl ze nog steeds naar adem aan het happen was en toen zwommen ze naar een door de zon beschenen rotsblok aan de andere kant. Ze zag hoe hij zich zonder enige moeite uit het water hees en met zijn gezicht naar haar toegekeerd op de rand van het rotsblok ging zitten. Zijn benen bungelden in de poel. Tanya bereikte de plek waar hij zat en trok zichzelf op aan zijn knieën. Plotseling strekte hij zijn armen uit en tilde haar uit het water.

Tanya lachte en viel voorover, waardoor hij achteroverkiepte. Hij legde zijn handen onder zijn hoofd en bleef op het warme rotsblok liggen. De zon glinsterde door kleine waterdruppels op zijn borst. Ze ging naast hem liggen, steunde op een elleboog en volgde met haar vinger de druppels.

Ze kon zich niets heerlijkers voorstellen dan Shannon. Deze adembenemende creatie waar ze stapelverliefd op was. Ze was ervan overtuigd dat hij de reden was dat God haar zeven jaar geleden naar de jungle had gebracht. Om de man te vinden waarmee ze de rest van haar leven zou delen. Om op zekere dag met hem te trouwen en hem zonen te baren. Hij slikte en ze zag zijn adamsappel op en neer gaan.

'Ik hou van je, Tanya', zei Shannon.

Ze kuste hem op zijn wang. Hij trok haar naar beneden en kuste haar op haar lippen. 'Ik vind…' Hij kuste haar nogmaals. 'Ik denk echt dat ik ongelofelijk veel van je houd', zei hij.

'Voor altijd?', vroeg ze.

'Voor altijd.'

'Tot de dood ons scheidt?'

'Tot de dood ons scheidt', antwoordde hij.

'Zweer het.'

'Ik zweer het.'

Tanya kuste hem zachtjes op zijn neus.

'En ik hou van jou, Shannon', zei ze.

En dat was ook zo. Ze hield met elke vezel van haar lichaam van deze jongen. Deze man. Inderdaad, dacht ze. Dit was het paradijs.

Het was de laatste dag dat ze dat zou denken.

2

Net na de grootste hitte liet Tanya Shannon achter bij de poel. Het grootste deel van de anderhalve kilometer naar haar huis jogde ze. Ze vroeg zich af of de warmte die ze voelde, werd veroorzaakt door de Venezolaanse zon of door haar eigen hart.

Ze rende naar de kleine zendingspost van haar ouders en smachtte naar een glas ijskoude limonade. Door de hitte was ze compleet uitgedroogd. Voor haar weerkaatste de zon op het golfplaten dak van het huis dat haar vader zeven jaar terug had gebouwd. Tanya had hem geholpen de hardhouten buitenmuren groen te schilderen. Om te integreren, had hij gezegd.

Toen Tanya tien was, hadden haar ouders, Jonathan en Heidi Vandervan, gereageerd op de roep van God. Ze zag haar vader nog steeds aan tafel zitten en zijn beslissing aankondigen dat hij hen zou meenemen naar de jungle.

De familie van haar vader woonde in Duitsland en haar moeder had eigenlijk geen noemenswaardige familie. In Denver woonde nog een broer die Kent Anthony heette, maar ze hadden hem al in geen vijftien jaar meer gesproken. Het laatste wat ze van hem hadden gehoord, was dat hij in de gevangenis zat.

Hoe dan ook, het was voor geen van haar ouders een groot verlies om uit de Verenigde Staten weg te gaan. En een jaar later waren ze hier neergestreken, in het hart van Venezuela, tussen de Yanamamo.

Tanya passeerde verscheidene gebouwen aan haar linkerkant – de radiohut, een kleine school, een generatorschuur, een onderhoudsgebouwtje – en jogde naar de veranda.

Op het moment dat ze het huis binnenliep, hoorde ze in de verte het geluid, een ver, bonkend gebrom. Ze keek naar de lucht om erachter te komen wat het kon zijn, maar ze zag alleen maar een helder blauw en een zwerm vogels die opvloog uit een boom in de buurt. Ze haalde haar schouders op en deed de deur dicht.

Haar vader zat over een radio gebogen die hij op de keukentafel uit elkaar had gehaald en haar moeder brak eieren in een kom op het aanrecht. Tanya beende recht op de koelkast af. Er dreef een zwakke kerosinelucht door de keuken, maar ze was na zo veel jaar gewend geraakt aan die geur. Het was de geur van thuis, de geur van technologie in deze junglebroeikas.

'Ha, lieverd!', riep haar vader. 'Heb je zin om me te helpen dit ding weer in elkaar te zetten?' Hij bestudeerde een spoel in zijn rechterhand.

'Sorry, maar ik had geen elektronica in mijn vakkenpakket. Wat een zootje. Ik dacht dat je voor dat soort dingen dat gereedschapsschuurtje had gebouwd', zei Tanya glimlachend. Ze trok de koelkast open.

'Precies', reageerde haar moeder. 'Hoor je dat, Jonathan? De keukentafel is niet echt de juiste plek om aan te gaan zitten sleutelen.'

'Tja. Maar goed, dit is geen generator of grasmaaier. Dit is een radio en in radio's zitten honderden heel erg kleine en gevoelige onderdeeltjes. Waarvan ik de helft op het ogenblik kwijt lijk te zijn.'

Tanya grinnikte en pakte de kan met limonade.

'Maar ze zijn er wel', vervolgde hij. 'Ergens in deze berg spullen. Als ik er in dat schuurtje zo'n rommel van had gemaakt, zou ik niet weten waar ze heen zouden zijn gerold. Maar ik beloof je dat de tafel voor het eten weer leeg is.'

'Natuurlijk.' Haar moeder knipoogde naar haar en trok glimlachend een raar gezicht.

Aan de rand van Tanya's gedachten klonk een gedempt gebonk door, hetzelfde gebrom dat ze had gehoord voor ze binnenkwam. Als een mot die vastzat achter het raam. Ze schonk de gele vloeistof in een glas. Een briesje blies het gordijn weg van het keukenraam en voerde ook meteen het geluid van die mot met zich mee.

Maar het was geen mot, toch? Helemaal niet. En dat feit drong tot haar door toen het glas haar lippen raakte, nog voor ze een slok limonade had genomen. Het was het geluid van rotorbladen die de lucht doorkliefden. Ze bevroor, haar arm in een bocht. Jonathan tilde zijn hoofd op van de radio-onderdelen.

'Wat is dat?', vroeg Tanya.

'Een helikopter', antwoordde haar vader. Hij keek zijn vrouw aan. 'Verwachtten we vanmiddag een helikopter?'

Tanya nam een slokje van de limonade en voelde de koele vloeistof door haar keel glijden.

'Niet dat ik weet', zei Heidi. Ze leunde naar het raam toe en trok het gordijn opzij.

Het leek Tanya dat de helikopter een tikje anders klonk, iets hoger dan de Hughes waaraan ze gewend was geraakt. Een gelaagd *vit-vit-vit*. Misschien twee helikopters. Of meer.

Ze liet het glas tot aan haar middel zakken en beeldde zich in dat er vijf of zes van die dingen op het gazon achter het huis zouden landen. Dat zou nog eens wat zijn.

Het glas in haar hand spatte plotseling uit elkaar en ze schrok. Ze verplaatste haar blik naar de vloer en zag dat het eenvoudigweg verkruimeld was. Overal op de houten vloer lagen glassplinters en ze bedacht dat ze dat zou moeten opvegen voor iemand er zijn voeten aan sneed.

En toen veranderde elke beweging in een surreële traagheid, als een droom die in fragmenten langs kwam drijven. De kamer beefde en ze werd omgeven door een snel bonkend geluid, alsof een reus het huis per ongeluk had aangezien voor een drumstel en had besloten een lange rif te spelen. *Ta-da-dam, ta-da-dam!*

Het aanrecht versplinterde bij haar elleboog en haar vader sprong op van zijn stoel. Tanya's hart bonkte in haar keel.

Ze keek met een ruk omhoog, naar de witte gaten die in lange, rafelige rijen het plafond sierden. Ze hoorde het gebulder boven het huis en die gaten in het plafond leken verdacht veel op kogelgaten. En die kogels hadden het aanrecht geraakt en versplinterd. En één ervan had haar glas geraakt.

Dat besef drong tot haar door met een schok als van een aambeeld dat iemand vanaf een flatgebouw op het beton liet stuiteren. Ze keerde zich verbijsterd om naar het raam. Ze werd door een arm bij haar middel gegrepen en op de houten vloer geduwd. Haar vader probeerde boven de enorme herrie uit te schreeuwen, maar ze verstond hem niet. Haar moeder gilde.

Tanya wilde ademhalen, maar merkte dat haar longen niet meewerkten. Ze vroeg zich af of ze was geraakt. Het was alsof ze alles bekeek vanuit het gezichtspunt van een toeschouwer en ze vond het een absurd gebeuren. Ze keek naar beneden, omdat iets zich in haar buik perste. Daar bevond zich de hand van haar vader.

'Snel!', schreeuwde hij. Hij trok aan haar arm. Er sijpelde bloed uit zijn schouder. Hij was geraakt!

'Ga de kelder in! De kelder in!' Zijn gezicht vertrok zich en ze zag dat hij pijn had.

Hij is geraakt, dacht ze nogmaals toen hij haar in de richting van de gang duwde. In de gangkast bevond zich een luik. Hij gebaarde dat ze naar beneden moest klimmen en de kelder in, zoals hij het noemde. En toen bereikte de adrenaline haar spieren en ze vloog naar de deur.

Tanya rukte de deur open en schoof de schoenen opzij die over de vloer bezaaid lagen. Met haar wijsvinger zocht ze naar de ring die haar vader aan het luik had bevestigd en trok eraan. Het luik ging een klein stukje open.

De tranen liepen haar vader over het gezicht, langs zijn open mond. Het geluid van de helikopters had zich weer even verwijderd, maar nu kwamen ze weer dichterbij. Ze kwamen terug.

Achter haar vader kroop haar moeder over de vloer naar hen toe. Haar gezicht zag lijkbleek en was betraand. Uit een groot gat in haar rechterarm druppelde bloed op de vloer.

Tanya draaide zich weer om naar het luik en trok het opzij. Er denderde een gedachte door haar hoofd. Ze had haar nagel gebroken toen ze het luik opentrok. Misschien was hij er wel af. Het deed in elk geval genoeg pijn. Ze zwaaide haar benen over de rand van het gat en liet zich in het duister vallen.

De kelder was erg klein. Een kist, eigenlijk – een krat dat groot genoeg was om er een paar uur lang enkele kippen in te verbergen. Tanya drukte zich tegen de ene kant aan om haar vader en moeder de gelegenheid te geven zich naast haar naar beneden te laten zakken. De wapens namen het dak weer onder vuur, als een kettingzaag met een verbrandingsmotor.

'Pap, schiet op!', gilde Tanya. De paniek vloog haar naar de keel.

Maar haar vader haastte zich niet. Hij liet het luik weer dichtvallen en Tanya's wijdopen ogen zagen alleen maar een inktzwarte duisternis.

Boven haar scheurden de kogels het huis aan stukken alsof het een kartonnen doos was. Tanya haalde diep adem en stak haar handen uit om zich te oriënteren, opeens doodsbang voor het feit dat ze de enige was die naar beneden was gekomen. Boven zich kon ze haar moeder horen gillen en Tanya kon alleen maar jammeren.

'Mam?!'

Ze hoorde de gedempte stem van haar vader, die nadrukkelijk iets tegen haar zei. Ze verstond niet wat, maar ze hoorde dat hij haar naam noemde.

'Tanya! Ta… ugh!'

Een zachte bonk boven haar.

Tanya schreeuwde het uit. 'Papa!'

Haar moeder had er ook het zwijgen toe gedaan. Een verdovende kilte joeg door Tanya's ruggenmerg, alsof een van die machinegeweren over haar heen maaide.

En toen hield het gehamer op. Echo's in haar oren. Echo's van inslaande kogels. Boven haar alleen maar stilte. De aanval was vanuit de lucht gekomen – geen soldaten op de grond. Nog niet, in elk geval.

'Papaaaaa!' Tanya gilde het uit, een luide, rauwe schreeuw die terugkaatste in haar gezicht en haar weer in stilte achterliet.

Ze hijgde en hoorde alleen de echo's in haar oren. Haar borst voelde aan alsof hij op barsten stond, als de romp van een onderzeeër die te diep was gegaan.

Plotseling besefte Tanya dat ze uit deze kist weg moest zien te komen. Ze stond op vanuit haar hurkzit en haar rug kwam onzacht in aanraking met hout. Ze voelde boven haar hoofd en duwde. Het gaf niet mee. Het luik was op de een of andere manier in het slot gevallen!

Tanya liet zich met een plof op de grond zakken, snakte naar adem en probeerde iets te zien in de inktzwarte duisternis. Maar ze zag alleen maar zwart, alsof de ruimte om haar heen gevuld was met dikke teer, in plaats van met loze lucht. Haar rechterelleboog drukte tegen een houten lat, haar linkerschouder bonkte tegen een wand en ze begon te beven als een rat die in de val zat. De muffe lucht van vochtige aarde drong in haar neusgaten.

En toen flipte Tanya. Het leek alsof er een dier in haar opstond – het beest dat paniek heet. Ze grauwde en sprong met haar ellebogen vooruit in de richting van waaruit ze was gekomen. Haar armen knalden tegen hout dat geen millimeter meegaf en ze viel op haar knieën, waarbij ze maar nauwelijks de diepe snee tussen haar pols en haar elleboog voelde.

Bevend haalde ze met haar vuist uit naar het luik en was zich er vaag van bewust hoe weinig pijn het deed om met haar knokkels het harde hout te raken. In een impuls, als een soort reflex, spande ze elke denkbare spier en stond op, waarbij ze haar hoofd dwong om los te breken uit het graf.

Maar haar vader had de kist van hardhout gemaakt en ze had dus net zo goed met haar hoofd tegen een betonnen muur kunnen rennen. Ze zag sterren en zakte in elkaar, zich niet meer bewust van het drama boven haar.

3

Shannon Richterson had Tanya het pad af zien lopen en moest de neiging onderdrukken om haar achterna te rennen en haar bij zich te houden. Ze had twee keer achterom gekeken met die helderblauwe ogen van haar, waarmee ze beide keren zijn knieën liet knikken, en toen was ze uit het zicht verdwenen.

Ze was bijna een uur weg toen hij het ver verwijderde geklapper hoorde. Hij liet het mes zakken waarmee hij gedachteloos had zitten spelen en richtte eerst zijn ene en toen zijn andere oor naar het zuiden, om het geluid te kunnen plaatsen dat te midden van duizend en één junglegeluiden opklonk. Maar dat was het nou juist; het kwam niet uit de jungle. Het was iets mechanisch. Een helikopter.

Shannon stond op, stak het mes in de schede aan zijn heup en rende het pad af in de richting van de plantage, een dikke anderhalve kilometer naar het zuiden. Hij had geen helikopter op het rooster van vandaag zien staan, maar dat zei niets. Zijn vader had waarschijnlijk iets speciaals besteld voor zijn oom Christian.

Shannon legde de eerste helft van de afstand op hoge snelheid af, waarbij hij er goed op lette waar hij zijn voeten neerzette. De klapperende rotorbladen werden opeens vergezeld door een ander, scherper geluid en Shannon kwam glijdend tot stilstand. De haartjes in zijn nek gingen overeind staan. Weer dat geluid – een jankende reeks kleine explosies die niet op leken te houden. Een machinegeweer!

Er liep een koude rilling over Shannons rug, die aanvoelde als een poolwind. Zijn hart leek te verstenen en pompte daarna de adrenaline onder hoge druk door zijn aderen. Binnen drie stappen was hij op volle snelheid. Hij vloog over het pad en liep de laatste paar honderd meter in een recordtijd.

Een meter of vijftig bij het twee verdiepingen hoge Victoriaanse huis vandaan stormde Shannon de jungle uit. Zijn vader had het vijftien jaar geleden gebouwd, toen hij Denemarken was ontvlucht en hij in deze afgelegen vallei was terechtgekomen. Twee beelden brandden zich op zijn netvlies, als roodgloeiende merkijzers die een koeienhuid verschroeiden.

Het eerste betrof de twee volwassenen die in de voortuin van het huis stonden, met hun handen in de lucht gestoken – zijn vader en oom Christian. Dat beeld leverde abstracte details op. Zijn vader droeg een kakikleurige korte broek, zoals altijd, maar zijn overhemd stond open. En hij droeg geen schoenen, wat ook heel ongewoon was. Ze stonden daar als twee kinderen die abrupt van hun spel waren afgeleid en keken met grote ogen naar het westen.

Het tweede beeld hing in de lucht, rechts van hem. Vijftien meter boven de grond hing een aanvalshelikopter, op een steenworp afstand van zijn vader. Op de wazige cirkel van zijn ronddraaiende rotorbladen na bewoog hij zich niet. Er stak een rond kanon uit de neus, dat nu even zweeg. Het ding hing daar besluiteloos en zocht misschien wel de grond af naar een landingsplek, dacht Shannon. Hij verwierp die gedachte onmiddellijk weer. Het hele gazon onder hem was een landingsplek.

In Shannons hoofd gingen allerlei alarmbellen rinkelen – van het soort dat net voor een inslag afgaat, het soort dat meestal je spieren verlamt. In het geval van Shannon trokken zijn spieren hem naar een in elkaar gedoken houding. Hij stond aan de rand van de jungle en zijn handen hingen een beetje van zijn heupen vandaan.

En toen vuurde de helikopter.

Door die eerste uitbarsting werd de heli een meter of twee achteruitgeduwd. De stroom kogels raakte zijn vader in de buikstreek en zaagde hem min of meer in tweeën. Shannon zag zijn vader bij zijn middel dubbelgevouwen worden, voor zijn benen het begaven.

De lucht werd verscheurd door een hoog gegil en Shannon realiseerde zich dat het het gekrijs van een vrouw was – zijn moeder die zich nog in huis bevond – maar toen leek alles om hem heen te krijsen. De motor van de heli krijste; dat machinegeweer in de neus krijste; de jungle achter hem krijste; en boven alles uit krijsten zijn gedachten.

Zijn oom draaide zich razendsnel om en rende naar het huis.

De helikopter draaide zich om zijn as en spuwde nogmaals vuur. De kogels sloegen in in de rug van oom Christian en rukten hem van de grond, waarbij zijn armen zich spreidden, als van een man die op het punt stond gekruisigd te worden. Hij zeilde door de lucht, voortgedreven door de stroom lood – zeker een meter of zes – en landde als een gebroken ledenpop verfrommeld op de grond.

Het hele gebeuren ontvouwde zich binnen enkele onmogelijke momenten voor Shannons ogen, in zijn eigen tuin. Alleen een klein, doodsbenauwd stukje van zijn hersens werkte nog en dat moest alle zeilen bijzetten om zijn hart te laten doorkloppen. Er bleef dus niets over om nog wat samenhangende gedachten te produceren.

Shannon stond aan de grond genageld en zijn spieren waren nog steeds verstard in die gekromde houding. Hij was ergens gestopt met ademen, misschien toen zijn vader was dubbelgevouwen. Zijn hart was op hol geslagen en het zweet stroomde in zijn uitpuilende ogen.

Er struikelden wat losse flarden door zijn hoofd. *Mam? Waar ben je? Pa, ga je mam helpen?*

Nee, pa is gewond.

En toen begonnen zeker honderd stemmen tegen hem te schreeuwen dat hij in beweging moest komen. Plotseling zakte de helikopter naar de grond en hij zag er vier man uit springen en wegrollen. Ze kwamen weer overeind met hun wapens in hun handen. Hij zag dat een van hen donker was. Misschien Latijns-Amerikaans. De ander was... blank.

Die laatste zag hem en schreeuwde: 'De jongen...!'

Dat was alles wat Shannon hoorde. *De jongen.* Met een Amerikaans accent.

Toen knapte er iets in het hoofd van Shannon, net op het moment dat de in kakikleur geklede Amerikaan zijn wapen ophief. Hij staarde de man in de ogen en er raasden tegelijkertijd twee gedachten door zijn hoofd. De eerste was om recht op de kogel af te rennen die de AK-47 zijn kant op zou spuwen, om de inslagsnelheid tegen zijn voortanden te vergroten. Hij had op dit moment geen zin meer in het leven.

Shannon knipperde.

De tweede gedachte raasde als gesmolten vuur langs zijn ruggengraat en krijste om de dood van de man voor hij zelf zou sterven. Shannons spieren reageerden op het moment dat hij met zijn ogen knipperde.

Met een ruk bewoog hij zich naar links en griste tegelijkertijd het mes uit de schede. Hij dook gebukt naar voren, grauwde en produceerde allerlei onverstaanbare keelklanken.

Shannon deed weer een stap opzij en voelde de luchtdruk van de langssuizende kogel tegen zijn rechteroor.

De soldaat liet zich op een knie zakken en richtte opnieuw. Shannon dook naar links en besloot op dat moment, midden in de lucht en parallel aan de grond, terwijl de kogels rechts van hem de lucht doorkliefden, dat het *nu* moest gebeuren.

Op het laatste moment trok hij zijn schouder onder zich, rolde twee keer om zijn as en kwam weer omhoog met zijn mes al gereed. Hij lanceerde het mes met een zijdelingse beweging en gebruikte het moment van zijn beweging om de worp nog meer snelheid te geven.

En toen leek alles zich vertraagd af te spelen. Het wapen van de man vuurde nog steeds, volgde Shannons beweging, wierp achter en onder hem stof op. Het mes flitste rond, kruiste de kogelregen en weerkaatste een keer de late middagzon, halverwege de afstand tot de man.

Het mes begroef zich in de borst van de man. De soldaat struikelde achteruit en raakte de openstaande deur van de helikopter. Het wapen viel uit zijn handen en Shannon rolde alweer verder.

Een tweede soldaat hief zijn wapen op en Shannon rende uit alle macht naar de hoek van het huis – zijn overlevingsinstinct schreeuwde boven alle andere stemmen uit. Hij zette alles op alles en de kogelregen raakte de zijkant van het huis, net nadat hij de schaduwen achter het huis in was gedoken. Zonder te vertragen week hij uit naar links en vloog hij op de jungle af, waarbij hij ervoor zorgde dat het huis tussen hem en de heli bleef.

Achter hem begon een andere helikopter vanuit de lucht op hem te vuren. De kogels rukten aan het gebladerte voor hem. Hij veranderde van koers. En nog een keer, in de wetenschap dat een van die projectielen hem elk moment in zijn rug kon raken – gewoon *skpek!* – om zijn ruggengraat met brandend staal te vullen.

Bomen voor hem en links van hem beefden en versplinterden onder een spervuur van lood. Hij dook naar rechts en rolde het bos in voor de boord-schutter opnieuw kon richten. En toen bevond Shannon zich onder het dikke bladerdak. Zijn hart ramde tegen de binnenkant van zijn ribben en het zweet gutste over zijn gezicht, maar hij was buiten bereik van hun do-delijke wapens.

Mam zit nog in het huis.

Hij draaide zich met een ruk om naar het koloniale huis achter de bomen. Binnen rende een figuur langs een van de achterramen, was even verdwe-nen en verscheen toen weer. Het was zijn moeder en ze droeg haar favo-riete jurk, die met die gele madeliefjes. Weer zo'n onzinnig detail.

Het gezicht van zijn moeder was vertrokken van paniek en haar ogen wa-ren tot spleetjes samengeknepen. Ze rommelde met de raamsluiting.

Shannon rende vier stappen in de richting van de bosrand en stond toen weer stil. 'Mam!' Zijn stem ging verloren in het gehuil van de helikopter boven hem.

Shannon rende naar het huis toe.

4

Tanya zat in een hoekje van de kist te bibberen en haar geest krabbelde langzaam op uit een duistere droom over kettingzagen die zich een weg door een bed heen beten, dat werd omringd door al haar pluchen bees-ten. De rafelige stukken pluizend katoen vlogen alle kanten op. Maar toen bevonden haar ouders zich plotseling ook onder de dieren en er lekte een rode vloeistof uit hun lichaam.

Ze wist niet of haar ogen nu open of gesloten waren – hoe dan ook, ze zag alleen maar een inktzwarte duisternis. De herinneringen kwamen terug als foto's die aan elastiekjes op en neer bungelden. Het glas limonade dat in haar hand versplinterde; het plafond dat steeds meer gaten vertoonde; haar vader die door de gang kroop; haar moeder die erachteraan kroop, haar hand tegen haar buik; het luik dat dichtging.

En toen het duister.

Daar zat ze dan, in de kist waar haar vader haar naartoe had geleid. Hij en mama waren...

Tanya kwam met een ruk overeind en had daar onmiddellijk spijt van. Haar hoofd bonkte vreselijk. Ze negeerde het even en stak een hand uit naar het plafond van haar gevangenis. Ze voelde het luik en duwde ertegen, maar het gaf geen millimeter mee. Er zat een grendel op of er lag iets zwaars op. 'Pap?', zei ze, maar de kist leek het geluid op te slokken. Ze probeerde het nogmaals en schreeuwde dit keer. 'Pap!' Ademhalen. 'Mam!'

Niets. En toen herinnerde ze zich de geluiden daarboven, voor ze met haar hoofd door het luik had proberen te breken. Inslaande kogels, het gegil van haar moeder, het gekreun van haar vader.

Tanya liet zich weer terugzakken en ademde de bedompte lucht in. 'Oh, mijn God!', kreunde ze. 'Mijn God, alstublieft, alstublieft.'

Ze begon hevig te hijgen en ademde in en uit als een krankzinnig geworden accordeon. Ze kneep haar ogen nog stijver dicht, in de hoop zo haar gedachten buiten te kunnen sluiten. Er liep snot uit haar neus – ze voelde het gaan. Tranen vermengden zich met het slijmerige vocht en vielen op haar over elkaar geslagen onderarmen. Op haar rechterarm zat ook nog een andere vochtige plek.

Ze begon te fluisteren en herhaalde de woorden die haar paniek leken te onderdrukken. 'Houd jezelf in de hand, Tanya. Houd jezelf in de hand. Houd jezelf in de hand.'

Plotseling rilde ze, van haar hoofd langs haar rug naar beneden. En toen werd het haar weer te veel en begon ze weer te schreeuwen. Ze kromde haar nek en perste de lucht uit haar longen, tussen strak gespannen stembanden door. 'Help! Help!'

Maar niemand luisterde daarboven, omdat iedereen dood was daarboven. Ze wist het. Ze kreunde luid, maar het klonk meer als een gesnuif. Ze krabbelde omhoog op haar knieën, verzamelde alle kracht die ze nog overhad en ramde weer tegen het luik.

Haar spieren werkten niet echt mee en ze klapte dan ook als een zak aardappels tegen het hardhout. Ze stortte in elkaar. Op haar buik.

Alles werd weer zwart.

Shannon verliet de bosrand en ging recht op zijn moeder af, die zojuist met haar elleboog het raam had versplinterd, in een paniekerige poging om het huis te verlaten. Ze bloedde uit een heel aantal snijwonden.

Shannons beeld werd wazig en hij kreunde van paniek. Zijn voet raakte iets – een steen – en hij viel languit op het gras.

De boom aan de bosrand net achter hem versplinterde door een hagelbui van kogels. Maar het maakte niet meer uit. Hij lag op de grond en ze konden hem zo doorzeven.

Hij krabbelde overeind tot hij op zijn knieën zat en keek naar boven. Het kanon van de heli was op hem gericht, klaar om te schieten.

Maar hij schoot niet. Hij hing daar maar.

Shannon stond langzaam en bevend op. Vijftig meter naar rechts had zijn moeder één been uit het raam gestoken, maar ze verroerde geen vin meer en kon alleen maar naar hem staren.

'Shannon!'

Haar stem klonk onmenselijk – half kreunend, half schreeuwend – en Shannon kreeg er de rillingen van. 'Rennen, Shannon! Rennen!'

De helikopter draaide zich langzaam om in de lucht, als een spin aan zijn draad. Shannons keel werd opeens heel erg droog. Hij had dat ding al eerder zijn kunstje zien vertonen, bij zijn vader en oom. Zijn voeten wilden niet in beweging komen.

Hij moest zijn moeder zien te redden – haar uit het raam trekken, maar zijn voeten wilden niet in beweging komen.

En plotseling kwam er uit de helikopter een vurige streep. De muur boven het hoofd van zijn moeder implodeerde in een fractie van een seconde. En toen explodeerde de kamer achter zijn moeder in een donderende bal van vuur.

Een golf warmte van de ontploffing raakte Shannon vol in het gezicht. Hij staarde ongelovig naar de vuurzee. Het raam waarin zijn moeder had gezeten was verdwenen. Het halve huis was verdwenen. De rest stond in brand.

Shannon draaide zich met een ruk om en rende naar de jungle toe, zich nauwelijks bewust van zijn eigen bewegingen. Hij knalde tegen een boom aan en zijn wereld begon langzaam rondjes te draaien. Deze keer had hij het gered zonder dat er op hem geschoten was. Maar deze keer kon dat hem niets meer schelen.

Shannon rende onder het bladerdak door. Zijn geest was verdoofd en hij reageerde alleen nog maar op rauwe instincten. Hij sprong over omgevallen bomen, ontweek stekelige klimplanten en zette ondanks zijn snelheid zijn voeten op de meest vlakke plek neer. Na honderd meter maakte hij een scherpe bocht naar rechts. In gedachten riep Tanya hem vanaf de zendingspost. Haar lippen schreeuwden, verslagen en bleek.

Achter hem werd er geschreeuwd. Plotseling spleet een jong boompje in tweeën en Shannon vloog gebukt naar links. De staccato salvo's van automatische wapens echoden door de jungle en hij rende verder, naar het zuiden – naar Tanya.

Wat als ze ook de zendingspost onder vuur hebben genomen? Hoe kunnen die Amerikanen dat nou doen? CIA, DEA. De woorden van zijn vader over de kwaadaardige kanten van de Verenigde Staten. Maar zijn vader was dood.

Rechts van hem, vanachter de bosrand, zweefde hem het geluid van stemmen tegemoet en hij realiseerde zich dat zijn achtervolgers langs de rand van de jungle renden, waar ze hem op vlakke grond konden volgen. Ze schreeuwden elkaar in het Spaans van alles toe.

Wie het ook waren, ze waren goed georganiseerd. Militair of paramilitair. Misschien guerrilla's. Ze waren naar de plantage gekomen met de bedoeling om iedereen te vermoorden. En nu was hij ontsnapt. Hij zou verder de jungle in moeten gaan en naar de zwarte kliffen toe moeten rennen. Van daaruit zou hij naar de Orinocorivier kunnen gaan, die zich kronkelend een weg naar de Atlantische Oceaan zocht. Maar hij kon Tanya niet achterlaten.

En toen drong het besef weer tot hem door – zijn vader en moeder waren dood!

De tranen rolden over zijn wangen. Zijn beeld werd vertroebeld en hij probeerde zijn gezicht al rennend droog te vegen, waardoor hij maar net de boomstronk kon ontwijken die vanuit de bodem omhoogstak. Hij schudde zijn hoofd en pantserde zich tegen de tranen.

Rechts van hem vielen de stemmen iets weg en werden toen weer luider. Er klonk een schot onder het bladerdak door en hij realiseerde zich dat het nogal stompzinnig was om parallel aan hen te blijven rennen. Hij sloeg af naar rechts, sprong over een grote boomstam heen en dook naar de grond, waarna hij onder de boomstam rolde tot zijn gezicht was bepleisterd met rottend hout en aarde.

Tien seconden later haastten ze zich zwaar hijgend voorbij. Dit waren op de jungle getrainde soldaten, dacht Shannon en hij moest even slikken. Toen stond hij weer op en ging recht op de open plek af waar de zendingspost zich bevond. Hij rende naar de rand van de jungle toe, hurkte neer bij een hoog oprijzende palm en veegde weer over zijn ogen.

Het huis stond een meter of honderd verderop, recht voor hem. Enkele soldaten zochten ver links van hem de omgeving af en schreeuwden nu en dan iets naar de anderen die zich een weg door het struikgewas baanden. Hij stond op en was van plan door het open veld naar het huis toe te rennen, toen hij ze zag: soldaten die verscheidene lichamen door de deuropening sleepten.

Shannon bevroor. Hij herkende van deze afstand de gezichten van de slachtoffers niet, maar hij wist wie het waren.

Hij kwam langzaam in beweging, zich bewust van het gezoem tussen zijn oren. Zijn beeld vertroebelde en hij deed nog een stap.

De boom naast hem produceerde een harde tik en hij keek met een ruk naar links. Een kogel had de bast versplinterd. Er werd geschreeuwd en Shannon draaide zich snel om. Hij zag meerdere soldaten langs de bosrand naar hem toe rennen. Een van hen had zich op een knie laten zakken en vuurde op hem.

Shannon dook snel de jungle weer in, keek nog een keer achterom naar het huis en knarste met zijn tanden. Hij kreeg een brok in zijn keel en heel even dacht hij dat het misschien beter zou zijn als ze hem maar gewoon doodschoten.

5

Abdullah Amir stond in de resten van het plantagehuis van de familie Richterson en staarde naar het smeulende gat waar zich enkele minuten geleden nog een paar slaapkamers hadden bevonden. Hij pakte een blauw met wit porseleinen belletje van een hoektafeltje en schudde er zachtjes mee. Het klingelde boven de knisperende vlammen uit – *ding, ding, ding*. Zo mooi, maar tegelijkertijd zo teer.

Hij smeet het tegen de muur, waardoor het uit elkaar spatte.

'Die Amerikanen schamen zich ook nergens voor.'

'Dit waren geen Amerikanen. Ze kwamen uit Denemarken.'

Toen hij zich omdraaide, zag hij zijn broer Mudah via de voordeur naar binnen komen. Zijn broer was speciaal voor deze gelegenheid uit Iran overgekomen. Daar zat ook wel iets in – de toekomst van de Broederschap berustte op dit ene plan dat ze hadden uitgebroed. 'De Donder van God' hadden ze het genoemd. En in elk opzicht was het een plan dat wel duizend van die vliegreizen waard was.

'Ze zouden wel eens hetzelfde van jou kunnen zeggen. Je hebt net zonder reden een van hun snuisterijen gesloopt', zei Mudah.

'En jij hebt *hen* net vermoord', reageerde Abdullah.

'Ja, maar wel om de juiste redenen. Voor Allah.'

Abdullah begon lichtjes te grijnzen. In heel wat opzichten waren ze verschillend, hij en zijn broer. Mudah was gelukkig getrouwd en had vijf kinderen. De jongste was een dochtertje van twee en de oudste een zoon van achttien. Abdullah was nooit getrouwd, wat de reden was dat hij het voortouw had genomen voor deze missie in Zuid-Amerika. Hij was niet zo vroom als zijn broer. Mudah leefde voor Allah, terwijl Abdullah leefde voor politieke doeleinden. Hoe dan ook, ze hadden een gezamenlijke vijand. Een vijand die ze met inzet van hun leven wilden vernietigen. Materialisme. Imperialisme. Het christendom. De Verenigde Staten.

'Ja, natuurlijk. Voor Allah.' Hij keek uit het raam. 'Dus nu wordt deze jungle mijn thuis.'

'Voor een tijdje, ja.'

'Een tijdje. Hoelang duurt een tijdje?'

'Zolang als nodig is. Vijf jaar. Niet meer dan tien. Maar het is het elke dag waard.'

'Als ik de pijp niet uit ga. Geloof me, je kunt stapelgek worden van die jungle.'

Mudah glimlachte. 'Ik geloof je op je woord. Wat ik moeilijker te geloven vind, is dat de CIA ons heeft geholpen.'

'Dan ken je de drugshandel nog niet. Ik heb hun genoeg informatie verschaft om twee drugskartels in Colombia aan te klagen, in ruil voor deze ene kleine plantage. Zo ingewikkeld is dat niet.'

Mudah deed er even het zwijgen toe. 'Op zekere dag zullen *zij* het moeilijk kunnen geloven.'

Abdullah liet de opmerking voor wat ze was. Maar zijn broer had gelijk.

'Hebben ze die andere al gevonden?', vroeg Mudah.

De vraag bracht Abdullah terug naar dit urgente probleem. 'Zo niet, dan komt dat wel. Hij heeft iemand gedood. En als ze hem niet vinden, doe ik het zelf. We kunnen ons geen overlevenden veroorloven. Daar kunnen we alleen maar last mee krijgen.'

Mudah zweeg even en keek Abdullah aan. 'Onze vader zal trots op je zijn, broer. De hele islam zal trots op je zijn.'

Toen Tanya weer bij bewustzijn kwam, hoorde ze een *kloenkend* geluid boven zich. Ze ging versuft zitten en dacht dat de nacht was overgegaan in de dag – dat de nachtmerrie voorbij was. Maar toen ze haar ogen opende, was het nog steeds donker en ze besefte met een steeds groter wordende angst dat ze niet had gedroomd.

Maar dat *gekloenk* was nieuw. Ze deed haar mond al open om om hulp te schreeuwen, toen het gedempte geluid van stemmen de kist in dreef. Vreemde stemmen die buitenlandse woorden mompelden. Haar hart sloeg een slag over en ze sloot haar mond.

Haar lichaam begon weer te beven. Ze sloeg haar armen om haar knieën en dwong ze te stoppen met beven. De soldatenkisten bleven heel dichtbij stilstaan, misschien in de gang, en ze sleepten iets weg, de woonkamer in. Ze huiverde van de beelden die de geluiden opriepen en begon zachtjes te snikken.

Zo bleef ze lange minuten zitten, stilletjes, heen en weer geslingerd tussen abstracte gedachten. Op zeker moment groeide de pijn in haar schedel uit tot een bonkend monster en ze legde haar vingers op een snee in haar kruin. Haar haar raakte doorweekt met een kleverige nattigheid waarvan ze vermoedde dat het bloed was. Ze vroeg zich af wat er zou gebeuren wanneer een spin zijn eieren in die snee zou leggen. Haar moeder had haar wel honderd keer gewaarschuwd. 'De eieren van een insect kunnen gevaarlijker zijn dan zijn beet, Tanya. Wees voorzichtig in de rivieren hier, goed?'

Ja, mam, goed hoor. Maar nu hoor ik niets meer, omdat je dood bent. Toch, mam? Ze hebben je vermoord, toch? Ze huilde na die gedachten.

Haar gedachten begonnen langzaamaan weer helderder te worden. Haar arm deed pijn en ze liet haar vingertoppen over een diepe snee onder haar elleboog glijden. Nu hadden de spinnen twee plekjes om hun eieren in te leggen. Tanya haalde diep en beverig adem, en was zich er plotseling van bewust dat de lucht in haar houten grot bedompt was. Misschien begon de zuurstof al op te raken. Ze zou kunnen stikken – verdrinken in haar eigen kooldioxide.

Ze stak nogmaals een hand uit naar het plafond en duwde. Het had net zo goed van beton geweest kunnen zijn.

Haar hoofd gonsde van de pijn. Als ze dan toch moest sterven, zou ze het toejuichen als het snel gebeurde. Maar ze was er nog niet klaar voor om te sterven en de gedachte dat ze in deze zwarte kist langzaam dood zou gaan, maakte haar weer aan het huilen.

Een stem uit haar verleden – haar vader, met zijn vertrouwenwekkende manier van praten. 'Tanya! Tanya, waar ben je, schatje? Kom even naar de gang; ik wil je iets laten zien.' Het was haar eerste week in de jungle. Ze was toen tien. Haar vader was haar en haar moeder vooruitgegaan om het huis te bouwen en na drie maanden waren ze hem achterna gekomen. Drie maanden wachten en aan haar Amerikaanse vrienden uitleggen dat ze hen voor lange tijd zou verlaten, maar dat ze zich geen zorgen hoefden te maken. Ze zou schrijven. Ze had drie keer geschreven.

'Kom eens hier, schatje.' Haar vader stond in de gangkast te kijken en glimlachte trots.

'Wat is er, pap?' Hij trok haar naar de kast toe en wees naar beneden. 'Dat is een geheime bergplaats', zei hij stralend. 'Zie het maar als een plek waar we dingen kunnen verbergen.'

Ze tuurde in het donkere vierkant en huiverde. 'Het is zo donker. Waarom wil je dan dingen verbergen?'

En toen had haar moeder zich in het gesprek gemengd. 'Ach, laat je vader toch praten, Tanya. Dit is gewoon een van zijn kinderdromen die hij nu aan het vervullen is. Je gaat er niet in, want dat is niet veilig. Begrepen? Nooit.'

Jonathan had gegrinnikt en Tanya was giechelend weg gehuppeld. Er waren veel interessantere dingen in haar nieuwe leefomgeving dan een kist in de grond. Eigenlijk had haar vader de schuilplaats nooit echt gebruikt, in elk geval niet voor zover zij wist.

Behalve nu dan. Nu had hij zijn dochter erin gestopt om haar te laten sterven. Die gedachte stak en ondanks dat ze niets zag, werden haar ogen toch groot. Ze moest eens even goed nadenken, anders zou ze hier inderdaad haar einde vinden.

Om te beginnen moest ze een manier zien te vinden om zich op deze veel te kleine plek te bewegen. Als ze haar ledematen niet zou strekken, zouden haar gewrichten vast gaan zitten. Haar knieën waren al aan het verkrampen. Ze snoof en veegde het zweet van haar bovenlip. Tussen haar schouders en de wanden zat ongeveer vijftien centimeter en het plafond bevond zich nog geen vijftig centimeter boven haar hoofd. Ze strekte haar benen. Haar voeten raakten niets en dat luchtte haar een klein beetje op. Ze ging in een L-vorm zitten met haar rug tegen de ene wand.

Tanya reikte verder met haar voeten, maar toen raakten ze de andere kant van de kist. Ze vloekte. Rechtuit liggen was dus geen optie. Nadenken, Tanya. *Nadenken!*

Heer, hoor me nou toch. Ik zit vast in deze kist en ik heb gevloekt. Ik vloek nooit. Vooral niet wanneer God de enige persoon is die me hier eventueel uit kan halen. Help me, Vader. Help me alstublieft!

Goed. Wat kan ik doen? Ze probeerde logisch na te denken en het probleem stap voor stap aan te pakken.

Vader, als U me in leven laat, zweer ik U dat...

Wat moet je nou voor God zweren? Alsof dat verschil zou uitmaken.

Laat me gewoon leven en ik doe alles voor U. Alles. Dat zweer ik.

De zijwanden zaten vast aan het beton of aan de aarde – ze wist niet wat, maar ze gaven in elk geval geen millimeter mee. Met de wanden voor en achter haar zou het al niet anders zijn. En de vloer onder haar leverde alleen maar meer aarde op.

Dit was een graf.

Het was al gebleken dat het plafond niet meegaf, hoewel ze alleen maar botte kracht had gebruikt. Misschien zou wat handigheid meer opleveren. Ja, handigheid.

Tanya ging weer rechtop zitten en knipperde tegen de inktzwarte duisternis. Ze zou de hele kist met haar vingers aan een onderzoek onderwerpen. Vooral het plafond. Misschien zou ze een spleet of een slot of een eenvoudiger weg uit deze kist vinden.

Tanya's geest werd verlicht door een sprankje hoop. Ze had licht nodig, maar dit was alvast een begin, dacht ze, en dat was wat ze zo nodig had – een begin. Ze stak haar armen boven haar hoofd en liet haar vingertoppen het grof geschaafde hout uit wandelen, alsof ze braille probeerde te lezen.

'God, help me', fluisterde ze. 'Ik doe alles voor U als U me helpt. Echt alles.'

Het onweer van een naderende storm knetterde boven zijn hoofd toen Shannon vluchtte voor zijn leven. Nog geen honderd meter achter hem werden de stemmen van zijn achtervolgers gedempt door de donderende stem van de donker wordende lucht.

De regen kwam al snel, in vlagen, net toen Shannon de steilere hellingen naar de kliffen bereikte. Dit zou een goed moment zijn om naar huis terug te keren, dacht hij. Zijn moeder had gezegd dat ze zevenbonensoep zouden eten en hij was gek op zevenbonensoep.

Die gedachte maakte iets in hem wakker en veroorzaakte een hele reeks beelden in zijn hoofd. Hij kreeg een brok in zijn keel en snikte, maar hij schudde de gedachten snel van zich af. Niet nu. Niet nu.

Shannon had al heel wat keren onder deze bomen door gerend. Hij had vaak het pad verlaten en had zich dan lachend door de jungle heen geworsteld, met Yanamamo-indianen op zijn hielen. Dat was natuurlijk maar spel geweest. De zon scheen toen, de grond was zichtbaar en het gebladerte droog. Maar nu voerde de regen vele kleine modderstroompjes van de steile hellingen af.

Hij keek naar beneden en zag wazige figuurtjes amper zeventig meter achter zich. Hij vloog het pad af en rende in de richting van het steile talud links van hem. Door de aanhoudende stortbui heen hoorde hij gedempte stemmen, gevolgd door een *pok!* En daarna werd er achter elkaar gevuurd, alsof er een hele serie knalvuurwerk werd afgestoken.

Zijn voeten begroeven zich in de zachte grond en vonden een boomwortel. Terwijl het groen om hem heen kraakte van de rondvliegende kogels, dook hij de jungle weer in en klauwde hij zich een weg de helling op. Hij bereikte het talud en lanceerde zichzelf naar boven. Hij hijgde zwaar en beefde van uitputting. De zwarte kliffen rezen op boven het bladerdak.

Door de bladeren achter hem klonk een zwaar gedreun op – de helikopters. Dus die kwamen hem nu ook achterna! Ze zouden de route naar de kliffen afsnijden.

Shannon kwam tot stilstand op een open plek aan de voet van de kliffen. Het sterke contrast tussen de zeer groene jungle en de zwarte leisteen die boven hem uittorende, leek wel wat op een grafsteen die uitstak boven het gazon van een begraafplaats. De kliffen konden alleen maar worden beklommen langs twee duidelijk gemarkeerde passen.

Hij steunde met zijn handen op zijn knieën en hapte naar adem in de ijlere berglucht, blij dat de regen even wat minder was geworden. Het dreunende geklapper van de rotorbladen maakte duidelijk dat de achtervolging in volle gang was.

Shannon keerde zijn met tranen overdekte gezicht naar de jungle onder zich. Hij had ze even van zich afgeschud, maar ze zouden hem gauw genoeg weer op het spoor zijn. Hij moest nadenken. Zijn hart bonkte als een overwerkte pomp met lekkende kleppen in zijn borstkas.

De vijver! Hij was al zeker een jaar niet meer naar dat watergat geweest, maar misschien kon hij zich daar verbergen.

Shannon greep een handvol gras en veegde snel de modder van zijn voetzolen. Hij hield zijn ogen op de bomen gericht, rende parallel aan het bos verder en sprong van rotsblok naar rotsblok.

Hij was tweehonderd meter gevorderd voor het geluid van naderende helikopters hem weer de jungle in dreef. Hij rende zonder af te remmen tussen de bomen door, langs de zwarte kliffen, waarbij hij af en toe een glimp opving van helikopters die hier en daar mensen op de kliffen afzetten.

Hij bereikte een kleine, modderige vijver, liet zich op zijn buik vallen, keek naar de lucht en tijgerde toen de jungle uit. In het midden van de vijver dreef een groene pol, die bestond uit wat gebroken riet en ander groen. Shannon glipte het stilstaande water in, dook onder en zwom naar de pol toe. Hij kwam boven water in een kleine ruimte, die werd gevormd door het drijvende groen, en greep een wortel beet.

Dunne lichtstralen filterden door de massa gebroken riet boven zijn hoofd. Hij spuugde naar een grote *Durukuli*-hagedis, sloot zijn ogen en schudde zijn hoofd tegen de in zijn ogen opwellende tranen.

Er blaften stemmen aan de oever van de vijver. Hij hield zijn adem in en dwong zijn spieren zich te ontspannen. De voeten draafden voorbij en verdwenen het struikgewas in. Hij was even veilig.

Hij slikte heftig toen hij langs de onbeweeglijke hagedis staarde, die alleen zijn tong naar binnen en naar buiten liet flitsen. Het geluid van zweet dat van zijn kin in het water drupte, echode in zijn oren, als het voorbijgaan van momenten die nergens toe leidden. *Drup, drup, drup.*

En toen begonnen beelden van de aanval weer een waas over zijn gedachten te trekken. Hij wilde alleen maar naar huis toe. Nu. Het was voorbij, toch? Het was allemaal voorbij. Hij kon maar beter naar huis gaan voor het donker slangen zou aantrekken.

Maar hij kon zich niet bewegen. Er stroomden meer tranen – complete riviertjes – over zijn gezicht en hij vond wat troost in die tranen. Niemand zag hem. Maar hij zou al spoedig iets moeten ondernemen.

Spoedig.

Tanya liet zich op haar achterste ploffen en was doodsbenauwd. Ze had de hele kist met haar vingertoppen onderzocht. De minuten gingen over in uren, maar het zouden net zo goed seconden kunnen zijn geweest. Zo'n soort gevoel was het: een vreemde verwarring die meedogenloos aanhield tot middernacht, maar dan in de wetenschap dat de ochtend al moest zijn gekomen. En weer gegaan.

Ze had geen uitweg kunnen vinden.

Buiten de kleine kier rond het luik hadden haar vingertoppen alleen maar parallelle lijnen ontdekt – acht planken aan elke kant. En ze schatte dat elke plank ongeveer twintig centimeter breed was. De kist moest dus een dikke anderhalve meter diep en ook ongeveer net zo lang zijn. Anderhalf bij anderhalf bij een meter. Prima grootte voor een graf. Nogal ruim bemeten, eigenlijk. Maar de Egyptische graftombes, dat waren pas graven.

Maar dit kon haar graf nog niet zijn. Echt niet. Ze was pas zeventien! En haar vader had haar willen *redden*, niet haar levend willen begraven! Ze begon weer te huilen. Haar schouders schokten ervan.

Oh, God. Waarom toch? Wat hebben ik of mijn vader of zelfs mijn moeder verkeerd gedaan om dit te verdienen? Waarom hebt U toegestaan dat ze stierven? Vertel me dat eens, als U dan zo liefhebbend bent.

Ze hief een gore nagel op en kauwde erop. De grond knerpte tussen haar voortanden, als kleine glassplinters. De rillingen liepen ervan over haar rug. Haar ouders waren zo onschuldig. Zo liefhebbend en geduldig. Ze hadden hun leven gegeven voor anderen. Voor haar.

Alstublieft, Vader. Red me. Ik doe alles voor U.

Tanya's innerlijk begon af te brokkelen. Ze was aan het eind van haar Latijn. Er waren geen zinnige taken meer over om haar vingertoppen bezig te houden. Haar neusgaten raakten verstopt van de muffe rottingsgeur; haar oren hoorden alleen nog maar zwak gesnik; ze proefde alleen nog maar het gestaag uit haar neus lekkende snot.

In haar voorhoofd leken duizenden speldenprikken licht op te flitsen, als vuurwerk rond de jaarwisseling, en ze bedacht dat dat wel eens haar hersens konden zijn, die zich losrukten van hun fundatie. Haar handen beefden als die van een erg oude man die wanhopig in gebed verzonken was en haar ogen begonnen pijn te doen. Ze deden pijn omdat ze omhoog gerold waren in hun kassen, vanwaar ze een beter zicht hadden op het vuurwerk. Haar mond gaapte en ademde bedorven lucht uit.

En toen hoorde ze het gillen.

Het begon zachtjes en ver weg, als de fluit van een trein, maar het groeide al snel uit tot een schril gekrijs, alsof de trein vol in de remmen was gegaan en oncontroleerbaar over de rails gleed.

Ze begon zich te realiseren dat het geluid pijn ging doen aan haar keel en ze besefte dat het gegil van haarzelf was.

Ze gilde. Het was helemaal geen geeuwen, het was een gil. Ergens tijdens die langgerekte gil viel ze in slaap. Of raakte ze bewusteloos. Dat was in deze kist hetzelfde.

Op dat moment, toen ze zich niet bewust was van de wereld om zich heen, kwam het eerste visioen, als een bliksemflits uit de hemel. In een enkele witte flits bloeide er een heldere lucht boven haar open. Het duister was verdwenen. Tanya hapte naar adem in haar kist.

Ze voelde zich een vogel in de lucht, die boven een open plek in de jungle ver beneden haar cirkelde. Er spoelde zo'n opluchting, zo'n tevredenheid door haar heen, dat ze huiverde van genot. Er blies een stille wind langs haar heen; de heldere lucht zorgde ervoor dat ze haar ogen tot spleetjes dichtkneep; de geur van de jungle rees vochtig en zoetig omhoog. Ze glimlachte en keek om zich heen.

Dit is echt, dacht ze. *Ik ben een vogel geworden, of een engel, die hoog boven de bomen vliegt.*

Een gele bulldozer blies grijze rook omhoog terwijl hij een aantal bomen rooide en een pad vrijmaakte dat naar een groot vierkant veld in het noorden voerde. De plantage. Shannons plantage. En recht onder haar bevond zich de zendingspost.

Ze zakte een stuk om het tafereeltje eens beter te bekijken. Midden op de open plek werd een huis van boomstammetjes gebouwd. De lange blonde man die daar aan het werk was, leunde vakkundig over de cirkelzaag heen en Tanya herkende onmiddellijk haar vader. Zijn helderblauwe ogen keken glimlachend naar de lucht. Hij stak een hand op, alsof hij wilde dat ze naar hem toe zou komen, en toen leunde hij weer over de zaag heen.

Maar dit was allemaal erg vreemd. Ze had het huis of de zendingspost nooit gezien voor ze klaar waren. En nu zag ze vanuit vogelperspectief elk detail. Ze zag dat hij de binten van het dak al had geplaatst, met in het midden voor de stevigheid achttienduims steunbalken. Ze zag een van de ramen gebroken op de grond liggen wachten tot hij werd vervangen. Ze zag ook dat er verscheidene grote balken in de hoek stonden en dat een van die balken nu naar hem toe gleed.

Gealarmeerd besefte ze dat die balk op haar vader terecht zou komen en ze krijste een waarschuwing. Jonathan keek omhoog, zag de vallende balk en dook opzij. De balk miste hem maar net. Met grote ogen kwam hij weer overeind. Heel even staarde hij ongelovig naar de balk, duidelijk flink geschrokken. Hij hief zijn ogen op naar de vogel die boven hem zweefde – naar Tanya – en hij glimlachte.

'Dank U, Vader', fluisterde hij.

En toen, alsof hij direct tegen haar sprak, zei hij: 'Vergeet nooit verder te kijken dan wat voor ogen is.'

Plotseling werd de lucht zwart, alsof iemand een schakelaar had overge-haald.

Maar niemand had het licht uitgedaan. Ze had gewoon haar ogen geopend. En in de kist was geen licht.

Tanya ademde raspend door haar mond en rolde zich op tot een bal. Ze wilde wanhopig graag weer terug naar de heldere lucht, waar ze verder kon zien dan wat voor ogen was.

6

De kleine ruimte onder het drijvende groen werd donker toen het over de bergrug begon te schemeren. De helikopters hadden eindeloos laag over de bomen heen en weer geklapwiekt. Shannon hoorde twee keer mannen met elkaar discussiëren over wat ze nu verder moesten. En twee keer hadden ze vloekend langs de rand van de vijver gelopen.

Maar de laatste twintig minuten was het stil gebleven in de lucht. Shannon had besloten dat hij over de rand van het klif heen moest, naar de rivier erachter, en hij wist waar hij langs een smalle scheur in de rotsen naar boven kon klimmen. Maar een ander beeld had ook bezit genomen van zijn gedachten. Het was de oude sjamaan. Zijn ogen waren zwart en doordringend, hij had de vacht van een jaguar over zijn hoofd geslagen en tikte met een kromme stok op de grond. Hij mompelde lage keelklanken en vertelde de oude legende van een man die was gevormd uit het bloed van een dodelijk gewonde geest die hemelwaarts vluchtte.

'Van bloed tot bloed', kraakte de stem van de oude man. 'De mens is gebo-ren om te doden. Dat is de reden waarom de geest van de dood de sterkste is. Sula.'

Er liep een rilling over Shannons rug. *Je had gelijk, Sula*, fluisterde hij.
Ga dan.

Shannon knipperde in het duister. *Ga dan?*
Naar het graf.

Zijn vingers beefden en hij wist niet precies of dat door de kou kwam of door de stem die door zijn gedachten fluisterde. Het graf was absoluut ver-boden terrein. Het kon je dood betekenen. Of het betekende macht, voor de volgende medicijnman. Geen van zijn vrienden had ooit dichter dan een kilometer in de buurt van de grot durven komen waar de stam niet alleen Sula, maar ook alle andere medicijnmannen voor hem had begraven. Shannon slikte. Maar wat als hij die macht kon krijgen en wraak nemen voor de dood van zijn ouders? Er fluisterde een andere stem door zijn gedachten. Die van Tanya. En die vertelde hem dat hij geen domme dingen moest uithalen.

Maar Tanya was dood, toch? Iedereen was dood. Hij begon weer te huilen, wanhopig en bibberend van het koude water.

Impulsief nam hij de beslissing, net zo goed uit angst en ellende als iets anders. Hij zou naar de grot gaan.

Shannon haalde diep adem, dook onder in het koude water en zwom naar de oever toe. De omgeving was veilig toen hij uit het water kwam en op het gras bleef staan. Hij rende naar de zwarte kliffen, voortgedreven door een verdovende vastberadenheid – een verlangen om in Sula's macht te duiken. Hij wist niet precies of het nu voor troost of uit wraak was, of gewoon om zijn gezonde verstand te bewaren, maar hij ging harder rennen toen hij in de buurt van de oude grot kwam.

Boven hem bewogen grote vleermuizen bijna geluidloos hun vleugels. Krekels tjirpten. De overhellende zwarte rots verborg de maan voor het oog en wierp een akelige schaduw over hem heen.

Hij stormde de open plek op en stond stil, dertig meter voor de grot. Er hing een menselijke schedel boven de ingang – Sula's eerste slachtoffer. Ze hadden het verhaal nog eens op zijn begrafenis verteld, onder begeleiding van jammerklachten die als troosteloze trompetten door de jungle huilden. De schedel was van een vrouw die te ver bij haar eigen stam vandaan was afgedwaald. Sula zei dat ze naar hem toe was gekomen om een vloek over haar dorp te laten uitspreken en dat hij haar met een steen op haar hoofd had geslagen. Hij was toen veertien.

Shannon staarde de grot in en vocht tegen de plotseling opborrelende paniek. Hij deed onbewust een stap naar achteren en slikte.

'Sula', fluisterde hij. 'Sula.'

Een koude bries liet de bladeren boven zijn hoofd ritselen en bezorgde hem de rillingen, die doordrongen tot in zijn beenmerg. De grot zag eruit als een donker keelgat. Net zoals het klif eigenlijk op een gezicht leek, met de schedel als oog en de grot als een gapende mond. De inheemsen zeiden dat je via de grot in een peilloze zwarte diepte terechtkwam, waar de geesten vroeger hadden gewoond. De hel.

Er flitste een beeld door Shannons gedachten en hij knipperde met zijn ogen. Het was zijn moeder die vanuit het raam van het huis naar hem schreeuwde. Die hem smeekte te rennen voor zijn leven.

Shannon slikte nogmaals en liep naar de grot toe. Tranen vertroebelden zijn blik en hij liep door. Hij had het gevoel alsof hij over de rand van een klif stapte.

'Dood me.' Hij gromde de woorden tussen opeengeklemde kaken door. En toen strompelde hij weer naar voren. Zijn hoofd bonkte.

'Dood me!', schreeuwde hij. Hij rende nu naar de grot toe, gegrepen door een maniakale razernij. Hij griste een handjevol stenen van de grond en smeet dat de grot in.

'Dood me! Dood me!'

Shannon stond stil, zijn voeten een stukje uit elkaar. Hij stond in de ingang van de grot, anderhalve meter van het bergje aarde vandaan dat het lichaam van Sula bedekte. De kromme stok van de sjamaan stond als een dolk in de voorkant van het graf gestoken. Aan de stok hing een gebleekte schedel van een jaguar – witte hoektanden en zwarte oogkassen.

Shannons spieren begonnen te verkrampen van angst. Het was zo'n kramp die in het merg lijkt te beginnen, waarna het zich verspreidt naar de botten, waarna het het vlees van binnenuit verschroeit. Hij wist dat het een vergissing was om hierheen te komen. Hij zou sterven.

Een koude wind waaide langs zijn gezicht en tilde zijn lange haar op. Een laag gekreun perste zich door de opening heen, zo de stille jungle in. Zijn benen begaven het en hij viel op zijn knieën. Hij ademde zwaar.

'Sula...'

Raak het graf aan.

Hij begon te snikken.

Raak de staf aan.

Shannon spreidde zijn armen wijd uit en hief zijn gezicht op naar het stenen plafond van de grot. Zijn lichaam ging op en neer van de martelende schokken die luid door de ruimte klonken.

De staf, ruggengraatloze worm! Raak de staf aan!

Met een laatste schreeuw, die meer op een langgerekt gekreun leek, wierp Shannon zichzelf op het graf. Hij krabbelde over het heuveltje heen en dook naar de staf. Zijn handen omvatten de kromme stok en hij viel plat op zijn gezicht op het graf. Zijn lichaam schokte lichtjes van zijn gesnik.

De kracht kwam over hem als een elektrische stroom, stil maar ongenadig.

Een golf rauwe energie vloog over zijn rug naar beneden, die hij met snelle pulsen liet samentrekken, zodat zijn rug zich helemaal hol trok. Zijn hoofd en zijn voeten kwamen met een ruk los van de grond, waarna ze een onmogelijke boog probeerden te vormen. Vijf seconden lang werd zijn lichaam geteisterd door hevige stuiptrekkingen en het leek alsof zijn rug zou breken. Hij kon niet ademen; hij kon geen enkel geluid uitbrengen; hij kon alleen maar verdrinken in de kracht die hem verzwolg.

En heel even wist hij zeker dat hij inderdaad aan het verdrinken was.

Met een zacht ploppend geluid liet de kracht hem los en zijn gezicht klapte op de aarde van het graf. Zijn mond stond open en hij kon de aarde proeven. Maar wat hem betrof, was hij dood.

Tanya kromp ineen in de hoek en was helemaal van slag. Het licht was nu twee keer in haar gedachten tot leven gekomen en beide keren ging het om dezelfde blauwe lucht en dezelfde open plek onder haar. De beelden kwamen plotseling opzetten, als een tl-balk die nog even zoemend tot leven kwam en dan na twee minuten weer uitfloepte. Ze beeldde zich een monnik in een klooster in, die een enorme schakelaar omzette, net als in de Frankensteinfilm die ze ooit bij Shannon had gezien. Misschien was zij Lady Frankenstein wel, maar wanneer de schakelaar werd omgezet, kwam ze niet tot leven. In plaats daarvan zag ze visioenen.

En nu kwamen ze weer.

Haar vader bevond zich daar weer beneden en was hard aan het werk. Deze keer was hij de balken aan het plaatsen die bijna op hem waren gevallen. Maar verder zag het er hetzelfde uit als bij de twee eerdere ervaringen. Een bulldozer ploegde in een surreële stilte voort. De hamer van haar vader en het draaien van de cirkelzaag brachten ook geen geluid voort. En ook nu weer een helderblauwe lucht en een diepgroene jungle. Boven het bladerdak zweefden zwermen parkieten.

Er steeg een stem naar haar op. 'Vergeet nooit verder te kijken dan wat voor ogen is.' Ze keek naar beneden en zag dat haar vader zijn gezicht naar haar ophief. *Wat betekent dat dan, pap?* Maar ze kon het niet vragen, omdat ze daar niet echt bij hem was. Ze was een vogel, of iets dergelijks, die een beetje rondvloog.

Maar toch gaf dit hele tafereel haar een gevoel van realiteit, alsof ze naar haar vader keek, maanden voor hij naar Venezuela was gekomen. Alsof ze echt zag hoe hij het huis had gebouwd.

En nu zweefde ook een bepaalde herinnering haar gedachten binnen. Ze zat aan tafel in hun pasgebouwde huis en haar vader vertelde hun hoe God hem die drie maanden had bewaard. En hij had hun ook verteld over hoe hij bijna was geplet door een vallende balk. Maar een duif in de lucht had gekoerd en toen hij opkeek, zag hij de balk aankomen.

Dat was de stem van God, had hij gezegd.

Tanya huiverde in de hoek van de kist en trok haar knieën nog dichter tegen zich aan. *Niet te geloven! Dat was dus echt gebeurd,* dacht ze. *Dat maakte geen deel uit van mijn droom. En nu hallucineer ik dat ik dat was, in de vorm van een vogel – misschien wel een duif – die hem heeft gewaarschuwd.*

Misschien was het wel normaal dat je geest zulke rare dingen deed voor je stierf. Of misschien was ze daar wel echt en bekeek ze het tafereel.

Hoe dan ook, haar vader zei tegen haar dat ze *verder moest kijken dan wat voor ogen is.*

7

Tien minuten later kwam Shannon weer bij zinnen. Maar dat waren niet echt zijn zinnen meer, toch? Nou ja, ze waren wel van hem, maar er was iets veranderd in zijn binnenste.

Hij drukte zichzelf omhoog op zijn knieën en toen op zijn voeten. Hij proefde koper – bloed van de val. Hij slikte en huiverde door een plotselinge passie. In eerste instantie wist hij niet wat er was veranderd. Hij wist alleen maar dat hij geen seconde meer wilde wachten. Hij moest deze grot uit en de kliffen op.

De stok stak nog steeds in het graf, als een groot formaat tandenstoker. De wind blies nog steeds langs zijn wangen en zijn adem echode nog steeds door de donkere ruimte. Maar het kwam allemaal een beetje simpel op hem over. Hij draaide zich om en keek naar de jungle.

'Sula', fluisterde hij. Het was tijd om te gaan. Shannon knerste met zijn tanden, spuugde bloed naast zich op de grond en rende de nacht in, niet in staat de withete razernij te bedwingen die in zijn binnenste woedde.

Dat was het – zijn verdriet had plaatsgemaakt voor een bittere woede. *Dat* was er veranderd in hem. Hij stond stil en keek rond naar de donkere jungle. Er flitste een beeld van een oude medicijnman door zijn gedachten, die schuins grijnsde. Het was dus waar. Sula leefde.

Shannon voelde een huivering van angst over zijn rug kruipen.

Plotseling overspoelde een duistere mist zijn gedachten en hij knipperde gedesoriënteerd met zijn ogen. Waar ging hij heen?

O ja. Hij was op weg naar de kliffen. Hij was op de vlucht. Maar dat sloeg eigenlijk nergens op. Hij moest terug naar de plantage en iets doen!

Nee, hij kon beter vluchten. En dan zou hij iets doen. Hij had alleen geen idee wat. Hij was pas achttien. Nog maar een jongen. Een jongen met Sula.

Shannon bereikte het zwarte klif, spuugde in zijn handen en begon te klimmen. De bergwand rees tweehonderd meter omhoog in de donkere lucht en werd hier en daar verlicht door de maan, die tussen de voorbijjagende wolken door tuurde. De krekels tjirpten met miljoenen hun chaotische beurtzang.

Ondanks de koele lucht gutste het zweet tijdens de klim over zijn rug. De smalle scheur die hij zo vaak had bestudeerd als mogelijke klimroute, leek in het gedimde licht op een langgerekt litteken. Door zijn handen als een wig in de scheur te steken, kon hij zichzelf langs de rotswand omhoogtrekken. Goede klimschoenen zouden handig zijn geweest, maar omdat zijn voeten behoorlijk vereelt waren, redde hij het.

'Sulaaaa…'

Hij had een meter of honderd vrij probleemloos geklommen, toen de scheur smaller begon te worden. Hij pauzeerde even, knipperde het zweet uit zijn ogen en ging door.

Binnen tien meter werd het niet meer dan een lijn die op de rotswand getekend leek te zijn en die ophield bij een richel die uit de vlakke wand erboven tevoorschijn kwam. Boven hem bevond zich dus nog een meter of honderd vlakke rots. Hij kon nu niet naar beneden – niet zonder touw. Hij huiverde en haalde diep adem om zijn zenuwen in bedwang te houden.

Hij bevoelde met zijn vingers het oppervlak van het klif.

Niets.

Shannon staarde weer naar de richel en zijn hart bonkte nu als een dieselmotor. De richel bevond zich dertig, misschien veertig centimeter van zijn bovenste houvast vandaan. Als hij een van zijn handen ernaar zou uitsteken, zou hij zijn zekering naar de wand verliezen. En als hij de richel zou missen, zou hij een wisse dood tegemoet vallen.

Een beeld vulde zijn gedachten: een man in vrije val, die zijn armen en benen in de lucht uitstrekte en schreeuwde. Dan een ziekmakende klap – een groot rotsblok aan de voet van de bergwand die als een granieten vuist zijn val brak.

Dat beeld deed hem lichtjes grijnzen. Hij grinnikte zacht.

'Sulaaaaa…' *Je bent echt een zieke geest, Shannon. Ziek.*

Hij keek naar de richel boven zich. Hij duwde zich met een ruk naar boven. Elke spier in zijn lichaam protesteerde en zijn tenen probeerden zich te begraven in de harde rotswand. Hij klapte met zijn hand tegen het klif boven zich.

Niets.

Hij voelde alleen maar vlakke steen. Geen richel.

Zijn lichaam gleed langs het gladde oppervlak naar beneden en zijn vingers tastten hopeloos rond naar houvast. En toen verloren zijn vingertoppen het contact met de rotswand. Hij bevond zich in vrije val en zijn hart zat in zijn keel.

Toen vulde de richel zijn hand en hij greep zich vast. Hij beefde verschrikkelijk. Hij beefde zelfs zo erg dat hij wist dat hij het niet zou houden als hij niet snel een beter houvast vond. Hangend aan drie vingers zwaaide hij zijn linkerhand zo ver mogelijk omhoog en wist dezelfde richel te pakken te krijgen.

Hij bleef daar even zo hangen en begon toen opzij te schuiven. Er moest gewoon ergens een weg omhoog zijn.

Centimeter voor centimeter schoof hij verder. Weer niets. De richel werd smaller. Zijn vingertoppen schraapten langs de bergwand. Als de richel hier ophield… nou ja, als die hier ophield, zou dat het einde betekenen, toch? Uiteengespat op de rotsen beneden en voer voor de gieren. Een vlaag van paniek overviel hem en dreigde in zijn schedel te exploderen. Hij hing daar totaal hulpeloos tussen hemel en aarde. Hij kon niet terug, hij kon niet naar beneden en hij kon niet omhoog. Zijn leven hing af van deze richel en dat besef maakte dat zijn spieren weer begonnen te trillen.

Hij stak zijn arm zo ver mogelijk uit naar rechts en zijn vingers vonden een spleet. Hij bevroor. De scheur? Zijn vingers kropen nog een stukje verder en de scheur werd dieper – diep genoeg om er zijn hand tussen te krijgen.

Shannon haalde diep adem, stak zijn hand in de spleet, spande hem om een wig te vormen en liet zich vallen. Hij bungelde aan zijn rechtervuist boven de gapende afgrond. Zijn hand hield het.

Hij keek naar beneden, naar de bodemloze diepte onder zijn voeten, en stak zijn linkerhand boven de rechter in de spleet om nog een wig te maken. Zo bleef hij een minuut lang hangen, snakkend naar adem. Zijn knokkels staken en zijn longen weigerden zich te vullen, omdat hij zo uitgestrekt hing. Hij begon zichzelf hand over hand omhoog te trekken.

Zijn knokkels waren ontveld en zijn handen waren glibberig van het bloed toen hij zichzelf over de rand van het klif trok. Hij rolde op zijn rug achter een groep rotsblokken en probeerde op adem te komen. Zijn armen klopten van de pijn. Hij bleef stil liggen, verdoofd en verward.

Plotseling voerde de wind gedempte stemmen met zich mee. Shannon ging met een ruk rechtop zitten en hield zijn adem in.

En weer, een man die iets riep en toen lachte.

Shannon kroop bij de rand vandaan naar de rotsblokken toe en stak zijn hoofd een klein stukje over de rand heen om een goed zicht te hebben op wat zich daar afspeelde. Het tafereel voor hem stuiterde als een lange stroom beelden door zijn gedachten. Een vuur, honderd meter verderop naar het westen, dat flakkerde door de lichte bries. Een twintigtal gezichten die opgloeiden in het licht van het kampvuur. En achter hen stond een helikopter – nee, twee heli's – als bisons die stonden te grazen. Door het hele kamp verspreid stonden voorraadpakketten, waar allerlei wapens tegenaan stonden. Twintig meter verderop stond één man op wacht, met zijn handen op zijn heupen.

Shannon haalde diep adem en hij wist onmiddellijk wat hij moest doen, alsof zijn hele leven in de jungle hem had voorbereid op dit ene moment. Hij voelde een vreemde roep. Een verlangen, fluisterend door de nacht, dat er bij hem op aandrong om in beweging te komen. Hij slikte terwijl hij nog steeds naar het tafereel voor zich keek, en zijn bloed gierde nu door zijn aderen. Maar niet zozeer door zijn boosheid, merkte hij enigszins verbaasd. Het was meer een hunkering.

Er schoof nu een nieuw beeld door zijn gedachten, in slow motion. Een beeld van zichzelf, dat hij parallel aan de grond naar voren dook en zijn mes wierp.

Het staal dat door de lucht flitste terwijl hij zich nog steeds in de lucht bevond.

Ik wed dat je verbaasd was, nietwaar, mannetje? En jij dacht nog wel dat je me met een paar kogels kon doorzeven. Er gleed een lichte glimlach over Shannons lippen.

Sula...

En toen was het beeld verdwenen en zag hij alleen nog maar zwarte lucht. Hij trok zijn hoofd terug en knipperde met zijn ogen. Hij kroop over de kleine open plek en sprong geluidloos over de rand. Hij rende om de rotsblokken heen en bleef laag bij de grond. De wachtpost stond met zijn rug naar hem toe, iets naar voren gebogen, zijn handen als kommetjes bij zijn gezicht. Aan zijn rechterschouder hing een geweer. En aan zijn heup hing losjes een mes.

De man draaide zijn rug tegen de wind in, waardoor hij met zijn gezicht naar Shannon toe kwam te staan, zijn hoofd nog steeds over zijn handen gebogen. Shannon hield zijn adem in. Er lichtte een vlammetje op, dat zonder succes de gebruinde lippen van de wachtpost verlichtte, waartussen een sigaret stak. Later zou Shannon zich hebben afgevraagd wat hem ertoe kon hebben aangezet om op dat moment zo plotseling in beweging te komen, eigenlijk zonder erbij na te denken. Maar hij kwam in beweging, net voor een tweede vlammetje het gezicht van de man verlichtte.

Hij sprintte op zijn tenen naar voren, recht op het opgloeiende gezicht af, in de wetenschap dat het licht de man even zou verblinden en dat de wind het weinige geluid dat hij maakte, zou wegblazen. Hij overbrugde de twintig meter in de tijd die het de wachtpost kostte om zijn sigaret aan te steken en een keer diep te inhaleren, met zijn hoofd achterovergebogen.

In één abrupte beweging legde Shannon alle kracht van zijn sprint in de handpalm die de kin van de man raakte en griste het mes uit diens gordel. Hij dook naar voren, achter de achteroverstruikelende figuur aan, liep met het vallende lichaam mee en haalde het mes met een snelle beweging langs de blootliggende keel, voor de man ook maar een kik kon geven.

Shannon had de aanval niet gepland. Hij had eenvoudigweg zijn kans geroken en was in beweging gekomen. Er stroomde bloed uit de halsslagader van de man, dat op de rotsbodem spetterde. De sigaret verlichtte heel even de uitpuilende ogen van de wachtpost en tuimelde toen tussen zijn lippen vandaan. De man stuikte in elkaar en viel op zijn rug. Zijn soldatenkisten maakten stuiptrekkende bewegingen tussen de voeten van Shannon.

Wat is er met je gebeurd, man? Jij bent echt een psychopaat.

Inderdaad, een psychopaat.

Shannon greep het geweer van de man, trok het los, griste een extra magazijn van zijn riem en rende naar een groot rotsblok, tien meter naar rechts. Hij liet zich op zijn knieën zakken en hijgde.

Geen geluiden van een achtervolging. Hij bekeek snel het wapen in zijn handen, zag dat er een patroon in de kamer zat en zette de pal op enkelschots. Het was een AK-47; hij had op de schietbaan al zo vaak met dit wapen geschoten. Op de lange afstand moest je geluk hebben om iets te raken, maar binnen een paar honderd meter raakte Shannon er alles mee. Hij gluurde voorzichtig over het rotsblok heen en bestudeerde het kamp, dat niet meer dan zeventig meter verderop lag. De mannen zaten nog steeds rond het vuur wat met elkaar te praten. De helikopters waren oude Bells en waren identiek aan de machines die Steve Smith gebruikte om de plantage te bevoorraden.

Er flitste iets door zijn gedachten. 'Weet je waarom ze de Bell nooit in een oorlog hebben gebruikt?', klonk Steves stem op. 'Vanwege de brandstoftank', en hij had naar de gondel onder de staart gewezen, vlak onder de motor. 'Die tank daar is van staal gemaakt.' Hij had geglimlacht. 'Weet je waarom staal niks is?'

Shannon had zijn hoofd geschud.

'Omdat staal vonken veroorzaakt. Als daar een kogel doorheen gaat, krijg je een kanjer van een explosie. *Kaboem!*' Steve had hartelijk staan lachen.

Shannon haalde diep adem en richtte de korrel op de blootliggende brandstoftank onder de staart van de oude Bell. Geen enkel probleem om daar een kogel doorheen te jagen. *Kaboem!* Maar wat als hij nou eens niet explodeerde? Dan zouden ze hem als een roedel wolven op zijn nek springen.

Je hebt daarnet toch een man gedood, nietwaar? En je hebt nog steeds zijn bloed aan je handen. Je bent echt een psychopaat.

Shannon vocht tegen een plotseling opkomende misselijkheid. Hij sloot zijn ogen en vocht om de controle over zijn lichaam te behouden. Een zwarte mist kolkte door zijn gedachten. Heel even voelde hij zich gedesoriënteerd, maar toen was hij weer in orde. Hij keek om zich heen in de donkere nacht. Ja, hij was in orde.

Hij liet zijn wijsvinger om de trekker glijden, maar die beefde behoorlijk en hij haalde nog eens diep adem. Hij trok lichtjes aan de trekker.

De kalasjnikov schokte plotseling in zijn handen en kraakte door de stille nacht.

Een donderende explosie verlichtte de donkere lucht en werd gevolgd door een enorme vuurbal. De staart van de heli steigerde drie meter de lucht in, draaide een keer, bereikte zijn hoogste punt, en viel langzaam weer naar beneden. Hij trok zijn hoofd van de kolf en staarde met open mond naar het chaotische tafereel. Toen klapte het brandende wrak tegen de grond en in het kamp ontstond er een volstrekte verwarring.

Shannon drukte snel zijn wang weer tegen het wapen en zwaaide het naar links. Er sprongen daar zwarte silhouetten op, die naar hun wapens grepen. Shannon ademde uit, richtte en haalde de trekker over.

Het wapen schokte tegen zijn schouder. De man viel op zijn knieën en sloeg krijsend zijn handen voor zijn gezicht.

En toen begon Shannon af te tellen – één neer, twee, drie, vier – en elke keer haalde hij weer de trekker over, alsof de dansende silhouetten kleiduiven waren en hij een wedstrijdje aan het doen was met zijn vader. Vijf, zes, zeven, acht... Bij elke tel – behalve bij zes, dacht hij – stortte er iemand in elkaar.

Toen hij twaalf bereikte, tikte de slagpin tegen een lege kamer. De guerrilla's vluchtten nu naar de jungle. Shannon rukte het lege magazijn uit het wapen, knalde het nieuwe erin en laadde door. Met een ruk hief hij het wapen weer op en richtte op de vluchtende mannen. Hij drukte achter elkaar af, waarbij hij zijn wapen nauwelijks hoefde te bewegen voor een volgende treffer. Allemaal behalve één man gingen ze tegen de vlakte voor ze de jungle bereikten. Er ontsnapte er maar één, nummer zeventien. Twee, nummer zes meegeteld.

Shannons hart hamerde in zijn borstkas. De adrenaline gierde door zijn aderen en hij krabbelde met bevende vingers en samengeknepen ogen op. Hij knipperde met zijn ogen. Waar was hij? Een vreselijk moment lang wist hij het niet. Hij bevond zich op de top van de kliffen.

In de buurt van het brandende wrak van de heli kreunde iemand en de gebeurtenissen van de afgelopen minuten kwamen terug als een vloedgolf. Hij had ze gedood. Toch? *Psychopaat Sula.*

Hij gooide het wapen neer en rende naar de bomen toe. Hij moest nu maar gaan, dacht hij. Naar de rivier. Veiligheid. En daarna wist hij niet waarheen.

———

De schakelaar naar de vreemde visioenen was al vier keer omgezet en Tanya vloog weer boven haar huis. Elke keer was haar vader daar beneden alleen aan het werk geweest. En elke keer was zijn stem het enige geluid dat ze had gehoord. Elke keer zei hij: 'Vergeet nooit verder te kijken dan wat voor ogen is.' Alsof het informatie was die ze nodig had.

Maar goed, wat kon dat dan betekenen? Om te beginnen kon ze helemaal *nergens* naar kijken, omdat ze vastzat in deze kist en zou sterven. En *verder* kijken was er al helemaal niet bij, omdat ze zelfs met licht niet verder zou kunnen kijken dan de wanden van de kist. Dat was het hele probleem. Haar vader zei dat ze verder moest kijken, maar hij had de kist afgesloten. En wat haar ogen betrof: nou ja, ze wist niet eens zeker of ze nog wel ogen had.

De droom was dus onzin. Of het moest helemaal geen droom zijn. Wat als ze echt haar vader daar beneden zag en dat hij haar echt vertelde om verder te kijken? Stel je eens voor! Maar wat was het dan? Een visioen misschien?

Tanya hoorde gebonk onder zich, op de grond in de buurt van het huis. En toen besefte ze dat het geluid uit haar eigen borst afkomstig was en niet uit haar droom of visioen. Het ademhalen begon zwaarder te worden en misschien dat ze was gaan verzitten, maar ze was het contact met het grootste deel van haar lichaam kwijtgeraakt, dus ze wist het niet zeker. De gedeelten die ze wel voelde, kreunden van protest. Haar kloppende arm, haar pijnlijke hoofd, haar verkrampende rug.

Als dit een visioen was, of een deel van de werkelijkheid, dan zou ze de opmerking van haar vader maar beter serieus kunnen nemen, toch? Dan zou ze verder moeten kijken dan wat voor ogen is. Misschien wel door de ogen van de duif kijken, als dit inderdaad een duif was door wiens ogen ze keek. Maar wat zou ze dan kunnen zien? De open plek, haar vader, het huis met al zijn houten balken en latten.

Verder kijken.

Er kwam een gedachte bij haar op en ze dook naar het huis toe. Haar hart bonkte nu in haar oren. Waarom had ze daar niet eerder aan gedacht? Als dit echt was, zou ze de kast moeten kunnen zien die haar vader had gebouwd. En de kist eronder. Haar kist. Misschien zat ze al in de kist!

Ze vloog tussen de dakbalken door en via de open woonkamer naar de gang, waarvan alleen het frame nog maar stond. De kast zag er klein uit, zonder wandplaten. De kist was al ingegraven, maar zonder luik. Daar was hij dan. Haar kist. Of een beeld van haar kist. Het maakte hoe dan ook niet uit – er was niks nieuws te zien. Alleen een kist waarop het etiket zou moeten staan: *De kist waarin ik mijn enige dochter zal opsluiten tot ze sterft.*

Ze bleef even in de lucht hangen en fladderde toen de kast in. Ze kon hem nu tenslotte bij daglicht bekijken. Het zou een welkome afleiding voor haar zijn om te weten hoe de kist eruitzag die haar dood zou worden.

De kist leek heel erg op het beeld dat ze ervan had gekregen door hem met haar vingertoppen te onderzoeken. Behalve één klein detail. Aan één kant zat een gat. *Papa heeft hem aan deze kant nog niet helemaal afgemaakt,* dacht ze. *Hij kan dat gat maar beter dichtmaken. Het schiet niet echt op als er op zekere dag slangen door die tunnel kronkelen, omdat ik op zekere dag in die kist zal zitten.*

Tunnel.

Het beeld van een tunnel knalde in haar gedachten als de kurk van een champagnefles die tegen haar voorhoofd vloog. Haar hoofd echode van de klap en veroorzaakte een trilling die pijn deed aan haar tanden en die via haar ruggengraat naar beneden raasde.

Tanya werd ogenblikkelijk wakker. Haar ogen stonden wijd open en ze ademde raspend in en uit. Heel even staarde ze in het absolute duister en probeerde zich te herinneren waarvan ze wakker was geworden. En toen ging ze met een ruk rechtop zitten en draaide zich snel om naar de wand achter zich. In deze droom had ze gezien dat die wand een deur was die naar een tunnel leidde. Het was zo'n soort deur die je op zijn plaats moest duwen. Ze zou eraan moeten trekken, het enige wat ze in al die wanhopige uren nog niet had geprobeerd.

Tanya jammerde en krabde aan de onbeweeglijke wand. En wat als de hele droom niet meer was dan alleen maar een droom? Hallucinaties die werden opgehoest door een vertwijfelde geest. Ze klauwde aan het hout, op zoek naar houvast. Er gleed een splinter onder de nagel van haar rechterwijsvinger en ze hapte naar adem. Plotseling werd ze razend. Ze schoof iets naar achteren en ramde met haar rechterhiel tegen de onderkant van de wand.

Hij gaf mee.

Warme, bedorven lucht stroomde in haar neusgaten. Het was echt een tunnel!

Ze negeerde trillend van opwinding de gedachte dat er zich in de tussentijd wel eens bepaalde beesten in de tunnel konden hebben genesteld. Ze rukte aan de verwrongen wand, trok hem langs zich heen en kroop het aarden hol in.

Als een gewonde hond sleepte ze zichzelf op handen en knieën weg van de kist. Weg van die doodskist. Ze had niet de kracht om zich in te kunnen beelden waar de gang naartoe zou kunnen leiden, maar haar vader had hem gegraven voor het huis af was. Hij zou hem niet in een slangenkuil hebben laten eindigen.

Tanya kroop lange tijd door de modderige tunnel. Een heel erg lange tijd, zo leek het. Ze kwam drie keer harige dingen tegen die ervandoor gingen. Heel wat keren hoorde ze kleine pootjes weg trippelen voor ze ze bereikte. Maar ze was te ver heen om zich nog druk te maken over dat soort minieme details. Aan het eind van deze tunnel wachtte het leven en ze zou het redden, wat er ook gebeurde.

En toen was ze er, zo plotseling dat ze dacht dat iemand die schakelaar in de kelder van Frankenstein weer had overgehaald om een nieuwe droom in te luiden. Maar de frisse lucht die langs haar gezicht blies, maakte duidelijk dat dit geen visioen was. Het was nacht, de krekels tjirpten, brulapen loeiden, er grauwde een jaguar – ze had de buitenlucht bereikt!

Tanya kroop snel de tunnel uit, langs wat struiken heen, en bleek zich tien stappen bij de rivier vandaan te bevinden. De *Caura,* dacht ze. Een kleine aanlegsteiger bevestigde haar gok. De tunnel kwam ten zuiden van de zendingspost weer boven de grond, vlakbij hun aanlegsteiger. Tanya stond langzaam op en dwong haar spieren zich verder te strekken dan ze de afgelopen uren hadden kunnen doen. En toen strompelde ze voorwaarts, naar de steiger, naar de kano die in het water dobberde. De Caura stroomde een kilometer of vijftien verderop de Orinoco in en dan verder in de richting van de oceaan. Naar mensen toe.

Ze liet zich in het wankele bootje rollen, waarbij het bijna omkiepte, en trok de knoop uit het touw waarmee het was vastgelegd. De rivier voerde haar mee met zijn trage stroming en ze liet zich op haar buik vallen.

En toen gaf Tanya zich over aan de duisternis die haar geest dreigde te overspoelen.

Shannon rende de hele nacht door. Van de kliffen naar de top van de berg en toen weer naar beneden, naar de rivier die hem naar zee zou voeren, waar hij veilig zou zijn. De Orinoco, vijftien kilometer stroomafwaarts, achter de bergrug bij de plantage.

De begroeiing was dicht en de nacht donker, waardoor hij niet echt opschoot. Maar het zou eventuele achtervolgers ook afremmen. Hij rende in stilte verder, verward door de mist in zijn gedachten en de gebeurtenissen van de afgelopen dag. Zijn botten deden pijn en zijn spieren voelden rauw aan door de kilometers zwaar terrein die onder zijn voeten waren doorgegleden. Zijn voeten waren er niet best aan toe. Maar één gedachte hield hem op gang: de gedachte dat hij op zekere dag zou terugkomen en ze allemaal zou doden. Tot op de laatste man. En ook iedereen die er ook maar de geringste bemoeienis mee had gehad. Misschien zou hij wel een granaat door hun strot duwen.

De zon was al aan zijn beklimming van de oostelijke hemel bezig toen hij eindelijk bij de open plek naast de kloof aankwam. Hij hoorde het geluid van een donderende stroomversnelling. Hij naderde de diepe kloof en tuurde naar beneden, naar de onstuimige rivier, terwijl hij een hand op de touwbrug legde om in evenwicht te blijven.

De Orinoco had een strook van zeventig meter breed in de grond uitgesleten. Aan de andere kant kronkelde een oud pad steeds naar de rivier en weer terug. De enige manier om de rivier over te steken, was via de oude touwbrug die vervaarlijk over het zeventig meter brede gat slingerde. Hij had besloten dat hij via de slingerende brug zou oversteken, zou afdalen naar de rivier, een weg zou zoeken langs de stroomversnellingen en dan iets zou opzoeken – een kano, een grote boomstam, wat dan ook – om de rivier mee af te varen.

Hij keek naar de planken die waren samengebonden en het loopvlak van de brug vormden. Het hout leek verrot en het touw was hier en daar gerafeld. De hele constructie zag eruit alsof ze elk moment in de rivier kon storten.

Terwijl hij stond te kijken, liet er zelfs een stuk hout los, dat loom in de richting van het onstuimige water zweefde.

Hij keek het na. Hij zou goed moeten opletten waar hij zijn voeten neerzette wanneer hij eroverheen liep. En toen schokte een tweede plank, die doormidden spleet, alsof hij door een onzichtbare bijl werd geraakt.

Er liep een rilling over zijn rug. Het drong in een fractie van een seconde tot hem door: het feit dat het hout niet aan het verkruimelen was, maar dat het werd geraakt. Door kogels!

Hij draaide zich met een ruk om.

De helikopter vuurde van grote afstand – te ver om goed te kunnen richten – maar hij kwam snel dichterbij. Het geluid van de rotorbladen werd gemaskeerd door de stroomversnellingen, maar Shannon zag duidelijk de flitsen die uit de neus kwamen.

Heel even stond Shannon aan de grond genageld van ongeloof. Er spatte nog een plank in tweeën, twee meter bij zijn voeten vandaan. Er vlogen twee mogelijkheden door zijn hoofd: hij kon zich terugtrekken in de jungle of verder rennen, de brug over.

Met een gierend gebulder kwam de heli over, klom scherp en gooide zijn staart in de rondte, waarna hij een tweede aanval inzette.

Shannon greep de touwen en liep zo snel mogelijk de brug over, maar die plotselinge beweging zorgde ervoor dat de brug wild begon te slingeren. In een vlaag van paniek miste hij het touw bijna, maar hij had hem snel weer beet. Rechts van hem kwam het aanvallende vliegtuig recht op de brug af.

De brug over gaan was een verkeerde beslissing geweest – dat besefte hij toen de eerste kogels de stukken van de planken bij zijn voeten knalden.

Hij had terug naar het bos moeten rennen. Nu stond hij open en bloot op een slingerende constructie, met een boordwapen dat met onzichtbare vingers piano speelde op de planken van de hangbrug.

Dit werd zijn einde!

Die gedachte legde hem lam.

De piloot zag de planken voor de voeten van de jongen uit elkaar spatten en liet de stroom lood langzaam naar rechts afbuigen, in de wetenschap dat hij eigenlijk niet kon missen.

'Maak hem af!', zei Abdullah naast hem. De piloot richtte snel naar rechts. De jonge man schokte plotseling naar achteren, alsof een enorme hand hem tegen zijn borst mepte. Een wolk rode bloedspetters glinsterde in het zonlicht. Ze hadden hem!

Hij kiepte over het touw dat de brug ondersteunde en tuimelde als in slow motion door de lucht. Net een lappenpop die naar beneden werd gesmeten. De val alleen zou al genoeg zijn om een man te doden, maar geen van tweeën kon het gapende gat in de zij van de jongen missen.

Abdullah grauwde en de piloot knipperde door dat geluid met zijn ogen. En toen, ver beneden hen, plensde het lichaam in de stroom en verdween. 'Terug', beval Abdullah. Het zweet stond op zijn gezicht. Zijn zwarte haar lag tegen zijn hoofd geplakt. 'Terug. We moeten het zeker weten.'

De piloot keerde de heli om de jongen te gaan zoeken. Maar hij wist dat hij zijn tijd aan het verknoeien was.

De jongen was dood.

8

Acht jaar later
Maandag

'Goedemorgen, Bill.'
'Goedemorgen, Helen. Je klinkt opgewekt.'
'Ik heb nieuws.'
Dat legde de voorganger even het zwijgen op. 'Wat voor nieuws?'

'Het begint', zei Helen. Ze zweeg even. 'Het kwaad zit in de lucht en het staat op het punt dit land te overvallen.'

'Ik ben er vrij zeker van dat je dat acht jaar geleden ook precies zo zei.'

'Ik heb je toen verteld – en sindsdien al honderd keer – dat de dood van Tanya's ouders pas het begin was.'

'Ja, Helen, dat heb je me inderdaad verteld. En ik heb samen met je gebeden. Acht jaar lang. Dat is een lange tijd.'

'Acht jaar is niets. God zet doelbewust zijn stukken in dit schaakspel en het is eigenlijk al vijftig jaar geleden begonnen. Ze zijn hier al tientallen jaren mee bezig.'

'Een schaakspel? Ik ben er vrij zeker van dat we niet alleen maar pionnen zijn in het een of andere spelletje.'

'Geen spelletje, Bill. Een wedstrijd. Dezelfde strijd die om ons hart woedt. En je hebt gelijk – we zijn niet alleen maar pionnen. We hebben een eigen wil, maar dat betekent niet dat God ons niet kan vertellen dat we twee stappen naar rechts moeten of één vakje vooruit. Het is een fluisteren in ons hart, maar eigenlijk is het meer de donder uit de hemel. Het is aan ons of we willen luisteren naar die donder, maar vergis je niet, Hij bepaalt het spel. In dit geval is het spel een hele tijd terug begonnen. En een van de zetten was dat Tanya's ouders als zendelingen naar Venezuela vertrokken. Inderdaad, om de indianen daar het evangelie te brengen, maar misschien ook wel om te zorgen dat Tanya daar terecht zou komen, zodat ze kon worden wie ze is.'

'Denk je nou echt dat haar ouders naar de jungle werden geroepen om tien jaar onder de indianen te leven en ten slotte te worden vermoord om het effect dat dat op hun dochter zou hebben? En die toevallig vandaag de dag ook nog eens niet echt op een grote profeet of iets dergelijks lijkt.'

'Ja, Bill. Ik denk dat dat inderdaad een van de hoofddoelen was. Dat is de manier waarop God werkt. Een zendeling wordt misschien wel net zo goed naar Indonesië geroepen voor de jongen met wie hij op weg ernaartoe in New York praat, als voor al die mensen voor wie hij de daaropvolgende twintig jaar spreekt. Misschien is die jongen wel een Billy Graham of een Bill Bright. God is behoorlijk briljant, vind je niet?'

Het werd stil aan de andere kant van de lijn.

'Maar Tanya's tijd zit eraan te komen, Bill. Je zult het zien. En dat duurt niet lang meer.'

Tanya Vandervan zat op een houten stoel, haar voeten plat op de grond. Ze was zich ervan bewust dat het zweet in haar handen stond, ondanks de koele lucht die de plafondventilatoren in haar richting bliezen. Ze verschoof haar blik naar het enkele raam dat haar vanaf de tiende verdieping uitzicht gaf op de skyline van Denver. Ze bedacht dat ze zelfs hier, binnen de witte muren van het Denver Memorial, niet in staat was de jungle te ontvluchten. Acht jaar geleden was ze de groene chaos ontvlucht, maar dat had alleen maar geleid tot een web van verwarring in haar geest. En nu had ze een andere jungle gevonden – die betonnen constructies achter het raam, die om haar heen waren gebouwd als een gevangenis.

God zij dank voor Helen.

Ze verschoof haar blik weer naar de oudere mannen die als een jury achter een lange tafel hadden plaatsgenomen. De medische evaluatiecommissie van het Denver Memorial Hospital bestond uit deze drie heren in witte jassen. Ze kenden haar als Sherry. Sherry Blake. Dokter Sherry Blake, die als co-assistent nu al zes maanden meedraaide in dit ziekenhuis.

En aan hun gefronste voorhoofden te zien, was dat zes maanden te lang. De meeste mensen in de medische wereld hadden de mufheid van de ziekenhuizen uit de zeventiger jaren achter zich gelaten, maar deze mannen hadden om de een of andere reden de boot gemist.

Sherry sloeg haar benen over elkaar en wreef zenuwachtig met een hand over haar nek. Haar haar viel nu in zachte krullen tot op haar schouders – niet langer blond, maar bruin. Het hing schuin over haar voorhoofd, boven ogen die niet langer blauw waren, maar een hazelnootkleurig bruin. Dat was haar eigen idee geweest, een jaar of vijf geleden, gebaseerd op de gedachte dat als ze haar naam en uiterlijk zou veranderen, ze met die nieuwe identiteit misschien kon ontsnappen aan haar innerlijke chaos. Misschien zou ze dan kunnen ontsnappen aan de herinneringen aan Shannon, die haar bleven achtervolgen. Zielenknijpers hadden haar op andere gedachten proberen te brengen, maar ze was haar vertrouwen in hen al lang geleden kwijtgeraakt.

Het idee was steeds verder uitgegroeid. Tot het een obsessie voor haar was geworden om van identiteit te veranderen. Ze had wettelijk haar naam laten veranderen, had haar haar geverfd en droeg vanaf dat moment bruine contactlenzen. De verandering was zo groot geweest, dat zelfs Helen haar nauwelijks nog herkende. Als ze een schoolfoto van vroeger vergeleek met haar spiegelbeeld, kon zelfs Tanya – Sherry – amper de overeenkomsten benoemen.

'Wat ik denk dat dokter Park bedoelt, miss Blake, is dat artsen een bepaald gedrag tentoonspreiden en dat een ander soort gedrag niet echt bij dat imago past.' Ottis Piper verschoof zijn blik van haar naar het papier dat voor hem lag. 'In elk geval wat het imago betreft dat het Denver Memorial acceptabel acht. En bergschoenen en T-shirts maken geen deel uit van dat imago.'

Sherry trok een wenkbrauw op. Ze balanceerde tussen totale onderwerping aan deze mannen in witte jassen en botte eerlijkheid.

Ze wist dat onderwerping goed zou zijn voor haar carrière. *Slikken maar, meid. Slik al hun idioterie maar met een gezicht alsof je het geweldig vindt wat ze zeggen. Zeg tegen hen wat ze willen horen en ga gewoon door met je leven.*

Wat er dan nog van over is.

Maar botte eerlijkheid zou best eens een keer erg prettig zijn, hoewel ze daarna waarschijnlijk zou wensen dat ze haar woorden had ingeslikt en hun absurditeiten had geslikt. Maar om de een of andere reden kon ze geen verontschuldiging over haar lippen krijgen en hoe graag een deel van haar dat ook wilde, het lukte niet.

'Oh? Bent u ontevreden over mijn werk, dokter Piper? Of is het alleen maar dat imagogedoe wat u dwarszit?'

Dat legde de grijze Britse import even het zwijgen op. Zijn ogen werden groot.

'Ik weet niet zeker of u wel helemaal begrijpt wat de aard van dit evaluatiegesprek is, miss Blake. We zijn hier om over *uw* gedrag te praten, niet over dat van ons.' Zijn accent beet elk woord precies op de juiste plek af en Sherry kreeg de neiging om een hand uit te steken en iets in die mond te proppen. Een sok, of zo.

Haar gezonde verstand probeerde haar ervan te overtuigen dat ze maar beter kon ophouden met dit krankzinnige gedoe. Tenslotte slikten co-assistenten gewoon alles. Dat was een vaardigheid die ze op de opleiding had geleerd.

'Het spijt me, meneer Piper. Dat was wat te vrijpostig.' Ze probeerde een beleefd glimlachje te produceren en vroeg zich af of het niet meer op een minachtende grijns leek. 'Ik zal wat meer aandacht schenken aan de manier waarop ik me kleed, hoewel ik tot mijn verdediging moet zeggen dat ik maar één keer bergschoenen en een T-shirt heb gedragen. Dat was afgelopen week, op mijn vrije dag. Ik bezocht toen een patiënt die even een troostend woordje nodig had.'

Directeur Moreland keek als een arend toe, niet per se onvriendelijk, maar ook niet vriendelijk. Park, de laatste van het trio, zei: 'Let gewoon een beetje op hoe u zich kleedt, miss Blake. We houden hier een professioneel instituut gaande, geen pretpark.'

'Professioneel? Of militant? Van kleding wordt in de meeste ziekenhuizen niet echt meer een punt gemaakt. Misschien dat u er eens wat vaker uit moet.'

Piper tuurde over de multifocale bril die hij op zijn neus had gezet en schraapte zijn keel. 'Het lijkt mij dat we over enkele belangrijker dingen moeten praten. De afgelopen twee weken bent u tijdens het werk drie keer in slaap gevallen. En een van die keren hebt u een oproep van een patiënt gemist.' Hij zweeg.

'Ja', zei Sherry. 'Het spijt me.'

'Oh, maar ik denk niet dat het zo eenvoudig ligt, miss Blake. Ik denk dat we hier te maken hebben met een flink slaaptekort.' Sherry's vingers voelden plotseling koud aan, alsof het bloed eruit was weggetrokken. Waar wilde de Brit naartoe?

'Ziet u, slaaptekort is een probleem in ons vak. Vermoeide dokters maken fouten. Soms grote fouten – van het soort waardoor mensen overlijden. En we willen geen mensen laten overlijden, toch?'

'Wat er buiten deze muren met mij gebeurt, gaat u niet aan', zei ze.

'Oh? U ontkent dus dat u een probleem hebt, miss Blake?', vroeg Piper zelfvoldaan.

Ze moest slikken. 'We hebben nu en dan allemaal wel eens last van een slaapstoornis.'

'Ik heb het niet over nu en dan. Ik heb het over elke nacht, mijn lieve meid.'

'Ik ben uw *lieve meid* niet, meneer Piper. Waar hebt u dat vandaan?'

'Beantwoord gewoon de vraag.'

'Ik denk dat het u helemaal niets aangaat of ik wel of niet een probleem heb om in slaap te komen. Wat ik thuis doe, is mijn eigen zaak, niet die van u.'

'Oh? Ik begrijp het. Dus als u uitgeknepen op het werk komt, moeten we dus ook maar even een oogje dichtknijpen?'

'Ik kom niet uitgeknepen op mijn werk, of wel? Ik ben van plan mijn opleiding hier met vlag en wimpel te halen. Ooit zullen mensen als u verslag moeten uitbrengen aan mensen als ik.'

'Nu ga je te ver!', fluisterde Piper hees. 'Beantwoord mijn vragen! Is het waar, miss Blake, dat u medicijnen gebruikt om wakker te blijven op uw werk? Zoals het ernaar uitziet, bent u een drugsverslaafde!'

Sherry was even sprakeloos en beefde achter haar kalme façade.

'Is dat waar, Sherry?', vroeg de directeur, die links van Piper zat.

Ze keek langs hem heen, door het raam. Op de parkeerplaats claxonneerde iemand – misschien een patiënt die haast had. 'Ik ben geen drugsverslaafde. En ik vind het ergerlijk dat u dat beweert. Ik heb wat problemen gehad met slapeloosheid', zei ze terwijl ze nogmaals slikte. Heel even dacht ze dat haar traanklieren zouden gaan opspelen. Dat zou een ramp zijn.

'Maar dat heeft me er niet van weerhouden te bereiken wat ik tot nu toe heb bereikt', zei ze vlak.

'Hoelang hebt u daar last van gehad?'

'Een tijdje. Een paar jaar. Acht ongeveer, geloof ik.'

'Acht jaar?', vroeg Park nu.

'Hoe beroerd is het als je er last van hebt?', wilde Moreland weten.

'Volgens welke standaard?'

'Maakt niet uit. Hoeveel slaap heb je de afgelopen nacht gehad?'

Ze knipperde met haar ogen en dacht terug aan de rusteloze nacht die achter haar lag. Een redelijke nacht, alles bij elkaar opgeteld. Maar daar zouden zij anders over denken.

'Twee uur.'

'En de nacht daarvoor?'

'Misschien twee.'

Hij zweeg even. 'En is dat gebruikelijk?'

Ze keek hem nu aan. 'Ja, ik geloof dat dat redelijk gebruikelijk is.'

'Je hebt dus tijdens die zeven jaar dat je op de medische opleiding hebt gezeten, gemiddeld maar twee uur slaap per nacht gehad?'

Ze knikte. 'Daar komt het wel op neer.'

'Hoe heb je dat dan voor elkaar gekregen?'

'Veel koffie… En medicijnen wanneer het ondraaglijk wordt.'

'Hoe is dat dan begonnen?', vroeg Moreland.

Ze bedacht dat zijn medeleven nu haar enige hoop zou zijn. Maar ze was nooit goed geweest in medelijden wekken. Het idee om zich in die diepe wateren te begeven met deze haaien erbij, stond haar helemaal niet aan.

Aan de andere kant stond haar bootje toch al op het punt om te kapseizen.

'Toen ik zeventien was, zijn mijn ouders vermoord', zei ze terwijl ze weer uit het raam keek. 'Ze waren zendelingen in Venezuela, onder de Yanamamo-indianen. De zendingspost en een nabijgelegen plantage zijn door guerrilla's van de kaart geveegd. Ik was de enige overlevende. Ze hebben mijn moeder, mijn vader en een goede vriend en zijn ouders vermoord.' Ze schraapte haar keel.

'Ik heb een paar dagen opgesloten in een kist onder de grond doorgebracht voor ik erachter kwam dat er een ontsnappingstunnel was. Ik denk dat ik sinds die tijd misschien maar twee of drie hele nachten heb doorgeslapen.' Ze haalde haar schouders op en keek naar Moreland. 'Die herinneringen houden me wakker. Posttraumatisch stresssyndroom.'

'Het spijt me voor je', zei Moreland. 'Is het met de tijd iets verbeterd?'

'Wel voor korte periodes, ja. Maar nooit zonder terugval.' Herinneringen aan therapieën zweefden door haar gedachten – honderden uren gewroet in haar zielenroerselen. Elke keer weer zoeken in haar verleden, zoeken naar de schakelaar waarvan ze hoopten dat ze er alles mee konden uitschakelen. Ze hadden het een paar keer gered om de gordijnen dicht te trekken, maar de schakelaar hadden ze nooit gevonden.

Sherry keek naar Piper en zag dat hij haar niet langer met samengeperste lippen zat aan te kijken. Ook zijn ogen waren zachter geworden. Misschien dat de mens in hem boven kwam drijven. Ze wendde haar blik af, want ze wilde zijn medelijden niet zien.

'Heb je daarna bij familie gewoond?', vroeg Moreland.

'Ik heb bij een geadopteerde grootmoeder gewoond, Helen Jovic, tot ik aan de opleiding begon. Ze is de schoonmoeder van mijn oom, mocht dat iets uitmaken. Ze heeft ondanks haar eigenaardigheden nog het meest geholpen. Meer dan alle zielenknijpers die me sindsdien onder de loep hebben genomen.'

'Maar dat heeft dus allemaal niet geholpen?', drong Moreland aan.

'Nee', antwoordde Sherry. Plotseling vroeg ze zich af of ze met haar openhartigheid niet haar eigen graf groef. Ze hoorde de geruchten al over die co-assistent die elke nacht gillend wakker wordt omdat haar ouders werden vermoord toen ze nog een kind was. Arme meid. Arme, arme Sherry. Ze ging verzitten. 'En als u het niet erg vindt, zou ik het zeer waarderen als u dit voor uzelf houdt. Ik weet zeker dat u dat wel zult begrijpen.'

'Ik ben bang dat het niet zo eenvoudig is', zei Piper, de Brit. 'Ik ben bang dat je meer hebt te vrezen van jezelf dan van anderen.' Sherry keek hem aan en zag de emotieloze blik in zijn ogen. Haar spieren spanden zich.

'En wat wilt u daarmee zeggen?', vroeg ze.

'Daar wil ik mee zeggen dat u, wat anderen ook mogen vinden, miss Blake, een gevaar vormt voor uw eigen carrière. En voor anderen. In de conditie waarin u verkeert en het feit dat u bepaalde medicijnen moet gebruiken om te kunnen functioneren, kost het op zekere dag het leven van een patiënt. En dat kunnen we in het Denver Memorial eenvoudigweg niet hebben.'

'Ik heb alles gegeven om arts te worden. U wilt toch niet zeggen dat...'

'Wat ik wil zeggen, is dat je rust nodig hebt, Sherry. Minstens drie maanden. We hebben het hier over de levens van onze patiënten, niet over jouw kostbare ego'tje. Je hebt van de week een oproep gemist!'

Sherry voelde een koude rilling over haar huid lopen. Drie maanden? Waarvoor dan? Om nog eens bij een zielenknijper op de bank te gaan liggen? Ze staarde de man tien volle seconden aan en dacht dat ze haar verstand zou gaan verliezen. Toen ze weer iets zei, beefde haar stem een beetje.

'Hebt u enig idee hoeveel uren studie het kost om als beste van je jaar te eindigen, meneer Piper? Nee, ik denk het niet, want volgens mij bent u helemaal onder aan de lijst geëindigd, of niet?'

Een trilling in zijn rechterwenkbrauw gaf aan dat ze een gevoelige snaar had geraakt. Maar dat maakte niet meer uit. Ze was te ver gegaan. Sherry stond op en richtte zich tot Moreland. Elke vezel in haar lichaam wilde schreeuwen: 'Ik neem ontslag!'

Maar dat kon niet. Niet na zeven jaar met haar neus in de boeken te hebben gezeten.

Ze doorboorde hem met haar flikkerende ogen, draaide zich met een ruk om en beende de deur uit, waarbij ze de drie artsen verbijsterd achterliet.

9

Er was maar één levende ziel op aarde die wist wat er echt van Shannon Richterson was geworden. Maar één man wist hoe hij acht jaar geleden echt was gestorven. Dat wist hij omdat ook hij uit Venezuela kwam, stroomafwaarts van dezelfde rivier als waar Shannon in was gevallen nadat hij was neergeschoten. Wat hij wist over de moordenaars die op die vreselijke dag de zendingspost en de plantage hadden overvallen, zou wonderen hebben kunnen doen voor Sherry Blake.

Er was maar één probleem. Zelfs al had hij van Sherry af geweten, dan was hij nog steeds niet het gevoelige type dat zich daarom zou bekommeren. In feite was hij zelf een moordenaar.

Hij heette Casius en op het moment dat Sherry het Denver Memorial uit beende, stond hij aan het hoofd van een vergadertafel van de CIA in Langley, Virginia. Hij staarde woest naar drie mannen op stoelen en onderdrukte een plotseling opkomende drang om hun de strot af te snijden.

Heel even zag Casius een vertrouwde zwarte mist voor zijn ogen zweven, maar hij knipperde met zijn ogen en het verdween weer. Als ze het al hadden opgemerkt, lieten ze dat niet blijken.

Ze verdienden het om te sterven en op zekere dag *zouden* ze sterven. En misschien, als het een beetje meezat, zou hijzelf degene zijn die hen doodde. Maar niet vandaag. Vandaag speelde hij nog steeds hun spelletje mee. Daar zou echter snel verandering in komen.

Hij keerde zich van hen af. 'Laat me jullie een verhaal vertellen', zei hij, terwijl hij naar het raam liep. De magere, Friberg, was de directeur van de CIA. Hij had een kaal hoofd en smalle lippen. Donkere ogen.

Casius draaide zich weer om naar de groep. 'Vinden jullie het goed als ik jullie een verhaal vertel?'

'Ga je gang', zei Mark Ingersol. Ingersol, de directeur van de afdeling Special Operations, was een zwaargebouwde man met sluik zwart haar. David Lunow, Casius' contactpersoon, staarde hem aan met een geamuseerde blik in zijn ogen.

Casius keek Ingersol aan. 'Afgelopen week heb je me op pad gestuurd om in Iran een man te vermoorden. Mudah Amir. Hij woonde in een landelijk gelegen huis en bracht het grootste deel van zijn tijd door met vrouw en kinderen, wat de taak er niet gemakkelijk op maakte, maar...'

'Het was een monster', zei Ingersol. 'En dat is de reden waarom we je naar hem toe gestuurd hebben.'

Casius voelde een verzengende hitte in zich opborrelen. Ingersol had natuurlijk gelijk, maar hij had niet het recht om gelijk te hebben. Ingersol was zelf een monster. Zij waren zelfs de ergste monsters, omdat zij doodden zonder hun handen vuil te maken. 'Het spijt me om je observatie in twijfel te trekken, maar ik heb het idee dat je niet helemaal doorhebt wat een monster is.'

'Iedereen die een van onze ambassades opblaast, is in mijn visie een monster. Maar ga door.'

'Jullie hebben me erheen gestuurd om hem te doden. Ben je daardoor een monster?'

'We hebben je daar niet heen gestuurd om onschuldige...'

'De onschuldigen vinden altijd de dood. Dat is het karakter van het kwaad. Maar je hebt geen man met het schuim op de bek nodig om met een vliegtuig een gebouw in te vliegen. Daar heb je een man voor nodig die achter de oorlog staat waaraan hij deelneemt. Een slechte man, misschien, of een godsdienstige man. Maar het kwaad beperkt zich niet tot het Midden-Oosten. De monsters zitten overal. Misschien wel in deze kamer.'

'En ben *ik* dan een monster?', vroeg Ingersol.

Casius negeerde hem. Hij wendde zich weer van hen af en sloot zijn ogen. 'Ik moest twee dagen wachten voor zijn vrouw en kinderen weggingen en ik Mudah Amir kon doden, maar daar ging het niet om.'

Hij haalde nog eens diep adem en dwong zichzelf te kalmeren. Als Mudah een monster was, was hij dat ook. Ja, een monster.

'Mudah stierf niet snel.' Hij draaide zich om en keek hen een paar seconden doordringend aan. 'Weet je hoe gemakkelijk iemand praat wanneer je eenmaal één of twee vingers hebt verwijderd?', vroeg Casius.

'Mudah vertelde me over een man. Een zekere Abdullah Amir – zijn broer, om precies te zijn. Hij spuugde me in mijn gezicht en vertelde me dat zijn broer, Abdullah, een aanval op Amerika zou gaan uitvoeren. En dat zou hij eerder doen dan wie dan ook zou verwachten. Niet echt een ongebruikelijke bedreiging van een man die op het punt staat te sterven. Maar wat hij me daarna vertelde, had wel mijn aandacht. Hij bleef volhouden dat zijn broer vanuit het zuiden een aanval op Amerika zou uitvoeren. Vanuit Venezuela.'

De ogen van directeur Friberg flikkerden, maar hij hield zijn mond.

Casius liep terug naar de tafel en legde zijn hand op de rugleuning van zijn stoel. 'Nou zou ik jullie normaal gesproken niet lastigvallen met de bekentenis van een man die op het punt staat te sterven, maar ik heb meer.'

Casius haalde rustig adem. 'Ik weet zeker dat jullie ene Jamal Abin kennen.'

Die naam leek de kamer stil te krijgen. Heel even reageerden ze alleen maar met hun ademhaling.

'Het is ons vak om iets te weten over mannen als Jamal', zei Ingersol ten slotte. 'Er valt niet veel over hem te vertellen. Hij financiert het terrorisme. Wat heeft hij hiermee te maken?'

David trok voor de eerste keer zijn mond open. 'Volgens mij refereert Casius aan de verslagen die beweren dat Jamal achter de moord op zijn vader in Carácas zat.'

'Is jouw vader vermoord in Carácas?', vroeg Ingersol. Het verbaasde Casius nauwelijks dat de man dat niet wist. Zijn verleden was alleen bekend bij David, die hem had gerekruteerd.

62

'Mijn vader was een huurling die meevocht in de drugsoorlogen in Zuid-Amerika. Ze hebben hem in een nachtclub zijn keel doorgesneden en ik geloof inderdaad dat Jamal uiteindelijk verantwoordelijk was voor zijn dood. Natuurlijk niet persoonlijk. Jamal is niet iemand die zijn gezicht laat zien, laat staan dat hij iemand eigenhandig zou doden. Maar nu heeft hij een spoor achtergelaten.'

Ze zaten daar maar, zonder te reageren.

'Nadat ik Mudah had gedood, heb ik zijn huis doorzocht. Ik heb onder zijn bed een kluis gevonden met daarin papieren die bewijzen dat Jamal gelieerd is aan hem en zijn broer, Abdullah.' Casius trok een opgevouwen papier uit zijn zak, vouwde het voorzichtig open en schoof het over de tafel heen naar de drie mannen toe.

'Wat is dit?', vroeg Ingersol.

'Een cheque voor één miljoen dollar die bij Mudah was afgeleverd en die bedoeld is voor Venezuela.'

Ze bestudeerden het verkreukelde papier en lieten het rondgaan. 'En jij beweert dus dat die J de paraaf van Jamal is.'

'Ja. Het verbindt Jamal, de "financier van het terrorisme", zoals jullie hem noemen, met Abdullah, Mudahs broer. Ik zou zeggen dat dat wat meer zeggingskracht geeft aan de bekentenis van de stervende Mudah, vind je niet?'

Niemand reageerde.

'Zo ingewikkeld is het nou ook weer niet', vervolgde Casius. 'Jamal is een bekende terrorist. Ik heb bewijs dat Jamal verbonden is met Abdullah, die klaarblijkelijk een basis in Venezuela heeft.'

Ingersol fronste zijn voorhoofd en knikte. 'Klinkt aannemelijk.'

'Maar er is meer. In de kluis zat ook een document waarop de exacte locatie van Abdullahs basis staat. Op zich al interessant. Maar die locatie, een oude plantage, is ruwweg acht jaar geleden overgenomen door een ongeidentificeerde gevechtsmacht. Een Deense koffieboer, Jergen Richterson, en zijn gezin zijn daarbij gedood, samen met de zendelingen die naast hen woonden.' Casius gaf hun de geclassificeerde details en zag Fribergs ogen zich nauwelijks waarneembaar iets samenknijpen.

'Volgens jullie eigen gegevens heeft er nooit een officieel onderzoek naar de aanval plaatsgevonden. En natuurlijk waren er ook geen overlevenden om de zaak aan te zwengelen. Nogal ongewoon, nietwaar? Ik geloof dat de informatie die ik heb, naar Abdullah Amir leidt en ik geloof dat Abdullah me naar Jamal zal leiden.'

Casius zweeg even. 'Ik wil Jamal.'

'Snuffel jij wel eens meer rond in onze gegevens?', vroeg Friberg rustig.

'Waar is dat document waarop de basis van Abdullah vermeld staat?'

'Dat heb ik.'

'Dat ga je dus afdragen.'

'Is dat zo? Ik wil die opdracht.'

'Ik ben bang dat daar geen sprake van kan zijn', reageerde Friberg. 'Het feit dat Jamal met de dood van jouw vader te maken zou kunnen hebben gehad, zorgt voor een te persoonlijke betrokkenheid, waardoor je er niet zakelijk genoeg mee kunt omgaan.'

'Ja, dat is jullie politiek. En toch is dat mijn eis. Of jullie geven me de leiding over een verkenningsmissie in die regio, of ik doe het op eigen houtje.'

'Jij doet niks op eigen houtje, beste jongen.' Fribergs hals vertoonde een rode gloed. 'Of je doet wat we je zeggen, of je doet helemaal niks. Is dat duidelijk?'

'Kristalhelder. Helaas is het ook onacceptabel.'

Casius staarde Friberg recht aan. Hij had al verwacht dat het hierop neer zou komen en gedeeltelijk was hij daar ook wel blij mee. Hij had gehoopt dat ze hem zouden laten gaan – Jamal stond hoog op de zwarte lijst. Maar als ze weigerden, zou hij hoe dan ook gaan. Dat was het plan. Dat was altijd het plan geweest.

'Heb je de locatie bij je?', vroeg Friberg.

Casius glimlachte, maar zei niets.

'Dan heb je vierentwintig uur om het in te leveren. En probeer ons niet uit.'

'Is dat een bedreiging?'

'Dat is een bevel.'

Hij had het tot dusver uitstekend gedaan en het spel volgens hun regels gespeeld. Maar plotseling voelde hij het warm worden onder zijn schedeldak en kolkte de zwarte mist weer door zijn gedachten. Casius voelde een lichte huivering door zijn beenmerg trekken.

'Mooi. Dan zal ik jullie ook niet bedreigen.' Zijn stem was een beetje onvast en zijn gezicht was rood aangelopen – hij voelde het. 'Maar toch een waarschuwing. Ga geen druk op me uitoefenen, directeur. Ik functioneer niet optimaal wanneer iemand druk op me uitoefent.'

Er viel een dodelijke stilte. David wierp een nerveuze blik op Ingersol en Friberg. Ingersol leek van zijn stuk gebracht. Friberg staarde hem kwaad aan.

Casius draaide zich om en ging op weg naar de deur.

'Vierentwintig uur', zei Friberg.

Casius liep de deur uit zonder te reageren.

Het was begonnen. Ja, zeker weten dat het was begonnen.

10

Donderdag

Meestal zat Sherry tot een uur of twee 's nachts te lezen, afhankelijk van het boek en haar gemoedsgesteldheid. Daarna ging ze in de keuken nog wat lopen snoepen, waarna ze uiteindelijk in bed stapte, in de wetenschap dat ze nog een uur wakker zou liggen en daarna weer zou worden achtervolgd door de droom die haar al acht maanden lang kwelde. Die van het strand. Maar vannacht niet.

Sherry's huisgenote, Marisa, was om acht uur thuisgekomen en had Sherry's verhaal over de evaluatiecommissie aangehoord. Nadat ze het ziekenhuis uit was gestormd, had ze wat door het park geslenterd en probeerde ze wijs te worden uit wat haar nu weer overkomen was. Ze had bijna Helen gebeld, haar geadopteerde grootmoeder, maar dat had ze toch maar niet gedaan. Ze kende niemand die wijzer was dan Helen, maar Sherry wist niet zeker of ze op het ogenblik wel zin had in een dosis wijsheid.

Alles bij elkaar genomen was de dag één grote ramp geweest. Maar goed, dat waren de meeste dagen.

Marisa was om tien uur naar bed gegaan en Sherry had zich daarna met een romannetje opgekruld op de bank. Maar dat was ook meteen het laatste geweest dat volgens haar vertrouwde schema verliep. Daarna kwam alles op zijn kop te staan.

In de kamer onder haar was het rustig. Dat was het eerste dat anders was. Niet dat het rustig was, maar dat het *onder* haar rustig was.

Het tweede was de figuur die op de gemakkelijke stoel lag uitgestrekt, met armen en benen die over de leuningen hingen, als de een of andere televisieverslaafde die zijn dronkenmansroes lag uit te slapen na een enigszins te hoge alcoholconsumptie. Maar dat was geen televisieverslaafde. Dat was *zij*. Ze lag in die leunstoel te slapen en haar borst ging met grote halen op en neer. Er lag een blauwe deken over haar middel. Ze kon zich niet herinneren dat ze ooit zoiets had gekocht.

Het derde dat niet klopte, was de klok. Omdat die elf uur aangaf en de figuur op de stoel – Sherry – al sliep. Om elf uur. Wat onmogelijk was.

En toen viel Sherry nog iets op. Ze zweefde boven het tafereeltje, als een engel die op zichzelf neerkeek, als een vogel die overvloog. Als een duif. Net als acht jaar geleden in die kist!

Bij die gedachte stroomde er een warme gloed door haar buik. Als ze echt sliep en niet was overleden aan een hartaanval, moest dit de een of andere levendige droom zijn. Zeker geen nachtmerrie, wat ook alweer anders dan anders was, omdat ze niet wist wat dromen zonder nachtmerries was.

En toch zweefde ze daar door de lucht, als een duif. Om elf uur 's avonds boven haar slapende lichaam!

Alles stond op zijn kop.

Maar plotseling zweefde ze niet meer boven haar slapende lichaam. Ze vloog door een helderblauwe lucht, hoog boven een uitgestrekt bos. Als een engel. Ja, absoluut als een engel.

De wind gierde langs haar ogen. Ze hoorde niets. Haar eigen ademhaling niet en de wind ook niet. En toen bevond ze zich boven een jungleparadijs. Enkele honderden meters onder haar fladderde er een troep papegaaien rond.

Papegaaien. Jungle. En toen besefte Sherry dat ze zich weer in Venezuela bevond en over het tropisch regenwoud vloog. Ze kreeg een brok in haar keel en ze zakte dichter naar de bomen toe. Er flitsten herinneringen door haar gedachten. Beelden van momenten dat ze door de jungle jogde, dat ze in de rivier zwom en hand in hand met Shannon over de plantage rende. Een warm gevoel doorstroomde haar en ze glimlachte.

Onder haar ging de jungle over in grasvelden en ze hield geschrokken halt. Het *was* de plantage! Ze herkende de rijen koffieplanten, alsof ze er nog steeds waren, een week voor de oogst, rood badend in de zonneschijn. Rechts van haar rees het oude plantagehuis wit op uit het omringende groen. Haar blik gleed naar rechts en ze zag de zendingspost, die daar onverstoord in de late middagzon stond. Geen van de twee open plekken vertoonde tekenen van leven.

Dat beeld deed haar huiveren, zoals ze daar hoog in de lucht hing, als een duif aan een touwtje. Wat was dit? Toch het begin van een nachtmerrie? Maar zelfs haar nachtmerries waren nooit zo levendig geweest.

In haar ooghoeken bewoog iets en ze draaide zich om naar de schuur waarop de windvaan stond die Shannon had geraakt. Het ding stond nog steeds op het gebouwtje, inclusief z'n doorzeefde kop. Maar niet de haan had zich bewogen; het was de deur die openzwaaide, opengeduwd door een jongeman die het zonlicht in stapte.

Sherry was verbijsterd. Dat was Shannon! Een puber met lang blond haar, een reïncarnatie van de jongen die ze acht jaar geleden in de jungle was kwijtgeraakt. Haar hart hamerde in haar borst en ze haalde oppervlakkig adem, bang om het tafereel onder zich te verstoren. Bang dat hij haar zou zien en die groene ogen omhoog zou richten. Ze wist niet of ze dat aankon zonder in te storten.

En toen richtte Shannon die groene ogen inderdaad hemelwaarts. Hij glimlachte naar haar!

Haar hart hield op met kloppen; haar adem stokte. Wat voor lichaam ze hier ook mocht hebben, het schokte in de lucht. Duizenden stemmen gilden in haar hoofd door elkaar. De zenuwuiteinden in haar vingers en tenen tintelden als een gek.

En toen rolde het bos zich onder haar op, als een stuk tekenpapier dat in een koker wordt gestopt.

Sherry schrok op uit de leunstoel. Haar ogen stonden wijdopen en ze snakte naar adem. Ze keek geschrokken om zich heen.

Haar gedachten begonnen een beeld te vormen van een heleboel uit elkaar gespatte beeldpunten. Ze bevond zich weer in haar appartement. Er liep speeksel uit haar mondhoek. Marisa stond in de keuken over het aanrecht gebogen. Er stroomde daglicht door de ramen. Op de klok aan de muur was het zeven uur. Dat waren de beeldpunten en samen zeiden die dat ze de hele nacht had doorgeslapen!

En ze had weer een visioen gehad. Zoals ze die acht jaar geleden in de kist had gehad.

Sherry stond nog nahuiverend op. De blauwe deken viel op de grond. Maar wat kon de betekenis zijn van zo'n visioen?

'Marisa?'

'Goedemorgen!', riep haar huisgenote beleefd uit de keuken.

Sherry strompelde naar de keuken en streek met haar hand over haar hoofd, alsof ze haar gedachten helder probeerde te krijgen.

Marisa draaide zich om en nam haar met een opgetrokken wenkbrauw op. 'Gaat het wel goed met je?'

Sherry liet haar ogen door de keuken dwalen, nog steeds niet helemaal helder. 'Ik heb de hele nacht doorgeslapen', zei ze net zo goed tegen zichzelf als tegen haar huisgenote. 'Zonder nachtmerries.'

Marisa's handen hielden op te bewegen.

Sherry vervolgde, alsof ze zich nog steeds in haar droom bevond: 'En volgens mij had ik een visioen.'

Marisa keek haar nu aan en droogde haar handen af aan een handdoek. 'Een visioen? Je bedoelt dat je iets hebt gedroomd.'

'Misschien, maar het was iets anders dan die van het strand. Hij leek heel erg op dat wat ik zag toen ik in de kist onder de grond zat, nadat mijn ouders waren vermoord. Ik zweefde overal overheen en zag dingen die echt waren en op dat moment gebeurden. Zoals de klok. Hij gaf elf uur aan en ik zat in de stoel te slapen. Heb jij een deken over me heen gelegd?'

'Ik kwam om elf uur even uit bed en zag dat je sliep. Ik wilde je niet wakker maken en daarom heb ik die deken over je heen gelegd.'

'Ja. Ja, ik zag hem over me heen liggen.'

De droom kwam nu volledig in kleur terug. Ze herinnerde zich de jongen en ze voelde haar hart een sprongetje maken. Shannon! Maar dat kon geen real time zijn, want hij zag er nog net zo uit als de laatste keer dat ze hem had gezien.

'Ik zag Shannon', zei ze, en haar stem beefde iets.

'Je ziet Shannon altijd', zei haar huisgenote.

'Nee. Ik heb vaak aan hem *gedacht*, maar dit is de eerste keer dat ik hem heb gezien.' Sherry ging op een barkruk zitten. Het duizelde haar. 'En ik heb de hele nacht doorgeslapen – zonder nachtmerrie. Dat wil toch wel iets zeggen.'

'Tja, daar heb je gelijk in. Misschien heeft die uitbarsting tegen Piper je toch nog iets positiefs opgeleverd.'

'Dat is het niet. Hoewel ik denk dat ik maar instem met de drie maanden rust die ze me hebben voorgeschreven. Ik zie me voorlopig even niet met hen samenwerken.'

Marisa stak haar handen weer in het afwaswater. 'Dus jij denkt echt dat het een visioen was. Zoals je grootmoeder blijkbaar heeft.'

'Ik weet het niet. Maar het was niet zomaar een droom.'

Haar huisgenote trok een wenkbrauw op en maakte een groen bord schoon. 'Je zag Shannon deze keer dus. Je zag hem dus echt, toch?'

'Hij was jonger dan hij nu in werkelijkheid zou zijn. Maar het voelde zo echt aan.'

'Je hebt nooit zijn lichaam gezien…'

'Dat zeg ik net. Ik zag hem echt…'

'Nee, ik bedoel nadat hij was vermoord. Je hebt nooit echt gezien dat Shannon dood was?'

'Alsjeblieft, zeg. Daar hebben we het al honderd keer over gehad. Hij is dood. Geen twijfel mogelijk. Ik ga geen oude wonden openrijten.' Ze had dat al zo vaak gezegd, maar door haar droom leken haar argumenten lang niet zo overtuigend meer. Hij was daar in leven geweest, toch?

'Dat zeg je nou wel, maar je weet het nooit helemaal zeker. Hoe weet je nou dat hij echt is vermoord, als je zijn lichaam nooit hebt gezien?'

'Doe niet zo achterlijk.' Sherry wendde zich naar het raam en dacht terug. De een of andere vent van de regering had haar verteld dat de plantage was overvallen en dat de familie Richterson was gedood. Een drugsoorlog. 'Iedereen weet dat hij is gedood.'

'Trek het dan *nog* eens na. Ga erachteraan. Zoek zijn officiële overlijdens-bericht op. Er worden wel meer mensen jarenlang gekweld doordat ze niet zeker weten of iemand echt dood is, en van wat ik ervan begrijp, behoor jij ook tot die groep. Je droomt na al die jaren nog steeds over hem, Sherry!'

'Maar ik *heb* een officieel overlijdensbericht', reageerde ze.

Ze kneep haar ogen stijf dicht en probeerde helder te denken. Het idee dat hij nog in leven zou kunnen zijn, sneed als een mes door haar hart. Door honderden uren therapie was hij naar een hoekje van haar gedachten ver-dreven – hij was er altijd, nadrukkelijk aanwezig, maar in zijn eigen kleine hoekje. En nu borrelde hij opeens weer naar de oppervlakte en ze kon het zich niet veroorloven dat een dood verleden weer in haar gedachten zou herrijzen. Dat zou nog erger zijn dan haar nachtmerries.

Een brok ter grootte van een rotsblok drukte pijnlijk tegen haar keel en ze probeerde haar keel te schrapen. 'Ik wil daar niet nog eens heen.'

Maar plotseling wist ze dat ze weer terug moest. Al was het alleen maar vanwege deze krankzinnige droom. Ze moest in elk geval nog een keer verifiëren of hij wel echt dood was. Ze moest met deze onzekerheid zien te leren leven, of hem weer begraven. Dat besef loeide als een scheepshoorn door haar gedachten.

Sherry slikte en wapende zich tegen verder sentiment. God wist dat ze door ergere dingen heen gegaan was. Veel erger.

'Hoe moet ik dat dan nagaan?'

'Bel de regering. Nog in leven zijnde familieleden.'

'Het grootste deel van zijn familie woont nog in Denemarken.'

'Dan familie in Denemarken. En we zouden een bedrijf kunnen zoeken dat sterfgevallen in het buitenland onderzoekt. Kan nooit kwaad.'

Sherry knikte. Die zouden alleen maar zijn dood bevestigen.

11

De vierentwintig uur die Casius van directeur Friberg had gekregen om zijn bevindingen in te leveren, waren gekomen en weer gegaan. Casius was alleen maar gegaan. Dat was het probleem. Maar goed, het was geen ongebruikelijk probleem – in elk geval niet voor Casius.

David Lunow zat tegenover Mark Ingersol en staarde door het getinte raam van het CIA-complex. Hij wilde plotseling dat hij met de auto was gekomen, in plaats van met de fiets. Een dreigende zwarte lucht kieperde een bak regen over de heuvels van Virginia, waardoor het uitzicht op de horizon aan het oog werd onttrokken. Ingersol zat stoïcijns met een frons op zijn voorhoofd voor zich uit te kijken. Plotseling ging de deur open en kwam Friberg binnen. Hij verontschuldigde zich niet voor het feit dat hij hen had laten wachten. Hij beende eenvoudigweg naar het hoofd van de tafel, nam rustig plaats en rolde zijn mouwen op, alles op zijn tijd.

'We hebben dus een probleem, als ik het goed begrijp', zei hij, waarna hij opkeek naar David.

'Daar lijkt het wel op.'

Friberg wierp een blik op het rode dossier over de moordenaar, dat voor David op tafel lag.

'Suggesties?'

Ingersol antwoordde: 'Het zou kunnen zijn dat we hem niet langer nodig hebben.'

'Meneer, als u me toestaat', zei David, 'Casius is de actiefste man in operationele dienst die we hebben.'

'*Actief* is geen synoniem voor *bruikbaar*, David. Een operationele man is alleen maar bruikbaar als hij bevelen opvolgt. En het lijkt erop dat dat mannetje van jou daar problemen mee heeft. We hebben hem niet meer onder controle. Misschien wordt het tijd dat we hem op een zijspoor zetten.'

Er liep een rilling langs Davids rug. *Hem op een zijspoor zetten?* Ze wisten allemaal dat ze moordenaars niet zomaar 'op een zijspoor zetten'. Die gaf je niet nog een handjevol geld voor een goede maaltijd mee, waarna je ze op de bus zette. Moordenaars elimineerde je. Anders had je de kans dat ze op een gegeven moment in je eigen achtertuin zaten, om iemand om zeep te helpen die je juist niet dood wilde hebben.

David schraapte zijn keel. 'Hij zit op het randje, maar ik zou niet willen beweren dat we hem niet meer onder controle hebben.'

Ingersol en Friberg staarden hem allebei aan zonder te reageren.

'Ik zie niet echt een reden om hem te elimineren.'

'Volgens mij heeft de man zijn krediet bij de CIA verspeeld', zei Friberg.

David knipperde met zijn ogen. 'Neem me niet kwalijk, meneer, maar zo zie ik het toch niet. Iemand die doet wat Casius doet, heeft dat soort roekeloos zelfvertrouwen *nodig*. En daar hebben we al zeven jaar van geprofiteerd.'

Ingersol wierp Friberg een vragende blik toe en David vermoedde dat geen van de twee mannen veel over Casius wist. Hij pakte het rode dossier en opende dat.

'We weten met wie we te maken hebben', merkte Friberg op.

'En ik ken hem beter', reageerde David voor ze hem de mond konden snoeren. 'Ik weet van de vader van Casius – bekend onder de naam Micha. Een sluipschutter die te huur was, die bekendstond als degene die al zeker zes drugskartelbazen had omgelegd. Toen zijn vader in die nachtclub werd vermoord, was Casius achttien. Hij had de talenten van zijn vader en dat is nog zwak uitgedrukt. Een jaar later werd hij bruikbaar voor ons. Hij had geen in leven zijnde familieleden, geen bezit – niets. Hij zocht een baan. We hebben hem onze opleidingen laten doorlopen, maar geloof me, Casius had geen opleiding nodig. Misschien dat we hem nog een paar trucjes hebben kunnen leren, maar hij was geboren om te doden.'

'Hij is onstabiel', zei Friberg. Het klonk meer als een bevel. Zoals je kunt zeggen dat de vuilnisbak vol is, wanneer je eigenlijk bedoelt dat iemand de vuilnisbak buiten moet zetten.

'Integendeel. Hij weet altijd precies wat hij doet.'

'Die man ziet niet eens het verschil tussen ons en degenen die hij in opdracht van ons moet doden. Je hebt hem gehoord. Volgens hem zijn wij allemaal monsters.'

'Het is een moordenaar. Jullie beschuldigen een andere moordenaar ervan een monster te zijn en jullie beschuldigen hem ervan een monster te zijn. Dat is begrijpelijk.' David zweeg even. 'Luister, er zijn maar weinig agenten die op dit niveau opereren. En daar zitten inderdaad helaas enkele niet te vermijden consequenties aan vast. Maar dit soort mensen vervang je niet zomaar elke dag. Het zou best eens zo kunnen zijn dat we de eerstvolgende tien jaar niemand van zijn kaliber kunnen vinden.'

'Al duurt het twintig jaar – we kunnen het ons niet veroorloven om een agent op de loonlijst te hebben staan die zijn neus in zaken steekt waarin hij niets te zoeken heeft.' Friberg staarde hem kwaad aan. 'Als Casius een sta-in-de-weg wordt, hebben we geen andere keus dan de stekker er bij hem uit te trekken. Het verbaast me dat jij je daar druk om maakt.'

'Misschien als hij een sta-in-de-weg wordt. Maar ik denk niet dat we dat punt al hebben bereikt. Wat als hij Jamal te pakken krijgt? Hebben we daar problemen mee?'

'Daar gaat het niet om. Zijn motivatie om Jamal om te leggen is van persoonlijke aard en we hebben hem niet meer in de hand.'

'Ben ik het niet mee eens', zei David.

De directeur wendde zich tot Ingersol. Als hoofd Special Operations zou de beslissing uiteindelijk bij Ingersol liggen. 'En wat vind jij ervan?', wilde Friberg weten.

Ingersol trok het rode dossier naar zich toe. Er zat een foto van twintig bij vijfentwintig centimeter met een paperclip op de flap van het dossier bevestigd. Ingersol bestudeerde de foto. Kort zwart haar en helderblauwe ogen.

'Denk jij dat je hem nog te pakken kunt krijgen?', vroeg hij aan David.

'Ik kan hem altijd te pakken krijgen. Ik ben zijn contact.'

'Haal hem dan weer hierheen.'

'En als hij niet wil?', vroeg Friberg.

Niemand gaf antwoord.

Friberg stond op. 'Je hebt nog eens vierentwintig uur', zei hij, waarna hij de vergaderzaal uit liep.

De ruimte bevond zich onder de grond, gehuld in het duister. Er was maar één man op de hoogte van de locatie en in werkelijkheid kende niemand die man. Hij heette Jamal. Ze haatten hem of hielden van hem, maar ze kenden hem niet.

Goed, er waren er een paar die zijn gezicht en zijn stem en zijn geld kenden. Maar *hem* kenden ze niet. Ze kenden zijn verlangens en voorkeuren niet en ook niet de redenen waarom hij deed wat hij deed. Als ze al iets wisten van zijn passies, was het alleen van zijn passie om toe te slaan. Om zijn wraak op het juiste doelwit bot te vieren.

Maar goed, Jamal kende geen andere levensstijl.

Een zacht tikkend geluid echode gedempt door het duister. De ruimte van drie bij zes meter lag in de aarde verzonken en soms wist het water een minieme opening in de rotsen te vinden. Op een bepaalde manier was het geluid rustgevend. Een soort geheugensteuntje dat de klok doortikte. Ze waren er nu zo dichtbij. Zo heel erg dichtbij.

De schimmelige geur van vochtige aarde vulde zijn neusgaten. Een twintig watt peertje in een koperen lamp op zijn bureau wierp een roestkleurig licht over het oude hout. Rechts van hem kroop een grote kakkerlak over de muur en stopte. Jamal staarde er tien seconden naar en bedacht dat een kakkerlak nog het beste leven had; hij leefde in zijn eigen duisternis zonder dat hij verder hoefde te denken.

Hij liep naar de muur toe, greep het insect voor hij zich kon bewegen en piekte snel zijn kop eraf. Jamal keerde terug naar het bureau en zette het insect boven op de hete schemerlamp. Het koploze lijfje schokte een keer en lag toen stil.

Jamal zette zijn headset op en toetste een telefoonnummer in op het toetsenbord voor zich. De elektronica aan de muur rechts van hem was van het soort dat je misschien in een onderzeeër zou verwachten, maar niet in deze ondergrondse kerker. Maar er waren meer manieren om je voor de rest van de wereld te verbergen en Jamal had geen zin om elke keer onder water te verdwijnen wanneer hij aan de touwtjes wilde trekken. Het was natuurlijk niet eenvoudig geweest om al die apparatuur hierheen te brengen. Het had hem een heel jaar gekost om dat voor elkaar te krijgen zonder achterdocht te wekken.

Het duurde een halve minuut voor het beschermde signaal contact wist te leggen. De stem die in zijn oordopje klonk, leek wel van de bodem van een waterput te komen. 'Hallo?'

'Hallo, vriend.'

De adem van de man aan de andere kant van de lijn stokte. Dat vreemde effect had Jamals stem nu eenmaal op andere mannen.

Er liep een huivering door Jamals beenderen. 'Is alles klaar?'

Het duurde een paar seconden voor de man reageerde. 'Ja.'

'Mooi. Omdat de tijd aangebroken is. Je begint onmiddellijk. Zie je het nog zitten?'

'Ja.'

'Luister heel erg goed, vriend. We kunnen nu niet meer terug. Wat er ook gebeurt. Als er iets gebeurt dat onze plannen in de war dreigt te schoppen, zorg je ervoor dat ze nog sneller worden uitgevoerd, begrepen?'

'Ja.'

Jamal liet even een stilte vallen. Hij pakte de kakkerlak van de lamp en trok hem zijn vleugels uit. Het lijfje was al lichtjes gebakken en rook naar verbrand haar. Hij beet de romp in tweeën en liet de ene helft door zijn mond rollen, waardoor meer speeksel werd aangemaakt. De andere helft legde hij terug op de hete lamp. Hij hoorde alleen een ademhaling in zijn oordopje.

'Misschien ben je vergeten met wie je spreekt, Abdullah', zei Jamal, waarna hij de kakkerlak uitspuugde. 'Als je me niet meer bevalt, dank ik je net zo gemakkelijk af als ik je heb ingelijfd.'

'Je hebt me niet ingelijfd. Ik had je bemoeienis niet nodig. Ik had dit ook zonder jou voor elkaar gekregen.'

Jamal werd overspoeld door een withete woede. Hij knipperde met zijn ogen. 'Daar zul je voor sterven, vriend.'

Meer ademhaling in zijn oordopje.

'Vergeef me... ik ben iets te opgefokt.'

Abdullah had eindelijk gezegd wat hij altijd al had gevoeld, vanaf de eerste dag dat Jamal de Broederschap had benaderd om hun plannen in Venezuela logistiek te ondersteunen. Hij was niet uit hun kringen afkomstig en ze hadden niet alleen zijn loyaliteit in twijfel getrokken, maar ook zijn bruikbaarheid. Het had hem drie maanden gekost om hun vertrouwen te winnen en hen ervan te overtuigen dat zijn hulp onmisbaar was voor het slagen van hun plannen. Hij *was* natuurlijk niet onmisbaar – Abdullah had het ook wel zonder hem gered. Maar ze wisten net zo goed als hij dat Jamal te veel wist en te machtig was om te negeren. En hoewel Jamal het plan had veranderd zodat het aan zijn eigen doelen zou beantwoorden, was het wel een beter plan. Oneindig veel beter.

'Vergeef me alsjeblieft.' Abdullah klonk een beetje hees.

Jamal verbrak abrupt de verbinding.

Zo bleef hij daar enkele seconden zitten, stil door het belang van wat ze voor elkaar hadden gekregen. Hij voelde een warme gloed door zijn borst stromen. Hij trok zijn headset af en liet zijn gezicht in zijn handen rusten. Er spoelde een mengeling van opluchting en haat door zijn gedachten. Maar het was eigenlijk meer een soort verdriet. Een diep, bitter verdriet. De emoties verbaasden hem en er kwam er nog een bij: angst.

Angst om zo'n emotie toe te laten. Hij begon te beven.

Jamal liet zijn hoofd zakken en plotseling zat hij te snikken. Hij zat alleen in zijn kerker, beefde als een riet en huilde als een pasgeboren baby.

12

Woensdag

Sherry's ogen schoten open en ze ging met een ruk recht overeind zitten. Haar hart bonkte luid in de stille morgen. Haar lakens waren doorweekt van het zweet.

Enkele eindeloze seconden lang leek de wereld te zijn bevroren en wist ze niet hoe ze alles weer in beweging moest krijgen. De helft van haar gedachten was daar nog steeds, in de jungle, waar ze zojuist gestorven was.

'Marisa!'

Sherry gooide het beddengoed van zich af en zwaaide haar benen uit bed.

'Marisa!'

Het appartement klonk leeg. Marisa was al naar de universiteit toe. De wekker naast haar bed gaf aan dat het kwart over acht was, maar het voelde aan als middernacht. En om eerlijk te zijn: Sherry wist niet zeker of ze al echt wakker was.

Er borrelde paniek in haar op. Ze was geconfronteerd met... met... met wat eigenlijk? Wat had ze zojuist gezien?

'Lieve God...' Het gebed klonk als een gekreun. Ze rende naar de keuken toe en gooide wat water over haar gezicht. 'Oh God...'

Ze was weer in de kist geweest. Na acht jaren lang nachtmerries te hebben gehad, was ze weer terug geweest. En haar vingers beefden van de echtheid van de beelden.

Helen.

Sherry ging met een ruk rechtop staan en hield haar adem in. Ja, natuurlijk! Ze moest Helen spreken.

Ze ijsbeerde door de keuken. 'Okay... Goed, rustig aan.' Ze balde haar bevende handen tot vuisten en haalde rustig en diep adem. 'Je bent wakker. Dit is geen droom. Het is ochtend.' Nee, dit was geen droom, maar wat ze zojuist had gezien ook niet. Geen droom. Ze wist niet zeker wat het wel was, maar het was echt. Net zo echt als wat dan ook. Net zo echt als de kist.

Sherry rende weer terug naar haar slaapkamer en trok een spijkerbroek aan. Helen zou het toch wel weten? Zij had visioenen. *Lieve God, wat bent U met me aan het doen?*

Pas toen ze haar Mustang op de vertrouwde oprit van Helens twee verdiepingen hoge huis parkeerde, dacht ze eraan dat ze ook eerst had kunnen bellen.

Ze liep naar de voordeur en belde aan.

Geen reactie. Ze belde nog eens. Sherry stond op het punt om op de deur te gaan staan bonken, toen hij openging. Helen steunde op een wandelstok en haar gele jurk zwaaide lichtjes om haar knieën.

'Nou, nou, als je het over de duvel hebt…', zei Helen.

'Hallo, oma.'

'Je hebt dus eindelijk besloten om langs te komen.'

Sherry glimlachte, van haar stuk gebracht. 'Het spijt me. Ik weet dat het al even geleden is, maar…'

'Onzin. Timing, daar gaat het om.'

Sherry knipperde met haar ogen. 'Ik moet met u praten.'

'Natuurlijk moet je met me praten. Kom binnen. Kom.' Ze schuifelde de gang weer in en Sherry stapte naar binnen. Het huis rook naar gardenia's en naar de witte rozen waarvan Helen beweerde dat ze uit Bosnië afkomstig waren.

Sherry volgde de oudere vrouw de woonkamer in. Helen had haar in huis genomen en van haar gehouden als van een dochter. Maar ze was er toen nog niet klaar voor geweest om liefde van iemand te krijgen.

'Thee?'

'Nee, dank u.'

'Weet je waarom ik jou bij tijd en wijle angst aanjaag, Tanya?'

'Mij angst aanjaagt? U jaagt me geen angst aan.' Sherry ging zitten en keek toe hoe Helen plaatsnam in haar nieuw overtrokken schommelstoel. 'En ik heet Sherry, weet u nog? Het was al moeilijk genoeg om mijn naam één keer veranderd te krijgen; ik ben niet van plan het nog eens te doen.'

'Och ja, Sherry. Vergeef me.' Helen pakte haar glas ijsthee en nam een slokje. Ze zette het weer neer en keek Sherry aan. Ze kreeg er langzaam een brok van in haar keel. Zo ging het altijd met Helen. Ze wist nog niet eens waarvoor ze was gekomen en Tanya voelde het belang van haar aanwezigheid al.

'Laten we elkaar niet voor de gek houden. Ik beangstig je nu en dan. Maar als ik in jouw schoenen had gestaan, zou ik waarschijnlijk ook bang zijn geweest.'

'Hoe bedoelt u?'

'Je bent op de vlucht. Ik was ook ooit op de vlucht, weet je? Toen ik ongeveer net zo oud was als jij. Dat was een zeer beangstigende ervaring.'

'Ik denk niet dat ik op de vlucht ben. Ik mag dan niet zo geestelijk zijn als u, oma, maar ik hou van God en ik begrijp dat Hij met iedereen een andere weg gaat.'

'Nee, je bent op de vlucht', zei Helen. 'Je bent al op de vlucht sinds je ouders zijn gestorven. Maar nu is er iets gebeurd en daardoor ben je je gaan afvragen of het wel verstandig is dat je op de vlucht bent.'

Sherry keek haar aan. Het was net of ze tegen een spiegel zat te praten – je hield die vrouw niet voor de gek. Ze glimlachte en wist niet zo goed wat ze moest zeggen.

'Ik heb op je gewacht', zei Helen. 'Het gebeurt niet vaak dat God ons visioenen geeft en wanneer Hij dat wel doet, betekenen ze altijd iets.'

'Weet u van mijn droom?', vroeg Sherry verbaasd.

'Je *hebt* dus een visioen gehad.'

Sherry leunde voorover en raakte opgewonden. 'Ik droom altijd. Ik denk dat u ze nachtmerries zou noemen. Maar de afgelopen twee nachten...'

'Vertel me je visioen', zei Helen.

Sherry knipperde met haar ogen. 'Moet ik u vertellen wat ik heb gezien?'

'Ja, lieverd. Vertel het maar. Ik heb lang op dit moment gewacht en ik wil het liefst geen seconde langer wachten. Jij bent hiervoor uitverkoren en ik ben uitverkoren om dit aan te horen. Dus vertel het me alsjeblieft snel.'

Had ze lang op dit moment gewacht? Sherry wendde haar blik af en leunde weer achterover. Ze zag in gedachten het visioen alsof ze het zojuist had gekregen. Ze huiverde en sloot haar ogen.

'Ik viel 's avonds laat in slaap, maar toen was ik opeens weer klaarwakker, in een andere wereld waar het dag was. Precies als toen ik in de kist zat. Het eerste visioen had ik twee nachten geleden. Ik zag Shannon...'

'Hij leeft dus nog.'

'Nee, dat denk ik niet. En dat is ook niet de reden dat ik hierheen ben gekomen. Ik ben hier voor het tweede visioen. Dat van afgelopen nacht.'

Ze dacht kort na over de zoektocht naar Shannon die Marisa en zij gisteren waren begonnen. Marisa had contact gezocht met het Internationale Samenwerkingsverband voor Vermiste Personen om de dossiers te vinden over de dood van de familie Richterson. De organisatie had hen op gang geholpen en drie uur later hadden ze ene Sally Blitchner aan de lijn, een dame van public relations. En Sherry hoorde voor het eerst dat er inderdaad een dossier over de familie Richterson in Venezuela lag. En toen kreeg ze een telefoonnummer van een man in Denemarken.

De man had een zwaar accent. Ja, natuurlijk kende hij de familie Richterson, had hij gezegd. Hij *was* tenslotte een Richterson. De tachtig jaar oude man had beweerd dat zijn neef samen met zijn vrouw en zijn zoon Shannon twintig jaar geleden naar de Verenigde Staten was gegaan. En toen had hij besloten dat Amerika niet langer een vrij land was en was hij naar de jungle van Venezuela vertrokken om koffie te gaan verbouwen. Ja, dat was nogal tragisch geweest, nietwaar? Ze hadden hoe dan ook niet moeten gaan, zei de man. En nee, hij kende verder geen in leven zijnde familieleden. Ze waren allemaal gestorven. Er waren geen overlevenden.

Die woorden nestelden zich met een welkome beslistheid in haar gedachten. *Er waren geen overlevenden.* Zo. Shannon had het dus niet overleefd. Ze had dat altijd al geweten en toch was de zeepbel die hoop heette geknapt.

'Sherry...'

Sherry deed haar ogen open en zag dat Helen met haar hoofd achterovergeleund naar het plafond zat te staren. Sherry haalde diep adem en liet haar gedachten overspoeld worden door het visioen.

'Wat er afgelopen nacht is gebeurd, heeft me... bang gemaakt. Het lijkt niet op slapen, ook al slaap ik. Ik bevind me op een lang wit strand tussen de hoog oprijzende bomen en het blauwe water van de oceaan.' De levendige beelden bezorgden haar een paniekerig gevoel in haar borst en ze sloot haar ogen. 'Ik sta daar gewoon in mijn eentje op dat uitgestrekte witte strand.'

Ze zweeg.

'Ga alsjeblieft verder', moedigde Helen haar aan.

'Ik kan het zand echt voelen.' Sherry hief haar rechterhand op en wreef met haar vingers langs elkaar. 'Ik zou zweren dat ik daar echt was. Ik rook de zoute wind, hoorde de meeuwen schreeuwen en ik hoorde ook om de paar seconden de golven over het strand bruisen. Het was ongelofelijk. En dan zie ik een man naar me toe komen lopen, over het water. Echt *op* het water, net als Jezus in dat bijbelverhaal. Maar ik weet dat het Jezus niet is, omdat hij zwarte kleren aanheeft en inktzwart haar heeft dat tot op zijn schouders valt. En zijn ogen gloeien rood op.' Sherry ademde nu duidelijk hoorbaar en voelde haar hartslag versnellen.

'Ik verberg me snel achter een palmboom met grote bladeren en beef. Ik weet dat ik beef, omdat ik de palm beetgrijp en de bladeren bewegen en ik bang ben dat de man de palm op het strand in de gaten zal krijgen. Belachelijk, natuurlijk, want alle palmen wuiven in de wind.'

Helen bleef zwijgen en Sherry vervolgde: 'Ik zie dus de man recht op het strand af lopen, ongeveer vijftig meter bij mijn boom vandaan, en daar begint hij een gat in het zand te graven, als een hond die een bot begraaft. Ik zie hem het zand tussen zijn benen door gooien en vraag me af waarom een man die op het water kan lopen, op die manier graaft. En dan hoor ik kinderen lachen en ik denk: *Ja, dat is hoe kinderen een gat zouden graven.* Maar zo gauw ik dat denk, rennen er echte kinderen het strand op. Ik zou niet eens weten waar ze vandaan komen, maar plotseling zijn ze overal. En dan zijn er ook volwassenen, duizenden, en ze vullen het strand en spelen met een bal, praten en lachen.

Maar de man is er nog steeds, te midden van al die mensen, en hij graaft zijn gat. Ze zien hem niet. En als hij *hen* al ziet, laat hij dat in elk geval niet merken. En dan laat de man een voorwerp in het gat vallen. Het lijkt een beetje op een kokosnoot. Hij bedekt hem met zand en dan loopt hij het strand af, het water op en verdwijnt achter de horizon.'

Ze praatte snel verder, zich ervan bewust dat haar hart in haar oren bonkt.

'In eerste instantie gebeurt er niks. De mensen rennen onbekommerd over het strand, zo over die plek heen. Maar dan steekt er opeens een plant zijn kruin uit het zand. Ik kan hem zien groeien. Hij groeit maar en de mensen lopen eromheen, alsof het iets alledaags is. Omdat ze eromheen lopen, weet ik dat ze hem zien. Anders zouden ze erop gaan staan, toch?'

Sherry zweeg, maar verwachtte niet echt dat Helen zou reageren.

Ze voelde haar mond trekken en realiseerde zich dat de meeste mensen die in Helens stoel zouden zitten, nu ongeveer de gevolgtrekking zouden maken dat ze aan schizofrenie leed.

Haar vingers beefden en daarom kneep ze haar handen samen. 'Hij groeit als een paddenstoel. Een gigantische paddenstoel die maar blijft groeien. En terwijl hij groeit, val ik op mijn knieën. Ik herinner me dat, omdat er een scherpe schelp in mijn rechterknie stak. De paddenstoel torent boven het strand uit, als een gigantische paraplu die de zon tegenhoudt.'

Sherry moest slikken.

'En dan begint het te regenen. Grote druppels vlammende vloeistof, als een zuur dat rookt wanneer het de grond raakt. En het regent in vlagen neer uit die grote paddenstoel boven ons.' Haar stem beefde een beetje. Ze vouwde haar handen en probeerde helder te blijven klinken.

'De druppels... smelten... ze smelten alles wat ze raken. De mensen proberen in paniek het strand te verlaten, maar dat gaat niet. Ze... ze rennen alleen maar wat rond en worden geraakt door die grote druppels – die druppels zuur die hun huid opvreten. Het is een verschrikkelijk gezicht. Weet u, ik schreeuw naar de mensen dat ze het strand moeten verlaten, maar volgens mij horen ze me niet. Ze rennen maar door die regen en vallen neer als een stapel kaalgevreten botten.'

Sherry sloot haar ogen weer.

'En dan zie ik dat het zuur ook op mijn eigen huid zit…'

Haar keel zat enkele momenten helemaal dicht.

'Ik begin te gillen…'

'En is dat het einde van het visioen?', vroeg Helen.

'En dan hoor ik een stem om me heen echoën: *Vind hem.*' Sherry probeerde de brok in haar keel weg te slikken. 'Volgens mij is dat wat ik hoorde. *Vind hem.*'

Ze zaten enkele seconden stilzwijgend tegenover elkaar. Sherry hoorde iets kraken en toen ze haar ogen opende, zag ze dat Helen langzaam opstond en naar het raam hobbelde.

Helen bleef een tijdje naar buiten staan kijken. Toen ze ten slotte iets zei, deed ze dat zonder zich om te draaien.

'Weet je, Sherry, ik kijk vaak uit dit raam en dan zie ik een doodgewone wereld.' Sherry volgde haar blik. 'Doodgewone bomen, doodgewoon gras, een doodgewone blauwe lucht, soms sneeuw, die komt en gaat. En het ene jaar verschilt nauwelijks van het andere. En toch, hoewel de meeste mensen het nooit zien, weten wij dat dit allemaal is begonnen door een buitengewone kracht. En we weten dat diezelfde kracht de ruimte opvult die we niet kunnen zien. Maar soms, één keer in de zoveel tijd, krijgt een doodgewoon iemand de kans die buitengewone kracht te zien.'

Helen draaide zich nu glimlachend om. 'Ik ben een van die mensen, Sherry. Ik heb achter de sluier van het zichtbare mogen kijken. En nu weet ik dat met jou hetzelfde is gebeurd.'

Sherry ging rechtop zitten. 'Ik ben geen profeet.'

'Verbazingwekkend, nietwaar? Rachab, uit het Oude Testament, was dat ook niet. Eigenlijk was ze een prostituee – door God uitgekozen om de Israëlitische spionnen te redden. En wat dacht je van de ezel die tegen Bileam sprak? We begrijpen niet altijd waarom God bepaalde kanalen uitkiest. God weet dat ik er geen touw aan vast kan knopen. Maar wanneer Hij een kanaal kiest, kunnen we maar beter aandachtig naar het bericht luisteren dat erdoor komt. Hij wil dat je teruggaat, lieverd.'

'Teruggaan?' Sherry schudde haar hoofd. 'Naar Venezuela?'

Helen knikte.

'Ik kan niet terug!', zei Sherry. 'Ik wil geen kanaal zijn. Ik wil die visioenen niet, of wat het dan ook zijn. Ik weet niet eens zeker of ik wel in visioenen *geloof*!'

Helen keerde weer terug naar haar stoel en ging zitten zonder te reageren.

'Waarom denkt u trouwens dat dat de bedoeling is?', vroeg Sherry.

'Ik heb een bepaald gevoel diep in mijn binnenste waarvan ik heb geleerd dat ik het maar beter niet kan negeren.'

'Zover ik me kan herinneren, zijn dit de eerste twee nachten dat ik heb doorgeslapen sinds ik uit Venezuela weg ben', zei Sherry. 'Ik wil gewoon dat alles weer normaal wordt.'

'Maar je bent op de vlucht. Je moet gaan.'

'Maar ik vlucht niet! Dat slaat nergens op! Ik wil alleen maar slapen, niet wegrennen!'

'Slaap dan, Tanya.' Helen glimlachte vriendelijk naar haar. 'Ga slapen en kijk wat er gebeurt. Maar ik heb ook enkele dingen gezien en ik moet je zeggen dat dit veel verder gaat dan jou en mij, liever. Het begon al lang voordat jij vastzat in die kist. Je werd al uitgekozen voor je ouders daarheen gingen.'

'Ik ben er helemaal niet in *geïnteresseerd* of ik ben uitgekozen!'

'Jona ook niet. Maar ooit moet er een moment zijn geweest dat je hiermee hebt ingestemd, Tanya.'

Sherry moest slikken. De woorden die ze acht jaar terug in de kist had gefluisterd, zweefden door haar gedachten – *Ik zal alles voor U doen.*

'Ik heet Sherry, geen Tanya', zei ze. 'En wat u zegt, slaat nergens op! Ik kan niet terug naar de jungle!' Hierheen komen was een vergissing geweest. Ze wilde hier weg. Vluchten.

'Je bent opgeslokt door dit gebeuren. Slapen in zijn maag zal niet gemakkelijk zijn. Maagzuur en de menselijke huid zijn geen goede combinatie. Maar goed, als je ertegen kunt, slaap lekker voor de rest van je leven. Maar als ik jou was, zou ik gaan.'

13

Donderdag

Casius stond in de blauwe telefooncel en kraakte nonchalant met zijn nek. 'Ik realiseer me dat jij denkt dat het niet slim van me was om weg te gaan. Is dat een bedreiging?' Natuurlijk was het dat en Casius was zich daar terdege van bewust. Maar verbaal in de clinch gaan had zijn functie in hun wereldje. Hij liet een hand over zijn stevige kaakspieren glijden en keek naar de drukke straat buiten.

'Als je niet komt, is dat duidelijk een probleem voor hen', klonk Davids stem over de telefoon.

'Oh ja?'

'Natuurlijk. Je kunt hen niet in hun gezicht spugen en dan verwachten dat je zomaar kunt weglopen.'

'En waarom willen ze dan zo graag dat ik terugkom, David? Heb je jezelf dat al afgevraagd?'

De agent aarzelde. 'Je hebt tijdens een geclassificeerde opdracht bepaalde informatie te pakken gekregen. En je hebt gedreigd op eigen houtje op Jamal af te gaan, door gebruik te maken van diezelfde informatie. Ik begrijp hen wel.'

'Je hebt gelijk. Jamal. De man die mijn vader in een nachtclub heeft vermoord. De man die de gruwelijkste terroristische acties van de afgelopen tien jaar heeft gefinancierd. Die een bedrag van tweehonderdvijftigduizend dollar op zijn hoofd heeft staan. Jamal. En nu ben ik erachter gekomen dat hij verbonden is met een operatie in Venezuela en dan verwachten jullie dat ik dat aan me voorbij laat gaan? Ik ga Jamal zoeken en hem doden. Behalve als Friberg Jamal zou blijken te zijn, snap ik niet waarom hij moeilijk doet.'

'Je weet niet eens zeker of Jamal daar zit. Je weet alleen dat zich daar een man met de naam Abdullah bevindt die misschien banden met Jamal onderhoudt. Hoe dan ook, het gaat om het principe', zei David. 'Ik begrijp waarom je achter Jamal aan wilt, maar de CIA vraagt je om mee te werken. Je gaat te ver.'

'Doe je ogen eens open, David. Ik zal je dit vertellen omdat je altijd goed voor me bent geweest. De dingen zijn niet altijd wat ze lijken. Het zou de komende weken wel eens niet gemakkelijk voor je kunnen worden.'

'Wat bedoel je daar precies mee?'

'Daarmee bedoel ik dat je superieuren deze keer niet jouw belangen op het oog hebben. En daarmee bedoel ik dat je misschien maar eens moet overwegen om er de komende weken even tussenuit te gaan. Heel ver weg.' Hij liet de opmerking in de lucht hangen.

'Wat bedoel je?'

'Dat zeg ik net.' Casius liet zijn stem vriendelijk klinken. 'Noem het maar een voorgevoel. Hoe dan ook, probeer me niet te verdedigen. Ik moet nu gaan.'

'Betekent dat dat je niet komt?'

'Tot ziens, David.'

Het huis in een van de voorsteden was gebouwd in de vijftiger jaren, een twee verdiepingen hoge boerderij, waar de zich uitbreidende stad omheen was gegroeid. Hij had het vijf jaar geleden gekocht en het functioneerde zoals hij had verwacht.

Casius liep snel door de inventaris heen. Hij schatte de waarde van de inboedel alleen al op meer dan een half miljoen dollar. Het meeste ervan zou hij achterlaten voor de wolven. Hij kon niet meer meenemen dan er in een grote sporttas paste. De rest zou hij moeten achterlaten, met het risico dat hij het zou kwijtraken als ze het huis zouden weten te vinden. Het maakte niet uit. Hij had miljoenen op bankrekeningen overal ter wereld staan, waarvan het meeste afkomstig was van een van zijn eerste opdrachten – een idioot rijke militant.

Casius bond alle drie de met geld gevulde riemen om zijn middel. Deze zevenhonderdduizend dollar zou nu zijn enige wapen zijn. Hij trok een ruimzittend zwart overhemd over zijn hoofd en bekeek zichzelf in een manshoge spiegel, tevreden met zijn nieuwe uiterlijk. Donker zandkleurig haar dat vlak tegen zijn hoofd aan lag – heel wat anders dan de zwarte krullen die hij tien uur geleden nog had. En in plaats van blauw, staarde hij in dreigende donkerbruine ogen. Dat zou niet genoeg zijn om een professional om de tuin te leiden, maar verder zou niemand in hem de man herkennen die door de CIA werd gezocht. De moneybelts puilden iets uit rond zijn middel. Hij zou zijn regenjas moeten aantrekken.

Casius keek nog een laatste keer het huis rond en tilde de tas op. Op de een of andere ironische manier gaf het hem wel een warm gevoel dat hij zo veel achterliet. Alsof je een toilet doorspoelde. Het systeem dat Friberg had voortgebracht, was al niet beter dan Friberg zelf. Hij wist niet wie hij meer haatte, Friberg of de rioolbuis waar hij uit was komen kruipen.

Maar dat zou allemaal gaan veranderen. Toch?

Casius verliet het huis, gooide de tas achter in zijn zwarte Volvo en gleed achter het stuur. Het klokje in het dashboard liet weten dat het zes uur 's avonds was – er was bijna twaalf uur voorbijgegaan sinds zijn telefoontje met David. Ze zouden al spoedig opduiken. Wanneer de CIA eenmaal wist dat hij was verdwenen, zouden ze hem nauwkeurig in het oog houden, in de wetenschap dat hij iedereen zou doden die hem in de weg liep.

En doden zou hij. Zonder erbij na te denken. Hij wierp een blik in de achteruitkijkspiegel en draaide de contactsleutel om. De auto kwam grommend tot leven. David Lunow doden zou een probleem worden – hij was de man gaan mogen. Als er al iemand op deze aardbol rondliep die hij een vriend zou noemen, zou dat David zijn. Maar ze zouden David niet sturen. Het was al vijf jaar geleden dat de man voor het laatst een wapen in zijn handen had gehad. Nee. Het zouden huurmoordenaars worden. Door te vertrekken, schreeuwde hij praktisch om een kogel door zijn hoofd. Er liep een huivering langs zijn rug en hij grinnikte zachtjes.

Casius schoof de versnellingspook in *drive* en de auto kroop de lange oprit af. Hij keek om zich heen of hij in de gaten werd gehouden en liet het anderhalve hectare grote perceel achter zich. Natuurlijk wisten ze waar hij heen ging – maar ze kenden zijn route niet.

Hij bereikte twintig minuten later het meer. Een verlaten steiger stak als een oude, versleten xylofoon over het water. De maan verlichtte een dunne, veelkleurige oliefilm die op het oppervlak dreef. Casius haalde snel de zware betonschaar uit de achterbak en knipte de ketting door waarmee het hek op slot zat. Daarna reed hij de zwarte auto de steiger op. Hij pakte de zwarte sporttas en duwde de auto in de richting van het vervuilde water.

Drie minuten nadat de auto in het donkere water was verdwenen, plopten de laatste bellen door het wateroppervlak heen. Alleen aan een groot gat in de oliefilm die op het water dreef was te zien dat hier iets naar de bodem was gezonken. Tevredengesteld zwaaide Casius de tas over zijn schouder en jogde in de richting van de stad – naar de drukbevolkte straten toe.

Binnen een half uur hield hij een taxi aan. 'Luchthaven', beval hij, terwijl hij achter de Aziatische chauffeur in de auto klom.

'Welke maatschappij?', vroeg de man terwijl hij wegreed.

'Gewoon de hoofdterminal', antwoordde Casius. Hij trok de tas tegen zijn been aan en staarde uit het raam. Ze zouden hem op geen enkele manier kunnen opsporen. Ze zouden natuurlijk zijn huis binnenstebuiten keren, maar ze zouden niets vinden.

Hij ging de jungle weer in en op de een of andere manier zou hij Jamal om zeep helpen.

14

Vrijdag

Het goede nieuws was dat Sherry die nacht lang en vast sliep.

Het slechte nieuws was dat haar slaap werd verstoord door een hol gekrijs dat recht uit de hel leek te komen.

Sherry sloeg dubbel op het strand. Haar keel was rauw en produceerde een jammerend geluid.

Oh, God! Oh, God, red me! Oh...

Ze raakte buiten adem en in paniek en was niet in staat haar gegil te staken. Ze was stervende – een langzame dood die werd veroorzaakt door het zuur dat op haar huid siste. De pijn raasde door haar botten, alsof ze waren opengemaakt en er gesmolten lood in was gegoten. Om haar heen huilden mensen, die als skeletten in elkaar zakten op het zand.

Sherry schoot overeind in bed en gilde nog steeds. Haar hese stem kaatste tegen de muren en ze sloeg haar hand voor haar mond. Ze ademde zwaar door haar neus, haar ogen gericht op het doorgezwete bed.

Ze was niet dood.

Het visioen was teruggekomen. Krachtiger deze keer. Veel krachtiger.

'Oh, God', jammerde ze. 'Oh, God, dit is erger dan de kist... Alstublieft...'

Helen!

Sherry dacht niet aan tandenpoetsen of aankleden. Ze gooide haar badjas om zich heen en rende naar de auto toe.

Helen deed al open bij de tweede keer dat ze aanklopte, alsof ze al zat te wachten.

'Hallo, Tanya.'

Sherry stapte nog steeds bevend naar binnen.

'Je ziet er een beetje afgetobd uit, lieverd.' Helen bekeek haar van top tot teen en liep toen naar de woonkamer toe. 'Kom maar mee en vertel het maar.'

Ze liep naar binnen en ging zitten.

'Ik begrijp dus dat het maagzuur je niet lekker zit', zei Helen.

Maagzuur?

Helen moest haar gezichtsuitdrukking hebben begrepen. 'De maag van de walvis. Jona. Het zuur.'

'Het maagzuur', zei Sherry. Ze liet haar hoofd in haar handen zakken en begon te huilen.

'Het spijt me, lieverd', zei Helen vriendelijk. 'Echt. Het moet nogal pijnlijk zijn. Maar ik kan je verzekeren dat het niet overgaat. Niet voordat je gaat.'

'Maar ik *wil* dit niet!', riep Sherry uit.

'Nee, maar je zweet nog geen bloed, dus ik neem aan dat je wel in orde bent.'

Sherry staarde haar aan door haar tranen en had geen idee van wat ze kon bedoelen. 'Ik kan niet nog eens zo'n nacht aan, oma. Ik bedoel... ik denk dat ik dat echt niet kan – fysiek.'

'Precies.'

'Dit is *krankzinnig!*'

'Inderdaad.'

Sherry sloeg haar handen voor haar ogen en schudde haar hoofd. Helen begon een oud gezang te neuriën en na een tijdje had dat een rustgevend effect op Sherry.

Ze veegde haar tranen weg, hief haar hoofd op en bestudeerde de oudere vrouw.

'Oké. U beweert dus dat God me heeft uitgekozen voor het een of andere... het een of andere doel. Ik moet terug naar de jungle. En als ik dat niet doe, blijft Hij me kwellen met deze... deze...'

'Zo ongeveer, ja. Ik betwijfel of Hij degene is die je kwelt, maar Hij houdt het in elk geval niet tegen. Het lijkt erop dat je nodig bent.'

'Hebt u er enig idee van hoe idioot dit allemaal klinkt?'

Helen keek haar een paar seconden lang aan. 'Niet echt, nee. Maar goed, ik heb al het een en ander meegemaakt.'

'Tja.' Het duizelde Sherry bij het idee om naar haar verleden terug te moeten keren.

'Ik zie niet in hoe dat mogelijk is', zei Sherry.

'Waarom niet?'

'Die plek is overvallen door soldaten! Wie weet wat daar nu gebeurt!'

Helen knikte. 'Vader Teuwen zit daar. Petrus. Niet waar je ouders zaten, maar wel in Venezuela, op een zendingspost iets verder naar het zuiden, geloof ik. Mijn man kende hem goed toen hij nog een jongen was. Ik heb Petrus gisteren nog gesproken. Het is een uitzonderlijke man, Tanya. En hij zou je van harte welkom heten.'

Er zoemde iets tussen haar oren. 'Hebt u hem gesproken? Weet hij hiervan?'

'Hij weet bepaalde dingen. En hij wist van je ouders af.'

'Dus u bedoelt echt dat ik mijn boeltje moet pakken en naar Venezuela moet gaan?', vroeg Sherry ongelovig.

'Volgens mij heb ik dat gisteren al gezegd. Heb je niet geluisterd?'

'En hoe lang dan?'

'Tot het genoeg is. Een dag, een week, een maand', antwoordde Helen.

'Helemaal naar Zuid-Amerika vliegen voor een verblijf van een dag? Het duurt al een hele dag om er te komen.'

Was ze serieus? Natuurlijk was ze serieus! Misschien riep God haar wel, net zoals hij haar ouders twintig jaar geleden had geroepen.

Maar de ironie. Helen had gelijk. Sherry rende inderdaad al acht jaar weg voor haar verleden en nu gaf ze Sherry de raad om weer terug te gaan naar dat verleden. Alsof het de een of andere kiosk in een winkelcentrum was die ze in en uit kon lopen. Maar het was geen kiosk – het was een spookhuis en de laatste keer dat ze naar binnen was gegaan, was het slot achter haar dichtgevallen.

Maar goed, dat was bij Tanya Vandervan gebeurd. *Zij* was Sherry Blake. Het veranderen van haar identiteit kwam haar opeens als onzinnig over. En haar geest kon niet eens zien hoe haar haar of haar ogen eruitzagen. Haar geest zat aan de verkeerde kant van haar schedel, waar 's nachts de visioenen en de nachtmerries rondwaarden.

De stilte hield aan.

'Je kunt gaan en staan waar je wilt nu je toch voorlopig niet in het ziekenhuis werkt', zei Helen. 'Denk je dat dat toeval is? Denk eens na, Sherry.'

En dat deed ze. Ze dacht na en de gedachte dat terugkeren een goed excuus zou zijn voor haar afwezigheid in het ziekenhuis, gaf haar vreemd genoeg een warm gevoel. 'Ik moet dus gewoon een ticket kopen en bij vader Teuwen aankloppen?'

'Ik zal hem natuurlijk inlichten, maar daar komt het in principe wel op neer.'

Sherry bleef lange tijd zwijgend voor zich uit kijken en probeerde vat te krijgen op deze roeping van God. Maar hoe meer ze erover nadacht, hoe meer de krankzinnigheid ervan wegebde.

Ze bracht het grootste deel van de dag door met Helen, die wat telefoontjes ging plegen. Sherry zat voornamelijk in de grote leunstoel. Ze huilde, stelde vragen en langzaamaan, heel langzaamaan begon ze te wennen aan het idee dat er iets heel erg vreemds op stapel stond. God had bepaalde doelen op het oog en op de een of andere manier was ze met haar neus in de boter gevallen.

David Lunow zat in het kantoor van de directeur. Hij had zijn benen over elkaar geslagen en zat met het zweet in zijn handen. Hij was binnengeroepen om over Casius te praten, daar twijfelde hij geen seconde aan. Het grote bureau waarachter Friberg zat, was van een houtsoort die hem aan eiken deed denken. Het kon natuurlijk geen eiken zijn, want eiken was te goedkoop. Waarschijnlijk was het een houtsoort die was geïmporteerd uit een van de Arabische landen. Tegenover het bureau stonden twee stoelen met hoge rugleuning. Mark Ingersol zat in de ene en David in de andere. Hij kon zich niet herinneren dat hij wel eens eerder zo veel tijd had doorgebracht met de hoge heren.

Friberg legde de telefoon neer en staarde hen uitdrukkingsloos aan. Hij stond op en liep naar het hoge raam achter het bureau.

'Geen enkel bericht?', vroeg Friberg.

'Nee', zei Ingersol.

'Dan komen we in actie. En snel', zei Friberg terwijl hij zich naar hen omdraaide. Zijn kaakspieren spanden zich. 'We kunnen onder geen enkele voorwaarde toestaan dat deze man in leven blijft.'

David knipperde met zijn ogen. 'Meneer, ik ben er niet helemaal zeker van waarom hij zo'n bedreiging vormt. Hij is er in zijn eentje op afgegaan en ik snap dat u niet erg blij bent met zijn koppige houding, maar...'

'Houd je kop, Lunow', zei Friberg rustig. 'De enige reden dat je hier zit, is dat jij de man beter kent dan wie dan ook. Jij speelde een rol bij zijn vertrek en nu zul je ook een rol bij zijn eliminatie spelen. Je bent hier niet om je bedenkingen te spuien.'

David voelde iets langs zijn nekwervels omhoogkruipen. De waarschuwing die Casius hem over de telefoon had gegeven, rinkelde door zijn hoofd.

'Natuurlijk, meneer. Maar als ik niet méér weet, weet ik niet of ik wel iets kan betekenen. Het lijkt erop dat hij meer weet dan ik over wat er gaande is.'

'Hij zit achter Jamal aan', zei Friberg. 'En om bij Jamal te komen, gaat hij via Abdullah Amir. Dat is het enige dat hij weet en dat is ook meteen het enige dat jij hoeft te weten.'

'Ik ben er niet zeker van dat dat alles is wat hij weet. Hij vermoedt in elk geval meer.'

'Dan hebben we dus des te meer reden om hem te liquideren.'

David hulde zich verder in stilzwijgen. Hij had in de modder lopen woelen, dat was nu wel duidelijk.

'Misschien zou het helpen als u ons vertelde waar u zich zorgen over maakt', zei Ingersol. 'Ik tast al net zo in het duister als David. Casius is een blok aan ons been geworden, maar ik geloof dat wij geen van beiden begrijpen in welke mate.'

Friberg keerde zich weer naar het raam en leunde met zijn handen op de vensterbank. Hij zei tegen het gazon: 'Ik hoef jullie niet te vertellen dat dit alleen voor jullie oren bestemd is.' Hij streek met een hand over zijn kalende hoofd. 'Casius is per ongeluk over een operatie gestruikeld waar wij acht jaar geleden bij betrokken waren.' Hij draaide zich weer om naar hen. 'We kennen Abdullah Amir en het volstaat om te zeggen dat we onze positie in Venezuela niet in gevaar kunnen brengen omdat hij met het vage idee rondloopt dat Jamal erbij betrokken is.'

Ingersol ging verzitten. 'Hebben we een operatie lopen waarbij Abdullah Amir betrokken is?'

'Ja, maar dat was voor jouw tijd. Laten we het daarbij houden. Casius mag onder geen enkele voorwaarde dat kamp bereiken. Ben ik duidelijk? We moeten hem koste wat het kost zien te vinden.'

David was verbijsterd. Hij wist niet of ze wel doorhadden waar ze met Casius aan begonnen. Hij had nooit iemand gekend die gevaarlijker was dan hij. Hij was een geboren moordenaar. 'Ik weet niet zeker of het wel verstandig is om hem op te jagen, meneer.'

'Want?'

'Als hij zich moet verdedigen, zou hij wel eens meer schade kunnen aanrichten dan anders.'

'Dat is een risico dat we zullen moeten nemen. Die man van jou mag dan goed zijn, maar hij is God niet. En aangezien jij de kans hebt verknoeid om op een nette manier met hem af te rekenen, heb ik jouw raad nodig om hem weer hierheen te halen.'

David negeerde de beschuldiging en dacht na over het verzoek.

'Ik weet niet of u hem wel hierheen kunt halen, meneer. In elk geval niet levend.' Hij verschoof zijn blik naar Ingersol. 'En ik ken ook eigenlijk geen agenten die de man zomaar zouden kunnen elimineren.'

'Dat is belachelijk', reageerde Ingersol. 'Niemand is zo goed.'

'U kunt het proberen', zei David, 'maar dan kunt u maar beter het leger inschakelen, want een man alleen maakt geen enkele kans tegen Casius als hij in zijn eigen achtertuin zit.'

Ingersol wendde zich tot Friberg. 'Ik heb al onze agenten ten zuiden van de grens al ingeseind. We hebben ogen in elke grote stad in de regio. Waarom sturen we er niet één of twee sluipschutterteams op af?'

David antwoordde: 'Dat zou kunnen, maar ik betwijfel of hij hun ook maar één keer de kans geeft om op hem te schieten. U moet niet vergeten dat deze jongen in die regio is opgegroeid. Hij kent de jungle daar. Zijn vader was zelf een sluipschutter, getraind in de jungle. En geloof me, Casius zou zijn vader het nakijken geven.' David schudde zijn hoofd. 'Ik denk dat het een vergissing zou zijn om achter hem aan te gaan. We maken meer kans om hem te pakken te krijgen als hij weer opduikt.'

'Nee. We hebben ooit al eens afgewacht en dat doen we niet nog eens!' Fribergs gezicht werd enigszins rood. 'Ik wil Casius dood hebben! Het kan me geen moer schelen wat we hem achterna moeten sturen, desnoods alles wat we hebben. Ik wil enkele strategische oplossingen voor een eliminatie en niet dat gezwam over sluipschutters. Vertel jij me nou maar hoe ik in de buurt van die vent terecht kan komen, dan maak ik me wel druk over hoe ik hem elimineer.'

'En wat denk je van het idee om troepen te sturen, David?', vroeg Ingersol zacht. 'Als je denkt dat sluipschutters niet bij hem in de buurt kunnen komen – hoe zit het dan met hem de pas afsnijden?'

'Troepen? Sinds wanneer heeft de CIA wat te vertellen bij de krijgsmacht?', vroeg David en had meteen spijt van de opmerking. Ingersols linkeroog kneep zich iets samen onder die sluike zwarte haarlijn van hem, alsof hij wilde zeggen: *Houd je gedeisd, David. Beantwoord gewoon de vraag.*

'Nou ja, ervan uitgaand dat we troepen kunnen krijgen, zouden dat wel speciale eenheden moeten zijn. Opgeleid voor de jungle en met gevechtservaring. Zet ze neer om die plantage waar Casius blijkbaar naartoe is en dan bestaat de kans dat ze hem op de korrel kunnen nemen.'

'Dat zouden we kunnen doen', merkte Friberg vlak op. 'Hoeveel man denk je dat er nodig is?'

'Misschien drie eenheden', antwoordde hij ongemakkelijk. 'Als ze tenminste opgeleid zijn voor de jungle. Ik denk dat hij niet gemakkelijk drie commando-eenheden zal kunnen omzeilen. Maar ze zullen het niet gemakkelijk krijgen.'

Er leek een nieuw sprankje hoop in Fribergs ogen op te flikkeren. 'Mooi. Ik wil binnen drie uur alle relevante gegevens op mijn bureau hebben liggen. Dat is alles.'

Het duurde enkele momenten voor Ingersol en David doorhadden dat ze werden weggestuurd. Toen David vertrok, gonsden er enkele opmerkingen door zijn hoofd. Maar dat waren geen opmerkingen van Friberg. Het waren de opmerkingen van Casius, een dag eerder, waarin hij voorstelde dat David er maar beter een tijdje tussenuit kon knijpen.

Heel ver weg.

15

'Hallo, Marisa. Sorry dat ik je wakker maak. Ik was je gisterenavond misgelopen en ik was vroeg wakker.'

'Geeft niet. Ik ben net op. Waar zit je?'

Sherry aarzelde en pakte de hoorn over met haar andere hand. 'Ik had vannacht dat… visioen weer…' Haar stem brak en ze schraapte haar keel.

Het bleef stil aan de andere kant van de lijn.

'Ik ga een paar dagen weg. Misschien een week. Misschien zelfs langer, ik weet het niet.'

'Ga je *weg*? Waar ben je nu dan?'

'Dat is het hem nou juist. Ik sta op het vliegveld. Ik ga naar Venezuela, Marisa.'

'*Wat* ga je doen?!'

'Ik weet het. Het klinkt belachelijk. Alsof ik terugga naar de leeuwenkuil. Maar ik heb met Helen gesproken en… nou ja, om acht uur gaat er een vlucht. En die neem ik.'

'En hoe zit het dan met je paspoort en je visum? Je kunt toch niet zomaar op een vliegtuig stappen en vertrekken? Bij wie logeer je?'

'Mijn ouders hebben er ooit voor gezorgd dat ik een dubbele nationaliteit heb, dus ik kan inderdaad zo op het vliegtuig stappen. Over vierentwintig uur zit ik er. Ik kom echt wel terug, hoor.'

Het werd weer stil.

'Marisa?'

'Niet te geloven dat je dit echt doet! Het komt zo plotseling.'

'Weet ik. Maar ik ga toch. Er staat iets… te gebeuren, begrijp je? Ik bedoel, ik weet niet wat, maar ik moet gaan. Al was het alleen maar voor mijn eigen geestelijke gezondheid. Hoe dan ook, ik wilde het je even laten weten, zodat je je geen zorgen maakt.'

'Geen zorgen maakt? Tuurlijk, ja. Je gaat terug naar de jungle om naar een vriendje te zoeken die al tien jaar dood is, maar ach…'

'Dit gaat niet om Shannon. Ik weet dat hij dood is. Dit is anders. Hoe dan ook, ik moet naar de gate.'

Marisa zuchtte. 'Pas dan goed op jezelf, oké?'

'Doe ik.' Sherry glimlachte. 'Hé, ik ben terug voor je het in de gaten hebt. Het stelt niks voor.'

'Natuurlijk.'

16

Zondag

'Ik weet het niet zeker, maar volgens mij gaat het niet om de jongen', zei Helen.

'Het ging nooit om de jongen', reageerde Bill. 'En trouwens, ik dacht dat hij dood was.'

'Ja. Dat zeggen ze. Maar het gaat ook niet om Tanya. Niet echt.'

'Dat zei je al. Tanya is een Jona en het gaat in werkelijkheid om Ninevé.'

'Weet ik, maar ik ben er ook niet meer zo zeker van dat het om Ninevé gaat.'

'We weten dus niet eens wie de spelers zijn in dat schaakspel van jou?'

'We weten wel wie de spelers zijn. Dat zijn God en de machten van de duisternis. De witte en de zwarte kant. Wat we niet weten, is welke pionnen ze in beweging willen zetten en of die pionnen wel echt in beweging zullen komen. Maar ik heb een bepaald voorgevoel, Bill. De zwarte kant heeft geen flauw idee van wat er echt staat te gebeuren. Dit is een eindsprint.'

'Zolang de pionnen meewerken.'

Helen zweeg even.

'Heb je je ooit afgevraagd wat voor soort man voor het kwaad valt, Bill?'

'Wat voor soort man? Elke man. Wat bedoel je precies?'

'Ik bedoel, wat voor soort man zou andere mensen vermoorden?'

'Er zijn zo veel mannen die andere mensen hebben vermoord. Ik geloof niet dat ik begrijp waar je heen wilt.'

'Dit is iets wat me een beetje dwarszit. Tanya is om de een of andere reden terug om geconfronteerd te worden met hetzelfde kwaad dat haar ouders heeft gedood. Ik zat net te denken over wat voor kwaad dat was - het kwaad dat deze mannen drijft. En ik denk dat je gelijk hebt... Ik denk dat het hetzelfde kwaad is dat in iedere man zit. Maar niet iedere man geeft eraan toe.'

'En de dood van Christus vernietigt het.'

'Ja. De dood van Christus. Liefde.'

De vallei leek op zo veel andere valleien in de Guyanese Hooglanden van Venezuela, op de zwarte kliffen na dan, die donker naar de hemel wezen. Het sterke contrast tussen de groene jungle en de kale rots herinnerde de indianen eraan dat de mannen die de vallei bevolkten, mannen met zwarte zielen waren. De Dodenvallei, zo noemden ze het gebied dat acht jaar geleden was bezet door boodschappers van God.

In een versterkt complex in de berg aan de noordgrens van de plantage zat Abdullah Amir met zijn armen over elkaar geslagen. Een vleug lichtgrijs spleet zijn haar op zijn kruin in tweeën en accentueerde een scherpe neus die uit een gezicht stak dat van nature al donker was. Zijn ogen glinsterden zwart en gaven de indruk dat ze geen iris hadden, alleen maar een pupil. Op zijn rechterwang zat een lang, rauw litteken, dat begon bij zijn mondhoek.

In de ruimte die hij bezet hield, was het bijna donker. Het was een kale ruimte, met verkleurde betonnen muren. Maar het was er vooral vochtig en het stonk er. De stank kwam door de grote zwarte insecten in de kamer. De strijd tegen de insecten had hij lang geleden al opgegeven en er zaten er nu honderden in alle vier de hoeken; ze kropen over elkaar en leken net hangende wespennesten. Niet dat hij ermee zat. In feite waren ze een soort gezelschap voor hem geworden. Nee, het maakte hem totaal niet uit dat ze er waren.

Waar hij wel mee zat, was Jamal. Of om preciezer te zijn, met Jamals bevelen – hij had de man zelf nooit ontmoet. Wat hem betrof had Jamal zijn plan gekidnapt en ging hij met de eer strijken. Toegegeven, Jamal had er verbeteringen in aangebracht, maar die waren niet echt van levensbelang. En het deed er nauwelijks toe dat hij in het Midden-Oosten een zeer gerespecteerd militant was. Hij bevond zich niet hier, in de jungle, waar het plan werd uitgebroed. Hij zou zich eigenlijk nergens mee moeten bemoeien.

Abdullah zat in een metalen vouwstoel en staarde door een klein raampje naar felle lampen die het fabriekje een verdieping onder hem verlichtten. Drie grote vaten, die werden gebruikt voor het zuiveren van cocaïne, stonden als zwembaden voor vijf chemische tanks die waren opgesteld tegen de tegenoverliggende muur. Achter de betonnen muur stonden twee helikopters in hun hangar op een volgende vlucht te wachten. De operatie liep nu als een goed geoliede machine, dacht hij. Hier in de jungle, waar de dagen voorbijgleden onder de aanhoudende cadans van de krekels.

Er lekte zweet langs zijn slaap en hij liet het gaan. Zijn leven hier in de jungle was een hel geweest, maar aan de klank van Jamals stem te horen, zou dat spoedig veranderen.

Er kroop een vlieg lui over zijn onderarm. Hij negeerde hem en liet zijn gedachten terugzwerven naar de eerste keer dat Jamal contact had gelegd. Abdullah was naar deze koffieplantage toe gekomen als deel van een goed in elkaar stekend plan dat de Broederschap jaren voor zijn komst naar Venezuela al had bekokstoofd – een plan dat uiteindelijk de loop der geschiedenis zou wijzigen. Daar twijfelden ze geen moment aan. En het was net zo goed briljant vanwege de eenvoud als vanwege de buitensporigheid ervan. Ze zouden banden aangaan met de drugshandel ten zuiden van de Verenigde Staten en die handelsroutes uitbuiten voor het terrorisme. Zuid-Amerika lag veel dichter bij de Verenigde Staten dan Iran. En voor het soort acties dat ze in gedachten hadden, was het van belang dat ze in de buurt zaten. De hele wereld had zijn blik na de acties van Osama bin Laden hoe dan ook op Noord-Afrika en het Midden-Oosten gericht. Zuid-Amerika was een veel veiliger basis voor zo'n buitengewoon plan.

Na twee jaar in Cali (Colombia) te hebben doorgebracht, had Abdullah een deal gesloten met de CIA om deze vallei in bezit te krijgen.

En drie jaar daarna was Jamal zijn wereld binnengetreden. Jamal, toen nog een onbekende naam, had de Broederschap op de een of andere manier duidelijk weten te maken dat hij de leiding over het plan moest krijgen. Hij had het geld; hij had de contacten; hij had een beter plan.

Op dat moment, natuurlijk op aandringen van Jamal, was Abdullah aan de bouw van een ondergronds fort begonnen. Abdullah had al een voor zijn doeleinden perfect gebouw neergezet, maar toch was hij gedwongen geweest om het weer te slopen ten gunste van Jamals plan.

Het was in deze vreselijke hitte en hoge vochtigheidsgraad een rampzalige klus geweest om in de bergen in de buurt van de plantage grotten uit te hakken. En omdat de operatie onopgemerkt moest blijven, moesten ze van het gesteente af zien te komen zonder dat het in de gaten zou lopen vanuit verkenningsvliegtuigen of satellieten. De CIA had toegestaan dat ze een bescheiden drugshandel zouden opzetten – niet eentje waar ze een uitgeholde berg voor nodig hadden. De CIA had er geen idee van wat ze in werkelijkheid van plan waren.

Ze hadden tweehonderdduizend ton steen verplaatst. Dat hadden ze gedaan door een tunnel met een doorsnede van één meter door de berg heen te graven en het steengruis ver onder zich in de Orinoco te storten, die door de belendende vallei stroomde.

Ook het idee om de tunnel te gebruiken om de boomstammen naar de rivier te brengen, was Jamals idee geweest. Alles kwam altijd bij Jamal vandaan. Het was niet het plan dat hem irriteerde; het was de manier waarop Jamal hem bij zijn nek vasthad. De manier waarop hij met hem speelde. Hij eiste dit en wilde dat hebben. Op zekere dag zou Abdullah het varken moeten doden. Natuurlijk zou hij hem dan eerst moeten vinden en dat kon wel eens moeilijker blijken te zijn dan hem doden.

Er werd op de deur geklopt. 'Binnen.'

Er kwam een hispanic met een ooglapje binnen, die de deur achter zich dichtdeed. 'Neem me niet kwalijk, meneer.'

'Wat is er?'

'De verscheping is onderweg en tot dusver gaat alles goed. Drie boomstammen voor Miami.'

Abdullah draaide langzaam zijn hoofd om en keek de man aan. Hij had de man ooit zijn oog uitgestoken voor insubordinatie – hij had vraagtekens gezet bij Abdullahs bevelen over hoelang de mannen elke dag moesten oogsten. Diezelfde morgen had Jamal gebeld. Het was een beroerde dag geweest.

Abdullah keerde zich weer naar het raam zonder te reageren.

'We gaan binnen twee dagen weer verschepen', zei Ramón.

'Houd een oogje in het zeil, Ramón', zei Abdullah.

De man aarzelde. 'Meneer?'

Abdullah draaide zich snel naar hem om. 'Ik zei dat je een oogje in het zeil moet houden, Ramón. Het zou wel eens zo kunnen zijn dat de wolven ons al spoedig zullen willen verslinden.'

Hij zag Ramón een snelle blik op de muur werpen. 'Heeft Jamal contact gelegd?'

Was dat zo duidelijk? 'We zullen ze binnen niet al te lange tijd sturen. Er zullen heel wat mensen sterven. Laten we bidden dat Jamal er een van is.'

'Jazeker, meneer.'

Abdullah staarde weer uit het raam. Het bleef minutenlang stil en ze keken naar het inactieve cocaïnefabriekje. Zo was het daarbuiten in die vervloekte jungle ook, dacht Abdullah. De wereld was een lege plek. Vochtig en heet en vol krioelende spinnen, maar verder zo leeg als een diep gat in de grond. Net zoals deze gevangenis.

Soms vergat hij de speeltjes van Yuri ver onder hen. 'Je kunt gaan, Ramón.'

'Goed, meneer.'

De man vertrok en Abdullah bleef stil voor zich uit zitten staren.

Vijf uur later en honderdvijftig kilometer naar het oosten blies een koele wind rond de boeg van een zevenduizendtons vrachtschip met hout, die met zijn twee sterke Doxford diesels door het knobbelige water ploegde. Zo ver ze konden zien, was de oceaan bedekt met witte schuimkoppen.

Moses Catura, kapitein van de *Lumber Lord*, tuurde met tot spleetjes geknepen ogen door de beslagen ramen van de stuurhut. Ze zouden ondertussen te zien moeten zijn. 's Avonds oppikken was altijd het lastigst. En op een knobbelige zee was het vrijwel onmogelijk.

'Andrew, waar zijn die zakkenwassers in vredesnaam?!', schreeuwde Moses door een voorhistorische intercom die aan de wand naast hem was gemonteerd.

Drie jaar lang had hij de grote Highland Lumber over de Caribische Zee geloodst, naar de zuidelijke havens van de Verenigde Staten – meer dan honderd keer. Andrew kwam de stuurhut binnenstormen. 'Nog één mijl naar bakboord, meneer. Dit wordt niet gemakkelijk. De wind wakkert aan en het is opkomend tij. Ik denk dat de lading, als we er niet binnen een half uur zijn, wordt meegezogen.'

'Goed. Twintig graden naar bakboord!' Moses blafte het bevel in het oor van de roerganger naast zich, draaide zich toen om en schreeuwde door de intercom: 'Volle kracht vooruit!' Hij richtte zich weer tot Andrew. 'Maak de kraan klaar. Hoeveel zijn het er?'

'Drie, alle drie vlakbij elkaar, zodat ze er op de ontvanger maar als één bliep uitzien.' Andrew glimlachte. 'Er gaat niets boven een flinke boom opzetten, hè, meneer?'

'Schiet op, Andrew, anders kun je straks naar je geld fluiten.' Andrew knalde de deur weer achter zich dicht en sprong naar het dek onder zich.

De kapitein zette de mistverlichting aan en staarde voor de boeg uit, terwijl het grote schip langzaam van richting veranderde. Ze hadden de frequenties van de zendertjes op elke boomstam acht uur geleden ontvangen en in de doelzoekapparatuur geprogrammeerd die Andrew in zijn cabine had staan. Alleen hij en Andrew wisten dat de bewuste boomstammen ladingen cocaïne bevatten. De rest was gewoon waardevol hout waarvoor ze zeer goed werden betaald om hun mond te houden. Het grootste deel van de bemanning bestond uit oudgedienden, die dachten dat de kapitein een paar extra dollars verdiende met houtsmokkel. Natuurlijk vonden ook zij het niet erg om een extraatje te verdienen.

Moses zei in de intercom: 'Hoe ver nog?'

'Tweehonderd meter, meneer. Nog vijf graden moet genoeg zijn.'

'Vijf graden bakboord!', brulde Moses.

'Vijfenzeventig meter. Nog een haartje naar stuurboord!', blafte Andrew.

'Stilleggen die handel en twee graden naar stuurboord!'

Het grote vrachtschip trilde toen de twee schroeven op volle kracht door het water begonnen te ranselen. Andrew plukte de boomstammen met de grote kraan uit de oceaan en liet ze voorzichtig in de achterste vrachtruimte zakken, waar de ongezaagde boomstammen lagen.

Veertien minuten later stoomde de *Lumber Lord* op volle kracht in noordelijke richting, waarbij ze de grauwe kustlijn van Zuid-Amerika achter zich lieten. Moses glimlachte en keerde terug naar het comfort van zijn hut. Nog een paar van deze tochtjes en dan zou hij met pensioen gaan.

17

Casius had onder de schuilnaam Jason McKormic New York verlaten en arriveerde negenentwintig uur later in Georgetown, in Guyana.

Buiten een enkele zwarte tas had hij niets bij zich. Hij had vierhonderdduizend dollar achtergelaten in een kluisje van Mail Boxes Etc., op de hoek van Washington en Elwood – vijf kilometer van de luchthaven waarvandaan hij New York was ontvlucht. Er zat nog eens driehonderdduizend dollar in de waterdichte moneybelts om zijn middel, onder een verstikkend warme jas. Er waren zevenendertig eeuwigdurende uren voorbijgegaan sinds hij zijn auto had prijsgegeven aan het meer, waarvan hij het grootste deel had doorgebracht aan het raam van vier verschillende lijnvliegtuigen.

De gele taxi die hij had aangehouden bij het vliegveld, kwam glijdend op de gravelweg bij de steiger tot stilstand. In zijn hoofd zoemde het, alsof hij nog steeds op tien kilometer hoogte zat.

Casius gooide tweehonderd peso's over de voorbank en stapte uit. Een meter of honderd verderop lagen twee vrachtschepen in de haven te laden, allebei voor de noordelijk gelegen haven van Tobago. Van Tobago zou hun lading fruit binnen een week aan de benedenwindse Antillen worden geleverd. Beide boten zouden tijdens die tocht op een kilometer of vier afstand de Venezolaanse kust passeren, net ten noorden van Guyana.

Een oude man met afgebrokkelde zwarte tanden keek hem loom aan. Casius knikte en glimlachte vriendelijk. 'Señor.'

De man gromde en keek voor zich.

Casius' diepgebruinde huid kwam hem in deze omgeving goed van pas, net als zijn kakikleurige kleding. Maar de mensen die op en om deze schepen bezig waren, waren niet van het vriendelijkste soort. Een uur lang struinde hij de steiger af. Hij mengde zich onder het werkvolk en liep langs de schepen alsof hij erbij hoorde.

Bij de derde keer dat hij langskwam, ging hij aan boord van het grootste vrachtschip, toen er net een ruzie losbarstte over een lading bananen die overboord ging. Hij vond benedendeks een verlaten hut die eruitzag alsof hij was gebruikt voor het ontnuchteren van dronken bemanningsleden. Hij deed de deur op slot en liet zich onder de kooi glijden.

Halverwege de middag stoomde het schip op volle kracht de haven uit. Die avond werd twee keer geprobeerd de deur van de hut te openen. Beide keren verdwenen de betreffende personen weer en mompelden enkele nijdige opmerkingen. Tegen middernacht bereikte het schip de grens van Venezuela.

Casius keek uit de patrijspoort naar een donkere, aanhoudende regen. Hij probeerde door de regen heen te turen, maar kon de kustlijn niet zien. De gedachte om in het donker te gaan zwemmen, bezorgde hem de rillingen. Hij ontgrendelde de hendel van de patrijspoort en duwde ertegen. Met een knappend geluid lieten enkele slordig opgebrachte en uitgeharde lagen beits los. De patrijspoort zwaaide naar buiten open, waardoor ogenblikkelijk schuimende spetters zeewater naar binnen waaiden. Hij controleerde voor de laatste keer de spullen die hij aan zijn naakte lichaam had bevestigd – de moneybelts zaten om zijn middel vastgegespt en in de zwarte tas zat één paar kleren. De jas, de kaki broek, het overhemd en de schoenen die hij op de vlucht hierheen had gedragen, zouden voor hem de patrijspoort uit gaan. Niet meer nodig.

Hij ging op een stoel staan, gooide de bundel kleren naar buiten en liet zich door de opening glijden, zijn hoofd eerst en zijn gezicht naar boven gekeerd. Hij duwde zichzelf naar buiten tot hij alleen nog maar aan zijn kuiten hing. Na een laatste blik op de zee schopte hij zijn benen los uit de patrijspoort en viel achterover in het koude, donkere water.

Hij brak door het wateroppervlak heen en daarna hoorde hij alleen nog maar het sissende draaien van de schroeven. De diepte onder hem was een bodemloos gapend gat en er vlogen beelden van haaien door zijn gedachten. Hij klauwde zich omhoog naar de oppervlakte en schudde zijn hoofd tegen de opborrelende paniek. Het schip verdween de nacht in en liet hem achter in een wit schuimspoor. Casius begon naar het westen te zwemmen.

Hij zwom twee uur lang door. De regen minderde drie keer en op die momenten kwam hij erachter dat hij niet naar de kust toe, maar parallel eraan zwom. Er stond een flinke golfslag en de regen was ronduit irritant, maar de kust kwam gestaag dichterbij en Casius zwom er met zekere slagen naartoe. Toen hij eindelijk het strand bereikte, was hij behoorlijk opgelucht.

Casius klotste het water uit en zonk twintig meter van de rand van de jungle neer in het zand. Bomen met lange lianen eraan torenden boven het strand uit. Hun grijpgrage handen waren uitgestrekt in het bijna donker. Hij ging staan, verschoof de natte moneybelts en liep naar de rand van het duistere oerwoud. Hij haalde diep adem door zijn neus, spuwde naar rechts en stapte na lange tijd de jungle weer in.

Als hij gelijk had, zou de CIA al op hem zitten te wachten.

––•––

Sherry Blake zag hoe de helikopter zich van het aardoppervlak verwijderde. Hij wierp in wijde cirkels stof op, dat alle kanten op geblazen werd. Haar haar sloeg tegen haar gezicht en ze liet haar hoofd zakken tot de lucht om haar heen weer tot rust was gekomen. Links van haar lag een onverharde landingsbaan in de kale junglevallei, uitgehouwen door een speling der natuur, niet door mensenhanden. De locatie was een logische keuze om de zendingspost neer te zetten. Als de plantage van de familie Richterson niet dertig kilometer naar het noorden had gelegen, zou haar vader deze plek vijftien jaar geleden al hebben gekozen.

Toen ze opkeek, stond vader Petrus Teuwen breed glimlachend en met opgetrokken wenkbrauwen naar haar te kijken. Ze vond hem meteen aardig. Hij had hagelwitte tanden, die als pianotoetsen in zijn mond stonden. Hij had lang zwart haar, dat over het priesterkraagje heen hing. Sherry betwijfelde of hij de afgelopen vier maanden nog een kapper had gezien.

'Nogmaals welkom in de jungle', zei hij. 'Ik weet zeker dat je heel erg moe bent.'

Sherry liet haar ogen langs de bosrand honderd meter verderop zwerven. 'Ja', reageerde ze afwezig.

Hoge bomen. Met mos overdekte lianen die vanuit het bladerdak naar beneden hingen. Groen. Zo veel donker, rijkgeschakeerd groen. Toen het geluid van de helikopter wegstierf, werden de geluiden van de jungle hoorbaar. Een achtergrond van krekels die tjirpten, hoewel sommige soorten bijna krijsten, papegaaien die naar elkaar riepen en tientallen nog lawaaieriger diersoorten. De takken van een boom in de buurt gingen heen en weer en ze zag dat een bruine brulaap zijn kop tussen de bladeren stak en de zendingspost bestudeerde.

Het beeld van de omgeving raasde door haar gedachten en bezorgde haar hartkloppingen. Heel even vroeg ze zich af of ze zich niet in één van haar nachtmerries bevond, maar dan driedimensionaal.

'Tjonge, er komen hier een hoop herinneringen naar boven', zei ze, terwijl ze zich boog om haar tas van de grond te pakken.

'Dat zal best. Kom, laat mij dat voor je dragen.'

Sherry volgde hem naar een gebouwtje waarvan ze aannam dat het een huis was, hoewel het haar meer aan een slaapzaal deed denken. Het met creosoot behandelde gebouw had een eenvoudig golfplaten dak. De priester zei tegen haar: 'Ik kom eigenlijk niet veel verder in het noorden. Ik werk voornamelijk onder de indianen in het zuiden. Helen zei dat jouw ouders onder de Yanamamo's in het noorden werkten. Ik hoorde wat er is gebeurd. Het spijt me heel erg voor je.'

Ze wierp hem een blik toe en zag dat hij het inderdaad meende. Ze glimlachte. De herrie om haar heen liet nog steeds herinneringen opborrelen en voor de honderdste keer sinds ze Denver had verlaten, vroeg ze zich af of dit hele idee geen vergissing was geweest. Wat moest ze nou toch in vredesnaam in de jungle? O ja, het visioen. Ze was hierheen gekomen vanwege het visioen.

Maar dat visioen leek duizenden kilometers verwijderd. Het voelde aan als een absurde influistering die ze zich nauwelijks herinnerde. Toen ze in de helikopter over de eindeloze jungle vloog, had ze besloten dat ze zou vertrekken wanneer de heli over drie dagen weer naar de zendingspost zou komen. Ze zou dat hele droomgebeuren drie dagen de tijd geven. En alleen maar omdat ze geen enkele keus had. Ze kon natuurlijk niet uitstappen, een blik op de zendingspost werpen en weer instappen, toch? Dat zou nogal belachelijk lijken. Nee, ze zou moeten wachten tot de volgende vlucht.

Ze slikte en dwong haar hart weer te zakken naar de plek waar hij thuishoorde. 'En wat hebt u dan gehoord, vader?'

'Ik heb gehoord dat jullie zendingspost is overvallen door een groep drugscriminelen. En als de verhalen van de indianen kloppen, is die vallei nog steeds bezet.'

Ze keek verbaasd op. 'Nog steeds? U bedoelt dat die mensen nooit voor het gerecht zijn gesleept? Er was mij verteld dat dat wel zo was!'

'De mensen die daar nu zitten, hoeven niet per se dezelfde mensen te zijn als die de zendingspost hebben overvallen, maar er opereren wel drugshandelaren in de omgeving. De rechterlijke macht werkt niet echt snel in de jungle. De regering ook niet, trouwens. De helft daarvan werkt samen met de drugsbaronnen. De economie drijft er gedeeltelijk op. Ik denk dat de kerk in het begin wel wat heeft gesputterd, maar herinneringen vervagen snel. Sommige oorlogen zijn het nauwelijks waard om strijd voor te leveren.'

Ze kwamen bij het huis aan en de priester sloeg af naar de meest rechtse deur. 'We zijn er.' Hij ging naar binnen en zette de tas in de kamer. 'Dit wordt je kamer. Het is niet veel, maar ik ben bang dat dit alles is wat we hebben.'

Sherry wierp een blik door de deuropening en zag één bed en een badkamer. 'Dit is prima. Hebt u niet toevallig iets te drinken voor me? Ik was even vergeten hoe heet het hier kon zijn.' Ze waaierde met haar hand langs haar keel.

'Natuurlijk. Kom maar mee.' Hij leidde haar naar de middelste deur, die toegang bood tot een flinke woonkamer met een keuken erachter. De geur van kerosine vulde haar neusgaten. Net als acht jaar geleden bij hen thuis. *God, wat doet U me aan?* Ze liet zich in een stoel vallen en wachtte tot de priester haar het glas limonade aanreikte. Net als het glas dat acht jaar geleden in haar hand was verkruimeld. *Lieve God.*

Buiten zongen de krekels. Het klonk als een dodenmars. Ze glimlachte naar de priester en liet het koele vocht tussen haar lippen door glijden. 'Dank u.'

Hij ging tegenover haar zitten en zei: 'Graag gedaan.'

Ze sloeg haar benen over elkaar. 'Maar goed, wie had u over die aanval op onze zendingspost verteld?'

Hij haalde zijn schouders op. 'Ik denk de zendingsraad – toen ik vijf jaar geleden hier aankwam.'

'Hebben ze het ook over de plantage naast de zendingspost gehad?'

Hij knikte en zijn glimlach vervaagde iets, zodat ze nauwelijks nog zijn witte tanden zag. 'Ze zeiden dat het die criminelen hoogstwaarschijnlijk om het land daar te doen was. Wat ik ervan begreep, stond de zendingspost gewoon in de weg.' Hij keek met een starende blik uit het raam. 'Van wat de indianen me hebben verteld, denk ik dat dat het moet zijn geweest. Ze wilden de plantage voor hun drugs en hebben de zendingspost meteen in de aanval meegenomen. Dat is in elk geval wat er vanuit menselijk oogpunt is gebeurd. Maar het is moeilijk te bepalen wat God in gedachten had.'

'En wat hebt u gehoord over de eigenaren van de plantage?', vroeg ze. Ze voelde het zweet langs de binnenkant van haar blouse lopen. 'De familie Richterson.'

'Die zijn gedood.' Hij keek haar aan. 'Ze hebben mij verteld dat niemand het heeft overleefd. Ik hoorde pas enkele jaren geleden van Helen dat jij het wel had overleefd. Ik kende de man van Helen. Hij was in de Tweede Wereldoorlog samen met enkele soldaten naar ons dorp gekomen. Zijn leider heeft een meisje gedood dat ik heel goed kende. Nadia heette ze. Misschien heeft Helen je wel eens iets over Nadia verteld.'

'Ja, dat verhaal heeft ze me wel eens verteld.'

'Ik was erbij', zei de priester. 'Nadia was een vriendinnetje van mij.'

'Het spijt me voor u.' Helen had haar gevraagd het boek te lezen dat haar man over die gebeurtenissen had geschreven, maar dat had ze nooit gedaan. 'Dus de indianen hebben u verteld dat Shannon ook is gedood?', vroeg ze. 'Hebben ze zijn lichaam gezien?'

'Het meeste van wat ik weet, is van horen zeggen. Maar zover ik weet, wel, ja.' Hij glimlachte verontschuldigend. 'Maar ik weet zeker dat ik jou dat niet hoef te vertellen. Nogmaals, het spijt me verschrikkelijk voor je.'

'Het is al goed, vader. Ik heb de dood van mijn ouders verwerkt.'

Vader Teuwen keek haar onderzoekend aan. 'Ik hoop dat je het niet erg vindt dat ik het je vraag, Sherry, maar waarom ben je na al die jaren terug-gekomen naar de jungle?'

Sherry liet haar ogen naar de vloer dwalen. In de verte hoorde ze het geblaf van een hond. En toen jankte de hond, alsof hij was geraakt door een steen of een voet of iets dergelijks.

'Het klinkt misschien een beetje vreemd, maar eigenlijk heeft Helen me ervan overtuigd dat ik moest gaan. Omdat God me heeft geroepen.' Ze knikte toen ze daaraan terugdacht. 'Ja, omdat God me heeft geroepen.'

Ze hief haar ogen weer op en zag dat hij beide wenkbrauwen had opge-trokken – ze kon niet zeggen of dat nu uit belangstelling of van twijfel was. 'Gelooft u dat God spreekt, vader?'

'Natuurlijk spreekt God.' Hij hief een vinger op en hield zijn hoofd een beetje scheef. 'Luister...' Ze luisterde en ze wist dat hij het over de geluiden van de jungle had. 'Hoor je dat? Dat is God die spreekt.'

Ze glimlachte en knikte. 'Maar gelooft u dat Hij vandaag de dag nog steeds specifiek tegen mensen praat?'

'Jazeker. Ik heb hier te veel bovennatuurlijke dingen gezien' – hij gebaarde naar buiten – 'om te twijfelen aan het feit dat het elke dag om ons heen is. Ik weet zeker dat Hij nu en dan tot een luisterend oor spreekt.'

Ze knikte. Ze besloot dat dit een wijs man was. 'Nou, ik kan u verzekeren dat het bij mij erg vreemd aanvoelt. Ik ben niet alleen overladen met herin-neringen die me eerlijk gezegd doodsbang maken, maar er wordt ook nog eens van me verwacht dat ik wat antwoorden vind in die puinhoop.' Ze schudde haar hoofd. 'Ik voel me nou niet bepaald erg geestelijk, vader.'

'En als je je wel erg geestelijk zou hebben gevoeld, zou ik me zorgen om je gaan maken, lieve meid. Het zou juist vreemd zijn als je niet verrast was door een heldere boodschap. Zie jezelf als een kanaal. Een mok. Probeer niet te bedenken wat de Meester in die mok gaat gieten voor Hij het daad-werkelijk doet. Bid alleen dat het de Meester is die er iets in giet. En wees dan bereid te accepteren wat Hij erin giet. Hij moet zelf weten wat Hij erin giet, Sherry. Jij bent alleen maar de ontvanger.'

De woorden gingen erin als honing en ze merkte dat ze een verlangen had naar meer. Ze zette haar ene voet weer op de grond en leunde achterover in haar stoel. 'U hebt gelijk.' Ze wendde haar blik af. 'Dat klinkt logisch. En God weet dat ik op dit moment dingen nodig heb die logisch klinken.'

'Tja. Maar dat kan zowel positief als negatief zijn. Als je leven te logisch in elkaar zit, zou je God wel eens helemaal kunnen vergeten. Dat is de grootste zonde van de mens – dat hij vol is van zichzelf. Maar jouw kwellingen hebben ervoor gezorgd dat je nog steeds zacht bent, als een spons die Gods woorden in zich opzuigt. Dat is je grootste zegen.'

'Lijden een zegen? Ik heb heel wat geleden.'

'Ja, dat is duidelijk. Er werd ooit eens aan Jezus gevraagd waarom een blinde man blind geboren was. Weet je wat Hij antwoordde? Hij zei dat de man blind geboren was zodat God zichzelf ooit door hem verheerlijken kon. Wij zien alleen maar de tragedie, maar Hij ziet meer. Hij ziet de uiteindelijke overwinning.' Hij liet dat even bij haar bezinken, maar ze wist niet zeker hoe diep het zonk.

'Wanneer je eenmaal klaar bent, Sherry, zul je zien dat er heel wat mensen ten goede zijn veranderd door jouw lijden. En door de dood van je ouders. Dat weet ik heel erg zeker.'

Die woorden veroorzaakten een warm gevoel in haar borst en het pepte haar op. Ergens wist ze dat haar geest zojuist was verrijkt met de waarheid.

Ze liet haar ogen weer zakken, in de hoop dat hij niet zag dat ze volliepen. 'Sherry', zei hij. 'Sherry Blake. Ik dacht dat je achternaam Vandervan was?'

'Dat was het inderdaad.'

'Heb je hem veranderd?'

Ze knikte.

Hij wachtte even en keek haar met die vriendelijke ogen onderzoekend aan. 'Ik denk dat wanneer dit eenmaal voorbij is, je je verleden in de armen zult sluiten. Alles. Je hebt juist gehandeld door hierheen te komen. Een deel van onze geschiedenis rust op jouw schouders.'

Enkele momenten lang zei geen van tweeën iets. Dat klonk absurd. Wat kon dit vergeten hoekje van de jungle nou voor invloed hebben op de loop der geschiedenis? Sherry nam een slokje van haar limonade, zonder hem direct aan te kijken, en de priester zat haar te bestuderen. Toen glimlachte hij en klapte in zijn handen, waardoor ze schrok.

'Goed, jonge dame, het wordt al laat en ik ben ervan overtuigd dat je heel wat hebt om over na te denken. Ik moet het eten gaan klaarmaken. Voel je vrij om over de zendingspost rond te wandelen. We eten over een uur.'

Hij draaide zich om naar de keuken en stroopte zijn mouwen op.

Ja, ze mocht de priester graag, besloot ze.

18

Maandag

De jungle stroomde Casius binnen als honing over zijn tong – eerst langzaam en toen met volle teugen.

Zijn voeten raakten telkens de boomwortels, tot hij zijn ritme weer terugvond. Hij jogde door het regenwoud met een zekerheid die hem in staat stelde zijn voeten daar neer te zetten waar hij wilde. De lianen sloegen tegen zijn gezicht tot zijn ogen zich hadden aangepast aan de schaduwen van de nacht. Om hem heen krijsten allerlei dieren. Het prikte in zijn zenuwen tot hij in staat was ze naar de achterkant van zijn gedachten te verdringen. Toen het daglicht door het bladerdak begon te schijnen, voerde hij zijn snelheid aanmerkelijk op en hij verzonk in gedachten met de herinneringen aan zijn verleden.

Hij had een heel leven geleid sinds de tijd dat hij dit land had verlaten, maar eigenlijk had hij er niet aan kunnen ontsnappen. Hij had voor deze dag geleefd. Ruim honderd missies hadden geleid tot deze. Hij zou het overleven of sterven, maar degenen die verantwoordelijk waren voor de dood van zijn vader, zouden samen met hem de dood vinden.

Die gedachten bonkten door zijn hoofd met de cadans van zijn voetstappen. Hij wist meer dan wie dan ook bij de CIA – inclusief Friberg zelf – kon vermoeden. Het zou hem verbazen wanneer ze hem niet met een aantal speciale eenheden achterna zouden komen. De inzet was te hoog om op CIA-agenten te vertrouwen. Ze zouden geen risico's nemen en David zou hun vertellen dat ze dan maar beter voor de jungle getrainde mankrachten konden gebruiken.

Het was halverwege de morgen voor Casius uit de jungle opdook, op een helling die langzaam naar de Orinoco-delta toe liep. In het dorp onder hem huisde een kleine populatie vissers die voor wat extra inkomen lading en passagiers de rivier op en af vervoerde. Casius veegde met wat natte bladeren zorgvuldig de kuithoge modder van zijn benen en gespte de tas los die nog steeds op zijn rug hing. Hij deed een korte broek aan en daaroverheen een lange broek. Daarna trok hij een paar lichtbruine gemakkelijke schoenen en een groot, ruimvallend en kreukvrij overhemd aan en zette hij een baseballpet op. Hij stak een zonnebril in zijn borstzakje, begroef de plastic tas die de kleren droog gehouden had en ging op weg naar het stadje in de verte.

Casius liep naar een korjaal toe waarvan een visser de romp zat te schrobben. 'Neem me niet kwalijk, maar kunt u me vertellen waar ik een boot naar Soledad kan vinden?', vroeg hij.

De man stond op en bekeek hem van top tot teen. 'U bent een toerist, no? U houdt van vissen? Ik vang heel grote vis voor u.'

'Geen vis, vriend. Ik heb een boot nodig die stroomopwaarts gaat.'

'Si, señor. Tweehonderd peso's. Ik zorg goed voor u.'

'Afgesproken', zei Casius.

De visser riep twee snel opduikende zoons, alsof hij zojuist was aangesteld als generaal over een leger, en had de boot binnen vijf minuten klaar. Tien minuten later stuurde hij met een lawaaierige veertig pk Evinrude zijn boot de rivier op, in de richting van een klein, maar redelijk modern stadje, dat Soledad heette. Casius ging in de buurt van de visser zitten en bestudeerde de langsglijdende jungle. Hij had zijn armen over elkaar geslagen en er zwierven duizenden gedachten door zijn hoofd.

Abdullah liep de betonnen verzendingsruimte in en zag Ramón over een van de boomstammen gebogen staan die waren geprepareerd voor de levering van vanavond. De hispanic zag hem kijken en knikte, terwijl hij bleef doorpraten tegen de man die de uitgeholde boom volstopte met baaltjes cocaïne. Aan de andere kant van de ruimte liepen transportbanden de berg in, naar de grote pijp die de boomstammen in de rivier ver beneden hen zou vervoeren. Abdullah liep naar de twee mannen toe en keek mee over hun schouders.

Deze verschepingsmethode was een idee van Jamal geweest en tot dusver waren ze nog geen tien boomstammen kwijtgeraakt aan vreemde stromingen. Het zat heel erg simpel in elkaar. Vul de drijvende Yevaro-boomstammen met waterdicht verpakte cocaïne, schiet de stam door een pijp van een meter doorsnede, die door de berg heen naar de Orinoco voerde en pik de stammen weer op wanneer ze werden gespuugd in de oceaan, driehonderd kilometer naar het oosten. De rivier was een uitstekende bezorgdienst, want het water bleef altijd stromen. De bakens die aan elke boomstam werden bevestigd, hielpen om ze zonder veel problemen uit zee op te pikken. Al vijf jaar werden de boomstammen zonder problemen via diverse houtzagerijen de Verenigde Staten in gesmokkeld. De dikke boomschors verborg de kieren rond de panelen uitstekend, waardoor visuele detectie vrijwel onmogelijk was.

'Hoeveel vanavond?', vroeg Abdullah. De collega van Ramón schrok.

'Drie, meneer.'

Abdullah knikte tevreden. 'Loop even mee, Ramón.' Hij liep naar de lift toe, stak een sleutel in het slot voor de verdieping onder hen en deed een stap achteruit. De lift zakte naar de kelder toe, waar maar weinig mensen mochten komen.

'Je weet dat de wereld nu gaat veranderen, hè?'

'Ja.'

'En ben je voorbereid op welke veranderingen dan ook die dat met zich meebrengt?'

'Welke veranderingen voorziet u?', vroeg de soldaat voorzichtig.

'Nou, ik verwacht bijvoorbeeld dat deze plek binnenkort zal ophouden te bestaan. We kunnen niet verwachten dat ze stil blijven zitten. Ik denk dat de wereld op zijn kop zal staan.'

Ramón knikte. Zijn ene goede oog knipperde. 'Ja, ik denk dat u gelijk hebt.'

Er ging een belletje en Abdullah stapte de lift uit. De deur naar het laboratorium aan het eind van de gang was gesloten. Hij keek ernaar zonder ernaartoe te lopen.

'We moeten de jungle om ons heen zuiveren van elke mogelijke bedreiging', zei hij afwezig. 'Er bevindt zich in een omtrek van honderd kilometer van de plantage maar één basis en ik wil dat die onmiddellijk wordt bezet.'

'De katholieke zendingspost.'

'Ja. Ik wil dat die onder ons gezag valt. Stuur een eenheid om de post te neutraliseren. En ik wil dat het netjes gebeurt. Je valt de zendingspost morgenavond aan.'

'Jazeker, meneer.'

'Verdwijn.'

Ramón trok zich terug in de lift en de deur ging dicht.

Buiten Ramón en Abdullah wist alleen Yuri Harsanyi van het bestaan van de kelderverdieping. En Yuri kende haar op zijn duimpje, zoals een muis zijn hol in de muur zou kennen.

Hij droeg een witte laboratoriumjas, die sterk contrasteerde met het git-zwarte haar dat slordig zijn plompe, bleke gezicht omlijstte. 'Stakerig' was een woord dat zijn lichaamsbouw aardig beschreef. Lang en stakerig. Om precies te zijn één meter tweeënnegentig. Dat was ook de reden dat hij geneigd was over de werktafels heen gebogen te staan en zijn lichaam leek wel in die houding vergroeid te zijn.

Het karakter van zijn opdracht eiste van hem dat hij zich altijd in de kelder verborgen hield en hij slenterde dan ook alleen maar heen en weer tussen het witte laboratorium en de belendende woonruimte. Er bevonden zich op deze verdieping nog zeven ruimtes, maar Yuri was nog maar twee keer in de buitenste ruimtes geweest. Zijn eigen onderkomen verschafte hem alle comfort dat hier maar te krijgen was. En trouwens, hoe meer tijd hij doorbracht in zijn laboratorium, hoe eerder zijn taak hier zou zijn vol-bracht. En hoe eerder hij zijn taak had volbracht, hoe eerder hij vrij zou zijn om een nieuw leven te beginnen. Rijk, deze keer.

De muren om hem heen waren wit. Langs die muren stonden vier werk-banken, met daarop twee draaibanken en twee machines om mallen te ma-ken. Rechts van Yuri leidde een deur naar zijn privéonderkomen en naast de deur bevond zich een plaat plexiglas die een ruimte van drie bij drie meter afschermde. In het midden van de ruimte stond een enkele chroom-stalen kluis ter grootte van een koelkast, waàrtegenover een enkele tafel stond die was afgeladen met computerapparatuur.

Maar Yuri hield zijn aandacht gericht op een van de twee stalen tafels die midden op de betonnen vloer van het laboratorium stonden. Twee ovalen voorwerpen – één ter grootte van een rugbybal en de ander twee keer zo groot – werden vastgehouden door aan de tafels gemonteerde klemmen. Bij allebei stond een klep open, waardoor ze stom naar het plafond leken te staren. Bommen.

Atoombommen.

Yuri stond met zijn armen over elkaar geslagen naar de glimmende sta-len voorwerpen te staren. Hij werd doorstroomd door een gevoel van te-vredenheid. Ze zouden werken. Hij was er absoluut van overtuigd dat de bommen zouden werken. Een eenvoudige verzameling exotische materi-alen die in perfecte harmonie waren samengevoegd. Hij had ze veranderd in een van de grootste krachten die de aarde kende. Het zou niet moeilijk zijn iemand te vinden die honderd miljoen zou neertellen voor het klein-ste voorwerp. Yuri had de laatste zes maanden aan weinig anders meer gedacht en nu het project zijn voltooiing naderde, werd de druk om een beslissing te nemen bijna ondraaglijk.

Het magere salaris dat de Rus al die jaren in zijn vaderland had verdiend, was daarbij vergeleken niet meer dan een fooi. Socialisme had zijn prijs. Maar zelfs het Politbureau moest niet denken dat ze voor een habbekrats de grootste atoomwetenschappers konden voortbrengen. En nu was het tijd dat een en ander werd rechtgetrokken. Hij moest glimlachen bij die gedachte.

Er steeg een vlieg op van een van de lampen boven zijn hoofd en hij vloog zoemend langs Yuri's oor voor hij op het grotere voorwerp neerstreek.

Het telefoontje van zeven jaar geleden was voor hem de stem van een engel geweest. Hij had niet eens gevraagd waarom de Russische maffia hem had uitgekozen. Het enige wat hij wist, was dat ze hem honderdduizend dollar contant hadden vooruitbetaald en ze hem verder tienduizend dollar per maand zouden betalen tot het project zou zijn afgerond. En als het zover was, stond hem nog een miljoen dollar aan bonus te wachten. En dan had je ook nog dat kleine detail dat het een project voor de Broederschap was, een militante islamitische groep. Anderen hadden het gehad over een baan in de 'vrije wereld', maar ze zouden geen van allen meer dan een honderdste krijgen van wat hem was aangeboden. En hij had het aanbod dan ook zonder bezwaren geaccepteerd.

Het had hem drie jaar gekost om de basiselementen in handen te krijgen, hoewel Yuri zich in die jaren eerlijk gezegd meer een gevangene voelde dan een wetenschapper. Maar zijn boodschappenlijstje afwerken, zoals hij dat noemde, kostte in de nieuwe wereld nu eenmaal tijd.

Hoewel hun timing prima was. Als de Broederschap had gewacht tot Bush achter Al Qaeda aan zou gaan en zijn 'war against terror' zou beginnen, zou zijn taak veel moeilijker zijn geweest. De tijd van Clinton was de juiste geweest.

De lijst was vrij eenvoudig geweest: krytron schakelmechanismen, hoogwaardige detonators, explosieven, uranium, plutonium, beryllium en polonium. Samen met wat hardware, natuurlijk.

Maar Clinton of niet, je liep niet zomaar even een winkel binnen om wat starters met beryllium en polonium aan te schaffen. Toen wapeninspecteurs het uitgebreide nucleaire programma van de Irakezen hadden ontdekt, was ook de rapportering geïntensiveerd die werd verlangd in het Nucleaire Non-proliferatie Verdrag. En er werd niet alleen op plutonium en uranium gelet, maar op elk onderdeel dat nodig was om een kernwapen mee te maken.

Punt was dat een nucleaire explosie een absoluut perfecte timing vereist tussen de voorgevormde ladingen die het plutonium omringen. Om precies te zijn, veertig perfect getimede explosies. Al ging maar een van de ladingen een fractie van een seconde te vroeg of te laat af, dan zou de bom een fiasco worden. En er was maar één schakelmechanisme dat die precisie kon leveren: een krytron-schakelaar. En maar twee bedrijven op de hele wereld konden die maken. Yuri had er tachtig nodig. Helaas werd elke bestelling gerapporteerd aan een regeringsinstantie en zorgvuldig nagetrokken.

Hij had achter nieuwe schakelaars aan kunnen gaan, maar dan was de kans groot geweest dat het project in het water gevallen zou zijn. Nee, hij had de krytrons nodig en het duurde twee jaar voor hij ze te pakken had. En dat was hem alleen maar gelukt door de zwarte markt van de voormalige Sovjet-Unie. Er liepen daar genoeg ontevreden officieren rond die voor honderdduizend dollar even de andere kant op wilden kijken. Maar de wereldvoorraden beryllium en polonium werden al net zo goed in de gaten gehouden. De aandacht was altijd gericht geweest op de radioactieve elementen zoals plutonium, maar in werkelijkheid was het plutonium het makkelijkst te krijgen geweest. Er was genoeg op de markt en via zijn contacten bij de Russische maffia had hij het binnen zes maanden in huis.

Het kwam erop neer dat aan alles te komen was, als je maar genoeg geld had. Yuri wist niet zeker waar deze mensen hun geld vandaan haalden – drugs, handel, olie, wie weet – maar ze hadden duidelijk meer dan genoeg. Alles waarom hij had gevraagd, was uiteindelijk in de jungle terechtgekomen.

En nu werd het tijd ze de jungle weer uit te krijgen.

Natuurlijk had je nog wat kleinigheidjes die in de weg stonden, zoals Abdullah, en met Abdullah moest je geen grappen maken. Zijn hart moest de kleur van zijn ogen hebben, dacht Yuri. Zwart.

Yuri liep naar het grootste van de twee kernwapens, die ongeveer een kracht had van drie keer de bom die op Nagasaki was gevallen. Het ontwerp was nogal eenvoudig en leek veel op dat van de eerste bom. Maar er was niets eenvoudigs aan de explosie van zestig kiloton die hij zou veroorzaken.

In de ruimte onder het geopende paneel was een zwarte bol met een diameter van vijfendertig centimeter gemonteerd. Hij was bespikkeld met veertig precies over het oppervlak verdeelde circuits en uit elk circuit kwam een draad tevoorschijn, waardoor de bol net een harige vrucht leek. Aan de voorkant van de bol bevond zich een witte ontvanger en een kleine collector. De behuizing was zilverkleurig – gepolijst aluminium – niet meer dan een duur jasje voor de zwarte bom binnenin. De grote vlieg kroop over het glimmende oppervlak en Yuri stak een hand uit om het insect weg te jagen.

Vier jaar en ontelbare miljoenen, en nu de hoofdprijs: twee glimmende rugbyballen met genoeg kracht om een zeer grote stad plat te gooien. Yuri liep naar de voorraadkast toe en ging naar binnen. Drie muren waren volgehangen met allerlei kleine gereedschappen. Hij hurkte neer, trok een bruine houten kist tevoorschijn en deed het deksel open. Daar lag zijn ticket naar de begeerde honderd miljoen dollar – twee bolvormige voorwerpen die precies op de bollen in de kernwapens leken. Als hij nu doorzette, zou zijn lot bezegeld zijn. Hij zou heel erg rijk worden, of heel erg dood.

Yuri slikte en maande zijn bonkende hart tot kalmte. Een van die vervloekte vliegen ging op zijn haar zitten en instinctief haalde hij uit, waarbij hij zijn oor behoorlijk pijn deed. Hij veegde zijn zweterige handen af aan zijn dijen, liet ze bevend in de kist zakken en haalde er de kleinere bol uit. 'Alstublieft, God', fluisterde hij zacht. 'Laat dit ene dingetje in mijn voordeel uitvallen.' Dat was natuurlijk belachelijk, omdat hij net zomin in God geloofde als dat hij geloofde dat hij zou blijven leven als Abdullah dit ontdekte.

Yuri stond op, duwde met een voet de deur van de kast achter zich dicht en droeg de zwarte bol voorzichtig naar de tafel waarop de kleinste bom lag. Met een laatste blik naar de ingang begon hij aan de verwisseling.

Het was eigenlijk een eenvoudig idee. Hij zou de kernexplosieven uit hun omhulsel halen en ze vervangen door identieke explosieven die alleen maar lucht bevatten. Wanneer Abdullah dan eenmaal met zijn speelgoed aan de slag ging, zouden ze nog geen vonk geven. De kernexplosieven zouden bij Yuri veilig zijn. Het was *zijn* schepping en *hij* zou er de vruchten van plukken. Laat die man zijn imitatiebom maar proberen te laten exploderen. Tegen de tijd dat Abdullah zou merken dat zijn speeltjes niet werkten, zou Yuri al aan de andere kant van de wereld zitten met twee zeer waardevolle apparaten in de verkoop.

Binnen vijf minuten had hij de bollen verwisseld. Met de nucleaire bol in zijn zweterige vingers liep hij terug naar de inloopkast en liet het ding in de bruine kist zakken. En toen herhaalde hij de hele procedure met de andere bol. Hij sloot het deksel en stond op terwijl er een rilling langs zijn rug omhoogkroop. Tot zover ging het goed.

Hij pakte een zwabber en zette die op de kist, met de gedachte dat de kist zo minder de aandacht zou trekken. Aan de andere kant stond een zwabber normaal gesproken natuurlijk op de grond. Misschien zou het juist wel opvallen als Abdullah toevallig zou zien dat hij zo hoog stond. Yuri zette de zwabber weer op de grond en schold zichzelf de huid vol dat hij zo overbezorgd was. Hij veegde het zweet van zijn voorhoofd, deed de kastdeur achter zich dicht en liep het laboratorium weer in. Hij zou vanavond laat de bollen in zijn koffer doen en die morgen meenemen als hij naar Carácas vertrok. Yuri stond met zijn handen losjes langs zijn zijden naar de tafels voor zich te kijken. De twee aluminium behuizingen leken nog net zo op kernwapens als twintig minuten geleden. Alleen een geoefend oog zou de minieme detailverschillen zien. Goed dan.

Plotseling schraapte de boekenkast links van hem over de vloer en Yuri schrok. Abdullah? Hij sprong over de tafels heen en keek snel of hij niet een bout of iets dergelijks was vergeten aan te draaien – wat dan ook dat de aandacht van de Arabier zou kunnen trekken. Hij veegde met zijn mouw over zijn gezicht en pakte een voltmeter.

Abdullah kwam met een frons het laboratorium in. Hij had zijn kin iets naar voren gestoken en erboven fonkelden twee zwarte ogen. Zijn blik leek te vragen: 'Waar ben jij mee bezig, vriend?' Yuri's hoofdhuid trok zich samen.

'Zijn ze klaar?', vroeg Abdullah.

'Jazeker, meneer', antwoordde Yuri. Hij schraapte zijn keel.

De Arabier staarde hem secondenlang aan zonder van gezichtsuitdrukking te veranderen en Yuri voelde zijn handen zweterig worden. Abdullah kwam naar hem toe. 'Laat me de procedure van de afstandsbediening nog eens zien.' Hij liep naar de tafel en staarde over Yuri's schouder. 'Laat me alles opnieuw zien', zei hij.

'Prima', antwoordde Yuri en hij hoopte dat de man het lichte beven van zo'n beetje al zijn spieren niet zou opmerken. 'Natuurlijk, meneer.'

19

De donker wordende kust werd hier en daar verlicht door wat peertjes toen de visser uiteindelijk gas terugnam en de buitenboordmotor alleen nog maar wat gorgelde, waarna hij de kleine boot aan de gammele kade van het stadje Soledad aanmeerde. Casius betaalde de man zijn tweehonderd peso's en liep door het stadje heen naar hotel Melia Caribe. Doordat hij er al tientallen keren met zijn vader was geweest, wist hij dat dat een van de drie hotels was waar je zo diep landinwaarts toeristen verwachtte tegen te komen.

Op het moment dat Casius de lobby binnenstapte, bleven zijn ogen op een bleke, slungelige man rusten die in de hoek een krant zat te lezen. De man keek op en hun blikken kruisten elkaar. Hij bleef Casius heel even aankijken en dook toen weer in zijn krant. Casius keek de lobby rond en besloot dat de man de meest logische gegadigde zou zijn voor een CIA-agent. Hij keek nogmaals naar de man en dwong hem zo weer op te kijken. Als de man een observant was, zou het hem moeilijk vallen Casius te herkennen met kort bruin haar en donkere ogen. Maar elke man met ongeveer zijn uiterlijk zou worden gerapporteerd en Casius wilde dat Friberg wist dat hij hen ook had opgemerkt. De ogen van de man stonden stil; hij was gestopt met lezen.

De man keek weer op en nogmaals kruisten hun blikken elkaar. Casius knikte en gaf hem een knipoog. Herkenning. Casius draaide zich ontspannen om en liep naar de receptie, waarbij hij de man in het oog hield. Friberg had dus net zo snel gereageerd als hij had verwacht. Het was nog maar achtenveertig uur geleden en ze hadden al mensen op hun plek zitten.

Hij nam een kamer op de tweede verdieping. Hij maakte het bed rommelig, zette een paar laden op een kier, probeerde de douche – waarbij hij het douchegordijn dicht liet zitten – en maakte een handdoek nat. Tevredengesteld dat de kamer gebruikt overkwam, glipte hij de gang op. De achtertrap leidde naar de lobby beneden, maar een oude houten brandtrap gaf toegang tot een steeg achter het hotel. Casius klom naar beneden, liet zich in de steeg vallen en zocht zijn weg door het duister. Geen levensteken van de agent.

Hij liep via enkele steegjes naar een winkeltje aan de zuidkant van het stadje. De grijze lavablokken die slordig vuilwit waren geverfd, zagen er nog hetzelfde uit als de laatste keer dat hij in deze steeg was geweest. Casius liep naar de achterdeur van het winkeltje toe, voelde dat hij niet op slot zat en stapte Samuel Bonila's wapenhandel binnen.

Hij stond even stil in de deuropening en liet zijn ogen aan het schamele licht wennen.

'María!', riep een barse stem.

Casius stapte de verlichte winkel in en keek Samuel vlak aan. De man knipperde met zijn ogen en deed hetzelfde.

'Wat moet je?', wilde Samuel weten. 'Voor klanten hebben we een voordeur. En we zijn gesloten.'

'Bent u Samuel Bonila?', vroeg Casius terwijl hij het antwoord al wist. De man aarzelde.

'Ik ben niet van plan u kwaad te doen', verzekerde Casius hem.

'Ja, zo heet ik inderdaad. En wie ben jij?'

'Mijn vader was een bekende van u, meneer Bonila. Een vreemdeling die wist hoe hij moest schieten. Misschien herinnert u zich hem?'

'Een vreemdeling die…'

Samuel zweeg plotseling en staarde Casius onderzoekend aan. 'Ben jij…?'

'Ja.'

De winkeleigenaar knipperde met zijn ogen en deed een stap naar hem toe. 'Maar ik vind je niet echt op hem lijken. Je bent veranderd. Je lijkt totaal niet op de jongen die ik me herinner.'

'De tijd verandert mensen. Ik zou graag willen dat u mijn komst hier voor u houdt, meneer Bonila. En ik wil graag een paar messen van u kopen.'

'Ja, natuurlijk.' Hij wierp een blik op de deur. 'Je kunt me volledig vertrouwen.' Hij glimlachte en leek plotseling tevredengesteld. 'En heb je ook nog een vuurwapen nodig? Ik heb zeer mooie import.'

'Dat geloof ik graag. Maar deze keer niet. Ik heb alleen twee messen nodig.'

'Ja, ja.' Hij keek nog eens goed naar Casius en haastte zich toen naar een koffertje achter zich.

Vijf minuten later verliet Casius het winkeltje, terwijl Samuel hem nog van alles na mompelde. Tien minuten later nam hij zijn intrek in een tent die vergeven was van de kakkerlakken en die zichzelf hotel durfde noemen, en nam een kamer op de derde verdieping. Hij deed de moneybelts af, haalde er vijfduizend dollar uit en verborg de rest in het plafond boven de spiegel in de badkamer. Het was al meer dan vierentwintig uur geleden dat hij voor het laatst wat slaap had gehad. Hij viel uitgeput neer op bed en sliep vrijwel meteen.

Zes uur later werd hij wakker bij het geluid van krijsende insecten in het nabijgelegen regenwoud, terwijl de stad in stilte was gedompeld. Zonder het licht aan te doen, gooide Casius wat water over zijn gezicht en trok hij zijn zwarte korte broek aan. De zwarte tatoeage van een jaguar op zijn dij zou hem in de jungle verraden en dus bedekte hij die met een brede band leukoplast. Hij haalde een tube camouflageverf uit zijn gordeltas en bracht de groene, olieachtige pasta in brede stroken op zijn gezicht aan. Dat maskeerde zijn gezicht zo dat niemand het zou herkennen.

Hij schoof het bowie-mes dat hij in de wapenhandel had gekocht op zijn rug achter zijn broeksband en bond de Arkansas Slider om zijn nek. Hij schoof de gordeltas en de rest van zijn kleren onder het bed.

Toen hij te voet het stadje verliet en de hoog oprijzende jungle in liep, brak achter hem de morgen aan. De plantage lag vijftig kilometer recht naar het westen. Het zou hem anderhalve dag kosten om de vallei te omcirkelen en de plantage vanuit het zuiden te naderen. Daardoor moest hij vijftig kilometer extra afleggen, maar hij besloot dat het strategische voordeel van een nadering uit het zuiden het ongemak meer dan goedmaakte. Om te beginnen, verwachtte de CIA vrijwel zeker dat hij de snelste route zou nemen, nu hij gezien was. Maar wat belangrijker was, was dat de kliffen vrij gemakkelijk te bewaken waren. En de zuidzijde bestond uit enkele tienduizenden hectaren dichte jungle die voornamelijk werd bewoond door indianen. Die zou veel moeilijker te bewaken zijn.

Toen hij hun nesten passeerde, vlogen er enkele ara's en reigers op, die luid protesteerden tegen zijn inbreuk op hun wereld. Hij stond twee keer stil toen duizenden felgekleurde papegaaien opvlogen, die heel even de opkomende zon verduisterden. Hij werd aangestaard door spinapen, die naar hem krijsten. De lucht voelde schoon aan; de vegetatie glinsterde van de dauw. Er was hier nog niets aangeraakt door mensenhanden. Zijn blote voeten werden al snel overdekt met oppervlakkige sneetjes, maar hij minderde geen snelheid. De komende zesendertig uur zou hij maar één keer slapen en dan nog maar enkele uren lang. En verder zou hij alleen stoppen om te eten – voornamelijk fruit en noten. En misschien wat rauw vlees.

Hij gromde en kraakte zijn nek onder het rennen. Het voelde goed om weer in de jungle te zijn.

20

Donderdag

Sherry Blake werd met een schok wakker na haar eerste nacht in de jungle. Het visioen was teruggekeerd. Met angstaanjagende kleuren en gillende geluiden. Het duurde een paar seconden voor ze in de gaten kreeg dat ze zich levend en wel in de zendingspost bevond, en niet op een strand, waar ze een gat probeerde te graven om aan het zuur te ontsnappen. Ze rukte het doorgezwete laken van haar benen en stond al bij de deur voor ze zich realiseerde dat ze alleen maar een oversized T-shirt droeg. En ze bevond zich niet alleen met Marisa in haar appartement. Ze bevond zich samen met een priester in de jungle. Ze liep weer terug om een korte broek en wat schoeisel aan te trekken.

Buiten tjirpte, krijste en zoemde de jungle zich een weg naar de nieuwe dag, maar de herrie in Sherry's gedachten was voornamelijk afkomstig van de mensen op het strand, terwijl het zuur vanuit de paddenstoel naar beneden viel, als druppels druipende stroop. Ze schudde haar hoofd en trok haar schoenen aan.

Toen Sherry de zitkamer naast haar slaapkamer binnenliep, had vader Teuwen al koffie en gebakken eieren klaargemaakt. 'Goedemorgen', zei hij, terwijl hij haar een glimlach toewierp. 'Ik dacht dat je wel trek zou hebben in...' Hij zag haar gezicht en zweeg. 'Ben je wel in orde?'

Ze hief een hand op naar haar haar en vroeg zich af wat hij zag. 'Ja. Volgens mij wel. Hoezo?'

'Je ziet eruit alsof je zojuist spoken hebt gezien. Heb je niet lekker geslapen?'

'Als een roos. Mijn lichaam heeft in elk geval als een roos geslapen. Maar mijn geest had besloten zich weer open te stellen voor dat krankzinnige visioen dat maar blijft terugkomen.' Ze liet zich op de bank ploffen en zuchtte.

De priester bracht haar een dampende kop koffie en ze bedankte hem. 'Ja, daar had Helen het al over', zei hij.

Ze nam een slokje van de hete, donkere vloeistof en knikte. 'Volgens mij heb ik liever met een walvis te maken.'

Vader Teuwen glimlachte en ging tegenover haar in een gemakkelijke stoel zitten. 'Zelfs Jona besloot uiteindelijk dat het beter was om de waarheid te spreken dan in een walvis te zitten.'

'Als ik wist wat die waarheid was, zou ik er mijn mond vol van hebben. We hebben het over een boodschap van God, maar ik *heb* helemaal geen boodschap. Zelfs geen kleintje. Ik heb alleen maar een vreselijk visioen dat me elke nacht achtervolgt. Net een spelprogramma van de hemel, waarbij de gast het een of andere absurde raadsel moet oplossen.'

'Geduld, lieve meid.' Zijn stem klonk zacht en begrijpend. 'Uiteindelijk zul je het zien. Jouw weg leidt naar begrip van de situatie.'

Ze leunde achterover en staarde hem aan. 'Maar misschien *wil* ik dit pad helemaal niet bewandelen. God is liefde, maar waar is al die liefde dan?'

Hij sloeg zijn benen over elkaar en zei met nadruk: 'Het pad tussen het natuurlijke en bovennatuurlijke – en tussen het kwade en het goede – is niet zo'n gemakkelijke weg. Op die weg krijg je met dingen zoals de dood te maken. Folteringen. Waarom denk je dat het christendom een kruis in zijn vaandel voert? Weet je wel hoe gruwelijk het kruis was? Je zou toch denken dat God een eenvoudiger en menselijker manier had kunnen verzinnen om zijn Zoon ter dood te laten brengen. Maar voor je vruchten krijgt, moet er eerst een zaadje sterven. Voor er een kind geboren wordt, moet er eerst een moeder pijn lijden. En volgens mij zijn een paar slapeloze nachten geen onoverkomelijk kostenplaatje', zei hij, nog steeds met een glimlach op zijn gezicht.

Sherry zette de mok neer, waarbij ze wat koffie over haar duim morste. 'Een paar slapeloze nachten? Nee, dat is zo. Maar als je in een kist opgesloten zit terwijl je ouders boven je hoofd worden afgeslacht en je acht jaar lang wel nachtmerries maar vrijwel geen slaap krijgt, zou ik dat niet echt "een paar slapeloze nachten" willen noemen!'

De priester leek niet onder de indruk te zijn. 'Laat me je een verhaal vertellen, Sherry. Ik denk dat ik dit wel voor je in het juiste perspectief kan zetten.'

'Niet al te lang geleden, tegen het einde van de Tweede Wereldoorlog, werd er een gewone man – een arts – opgepakt en met zijn vrouw naar een concentratiekamp gebracht. Zijn twaalf jaar oude zoontje zat veilig bij zijn oma. Dat dacht de arts tenminste. In werkelijkheid had degene die hem had opgepakt, ene Karadzic, ook de jongen gevonden. En om de geest van de man te breken, hadden ze hem in een cel gegooid die grensde aan twee andere cellen. In de ene zat zijn vrouw en in de andere zijn zoon. Natuurlijk wist hij niet dat zijn zoon was opgepakt, omdat hij nog steeds dacht dat die bij zijn oma zat.

'De mond van zijn vrouw en zijn zoon waren afgeplakt en elke dag werden ze alle drie meedogenloos gemarteld. Er werd tegen de arts gezegd dat het gegil aan de ene kant van zijn vrouw was en aan de andere kant van een zwervertje, dat van straat was opgepikt. Er werd ook tegen hem gezegd dat als hij bevel gaf om het kind te doden, hij en zijn vrouw gespaard zouden blijven. Maar als hij weigerde, zouden ze allebei worden gedood op de avond van de zevende dag.

De arts huilde aan één stuk door en had intens veel verdriet van het gekreun uit de cel van zijn vrouw. Hij wist dat hij haar kon redden met de dood van één minderjarige zwerver. Karadzic was van plan het lichaam van de zoon zijn cel in te slepen nadat de arts het bevel tot executie had gegeven, in de hoop zijn geest te breken.

Maar de arts kon het niet over zijn hart verkrijgen. Op de zevende dag werden hij en zijn vrouw allebei door het hoofd geschoten en de jongen werd vrijgelaten.' De priester zweeg even en slikte. 'De arts gaf dus het leven van zichzelf en zijn vrouw voor iemand anders, terwijl hij niet eens wist dat het zijn eigen zoon was. Vind je dat eerlijk, Sherry?'

Sherry gruwde van het verhaal. Weer een emotie die haar gedachten vertroebelde – verwarring. Ze reageerde niet.

'We begrijpen niet altijd waarom God toestaat dat de een zijn leven geeft voor de ander. We doorgronden maar moeilijk de dood van Gods Zoon. Maar uiteindelijk' – hij slikte nogmaals – 'uiteindelijk, Sherry, zullen we begrijpen wat Christus bedoelde toen Hij zei dat je je leven moet verliezen om het te vinden.'

Petrus wendde zijn blik af en haalde zijn schouders op. 'Wie weet? Misschien dat de dood van mijn ouders me heeft bewaard voor deze dag, zodat ik dit tegen jou kon zeggen.'

Sherry's mond viel open. Was Petrus de jongen? 'U was...'

De priester keek haar weer aan en knikte. Er lag weer een glimlach op zijn gezicht. 'Ik was die jongen.' Er liepen tranen over zijn wangen en het duizelde Sherry. Haar eigen beeld was ook niet helemaal helder meer.

'Ooit zal ik weer bij mijn ouders zijn', zei de priester. 'Ik hoop dat dat snel zal gebeuren. Zo gauw ik mijn rol in dit schaakspel heb gespeeld.'

'Ze zijn dus allebei voor u gestorven.'

Hij wendde zich weer af en slikte.

Haar borstkas voelde aan alsof hij voor hem wilde exploderen. En voor haarzelf. Ze had hetzelfde meegemaakt, nietwaar? Haar vader was boven die kist voor haar gestorven.

De priester had liefde gevonden. Liefde voor Christus. In bepaalde opzichten had zij dat ook.

'Wat is er toch met de dood? Waarom is er zo veel geweld in deze wereld? Overal waar je kijkt, wordt bloed vergoten.'

Hij keek haar aan. 'In het leven gaan we *allemaal* een keer dood. En in de dood vinden we het leven. Hij heeft ons gevraagd te sterven. *Neem je kruis op en volg Mij*. Niet per se een fysieke dood, maar om heel eerlijk te zijn, zijn wij in het Westen veel te veel gesteld op ons eigen vlees. Christus heeft ons niet gered van een lichamelijke dood.'

'Dat neemt nog niet de verschrikking van de dood weg.'

'Nee. Maar onze obsessie voor het leven is al net zo slecht. Wie is een groter monster – degene die doodt of degene die geobsedeerd is door zijn eigen leven? Een uitstekende strategie van het duister, vind je ook niet? Hoe kunnen mensen die doodsbang zijn voor de dood, ooit vrijwillig het kruis beklimmen?'

Die bewering klonk absurd en Sherry wist niet goed wat ze ervan moest denken.

'In de grote wedstrijd om het hart van de mens gaat het er niet om wie leeft of wie sterft', zei Petrus. 'Het gaat erom wie de wedstrijd wint. Wie van God houdt. We moeten allebei onze rol hierin spelen. Weet je wat de moraal van het verhaal van mijn ouders is?'

Ze keek hem aan.

'De moraal van dat verhaal is dat alleen ware, onzelfzuchtige liefde zal zegevieren. Geen grotere liefde dan hij die zijn leven neerlegt voor een vriend. Of een zoon. Of een vreemdeling in de cel naast je.'

'Maar uw ouders zijn wel *gestorven*.'

'We sterven allemaal een keer. Mijn ouders hebben Karadzic verslagen. Hun liefde heeft me gespaard voor de dingen die ik moet doen.'

'U denkt dus dat ik naar de jungle ben gebracht om hier te sterven?' vroeg ze.

Hij keek haar een beetje onder zijn wenkbrauwen door aan. 'Ben je *klaar* om te sterven, Sherry?'

Er stroomde een hete bal over haar schedeldak en zo langs haar rug naar beneden. Het was de manier waarop hij die vraag stelde.

Ben je klaar om te sterven, Sherry?

Nee.

Het zwom allemaal door haar gedachten – de dood van haar ouders, het verhaal van de priester, haar nachtmerries – ze draaiden allemaal in elkaar om de brok te vormen die zich nu in haar keel nestelde.

Ze stond op en liep de keuken in. 'Is er nog wat te eten?'

———

David Lunow hield het kartonnen bekertje voorzichtig beet. Iemand had hem verteld dat koffie onder de vijfenvijftig graden zuren ging vormen. Hij nam aan dat echte fijnproevers dat konden proeven door even hun tong erin te steken. Hijzelf was nooit verder gekomen dan een brandblaar en een vloek. Hoe dan ook, hij vond dat koffie altijd gloeiend heet hoorde te zijn.

Mark Ingersol stond naast hem op de gebogen brug in het park en staarde naar het bruine water onder hen. 'Ik weet dat jij wat reserves hebt als het gaat over de jacht op Casius. En eerlijk gezegd heb ik die ook. Maar dat wil niet zeggen dat we onze bevelen niet moeten opvolgen. En dat betekent ook niet dat we moeten verslappen. Als de directeur wil dat we Casius doden, doden we hem. Punt uit.'

'Volgens mij vragen jullie om problemen', reageerde David. 'Dit is echt zoiets wat midden in je gezicht uit elkaar spat.' Hij voelde Ingersol naar hem staren, maar hij weigerde hem aan te kijken. 'We zitten er al twee dagen bovenop en Casius is ons al door de vingers geglipt. Hij is zelfs lang genoeg gestopt om ons te laten merken dat hij zich volledig bewust is van het feit dat we achter hem aan zitten. We hebben nog geluk gehad dat hij onze man niet een steegje in heeft gelokt om hem te doden.'

'Misschien, maar dat verandert niks aan ons doel. En dat doel is dat we Casius doden.'

Ingersol pakte een steentje dat op de brugleuning lag en gooide dat in het water. Het raakte met een *ploenk* het oppervlak en verdween. 'Nou ja, we zullen er gauw genoeg achter komen. De commando's worden voor het donker afgezet.'

David leunde tegen de railing. 'Als ze falen, kunnen we altijd nog een bommentapijtje over de jungle leggen. Met een beetje geluk hebben we hem dan alsnog.' Als Ingersol al de humor van die opmerking inzag, liet hij dat in elk geval niet blijken. 'Als het team faalt, wachten we gewoon tot Casius weer opduikt en kunnen we proberen hem op de terugweg te pakken – zoals ik in eerste instantie al voorstelde.'

'Hoeveel kans maken de commando's?', vroeg Ingersol.

David draaide zich om naar Ingersol. 'Bedoelt u hoeveel kans ze maken om levend weer uit die jungle te komen of om Casius te doden?'

Ingersol keek hem uitdrukkingsloos aan.

'Hoe dan ook, er zullen mensen sterven. De enige vraag is hoeveel', zei David ten slotte en voegde er voor Ingersol aan toe: 'En wie daar uiteindelijk de verantwoordelijkheid voor op zich neemt.'

Kapitein Rick Parlier probeerde het zweet uit zijn ogen te knipperen. Op zijn vierkante kaak stond een stoppelbaard van vier dagen, die efficiënt werd bedekt door een stevige laag groene camouflageverf, die het wit van zijn ogen accentueerde. In zijn rechterhand lag een maximaal geladen M-16. Zijn linkerhand vibreerde losjes door de Pratt & Whitney boven hem. Zijn laatste sigaar stak tussen zijn naar binnen gekrulde lippen vandaan. Hij ging de jungle weer in en hij wist niet wat hij daarvan moest denken. Parlier wierp een blik op de anderen die uitdrukkingsloos in het afnemende licht zaten en keek toen naar het voorbijschietende groen onder zich. De rotorbladen van de troepenverplaatser van de DEA ranselden de lucht boven hem terwijl de heli hen almaar verder de nog nooit in kaart gebrachte jungle in voerde. Hij had al drie keer eerder een eenheid commando's de jungle binnengeloodst en elke keer had hij het doel weten te bereiken dat voor hem had gelegen. Hij wist dat dat de reden was dat ze hem hadden geselecteerd. De mannen met recente jungle-ervaring waren op één hand te tellen. De woestijn, dat was een ander verhaal. Heel wat militairen hadden van de strijd in de woestijn geproefd. Niet dat ze nou echt zo veel hadden gevochten, maar er hadden in elk geval wat kogels om hun oren gefloten. Geen van beide omgevingen was een pretje, maar goed, dat was een oorlog nooit. Hij had echter liever de jungle. Meer dekking.

Hij had in eerste instantie de inzet van drie eenheden een beetje overdreven gevonden, maar hoe meer hij over Casius las, hoe blijer hij was dat er nog twee helikopters achter hen vlogen.

Drie teams: Alfa, Bèta en Gamma had hij ze genoemd. Achttien van de beste junglesoldaten die de commando's kenden. Het plan was eenvoudig genoeg. Ze zouden worden afgezet op een berg die de vallei overzag waar Casius waarschijnlijk naar op weg was. De teams zouden observatieposten opzetten en verkenners de vallei in sturen. Wanneer er eenmaal een positieve identificatie had plaatsgevonden, moesten ze het doelwit bij de eerste de beste gelegenheid elimineren. Tot dat moment zou het wachten worden.

Hun bewegingen werden maar door één bepaling begrensd. Ze mochten onder geen enkele voorwaarde de kliffen voorbij. Maar waarom? Waarom hadden die bureaucraten hun zo'n onzinnige beperking opgelegd?

Hij wierp nog eens een blik op zijn mannen, die onbeweeglijk naast elkaar zaten. Achter die gesloten oogleden werden levens geleefd, herinneringen opgehaald, procedures herhaald. Zijn eerste luitenant, Tim Graham, keek op. 'Een makkie, kapitein.'

Parlier knikte een keer. Graham was hun verbindingsman. Als je hem een diode en een paar condensators gaf, vond Tim een manier om met de maan te communiceren. Hij kon ook messen werpen zoals Parlier nog niet eerder iemand had zien doen. En dat was waarschijnlijk de voornaamste reden dat het leger de jongen voor de neuzen van happige elektronicabedrijven had kunnen weggrissen.

Dan had je nog Dave Hoffman, zijn explosievenexpert; Ben Giblet, zijn sluipschutter; en twee andere lichte gevechtssoldaten, zoals hijzelf: Phil Crossley en Mark Nelson. De eenheid had twee jaar samen getraind en gevochten. Ze konden nauwelijks beter op elkaar ingespeeld raken.

Zijn gedachten dwaalden weer af naar het dossier van het doelwit. Casius was een huurmoordenaar met 'ontelbaar veel' bevestigde moorden, zei het rapport. Niet tien, of zestien, maar 'ontelbaar veel', alsof dat geheim was. Het was een scherpschutter die het liefst met een mes werkte, wat betekende dat hij de zenuwen van een neushoorn had. Bij iemand die liever een doelwit van een paar centimeter afstand doodde terwijl hij hetzelfde van een afstand van duizend meter kon doen, zaten toch echt een paar schroefjes los. Maar het beroerdste was dat de man het terrein kende. Hij was blijkbaar opgegroeid in deze jungle.

'Wat zet u erop dat die vent het langer dan een dag uithoudt?', vroeg Graham.

Phil snoof: 'Ik weet niet beter dan dat die gozer alweer in Carácas zit en zich onder het genot van een stickie scheel zit te lachen om die commando's die tussen de bloedzuigers achter een witte man aan zitten.'

Er grinnikte iemand. Hoffman keek Phil aan. 'Ze zouden daar niet drie eenheden gaan afzetten als ze niet betrouwbare informatie hadden ontvangen dat die vent daar zou opduiken.'

'Zo diep in de jungle *heb* je geen betrouwbare informatie, beste jongen.'

'Maak de lijn klaar!', blafte Parlier toen de helikopter in de buurt van hun afwerppunt kwam. De heli bleef boven een opening in het bladerdak hooveren. Hoffman gooide het zeventig meter lange touw overboord. Parlier knikte en liet zich tussen de bomen door glijden. Een voor een verdwenen de commando's tussen het groen.

———

Diep in het binnenste van de berg zat Yuri Harsanyi te beven van opwinding. Binnen het uur zou een helikopter hem naar de vrijheid brengen. En samen met hem de grote zwarte koffer waarin zijn toekomst zat: twee thermonucleaire wapens.

Hij had gisterenavond de bollen zorgvuldig in de koffer opgeborgen en er toen twee stevige banden omheen gedaan. De bommen lagen krachteloos in Abdullahs kisten. Wanneer hij zou proberen de bommen te laten afgaan, zou hij alleen maar stilte horen. Tegen die tijd zou Yuri al ver weg zitten en aan een nieuw leven beginnen, waar hij zich in zijn nieuw verkregen rijkdom zou wentelen. Hij had alleen al in de afgelopen drie dagen wel duizend keer zijn plan doorgenomen.

Yuri zag dat de linker sjorband door de vochtige hitte een beetje los was gegaan. Hij trok hem weer aan en tilde de koffer van de vloer. Als ze zouden besluiten de koffer te inspecteren, zou hij natuurlijk een probleem hebben. Maar ze hadden nog nooit eerder zijn bagage gecontroleerd. Hij keek naar de kamer waarin hij zo lang had gewoond en stapte voor de laatste keer de deur uit.

Een uur later, precies volgens schema, steeg de helikopter op en verdween met een zwetende Yuri op de achterbank.

21

Casius ploeterde door het dichte gebladerte. Zijn blote borst was bezweet en hij zat onder de modder. Zijn zwarte korte broek kleefde nat aan zijn lichaam en was aan de rechterkant gescheurd. Hij had de afgelopen vierentwintig uur zo'n zeventig kilometer afgelegd. Overdag ging hij af op de zon en 's nachts op de sterren. Hij had één keer geslapen, acht uur geleden. Zijn vader zou trots op hem zijn geweest.

Maar goed, zijn vader was dood.

Casius hield halt aan de rand van een zeven meter brede geul in de grond en was verbaasd diep in de jungle zo'n breed litteken te zien. Het bladerdak erboven had het overleefd en was nu weer aan het dichtgroeien, waardoor het net leek alsof er een tunnel door het struikgewas was gegraven.

Hij haalde een gekreukelde topografische kaart tevoorschijn. Het kamp lag zestien kilometer naar het oosten, in de richting van dit brede, overgroeide pad. Casius liep de jungle weer in en rende verder.

Sinds zijn vertrek uit de stad had hij alleen papaja en yie palm gegeten, die hij onder het rennen had afgesneden, maar de honger begon hem parten te spelen. Zonder pijl en boog zou het moeilijk worden een reiger of een aap te schieten, maar hij had proteïnen nodig.

Tien minuten later kreeg hij de wortel in het oog die hem rood vlees zou bezorgen. Casius trok zijn mes uit zijn riem, sneed diep in de *mamucori-*liaan en liet het giftige sap ervan over zijn mes stromen. Onder normale omstandigheden losten de indianen het sap op in kokend water. Als het dan verdampte van een voorwerp dat je erin had gedoopt, bleef alleen een dodelijk residu over. Maar daar had hij geen tijd voor.

Een brulaap vinden in het oerwoud was net zoiets als een verkeerslicht vinden in een stad. Maar het was lastig om ze te naderen. De relatief kleine dieren voelden heel snel aan of er gevaar dreigde. Casius verborg zich achter een boom en bekeek de groep van een stuk of zes brulapen die hoog in een Skilterboom de takken heen en weer lieten schudden. Hij gleed achter de boom vandaan en kroop naar hen toe. Het ging tergend langzaam en een kwartier lang gleed hij centimeter voor centimeter vooruit, tot hij tot stilstand kwam achter een grote palmboom. Er zaten nu vier apen op het uiteinde van een lage tak tegen elkaar te kwetteren, niet meer dan twintig meter van de plek waar hij zich bevond. Casius stapte achter de boom vandaan en smeet zijn mes in de groep.

Ze gingen er doodsbang vandoor toen het mes op hen af tolde. Het mes ketste tegen de takken en schampte een van de apen. Het duurde twee minuten voor het gif het zenuwstelsel van de aap bereikte en hij bewusteloos uit de boom kletterde. Hij pakte hem van de grond, brak snel de nek van het dier en rende verder naar het zuiden. Het gif in de aap was niet schadelijk voor hem en het vlees zou zijn energiebehoefte bevredigen. Hij had het vlees liever geroosterd, maar hij had geleerd het te eten zoals het uitkwam. Vandaag kon hij geen vuur maken, dus zou hij het vlees rauw eten.

Tegen de tijd dat Casius de rotsformatie bereikte die uitzicht bood op de katholieke missiepost, dertig kilometer ten zuiden van zijn bestemming, was de zon al achter de horizon gezakt. In de vallei stonden diverse gebouwen – ze was dus bewoond. Ooit was de vallei verlaten geweest. Maar nu, zelfs van deze afstand, anderhalve kilometer hoger, zag Casius een kruis aan het begin van de landingsbaan, waaraan een slap hangende windvaan hing.

Een traag stromende rivier slingerde langs het eind van de landingsbaan en meanderde daarna door de vlakke vallei loom in zuidelijke richting. Als er *iets* was dat Casius nu nodig had, was dat wel informatie en daar zou die zendingspost wel eens voor kunnen zorgen.

Hij liet zich van de rotsformatie zakken en begon af te dalen. Hij had niemand bij de zendingspost gezien. Vreemd. Waar waren de indianen? Je zou toch denken dat ze zich overal in en om de post zouden ophouden, in de

124

hoop dat de zendelingen hun iets zouden geven in ruil voor hun ziel.

Een half uur later stapte hij onder een zwarte hemel de jungle uit en rende hij op een drafje naar het lange huis toe dat van binnenuit werd verlicht door petromax-lampen. De nacht zong met overlappende krekelkoren en de herinneringen die boven kwamen drijven, bezorgden Casius rillingen. Hij rende gebukt naar het huis toe en drukte zich naast een raam plat tegen de muur. Hij keek naar binnen en zag twee mensen aan een houten tafel zitten, terwijl ze met een lepel hun diner naar binnen werkten. Een priester en een vrouw. Het typische kraagje van de priester was weg, maar zijn zwart met witte outfit liet geen enkele plaats voor twijfel. De vrouw droeg een wit T-shirt en de mouwen waren een paar keer opgerold, waardoor haar bovenarmen zichtbaar waren. Haar donkere haar was schouderlang en heel even deed ze hem denken aan een zangeres van wie hij ooit muziek had gekocht. Shania Twain. Hij had de cd maar twee keer in zijn geluidsinstallatie gestopt, maar haar verschijning had indruk op hem gemaakt. Of was het die actrice... Demi Moore? Hoe dan ook, ze bracht beelden in hem naar boven van een zachtaardige Amerikaanse. Ze paste ergens niet in deze jungle.

Hij keek toe hoe de twee zaten te eten en luisterde een volle minuut naar hun onverstaanbare gemompel voor hij er vrij zeker van was dat ze alleen waren. Hij glipte om het huis heen.

———

Sherry schrok toen er op de deur werd geklopt. *Pok-pok-pok.*

Het was verder stil. Er waren natuurlijk wel de geruststellende geluiden die bij de jungle hoorden: de zangkoren van het bos, het monotone geruis van de op druk gebrachte petroleumlampen, het tikkende bestek. Na het verhaal van de priester over de opoffering van zijn ouders was de dag als een droom voorbijgegleden. Dit was misschien wel de meest vredige dag van de laatste acht jaar. Ze praatten over wat het betekende om je leven te verliezen en wat het betekende om het terug te krijgen. Ze praatten over echte liefde, het soort liefde dat alles gaf, inclusief het leven. Zoals haar vader had gegeven en zoals ze volgens vader Teuwen allemaal zouden moeten geven. Ze luisterde naar zijn woorden en herinnerde zich de gepassioneerde woorden van haar eigen vader. Ze herleefde haar eigen geestelijke ontdekkingstocht, van voor de kist.

Het gaf haar een vredig gevoel.

De afgelopen twintig minuten hadden haar gedachten een volledige cirkel gemaakt, terug naar de kist, naar het lijden. Ze had gehuild, maar niet van berouw. Nee, van het besef dat haar iets belangrijks boven het hoofd hing. Ze werd verkouden, dacht ze. Of haar neus moest gewoon verstopt zitten van al dat huilen vandaag.

En plotseling klonk daar dat *pok-pok-pok* op de deur.

Ze keek naar de priester en verdraaide zich in haar stoel om de deur te zien openzwaaien. Er stond een behoorlijk gespierde vreemdeling in de deuropening, zijn armen losjes langs zijn zijden, zijn voeten iets uit elkaar en zijn schouders onverzettelijk. Maar die eenvoudige observatie maakte plaats voor het besef dat de man alleen een korte broek aanhad. En nog een gescheurde korte broek ook.

Sherry voelde haar mond een stukje openvallen. Op zijn gezicht waren stroken groen en zwart aangebracht en die riepen de illusie op dat hij op een bioscoopscherm thuishoorde en niet hier op een zendingspost. Vanuit de verf keken twee bruine ogen hen scherp aan. Er glinsterde wat vocht op de borst van de niet bepaald schone indringer, alsof hij zich flink in het zweet had gewerkt en toen op zijn buik in het zand was gevallen. Zijn hoofd werd bedekt door kort, donker, nat haar. Als ze niet beter wist, zou ze hebben gezworen dat hij net uit de jungle kwam. Maar ze wist wel beter. Hij was blank. En blanke mannen komen niet 's avonds de jungle uit lopen. Dat was te gevaarlijk.

De vreemdeling kwam de kamer binnen en deed de deur achter zich dicht. Er vielen haar nu ook andere details op. De scherpe hoeken van zijn op-eengeklemde kaken, de geharde spieren, de bemodderde benen, de brede band leukoplast om zijn ene dij, de blote voeten.

Hij stond op de vloer te druipen.

'Goedenavond', zei hij, op een toon alsof ze hadden kunnen weten dat hij zou komen.

De priester zei achter haar: 'Hé, gaat het wel goed met je?'

De man verschoof zijn blik van Sherry naar de priester. 'Met mij is niks aan de hand, vader. Ik hoop dat ik niet stoor, maar ik zag licht branden en hoopte dat ik u een paar vragen zou kunnen stellen.'

Sherry ging staan. Zijn stem kermde door haar gedachten als een huilende wind. Ze zag dat vader Teuwen al was opgestaan en met één hand zijn stoel vastgreep. 'Een paar vragen stellen? Je klinkt als iemand van een junglepa-trouille die binnen komt wippen om een paar vragen te stellen. Waar kom jij in 's hemelsnaam vandaan?'

De man verschoof zijn donkere blik even naar Sherry en toen weer terug naar de priester. Hij zag er plotseling verloren uit, vond Sherry. Alsof hij uit een andere dimensie afkomstig was en per ongeluk hun deur had geopend. Ze merkte dat haar hart overuren draaide en ze verzekerde zichzelf ervan dat de man geen kwaad in de zin had.

'Het spijt me. Misschien kan ik maar beter weer vertrekken', zei hij.

'Nee, je kunt nu niet vertrekken!', wierp de priester snel tegen. 'Moet je jezelf nou eens zien. Het is nacht daarbuiten! Beetje gevaarlijk, vind je zelf ook niet?' Hij zweeg even en kwam bij van zijn verbazing. 'Maar goed, ik vermoed dat je dat zelf ook wel weet. Je ziet eruit alsof je net een hele dag in de jungle hebt doorgebracht.'

De man reageerde even niet en Sherry vermoedde dat hij zich inderdaad vergist had en nu een fatsoenlijke reden zocht om weer te verdwijnen. Misschien een jager. Maar waarom zou een jager hier 's nachts op zijn blote voeten gaan lopen rondhollen? Hier was geen touw aan vast te knopen.

'Misschien heb ik een vergissing begaan door hierheen te komen', zei de man. 'Ik kan maar beter weer vertrekken.'

De priester ging nu naast Sherry staan. 'Dit is een katholieke zendingspost', zei hij vlak. 'Ik neem aan dat je dat weet. Ik ben de priester hier… en ik denk dat ik het recht heb te weten wie er midden in de nacht op mijn deur klopt, toch?'

De armen van de man hingen nog steeds langs zijn zijden en Sherry zag dat de knokkels van zijn rechterhand rood waren van het bloed. Misschien was hij een drugshandelaar. Of een huurling. Haar hartslag deed er nog een tandje bij.

'Het spijt me, maar ik kan maar beter gaan.' Hij verzette zijn voeten iets.

'En waarom wil je zo graag je identiteit geheimhouden?', vroeg vader Teuwen. 'Ik zal dit natuurlijk moeten rapporteren.'

Dat hield de man tegen. Hij staarde de priester lang en hard aan. 'En als ik u vertel wie ik ben, rapporteert u me dan niet?'

De man was dus op de vlucht! Een voortvluchtige. En weer versnelde Sherry's hartslag. Ze wierp een blik op vader Teuwen en zag dat die veelbetekenend glimlachte.

'Dat hangt af van wat je me vertelt, jongeman. Maar ik moet je zeggen dat ik het ergste vrees. En als je me niets vertelt, zal ik rapporteren wat ik vrees.'

De vreemdeling begon langzaam te glimlachen.

Op het moment dat de priester opstond, besefte Casius dat het een vergissing was geweest om hierheen te komen en hij vervloekte zichzelf.

Hij wilde het liefst meteen verdwijnen, voor de priester verder nog iets kon vragen. Misschien zou een zendeling zijn nieuwsgierigheid bedwingen. Maar deze priester bewees dat dat ijdele hoop was. En nu had hij dus de keus tussen hen doden of hen op de een of andere manier in vertrouwen nemen. En hen doden was niet echt een optie, toch? Ze hadden niets gedaan; ze waren onschuldig.

De ogen van de vrouw waren roodomrand, alsof ze net gehuild had. Hij glimlachte naar de priester. 'U bent een volhardend man en laat me weinig keus. Maar geloof me, u zult misschien wensen dat u me had laten gaan.'

'Is dat een bedreiging? En ik neem aan dat dat ook voor de zuster geldt.'

Hij zag dat de vrouw de priester een snelle blik toewierp. Ze was dus non. Of in elk geval werd ze door de priester gezien als non. 'Heb ik uw leven dan bedreigd, vader?'

De priester wierp een blik op de non. 'Je hebt van ons niks te vrezen.'

Casius besloot dat hij hun een vinger zou geven – net genoeg om hun kennis over deze omgeving uit hen te peuteren. Vroeg of laat zouden ze natuurlijk toch gaan informeren. Maar tegen die tijd zou het niet langer uitmaken.

'Ik werk voor de DEA. Kent u die organisatie?'

'Natuurlijk. Drugsbestrijding.'

'We vermoeden dat er ten zuiden van hier een belangrijke drugshandel opereert. Ik ben op een verkenningsmissie. Ik ben zo'n twee kilometer hiervandaan op de grond gezet, op de top van de westelijke bergrug.'

De priester knikte.

Casius zweeg even en bestudeerde hun ogen. 'Ik ben van plan vannacht de Caura in zuidelijke richting te nemen.' In werkelijkheid was hij natuurlijk op weg naar het noorden. 'Wat mijn kleding betreft – ik realiseer me dat u niet elke dag een westerling bijna naakt door het oerwoud ziet rennen. Maar ik ben een Braziliaan, uit Carácas.'

'Je klinkt niet bepaald Braziliaans', zei de priester.

Casius produceerde een lange zin in vloeiend Portugees, waarin hij hem vertelde dat hij ernaast zat en schakelde toen weer over op Engels. 'Ik heb in de Verenigde Staten op de universiteit gezeten. Goed, als u het niet erg vindt, heb ik zelf ook nog een paar vragen.'

'En hoe heet je?', vroeg de priester.

'U kunt me Casius noemen. Verder nog iets, vader? De eindresultaten van mijn opleiding, misschien? Mijn stamboom?'

De vrouw grinnikte en kuchte toen. Casius glimlachte naar haar. 'Je bent behoorlijk moedig, zuster. Er zijn maar weinig vrouwen die vrijwillig de jungle tot woonplaats kiezen.'

Ze knikte langzaam en sprak voor het eerst. 'Nou, dan vermoed ik dat ik niet tot de meeste vrouwen behoor. En er zijn maar weinig mannen, Braziliaan of niet, die halfnaakt en op blote voeten door de jungle rennen.'

Ze klonk alsof ze een verkoudheid had opgelopen. Hij negeerde het commentaar. 'Hebt u geruchten gehoord dat er ten zuiden van hier iets met drugs gaande is?', vroeg hij terwijl hij zich weer tot de priester richtte.

'In het zuiden? Nee. En dat is nogal verbazingwekkend, omdat de meeste indianen die wij dienen, uit het zuiden komen. Hoe ver, zei je?'

'Vijftig kilometer langs de Caurarivier.'

De priester schudde zijn hoofd. 'Niet dat ik weet. Dan moeten ze zich goed verborgen houden.'

'Mogelijk. Maar ik vermoed dat dat de reden is waarom ze me betalen. Om de moeilijke gevallen te vinden', reageerde Casius.

'En hoe zit het met het noorden?', vroeg de non.

Hij knipperde met zijn ogen. 'Het noorden? Carácas?'

'Niet de stad. De jungle in het noorden.'

Casius wierp een blik op de priester. Ze hadden dus hun bedenkingen over het noorden.

'We hebben wel eens geruchten gehoord over drugshandel verder naar het noorden. Ik denk dat de zuster die geruchten bedoelt', zei de priester.

Casius voelde zijn hartslag versnellen. 'Hoelang geleden hebben jullie die geruchten gehoord?', vroeg hij, terwijl hij probeerde zo terloops mogelijk te klinken.

'Hoelang? Gewoon, zo nu en dan.' De priester richtte zich tot de vrouw. 'Toch, zuster? Om de paar maanden of zo.' Ze knikte, maar haar ogen stonden een beetje te ver open, vond Casius.

'Interessant. Verder naar het noorden, hè? Hoe ver?'

'Een kilometer of dertig. Toch, vader Teuwen?', zei de vrouw.

'Ja.'

Casius keek van de een naar de ander. 'Nou, dat zal ik dan ook maar rapporteren. Nog opvallende details?'

Ze schudden beiden het hoofd.

'Sorry, maar hoe heten jullie eigenlijk?'

'Oh, vergeef me. Petrus Teuwen. En dit is Sherry Blake. Zuster Sherry Blake.'

Casius knikte. 'Het was leuk jullie te ontmoeten', zei hij. Hij draaide zich om en liep naar de deur.

Sherry vermoedde dat de man die zich Casius noemde, meer wist dan hij liet blijken en ze overwoog even om hem te vragen naar de aanval op hun zendingspost. Maar dat was al acht jaar geleden en gezien zijn vermoedelijke leeftijd was hij toen nog te jong geweest om voor wat voor organisatie dan ook te werken.

Hoe langer ze naar hem keek, des te meer ze hem op zo'n actiefiguur uit de speelgoedwinkel vond lijken. Of een van die Wrestlemania-types, die naar de televisiecamera's schreeuwden en hun spieren spanden voor de kinderen. Ze had zijn soort in elk geval eerder gezien en ze had er altijd van moeten huiveren.

Toen hij zich omdraaide, zag ze het mes op zijn rug. En er stak een groot bowie-mes achter zijn broeksband. Casius kon meer dan alleen maar verkennen, bedacht ze. Hij vormde een enorm contrast met de gesprekken die ze vandaag met vader Teuwen had gehad. Ze voelde haar afschuw voor hem als een knoop in haar maag.

Plotseling keerde de man weer terug. 'U begrijpt hopelijk dat dit onder ons moet blijven', zei hij vlak. 'In elk geval een dag of twee. Drugshandelaren zijn niet prettig in de omgang. Ze hebben er geen enkele moeite mee om jullie de strot door te snijden.'

Hij zei het zo langs de neus weg dat Sherry zich nogmaals afvroeg of hijzelf geen drugshandelaar was, die tegen hen loog om hun vertrouwen te winnen om later terug te keren en zelf zijn mes te laten wapperen. Maar dat sloeg nergens op. Dan zou hij dat al hebben gedaan.

Casius draaide zich weer om, liep de deur uit en verdween in de nacht. Ze haalde opgelucht adem.

'Geloof jij hem?', vroeg de priester.

'Ik weet het niet. Hij ruikt naar de dood', antwoordde ze, terwijl ze nog steeds naar de gesloten deur staarde.

'Helemaal met je eens', zei vader Teuwen rustig. 'Dat doet hij inderdaad.'

22

Casius verliet de zendingspost en voelde een scheut bloeddorst door zijn aderen stromen. Hij baande zich in noordoostelijke richting een weg door het bos en zijn gedachten vulden zich plotseling met de vrouw. Misschien was ze een non, maar aan de grote ogen die ze opzette te zien, was ze een bezoeker, die voor haar eigen veiligheid deed alsof ze een non was. En als dat zo was, was dat een zet van de priester. Een sterke man, die priester, zijn post waardig. Hij vermoedde dat de priester al heel wat had meegemaakt. De vrouw mocht dan niet de verweerde ziel van de priester hebben, maar haar ziel was niet zo zacht als Casius in eerste instantie had vermoed. Vreemd voor zo'n vrouwelijke vrouw. Hij bande haar uit zijn gedachten en liep door.

Hij hoorde plotseling een zwak geluid – een ver verwijderde, abstracte tegenstelling met het oerwoud. Hij stond halverwege een stap stil en hield zijn adem in. Misschien iemand die kuchte? Het herhaalde zich niet, maar nu dreef er een ritmisch gestamp tussen de bomen door, vanuit de richting van de zendingspost.

Soldatenkisten! Die naar de zendingspost toe renden!

Casius vloekte zacht. Zo diep in de jungle hoorde je maar zeer zelden het zware stampen van kisten. Vrijwel zeker militairen. Hij stond stil en dacht aan zijn mogelijkheden. Hij was te dicht bij zijn doel om een aanval te negeren.

Hij vloekte nogmaals en rende door de jungle heen naar de zendingspost terug. De priester en de non moesten maar voor hun eigen veiligheid zorgen – dat was zijn probleem niet. Maar die kisten, die waren van mannen die in dit deel van de jungle niets te zoeken hadden. En daarom waren de priester en de non *wel* zijn probleem.

Casius sprong over een omgevallen boomstam en sprintte over het junglepad, terwijl hij onder het rennen zijn bowie-mes trok. De open plek waarop de zendingspost was gebouwd, doemde abrupt voor hem op en hij dook weg achter een grote boom die aan de rand van de open plek stond.

Zijn hartslag vertraagde al snel en hij gleed om de boom heen, in de wetenschap dat de donkere stammen achter hem hem aan het oog zouden onttrekken.

Een heldere maan verscheen vanachter de wolken en bescheen twee groepen mannen, aan hun kaki kleding te zien duidelijk paramilitairen. Een groep van een man of vier rende gebukt naar het gebouwtje aan het einde van de landingsbaan toe, waarschijnlijk op zoek naar de radio. Vier anderen renden recht op het huis af.

Zonder verder na te denken over wat zijn mogelijkheden waren en met zijn hart bonkend in zijn oren rende ook Casius gebukt naar het huis toe. Ze hadden wapens in hun handen, die in cadans met hun voetstappen op en neer gingen. Het geluid van hun reservemagazijnen ratelde bij elke stap. Ze waren gekomen om te doden.

Nog erger, hij rende achter hen aan. Hij sprintte in het volle zicht over de open plek en bracht zijn hele missie in gevaar voor twee zendelingen die hij amper kende. Nee, hij beschermde zijn eigen missie. Ja, daar was hij mee bezig.

Twee van de soldaten sloegen af naar de woonvertrekken aan de linkerkant en twee renden er naar rechts. Terwijl hij die aan de rechterkant vanuit zijn ooghoeken in de gaten bleef houden, sloeg ook Casius af naar links en hield zijn mes iets van zich af en onderhands vast. De voorste soldaat beukte met de kolf van zijn geweer tegen de deur, die met een luid gekraak openvloog.

Op dat moment bereikte Casius hen, net toen de man zijn been optilde om naar binnen te stappen. Hij knalde op volle snelheid in de rug van de tweede man en ramde hem met zijn kin tegen de deurpost. De kaak van de soldaat begaf het knappend. De andere man verdween naar binnen, zich niet bewust van wat zijn collega zojuist was overkomen.

Casius zag de anderen aan zijn rechterkant naar hem toe sprinten. Hij opereerde puur op zijn instincten, vanuit zijn middenrif, waar het doden was geboren.

Met zijn linkerarm ving hij zijn eerste slachtoffer op voor die in elkaar kon zakken en haalde zijn mes langs de hals van de soldaat. Hij trok hem opzij om als schild te dienen voor de twee anderen die nu op hem afkwamen en hun wapens ophieven. De eerste had zijn geweer al aan de schouder en de ander hield hem op heuphoogte vast. Casius wierp zijn mes naar de eerste en liet de man los die hij in zijn armen had. Hij griste het geweer uit de handen van de dode soldaat en dook naar rechts.

Hij hoorde op dat moment twee geluiden. Het eerste kwam van zijn bowiemes, dat de eerste man in de hals raakte. Dat wist hij omdat hij er een glimp van opving terwijl hij twee keer omrolde en tegelijkertijd doorlaadde. Het tweede geluid kwam vanuit het gebouw. Het was een enkel schot. Hij wist onmiddellijk dat er binnen iemand was doodgegaan.

Een volgende knal bereikte zijn oren – de tweede man die naar hem toe was komen rennen, naast degene met het mes in zijn hals, vuurde op hem. Casius kwam omhoog op één knie, met het geweer aan zijn schouder, en pompte de man twee kogels door zijn borst, waarna hij zich met een ruk omdraaide naar de eerste deur. Rechts van hem zakten beide soldaten in elkaar.

Het werd griezelig stil en Casius bleef doodstil zitten, het geweer tegen zijn schouder, gericht op de donkere deuropening waardoor de eerste soldaat was verdwenen. Drie van de collega's van de man lagen in elkaar gezakt op het gazon. Casius voelde zijn hart tegen de houten kolf hameren en hij haalde diep adem, waarbij hij de zwarte deuropening scherp in de gaten hield.

Aan de andere kant van de zendingspost werd geschreeuwd. De andere mannen hadden hun doel bereikt en kwamen nu ook deze kant op. Casius zag de stalen loop bij elke ademteug op en neer gaan, een bonzend kanon dat smeekte om een doelwit.

Maar het doelwit nam er de tijd voor en controleerde ongetwijfeld of hij nog een polsslag voelde. Bij die gedachte kroop de woede langs zijn rug omhoog. Levens redden leek hem nooit zo gemakkelijk af te gaan. Maar doden daarentegen was zijn tweede natuur. Hij was een doder. Een moordenaar. Geen redder. Hij zou ze allemaal om zeep moeten helpen en doorgaan met zijn missie!

De deur rechts van hem knalde plotseling open. Op hetzelfde moment werd de donkere deuropening in zijn vizier gevuld door een hispanic. Hij haalde de trekker drie keer snel achter elkaar over, waardoor de man met een geluidloze gil achteroverstruikelde.

Het geschreeuw kwam dichterbij.

Casius draaide zich met een ruk om naar rechts en zag de vrouw met grote ogen en opengesperde mond staan toekijken. En dat betekende waarschijnlijk dat de priester was neergeschoten.

'Wacht daar!'

Hij rende over het gazon heen en de woonkamer in. Er rende een figuur de achterste ruimte uit – vader Petrus. Hij zag bleek en keek verwilderd uit zijn ogen, maar hij leefde nog.

'Wat…?', begon de priester.

'Nu niet! Rennen!', beet Casius hem toe.

De priester rende langs hem heen en Casius volgde.

De vrouw had zich niet bewogen. Eén blik op haar maakte hem duidelijk dat ze haar hersens erbij hield, want ze had bergschoenen aangetrokken. Ze droeg hetzelfde T-shirt en dezelfde korte broek die ze eerder die avond had gedragen.

Casius stak het gazon in vier lange stappen over en greep de vrouw bij de hand. 'Volg me als je in leven wilt blijven! Snel', zei hij en trok aan haar arm.

Ze weigerde even mee te geven en haar ogen vlogen van het ene dode lichaam naar het andere. Er kwam een ondefinieerbaar geluidje uit haar mond. Ze kreunde. Haar koude hand beefde enorm in de zijne.

'Lopen!', beet Casius haar toe.

'Sherry!' Petrus was weer teruggekomen.

Ze sprong over de lichamen, struikelde een keer, waarbij ze bijna plat op haar gezicht ging, en hervond toen haar evenwicht.

En zo renden ze naar de wachtende jungle, Casius voorop, die Sherry bij een uitgestrekte arm meesleurde, terwijl de priester naast hen meerende. Achter hen werd er geschreeuwd. Maar ze schreeuwden naar elkaar. Casius herinnerde zich het witte shirt van de vrouw. Dat zou een gemakkelijk doelwit zijn. Hij rende sneller en sleepte haar bijna letterlijk mee. Maar eigenlijk dacht hij niet echt aan haar. En ook niet aan zichzelf. Hij dacht alleen maar aan die donkere jungle voor zich. Wanneer hij eenmaal die donkere massa gebladerte had bereikt, kon hij verder met zijn missie.

Ze sprintten langs de eerste bomen. Hij hoorde nog steeds geen schoten en keek achterom. Geen achtervolging. Casius vertraagde tot een snel wandeltempo.

Achter hem klonk een zachte snik. Hij knipperde met zijn ogen. Voor het eerst nam een vreemd besef vorm aan in zijn gedachten. Hij had een vrouw op sleeptouw, toch? Een vrouw en een priester. Er zoemde iets tussen zijn oren.

Hij realiseerde zich dat hij nog steeds de hand van de vrouw vasthield. Hij liet haar los en veegde instinctief zijn bezwete handen aan zijn broek af.

Hij kon hen niet meenemen. Weer een snik, vlak achter hem, tussen opeengeklemde kaken door, alsof ze een verloren strijd leverde om haar emoties onder controle te houden. Een geestverschijning uit Amerika, die hem als zijn privéspook door de jungle achtervolgde, dacht hij.

Casius moest hard slikken en weigerde achterom te kijken. Hij zou hen op weg kunnen helpen naar een nabijgelegen dorp en hun het beste kunnen wensen met een paar schouderklopjes. Maar dat zou net zo goed hun dood kunnen betekenen.

En is dat dan een probleem?

Nee, natuurlijk niet.

Jawel.

Bij die gedachte voelde hij zijn gezicht warm worden en hij liep van het pad af de jungle in. Ze werden nog steeds niet achtervolgd, maar je wist maar nooit wat je nog meer op een bospad kon tegenkomen.

Hij klom op een boomstam die langs het pad lag en sprong er van de andere kant weer af. De bergschoenen van de vrouw schuurden langs de schors. Ze volgden hem zonder te protesteren. Er borrelde paniek in hem op.

Casius draaide zich met een ruk om. Het zwarte bladerdak onttrok de maan aan het oog. Sherry versteende drie meter achter hem, alsof ze zijn schaduw was, en ze staarde hem aan in het donker. Petrus stond naast haar stil. Enkele momenten lang bewoog geen van beiden zich.

Zijn keuzemogelijkheden schoten door zijn gedachten, voor het eerst berekenend. Aan de ene kant was hij geneigd hen achter te laten. Gewoon hard wegrennen, terwijl ze daar als mummies naar hem stonden te kijken, zodat ze zelf hun weg terug naar het pad zouden moeten vinden en maar moesten zien hoe ze dit overleefden. Misschien wel terug naar de zendingspost. De mannen zouden al vertrokken kunnen zijn.

Aan de andere kant, ze was wel een vrouw. En de man was een priester.

Maar goed, dat was juist de reden dat hij hen zou moeten achterlaten. Hij zou al moeite genoeg moeten doen om de plantage te bereiken, laat staan die binnen te dringen terwijl zij achter hem aan struikelden.

Ze hadden zich nog steeds niet bewogen, een feit dat hem een sprankje hoop bezorgde. Misschien was de vrouw niet zo'n zachtaardige babbelkont, maar een van die atletische types. Het leek erop dat ze hem vrij gemakkelijk had bijgehouden. En ze had zojuist gezien hoe hij een man door zijn keel schoot, terwijl het bloed van twee anderen om haar bergschoenen heen stroomde. Ja, ze had gehuild, maar niet geschreeuwd of gekrijst, zoals veel anderen zouden doen.

Hij wist dat als hij haar zou achterlaten, ze het niet zou overleven. Hij ontspande zijn schouders en sloot even zijn ogen.

Toen hij ze weer opendeed, zag hij dat de vrouw een stap in zijn richting had gedaan. De priester volgde.

'Sherry en Petrus, toch?' Zijn stem klonk alsof hij zojuist een handvol kopspijkers had doorgeslikt.

'Ja', antwoordde de priester met vaste stem.

Hij ademde uit en balde zijn vuisten. 'Goed. Sherry en Petrus. We gaan het als volgt doen. Willen jullie blijven leven? Dan doen jullie precies wat ik zeg. Niet praten, geen vragen. Hier kan dat het verschil uitmaken tussen leven en dood. Stop al je gevoelens diep weg. Wanneer we weer in veiligheid zijn, kun je doen wat je wilt. Het spijt me dat ik wat hardvochtig klink, maar we moeten hier zien te overleven... in plaats van zielen redden.'

'Ik ben geen non', zei ze.

'Prima. Volg me zo dicht mogelijk. Let op waar ik mijn voeten neerzet; dat helpt. Vader, u volgt haar. Als jullie te moe worden, vertel me dat dan zachtjes.' Hij draaide zich om en wrong zich het struikgewas in. Sherry volgde hem meteen.

Hij liet zich over een volgende boomstam glijden, die tot aan zijn middel kwam, en bedacht dat ze misschien hulp nodig had om eroverheen te komen. Maar met een snelle blik naar achteren zag hij dat ze snel over de stam heen kwam en Petrus haar volgde.

Hij zou hen meenemen naar de rand van de plantage, hen daar veilig verbergen en na een snelle actie naar hen terugkeren.

23

Abdullah Amir leunde over zijn bureau heen en plukte aan een korstje dat zich over een ontstoken muskietenbeet op zijn bovenlip had gevormd. Smalle witte luxaflex bedekte het raam dat uitzicht bood op de verwerkingsfabriek. Achter hem stond een gammele boekenkast met een tiental boeken erin, die er op goed geluk in waren gegooid.

Abdullah zoog wat bloed van zijn lip en richtte zijn aandacht weer op de polaroids op zijn bureau. Hij had ze van de bommen in het laboratorium beneden genomen. De panelen stonden open, alsof het twee ruimteschepen waren die wachtten tot de astronauten aan boord zouden klauteren, terwijl de Russische wetenschapper sliep. Naast de foto's lag een boek met harde kaft open, met de titel: *Nucleaire Verspreiding: De Uitdaging van de Eenentwintigste Eeuw.*

Het was bijna een week geleden dat Jamal contact had gemaakt. Hij had eenvoudigweg gezegd dat het tijd was en was toen verdwenen. De gedachte dat de man op weg zou kunnen zijn, had hem niet meer losgelaten. En die gedachte maakte hem zowel doodsbang als opgewonden. Hij had besloten dat als Jamal zou komen, hij hem zou doden.

Hij schrok van een klop op de deur. Abdullah deed de foto's in het boek en liet het bewijsmateriaal in zijn bovenste lade vallen. 'Binnen!'

Ramón deed de deur open en bracht de kapitein van de bewaking, Manuel Bonilla, het kantoor binnen.

De blik van de kapitein meed die van hem en het zweet stond hem op het voorhoofd.

'Ja?', vroeg Abdullah.

'We hebben de missiepost ingenomen, meneer.'

Maar er was meer. Abdullah zag het aan het gespannen gezicht van de man. 'En?'

'We hebben vier doden, meneer.'

Het duurde even voor het tot Abdullah doordrong wat Manuel had gezegd. En toen het hem eenmaal daagde, liep er een huivering over zijn rug. 'Wat bedoel je met dat we vier doden hebben?' Abdullah voelde dat zijn stem beefde.

De man staarde nu recht voor zich uit en durfde hem niet aan te kijken. 'Het was nogal een ongewone situatie', antwoordde Manuel ongemakkelijk. 'Er was een vrouw... Ze ontsnapte samen met de priester.'

Abdullah stond langzaam op. Het duizelde hem even. De ontsteking op zijn lip stak. Nog niet zo lang geleden zou hij in een dergelijke situatie in woede uitbarsten, maar nu voelde hij zich alleen maar ziek. Wat hij op het punt stond te doen, waarde als een reus rond in zijn gedachten.

'Het spijt me...'

'Houd je kop!', schreeuwde Abdullah. 'Houd gewoon je kop!'

Hij ging zitten en was zich ervan bewust dat hij beefde. Waar was Jamal?

'Zorg dat je haar vindt', zei hij. 'En wanneer je haar vindt, dood je haar. En tot dat moment verdubbel je de bewaking van de vallei.'

Manuel knikte met een asgrauw gezicht en het zweet liep nu in straaltjes langs zijn slapen. Hij draaide zich om om te vertrekken.

Abdullah hield hem tegen. 'En als je denkt dat je alleen bent, ben je een idioot.'

Manuel knikte nogmaals en verliet het kantoor.

'Heb je nog iets van Jamal gehoord?', vroeg Abdullah aan Ramón.

'Nee, meneer.'

'Wegwezen.'

Parlier hief zijn hand op en tuurde over de rand. De nachtzichtgoggles leken als colaflesjes uit zijn ogen te steken. De vallei liep enkele kilometers onder hem naar beneden, tot hij abrupt afbrak in iets waarvan hij dacht dat het de kliffen moesten zijn waarvoor hij was gewaarschuwd. Maar in de junglenacht was het niet eenvoudig om de rotsformatie goed te zien.

Graham liet zich naast hem op zijn buik vallen. 'Ziet u het?', vroeg hij fluisterend.

'Ik weet het niet zeker. Ik denk het wel. We hebben hier een vallei en daar, halverwege, een soort rotsformatie.' Hij trok de nachtzichtapparatuur van zijn ogen vandaan en draaide zich om naar Phil. 'Wat hebben we op de gps, Phil?'

'Dat moet het zijn. We zitten 5,2 clicks naar het noorden, ten noordoosten van de nederzetting.'

Parlier draaide weer terug op zijn ellebogen. De anderen sloten zich bij de rotsachtige uitstulping bij hen aan. Hij tuurde weer door de goggles. 'Dat moet het zijn. Een paar kilometer naar de kliffen en dan nog een paar naar de bodem van de vallei. Er moet daar ergens een open plek zijn, maar die zie ik niet met deze dingen. Ziet iemand anders een open plek?'

Ze tuurden naar beneden, sommigen door hun goggles en anderen met het blote oog. Anderhalve kilometer achter hen wachtten het Bèta- en het Gammateam op het eerste bericht van de verkenningsgroep, voor ze hun posities innamen. Zoals het ernaar uitzag, waren ze precies op de juiste plek afgezet.

'Niks', zei Phil. Iemand sloeg een insect van zijn huid.

'Onze man zou dus uit deze vallei tevoorschijn moeten komen?', vroeg Graham. 'Dan zal hij die kliffen moeten oversteken. En daar nemen we hem te pakken.'

Phil gromde: 'En er wordt dus van ons verwacht dat we hierboven op ons gemak op die vent gaan zitten wachten? Als je het mij vraagt, kunnen we beter die kliffen daar bezetten.'

'Kan niet', reageerde Parlier. 'We hebben orders om daar weg te blijven. Graham, zeg tegen Bèta dat ze hier twee kilometer recht naar het oosten gaan zitten. En Gamma twee kilometer naar het westen. Ik wil dat die kliffen vanaf nu vierentwintig uur per dag in de gaten worden gehouden.' Hij keek zijn sluipschutter aan. 'Giblet, denk je dat je vanaf deze afstand iemand een gaatje in zijn voorhoofd kunt bezorgen?'

Ben Giblet bestudeerde de jungle onder hen. 'Lastig. Maar dat lukt wel.'

Graham keek Parlier sceptisch aan. 'We zouden daar beneden moeten zitten, Rick, dat weet je best. Wat maakt het nou uit? Er zit daar in die vallei alleen maar een kamp met wat drugshandelaartjes. Ik zie niet in wat er nou zo gevaarlijk aan die kliffen is.'

'Daar gaat het niet om. We hebben onze bevelen.'

Parlier tuurde naar beneden. Graham had natuurlijk gelijk. Maar hij had bevel gekregen om weg te blijven van de kliffen. Maar wat bedoelden ze daarmee? De *wand* van de kliffen of de *rand* van de kliffen? Als het erop aankwam, zou hij deze keer zijn eigen interpretatie geven aan het bevel dat hij had gehad, besloot hij.

Het cruiseschip *Princess* lag onder een zwarte lucht in het groene water van de haven. Het schip was afgeladen met passagiers die de loopplanken op en af liepen als mieren van en naar hun nest. Yuri Harsanyi ging aan boord van het luxe passagiersschip, dat op weg was naar San Juan, en liep snel naar zijn hut toe. De reis had hem drieduizend dollar gekost, omdat hij zo laat nog had gereserveerd, en hij had het maar net op tijd gehaald. Maar hij was veilig. En hij had de koffer bij zich.

Hij wierp een nerveuze blik de smalle gang in voor hij de deur naar zijn hut op de derde verdieping opendeed, nummer 303. Niemand zou hem hier vinden. Hij rommelde wat met zijn sleutel, deed de deur van zijn hut open en stapte de kamer binnen. Hij hees de koffer op een van de dubbele bedden en liep naar de kleine badkamer. Hij keek in de spiegel en masseerde zijn nek. Hij zou even een douche moeten pakken, zich dan moeten scheren en dan wat gaan eten. Hij liep de benauwde badkamer weer uit en trok zijn overhemd uit.

Daarna deed hij zijn broek uit en keek naar de zwarte koffer. Die bevatte genoeg kracht om het hele schip binnen tweeduizendste van een seconde te verdampen. Het ene moment hier en het volgende – *poef* – weg. Vijftien centimeter stalen romp die als een zeepbel uit elkaar zou spatten. Het was een wonder dat de mens ooit had ontdekt hoe hij deze ongelofelijke kracht kon bedwingen. Hij vroeg zich af of de bommen beschadigd zouden kunnen zijn tijdens zijn tocht uit de jungle. Maar de koffer was niet van zijn zijde geweken.

Yuri liep terug naar de badkamer en zette de warme kraan aan. Zijn vuile kleren lagen over de grond verspreid. Na de temperatuur van het water te hebben gevoeld, stapte hij onder de douche.

Maar zijn scheergerei zat nog steeds in zijn koffer.

Yuri stapte onder de douche vandaan en liep snel naar zijn koffer toe. Hij aarzelde en zag het water van zijn natte gezicht op de koffer druppelen. Toen stak hij zijn handen uit, maakte de banden los, liet de sloten openspringen en opende hem.

Heel even gingen Yuri's wenkbrauwen omhoog toen hij erin keek. De twee bollen die hij in de koffer had gedaan, waren verdwenen. In plaats daarvan lag er een vierkante doos tussen zijn kleding. En toen vlogen zijn ogen wijdopen. Abdullah was erachter gekomen! Hij had de bommen eruit gehaald en...

Op dat moment werd door twee tungstenschakelaars een gelijkspanning naar een detonator gestuurd die weer een C-4 explosief ontstak. De kamer werd precies drie seconden nadat Yuri de koffer had geopend aan stukken gereten. Geen kernexplosie – alleen maar een plastic bom die was verruild met de bommen van Yuri.

Maar goed, ook deze explosie was niet iets waar je grappen over hoefde te maken. Vijf kilo hoogexplosieve stof legde de hut in een enkele withete flits totaal in de as. De explosie hield behoorlijk huis aan de bakboordzijde van het schip. Uit de patrijspoort kwamen met een enorme klap vuur, rook en brokstukken naar buiten en de stalen romp om de patrijspoort heen vouwde naar buiten alsof er een blikje sardines was opengemaakt. Verbazingwekkend genoeg vlogen de vuurbestendige matrassen niet in brand, hoewel er weinig van overbleef.

Maar dat soort kleine details ging geheel aan Yuri voorbij. Zijn leven was dat al.

24

Sherry volgde de beschilderde man op de voet, afhankelijk van zijn bewegingen die haar door het bos leidden. Ze leken meer op hun instinct door het bos te lopen dan op hun zicht. En het was duidelijk dat de instincten van de man zeer goed ontwikkeld waren. Instincten die zij en Petrus niet bezaten. De priester was sterk en hield hem bij, maar bij dit tempo niet beter dan zij.

Ze was een co-assistent in Denver, in de staat Colorado, die achter een arts aan zou moeten lopen die zijn rondjes maakte door witgeschilderde gangen. Niet in een nachtmerrie achter de een of andere halvegare idioot aan. Misschien was dat het wel – weer een nachtmerrie, die haar schoenen beetgreep en haar in haar gezicht sloeg, in plaats van echte boomwortels en takken die naar haar klauwden. Ze bad dat ze al snel rechtop in bed wakker zou schrikken.

Eigenlijk klonk dat ook wel logisch. Ze kon zich niet herinneren dat ze wakker was geworden, wat zou kunnen betekenen dat ze nog steeds sliep. Ze was naar haar kamer gegaan om te gaan slapen, dat herinnerde ze zich nog wel. En toen kwamen die geweerschoten en de beelden van die doden, en nu deze man die haar als een boskonijn door de jungle leidde. Die gedachten stuiterden door haar hoofd terwijl ze hem probeerde bij te houden.

Had hij niet iets gezegd over dat hij in zuidelijke richting de rivier op zou gaan? Ze had geen idee waar ze heen gingen, maar dit was geen rivier. Een beeld van vader Petrus zweefde door haar gedachten. *Leven gaat over sterven.* Zijn woorden echoden door haar gedachten. *We leven allemaal om te sterven.*

'U denkt dus dat ik naar de jungle ben gebracht om hier te sterven?', had ze hem nauwelijks serieus gevraagd.

'Ben je er *klaar* voor om te sterven, Sherry?' Die woorden klonken plotseling luid en duidelijk in haar oren. Of ze klaar was om te sterven? Nee, dat was ze niet. Op dit moment voelde ze een enorme drang om dit te overleven. *God, red ons. Red ons alstublieft.*

Casius had die anderen gedood met het gemak van iemand die poolbiljart speelt, dacht ze. Wat was hij dan?

Aan de andere kant had hij hen gered. Zonder Casius had ze nu op dat gazon dood in haar eigen bloed gelegen. Haar beschermengel. Maar kon een engel doden op de manier zoals hij had gedaan?

Ze gleed plotseling hard op haar achterwerk en gromde. De modder sijpelde door haar korte spijkerbroek. Ze krabbelde weer overeind voor Petrus bij haar was. Ze rende verder en realiseerde zich dat Casius niet eens was gestopt om te zien of ze wel in orde was. Hij liep maar een paar meter voor haar uit en zijn rug ging nog steeds op en neer als een schaduw. Er knalde een tak in haar gezicht en ze sloeg hem weg. Ze moest de neiging onderdrukken om hem af te rukken en erop te gaan staan stampen. Ze slikte de frustratie weg die een brok in haar keel vormde en ploegde verder.

Sherry bleef volgen. Ze struikelde vrij regelmatig en viel diverse keren op haar achterste. Twee keer was ze Casius kwijt en was ze gedwongen hem te roepen. En beide keren rende Petrus tegen haar aan en mompelde hij enkele verontschuldigingen. En beide keren bleek Casius niet meer dan vijf meter voor hen te zitten. Als hij meer geluid maakte, zou het veel gemakkelijker zijn hem te volgen, maar hij leek als een geest tussen het groen door te zweven. Tegelijkertijd hem en de grond in de gaten houden bleek bijna onmogelijk.

De eerstvolgende keer legde ze hem het probleem uit. Hij staarde haar in het donker een paar seconden aan, alsof hij het probeerde te begrijpen. Toen draaide hij zich om en rende verder, maar deze keer liet hij zijn handen onhandig langs het gebladerte glijden om wat geluid te maken. Dat hielp. Maar toen begon het te regenen en wat eerst bijna onmogelijk had geleken, werd nu ronduit belachelijk.

De tranen stonden Sherry weer in de ogen en ze moest ze elke keer wegvegen om haar beeld helder te krijgen. Maar ze zou ervoor zorgen dat de man haar geluidloze snikken niet zou horen.

Oh, God, laat me alstublieft wakker worden.

De tocht was vrij gemakkelijk geweest tot de regen kwam. En zelfs dat zou niet zo'n probleem zijn geweest als het niet net was gaan regenen toen ze aan de steile afdaling de vallei in waren begonnen. De donkere, steile jungle, die nu doornat werd, bleek te veel te zijn. Hun snelheid nam zienderogen af. Casius hield vrij regelmatig halt om de vrouw, die hem glibberend en glijdend de berg af volgde, de kans te geven hem weer in te halen.

In zekere zin had hij medelijden met haar. Die arme vrouw die waarschijnlijk heel enthousiast naar de jungle was gekomen en nu meegezogen werd in deze onmogelijke omgeving. En dan werd ze tot overmaat van ramp ook nog eens meegenomen door *hem*. Hij was niet iemand met verstand van vrouwen. En als ze dat nog niet doorhad, zou ze er snel genoeg achter komen.

Haar kracht verbaasde hem. Ze mocht dan niet de vaardigheid hebben ontwikkeld om zich soepel door de dichte jungle te bewegen, maar ze had het doorzettingsvermogen van een jaguar.

Halverwege de afdaling kwam Casius helaas tot de slotsom dat het hem met die twee op sleeptouw niet zou lukken de plantage voor zonsopgang te bereiken. Gelukkig zou de regen het grootste deel van hun sporen uitwissen, wat meegenomen was, omdat de jungle bij de eerste zonnestralen gegarandeerd doorzocht zou worden. Die aanval was geen toevallige plundertocht geweest. Als hij alleen was geweest, zou hij doorgegaan zijn, dag of nacht, zoektocht of geen zoektocht. Maar niet nu die vrouw en die priester zich achter hem door het struikgewas worstelden. Ze zouden vanuit de lucht worden opgemerkt, omdat de boomtakken zouden bewegen, telkens als ze ertegenaan knalden.

En dat betekende dat hij zich overdag zou moeten verbergen. Met een vrouw. En een priester.

'Nou is het genoeg', beet de vrouw hem plotseling door het donker toe. 'Dit gaat te ver. We hebben snijwonden, we hebben blauwe plekken en we zijn uitgeput. Wil je nu even stoppen en me wat rust gunnen?!'

Hij draaide zich met een ruk om. 'Waarom ga je niet even boven in een boom met een vlag zitten zwaaien, nu je toch bezig bent? Voor het geval ze je stem niet hebben gehoord.' Ze staarde hem kwaad aan door het duister. 'We gaan zo uitrusten', zei hij, waarna hij weer de heuvel begon af te lopen.

Ze hadden vanaf de zendingspost een kilometer of vijftien gelopen toen Casius de grot vond. De opening werd bedekt door met mos overgroeide lianen, maar de ligging van de rots maakte duidelijk dat hier een uitsparing moest zitten. Hij liep er twee keer langs voor hij het gebladerte opzij trok om een kleine grot zichtbaar te maken. Hij trok de begroeiing nog iets verder opzij, zodat ze erin konden kruipen. 'Kruip maar naar binnen', zei hij en hij gebaarde met zijn arm naar het donkere gat.

De vrouw kwam dichterbij en tuurde met open mond in het vochtige duister. 'Daarin?', vroeg ze.

'Jij wilde rusten. Je kunt niet zomaar ergens op de grond gaan liggen slapen. Dan vinden ze je zeker. Hierbinnen zijn we veilig.' Hij wees naar de zwarte opening.

'Is dat dan veilig? Wat als daarbinnen nog iets zit?' Haar stem klonk schor. De verkoudheid leek erger te worden.

'Gewoon zorgen dat je ze niet aan het schrikken maakt. Langzaam naar binnen', zei hij.

Ze deed een stapje achteruit en keek hem aan.

Vader Petrus liep naar voren, keek hem aan en glipte zonder iets te zeggen de grot in.

'Ga jij maar eerst', zei Sherry. 'Ik houd dit wel voor je vast.' Ze stapte achter hem langs en pakte de lianen die hij vasthield, waarbij ze ook zijn wijsvinger beetgreep.

Hij trok zich los en haalde zijn schouders op. 'Wat je maar wilt', zei hij en glipte door de opening. De grot bleek een meter of drieënhalf in het vierkant te zijn. Op de grond groeide vochtig mos, waardoor ze een redelijk comfortabel bed hadden. Het geluid van beestjes maakte duidelijk dat ze niet alleen waren – spinnen, aan hun getik te horen. Maar de meeste spinnen zouden ervandoor gaan en niet aanvallen. Ze zouden hier redelijk veilig zijn. Hij zag amper haar silhouet tegen de donkere lucht toen ze gebukt naar binnen ging.

'Zolang we niet verder gaan, kunnen we maar beter slapen', zei hij. 'Morgenochtend zal ik proberen iets te eten voor jullie te vinden. Zo gauw de jungle weer vrij is, gaan we verder.'

'Ik wil je bedanken voor wat je daar voor ons hebt gedaan', zei Petrus.

'Ik zou daar nog maar even mee wachten, vader. We zitten nog niet echt in het Hilton.'

'Eigenlijk zit ik niet echt te denken aan mijn eigen welstand, maar God...'

'Dit heeft niks te maken met God.'

Dat legde de man het zwijgen op. Casius wilde dat hij de man had achtergelaten in zijn huis.

'Zorg dat je wat slaap krijgt', zei hij.

Sherry bleef even zwijgend in kleermakerszit zitten en tuurde om zich heen in het donker. 'Ik weet eigenlijk niet of ik wel kan slapen', raspte ze uiteindelijk. 'Ik zei dat ik moe was en onder de blauwe plekken zat, niet dat ik slaap had. Ik weet niet of je het hebt gemerkt met al dat testosteron in je lijf, maar wij zijn een beetje erg van slag.'

Nee, geen zacht eitje. 'Wat je maar wilt', zei hij zo rustig mogelijk. Hij klopte met zijn hand op het mos en keerde haar de rug toe, alsof hij al niet meer aan haar dacht. Hij ging op zijn zij liggen en sloot zijn ogen, ook al had hij totaal geen zin om te gaan slapen.

De priester volgde zijn voorbeeld en fluisterde de vrouw enkele bemoedigende woorden toe. Minutenlang bleef het stil achter hem. En toen ging de vrouw ook liggen. Maar aan haar raspende ademhaling hoorde hij dat ze niet erg best geacclimatiseerd was. In feite leek ze nu pas echt moe te zijn. En natuurlijk zou ze op een gegeven moment helemaal uitgeput zijn.

Casius knarste met zijn tanden en dwong zijn gedachten voor de honderdste keer om nog eens alle mogelijkheden door te nemen.

Met dat Sherry wakker werd, rook ze brandend hout. Ze schrok en duwde zich omhoog op haar ellebogen. Een meter bij haar vandaan brandde een klein vuurtje en dat vulde de grot met rook.

Ze had het visioen weer gehad en ze beefde nog van de intensiteit ervan. Ze was helemaal doorgezweet. En nu was ze wakker geworden. Wat betekende dat de rest geen visioen of nachtmerrie was of wat voor bovennatuurlijks dan ook. De aanval, de ontsnapping en nu deze grot – het was allemaal echt. Sherry slikte en ging rechtop zitten.

Petrus lag aan haar ene kant te slapen, met zijn gezicht naar de muur gekeerd.

Ze wist niet hoe Casius het met al die nattigheid voor elkaar gekregen had om een vuurtje te maken, maar hij boog zich er nu overheen en er dwarrelde witte as door de lucht. Er flikkerde een enkel vlammetje boven enkele gloeiende stukjes hout. De rook dreef langs hem heen, boog af bij het plafond van de grot en zweefde toen de kleine opening uit waardoor ze gisterenavond naar binnen waren gekropen. Het kleine vuurtje flikkerde barnsteenkleurig tegen de ruwe stenen muren en verlichtte een tiental insecten zo groot als een pruim, die tegen de wanden van de grot aan geplakt zaten. Sherry slikte nog eens en verplaatste haar blik naar de dode hagedis die naast de man op de grond lag.

'Goedemorgen', zei hij zonder op te kijken van het vlammetje. 'Er hangt een dichte mist buiten, dus kan ik een klein vuurtje maken. Dan zie je de rook toch niet. Jullie hebben wat te eten nodig en ik vermoed dat jullie dit niet rauw gaan eten. We blijven hier wachten tot de zoektocht begint en weer afgelopen is.'

'Welke zoektocht?'

'Ze weten dat we ontsnapt zijn en dus zullen ze een zoektocht organiseren.'

Dat klonk logisch. 'Waar gaan we heen?', vroeg ze.

'Ik breng jullie in veiligheid', antwoordde hij.

'Ja, maar waarheen?'

'Naar de rivier de Caura. En daar zoeken we een boot die jullie naar Soledad brengt.'

Zijn stem raakte een rauwe zenuw in Sherry's ruggenmerg en dat herinnerde haar eraan dat ze had besloten dat ze hem niet mocht. Ze staarde naar de brede gele streep die van de neus van het dier naar zijn staart liep. Ook al was ze hongerig wakker geworden, haar trek had al snel weer de benen genomen. Ze keek op naar de man toen hij met een groot mes snel de hagedis vilde en repen vlees ervan in het vuur legde.

Het vuur danste over brede, stevig gespierde schouders. Hij knielde over het vuurtje heen en ze vermoedde dat zijn kuiten ongeveer twee keer zo groot waren als die van haar. Over zijn dikke dij zat nog steeds de brede strook leukoplast. Misschien wel een provisorisch verband. Hij had kort, donker haar. Zijn ogen glommen bruin in het schamele licht. En nog steeds zat zijn gezicht onder de camouflageverf. Het was er niet afgespoeld door de regen.

Wie hij ook was, ze betwijfelde of hij simpelweg een verkenner van de DEA was die was opgegroeid in Carácas. In de Verenigde Staten zou hij waarschijnlijk de titel 'Destroyer' of 'Terminator' dragen en in een kooigevecht voor de camera staan.

De rook prikte in haar ogen. 'Is er een manier om van die rook af te komen?', vroeg ze. Haar verkoudheid was erger geworden door de regen van de afgelopen nacht. Ze schraapte haar pijnlijke keel.

Hij keek haar aan en knipperde een keer met zijn ogen. 'Nee.' Hij ging weer verder met het bereiden van de hagedis en ze realiseerde zich dat hij er waarschijnlijk bij haar op zou aandringen dat ze het vlees at.

Ze strekte haar verkrampte benen en leunde achterover op haar handen. Er zat opgedroogde modder op haar schenen en dijen, en eronder zouden vrijwel zeker tientallen snijwondjes en blauwe plekken zitten. Ze legde haar ene schoen over haar andere en schoof dicht naar het vuur toe, waarbij ze het glimmende gezicht van de man bekeek. Hij wierp een snelle blik op haar benen en keek toen weer naar het hagedissenvlees dat sissend op de rode kooltjes lag.

'Luister, Casius.' Ze schraapte haar keel nogmaals en vermoedde dat ze klonk als een vent. Haar borst deukte in alsof er een bankschroef werd aangedraaid. 'Ik realiseer me dat dit allemaal vreselijk onhandig is voor jou. We hebben een vreselijk belangrijke missie verknoeid die jij heel graag zou afronden. Op leven en dood gedoe en zo, toch?' Ze wierp hem een glimlach toe, maar hij wierp haar alleen maar een uitdrukkingsloze blik toe zonder te reageren. Ze voelde iets kriebelen in haar nek.

'Feit is dat we nu met elkaar optrekken. We zouden dus net zo goed beschaafd met elkaar om kunnen gaan.'

Hij trok het vlees uit het vuur, legde het op het mos en ging op zijn hurken zitten. 'Jullie zijn een kink in de kabel.' Hij hief zijn ogen op en bestudeerde haar even.

Sherry duwde zichzelf overeind en sloeg haar benen over elkaar. 'Is dat hoe je ons ziet? Een kink in de kabel?'

Hij keek weer naar het vuur en ze zag dat hij zijn kaakspieren spande. *Dat was raak, Sherry. Ga door, zorg dat hij van je vervreemdt. Het is duidelijk een bruut met de sociale vaardigheden van een aap. Je kunt hem maar beter niet kwaad maken. Gooi hem gewoon een banaantje toe en dan is hij tevreden. Hij heeft je leven tenslotte gered, nietwaar?*

Maar goed, zijzelf was ook niet bepaald het toonbeeld van gezelligheid. 'Weet je wat het is? Ik heb hier niet voor gekozen. En dan heb ik het niet alleen over *dit*, dat ik door de jungle loop te rennen met de een of andere… Tarzan, maar dat ik hoe dan ook hierheen ben gekomen.'

Hij reageerde niet.

'Een week geleden was ik nog co-assistent en haalde ik de hoogste cijfers. En toen heeft mijn grootmoeder me ervan weten te overtuigen dat ik naar deze zendingspost moest gaan, driehonderd kilometer ten zuidwesten van Carácas. Er staat namelijk iets vreselijks te gebeuren, weet je. En op de een of andere manier maak ik daar deel van uit. Ik heb vreselijke nachtmerries over iets wat staat te gebeuren. Ik ben dus met spoed hierheen gegaan, om meteen maar midden in een bloedbad terecht te komen. Weet je wel hoeveel mensen je daar hebt gedood? Of houd je dat niet bij?'

Hij keek op. 'Sommige mensen moeten gewoon gedood worden.'

'Sommige?'

Hij bleef haar enkele seconden aankijken. 'De meeste.'

Er leek een dikke stilte over de grot neer te dalen. *De meeste?* Het was de manier waarop hij het zei, alsof hij het echt meende. Alsof de meeste mensen naar zijn idee niet het recht hadden om te blijven leven.

'Je hebt gelijk', zei Petrus. Sherry keek om en zag dat hij wakker was geworden en naar hen keek. 'In feite zouden alle mensen gedood moeten worden – hoe je het ook bekijkt. Maar niet door jou. Ben jij de hand van God?'

Een van Casius' mondhoeken ging lichtjes omhoog. 'Wij zijn allemaal de hand van God. God geeft net zo goed de dood als het leven.'

'En aan wie geef jij de dood?', vroeg Petrus.

Het leek erop dat Casius het gesprek zou afbreken. Hij keek naar beneden en pookte in de kooltjes. Maar toen keek hij weer op.

'Ik dood degene die Hij aanwijst.'

Het vuurtje knisperde.

'*Wie* vertelt je dat je moet doden?'

Casius staarde hem met uitdrukkingsloze ogen aan. 'Uw God, zoals u Hem noemt, lijkt het niet zo nauw te nemen. Hij heeft hele volken afgeslacht.'

'Word jij door God gestuurd?'

Geen reactie.

'Dan ben je tegen Hem', zei Petrus. 'En in het grote geheel is dat geen beste plek om te vertoeven. Maar we zijn hoe dan ook dankbaar voor wat je voor ons hebt gedaan. Goed, wat staat er op het menu?'

Casius staarde hem woest aan. Toen Sherry naar de man keek, begon ze zich een beetje zorgen te maken. Daar zat een heel verhaal achter waar zij en Petrus geen flauw benul van hadden.

Ze keek in het vuur en haar hart voelde plotseling zwaar aan. 'Er werd me gisteren verteld dat je leven vindt door te sterven.' Ze hief haar ogen op en zag dat Casius haar aanstaarde. 'Ben jij er klaar voor om te sterven, Casius?'

Ze had geen idee waarom ze die vraag stelde. En toch stelde ze hem. Ze kreeg een brok in haar keel en de vlammen begonnen voor haar ogen heen en weer te zwemmen. Ze moest slikken.

Casius gooide een stokje in het vuur, waardoor er een vonkenregen naar het plafond opsteeg. 'Ik ben klaar om te sterven wanneer ik verslagen word door de dood.'

'Maar...', vervolgde ze en ze wist nog steeds niet waarom. 'De dood heeft je dus nog niet in zijn klauwen? Jij hebt de gevolgen van de dood nog niet gevoeld, omdat je het te druk had met doden.'

'En jij praat te veel', zei hij.

Dit ging niet goed. Ze wilde deze man niet beledigen. Aan de andere kant deed hij haar denken aan alles wat ze weerzinwekkend vond. Mannen zoals Casius hadden haar ouders gedood.

'Het spijt me. Het is niet dat ik niet dankbaar ben voor je hulp, want dat ben ik wel. Je laat gewoon behoorlijk... beroerde herinneringen bij me opborrelen. Ik heb genoeg doden gezien.' Ze keek naar Petrus. 'Deze priester vertelde me dat als er iemand doodt, er een ander gedood wordt. Net als in een belangrijk schaakspel zijn er zwarte spelers, dat zijn de doders, en witte spelers, dat zijn degenen die sterven. De ene doodt uit haat en de ander sterft uit liefde. Ik begon net te begrijpen dat...'

'Als jij me iemand kunt aanwijzen – wie dan ook – die uit liefde sterft, luister ik naar je. Tot die tijd dood ik wie ik moet doden. En jij zou eens moeten leren om je klep te houden.'

'Ben jij van de CIA?', vroeg Petrus.

Hij trok zich weer terug in zichzelf en haalde doelbewust adem. 'Ik heb al te veel gezegd. Ik kom terug zodra ik de omgeving heb gecontroleerd.'

Hij stond abrupt op, liep naar de ingang en glipte naar buiten, waarbij hij Petrus en Sherry alleen achterliet bij het vuur.

En bij de hagedis.

25

Woensdag

De rest van de morgen brachten ze door in een vreemde stilte en wachtten ze op tekenen die erop wezen dat er een zoektocht op touw was gezet. Meerdere keren leverde de vrouw fluisterend commentaar, maar dan hief Casius onmiddellijk een vinger op naar zijn lippen. Zolang ze zich in de grot bevonden, hadden ze niet het voordeel dat ze iemand konden horen naderen. Hun stilzwijgen was nu enorm van belang. En daar was hij blij om.

Casius was nu bezig aan zijn vijfde controle die dag en liep met lichte tred van boom naar boom. Hij zou maar wat graag horen dat er een zoektocht aan de gang was en welke kant ze op gingen, zodat ze hun tocht in noordelijke richting konden voortzetten. Hij zou blij zijn als hij de vreemde tweeslachtigheid achter zich kon laten die zich, naarmate de dag vorderde, steeds meer in zijn hoofd leek te nestelen.

Hij besloot dat de aanwezigheid van de priester en de vrouw simpelweg een ongemak was. Een *kink in de kabel*, zoals hij hen had genoemd. Zolang hij hen negeerde, zouden ze niet echt een bedreiging vormen voor zijn missie. Hij zou hen al snel in veiligheid brengen en dan verder gaan met waar hij aan was begonnen. Hij stond stil in de schaduw van een grote Yevaro-boom en bestudeerde de helling voor zich. Er hadden verscheidene keren helikopters laag over de bomen gevlogen, waarschijnlijk om mensen af te zetten voor de zoektocht. Maar tot dusver niet in deze buurt.

Hij leunde tegen de boom en dacht na over de vrouw. Sherry. Dat was een apart geval. Om redenen die hij niet kende, was het moeilijker om haar te negeren dan hij had gedacht. Ze bleef maar als een duveltje in een doosje in zijn gedachten opspringen. Dat gebabbel van haar had iets in hem wakker gemaakt. Een lichte pijn. *En hoe zit het dan met jou, miss Blake? Jij met je opdracht van God om naar de jungle te komen en daar samen met je priester te sterven. Hoe zit het met jouw hart?*

Een goed hart. Dat besefte hij wel degelijk en dat bleef aan hem knagen. Ze had hem verrast met haar vragen en hij was nog verraster over zichzelf dat hij erop in was gegaan. Er rees een beeld van haar in zijn gedachten op, zoals ze daar zat in het flikkerende licht van het vuurtje. Donker haar dat over haar schouders hing en bruine ogen die glinsterend de vlammen weerspiegelden. Het witte T-shirt was niet langer wit, maar bruin van de modder. Ze had gespierde benen en onder de modder zat een zachte, gave huid. Door haar verkoudheid was ze schor geworden en haar ogen een beetje rood. Ze had weer geslapen – uitgestrekt op haar zij, met haar hoofd op haar arm. Sherry Blake.

Hij had ooit iemand gezien die op haar leek. Niet Shania Twain of Demi Moore, maar iemand uit zijn verleden. Maar hij kon zich zelfs niet eens herinneren hoe zijn vader en moeder eruitzagen. Ze zeiden dat dat kwam door de stress van het doden. Dat daardoor stukjes van je geest werden uitgewist.

Casius liet de boom los en beklom snel de helling rechts van zich. Hij hield bovenaan halt en luisterde naar de omgeving. Ver weg, misschien wel in de buurt van de zendingspost, klauwde een tweede helikopter zich de lucht in.

Het knappen van een takje onderbrak zijn gedachtenstroom en hij zonk langzaam terug in de schaduw van een boom. Onder aan de helling liepen drie mannen, met hun rug naar hem toe. Waarschijnlijk op weg terug naar de zendingspost. Ze waren dus gekomen en weer gegaan. Hij keek toe hoe ze voorzichtig door het groen liepen, gekleed in kakikleurige gevechtskleding en behangen met een allegaartje van paramilitaire uitrustingsstukken. Ze hielden dezelfde richting aan en verdwenen weer in de jungle. Casius draaide zich om en ging snel terug naar de grot. Sherry lag nog steeds op haar zij en de priester pookte met een stok in de as om het gedoofde vuurtje weer tot leven te wekken. Er stroomde nu licht tussen de lianen door die voor de ingang hingen.

'Het spijt me, maar ik moest het vuur doven toen de mist optrok,' zei hij terwijl hij zich op een knie liet zakken. 'Ze zijn verdwenen. We vertrekken.'

Hij glipte weer naar buiten, gevolgd door de vrouw en de priester. Hij besefte opeens dat als er buiten iemand had staan posten, hij het amper gemerkt zou hebben. Hij vloekte zachtjes. Door al dat gepraat over doden, zou dat stel nog eens zijn dood worden.

Hij keek naar Sherry en werd zo in het licht opeens verrast door haar schoonheid. 'Laten we gaan', zei hij.

'Waar heb je ze het laatst gezien?', vroeg Abdullah. Het was al laat en hij was moe. Moe door slaapgebrek, moe door incompetente mensen en moe van het wachten op een telefoontje van Jamal.

Ramón boog zich in de beveiligingsruimte over een kaart van de omgeving. Buiten het laboratorium onder zijn voeten was dit de enige ruimte waar hoogwaardige apparatuur stond. Je had natuurlijk ook nog de verwerkingsfabriek en de transportbanden die de boomstammen door de berg heen transporteerden, maar dat waren relatief eenvoudige operaties. De beveiliging was in Abdullahs gedachten echter van het allerhoogste belang. Zelfs Jamal wist niet wat hij hier allemaal had. De kaart toonde de grenzen van het beveiligingssysteem van de omgeving, een gevoelige draad die een stukje was ingegraven. Door gebruik te maken van radiogolven gaf het systeem de massa weer van alles wat eroverheen kwam, waardoor je mensen en kleinere dieren kon onderscheiden.

'Ze zijn er hier overheen gegaan.' Ramón wees naar een gebied ten zuiden van de nederzetting. 'Drie mensen. En volgens mij bewegen ze zich snel voort.'

Abdullah knipperde met zijn ogen en liet die opmerking even bezinken. Wie kon zich in vredesnaam hier in de jungle zo dicht bij hun nederzetting bevinden? Misschien jagers. De infectie op zijn bovenlip klopte en hij liet zijn tong er voorzichtig overheen glijden. 'Hoe weet je nou dat ze zich snel voortbewegen?', vroeg hij.

'Hier kwamen ze het gebied in en daar gingen ze er tien minuten later weer uit. In eerste instantie dachten we dat ze vertrokken waren, maar binnen enkele minuten doken ze hier weer op.'

Er gingen bij Abdullah wat nekharen overeind staan. Jagers? Ja, jagers zouden zich zo kunnen voortbewegen. Maar zo diep in de jungle? Het zou net zo goed een sluipschutter met zijn spotter kunnen zijn. Of een verkenningsmissie, die was georganiseerd door het een of andere argwanende land. Misschien Russen, die na al die jaren op de een of andere manier waren getipt over de verblijfplaats van Yuri. Of de CIA.

Of Jamal.

'En wat heb je eraan gedaan?', vroeg hij.

'Ik heb Manuel opdracht gegeven om ze op te pikken.'

Abdullah draaide zich met vlammende ogen om naar de man. 'Ze oppikken?! En wat als het een sluipschutter is? Hoe was je van plan een getrainde sluipschutter op te pikken? Getrainde mensen pik je niet op, die maak je af!'

Ramón deed een stap achteruit. 'Als we ze doden en ze staan toevallig in contact met de een of andere autoriteit, dan zal hun verdwijning ons wel eens een hoop narigheid kunnen opleveren. En daarom dacht ik dat we ze maar beter levend in handen konden krijgen.'

Daar moest Abdullah even over nadenken. Hij wendde zich weer van de man af toen hij bedacht dat dat nog helemaal niet zo'n domme gedachte was. 'Maar dan nog kun je ze niet zomaar oppikken alsof het straathonden zijn. Je hebt gezien wat er met Manuel en de anderen bij de zendingspost is gebeurd. Je kunt toch niet…'

Er werd op de deur geklopt en Ramón deed open.

Manuel stond zwaar hijgend in de deuropening. 'We hebben ze gezien, meneer. Twee mannen en een vrouw.'

'Mooi!', zei Ramón. 'Neem ze te grazen met de verdovingsgeweren.'

Manuel draaide zich om om te vertrekken. 'En, Manuel', zei Abdullah, 'als je die drie weer laat ontsnappen, ga je eraan. Begrepen?'

De bewaker staarde hem even met grote ogen aan en gaf toen een kort knikje.

Casius leidde hen met een idioot hoge snelheid door de jungle. Om iets duidelijk te maken, dacht Sherry. Om duidelijk te maken dat hij haar het liefst wilde achterlaten als ontbijt voor de wilde dieren. Ze bewogen zich in hoog tempo tussen de bomen door, een helling af, over de volgende bult, door een kreek en daarna hetzelfde verhaal weer van voor af aan.

De man die haar meesleepte door het bos was een meervoudig moordenaar, dat was pijnlijk duidelijk geworden. Net als de mannen die haar ouders hadden gedood. Moordenaars voor het een of andere abstracte doel, die er niet bij stilstonden dat voor elke moord die ze pleegden, er iemand anders was die de rest van zijn leven met die moord moest leven. Een broer, een zus, een echtgenote, een kind. Geen idee hoeveel nachtmerries Casius tijdens zijn loopbaan had veroorzaakt. Ze walgde van de man.

Aan de andere kant had hij haar leven gered. En elke keer dat hij iets zei, merkte ze dat ze een absurde sentimentaliteit door zich heen voelde stromen. Alsof hij haar beschermengel was.

Dat zou toch niet waar zijn?

Maar het was wel waar. Ze had het idee dat ze daarom zo boos op hem was. Het was alsof de moordenaar van haar ouders uit haar nachtmerries was gestapt om haar met een stralende glimlach te komen redden. Een laatste draai van zijn mes.

Zijn kuitspieren spanden en ontspanden zich bij elke stap. Zijn blote voeten bewogen zich moeiteloos over de grond. Er glom zweet op zijn brede schouders. Op zeker moment vroeg Sherry zich zelfs af hoe het zou aanvoelen om met een vinger over zo'n krankzinnig gespierde schouder te strelen. Ze duwde die gedachte snel van zich af.

Petrus sloot de rij en Sherry dacht na over zijn opmerking dat ze zich nu op Gods weg moest bevinden en dat ze moest wachten tot God de waarheid zou openbaren zoals Hij dat wenselijk achtte. En als dat zo was, dan maakte deze man ook deel uit van dat allesomvattende plan van God. Misschien had hij op de een of andere manier iets te maken met dat visioen. Ja, het visioen dat elke nacht langskwam. De paddenstoel die elke nacht tot enorme proporties uitgroeide.

Casius was het afgelopen kwartier drie keer gestopt om het land voor hen nauwkeurig te bekijken. En nu stopte hij voor de vierde keer en stak hij zijn hand op om hen stil te houden.

Boven hen vloog een zwerm luidruchtige papegaaien op. Sherry legde haar hand tegen haar borst en voelde haar hart bonken onder haar vingers. 'Wat is er?', fluisterde ze.

Met een ruk bracht hij zijn wijsvinger naar zijn lippen en luisterde.

Casius had het nu vier keer gevoeld – spiedende ogen die zijn nekharen overeind deden staan. Ze bevonden zich nu zo'n drie kilometer bij de nederzetting vandaan, de laatste drie uur onder dekking van het duister. Hij zou Sherry en de priester daar in de schaduw van enkele grote rotsblokken achterlaten, de plantage snel verkennen en dan binnen een paar uur naar hen terugkeren. Daarna zou hij hen meenemen naar de Caura en terugkomen, afhankelijk van wat hij op de plantage zou tegenkomen.

Dat was hij tenminste van plan. Maar nu kreeg hij de zenuwen van dat gekriebel in zijn nek.

Hij had niemand gezien. En toch voelde hij het – alsof ze de afgelopen vijftien minuten door onzichtbare ogen in de gaten werden gehouden. Als het donker was, was het verrassingselement je beste wapen. En als hij dat kwijt zou raken door de vrouw en de priester, zou hij zijn missie moeten onderbreken tot hij van hen af kon komen.

Aan de andere kant was hij voorzichtig geweest. Hij was onder het bladerdak gebleven en had heuvelruggen zo veel mogelijk gemeden. Alleen iemand met heel veel geluk en een uitstekende kijker zou hen in het oog hebben kunnen krijgen. Als er mensen op de grond zouden zijn uitgezet, zou hij ze zeker hebben gezien; daar twijfelde hij geen moment aan.

Casius liet zijn hand zakken en liep weer verder. Achter hem volgden Sherry en Petrus. Hoewel ze niet meer met elkaar hadden gesproken, had hij het idee dat Sherry's houding ten opzichte van hem de laatste paar uur was veranderd. Minder vijandig. Er werd gezegd dat de hang naar het leven zelfs de ergste vijanden samenbracht. Misschien dat hij zich daarom ook steeds meer zorgen begon te maken over het feit dat hij haar alleen zou moeten laten wanneer hij de plantage verkende. Misschien werd die kriebel in zijn nek wel veroorzaakt door haar aanwezigheid.

Binnen tien minuten arriveerden ze bij de rand van een open plek. Twintig meter verderop bevond zich een kleine vijver waarin de maan zich weerspiegelde. Aan de ene kant staken drie grote rotsblokken uit de grond. Hij draaide zich naar hen om en knikte. 'Goed dan. Zien jullie die rotsblokken? Ik wil dat jullie daar een paar uur onder blijven wachten terwijl ik het terrein verderop verken.'

Sherry kwam hijgend van de inspanning naast hem staan. Hij rook haar adem, zoals alleen de adem van een vrouw kon ruiken, hoewel hij niet wist waarom. Ze had de afgelopen vierentwintig uur geen lippenstift op. Ze tuurde voor zich uit, haar lippen ietsje vaneen, bezorgdheid in haar ronde ogen. Haar schouder raakte die van hem en hij schrok ervan.

Ze keek hem aan en hij wendde zo terloops mogelijk zijn blik af. 'Een paar uur? Waarvoor dan?', vroeg ze.

Casius deed zijn mond al open, maar wist niet zeker wat hij moest zeggen. Op dat moment, terwijl hij met zijn mond half open stond en zij als een puppy naar hem opkeek, hoorde hij het nauwelijks hoorbare gekuch dat door de wind werd meegevoerd.

Voor de pijltjes hem bereikten, wist hij dat ze eraan kwamen. En toen raakten ze hem, *wap, wap*, de eerste in zijn arm, de tweede in zijn dij. Dun en harig en in zijn lichaam begraven tot aan de pluim.

Verdovingspijltjes!

154

Wap, wap! Sherry was geraakt!

Zijn eerste gedachte was die aan Friberg, die in Langley voor zich uit zat te grijnzen. Zijn tweede was die aan de vrouw. Hij moest Sherry zien te redden.

Hij sloeg een arm om haar middel en trok haar naar achteren, dieper de bescherming van de jungle in. Ze zei iets. Hij rook haar adem, maar verstond niet wat ze zei. Hij keek haar aan en zag dat haar ogen zich openspersperden, slechts centimeters bij zijn gezicht vandaan.

Casius struikelde achteruit toen het verdovende middel door zijn aderen stroomde. Hij viel, hield nog steeds de vrouw vast en brak haar val met zijn lichaam. Ver weg klonk een schreeuw. Spaans, dacht hij. Hij was dus gevolgd. Maar hoe dan? Er rustte iets zwaars op zijn borst.

En toen werd het zwart om hem heen.

26

Donderdag

Rick Parlier stond over Tim Graham gebogen, die aan de knoppen van zijn satellietzender zat te rommelen. Ze hadden een nacht in de jungle doorgebracht en de insecten begonnen hun tol te eisen. Enkele minuten nadat ze hun tijdelijke basis op de bergrug hadden opgezet, stond de satellietantenne al. Er was al contact gelegd met Oom, de benaming voor hun verbinding met de Verenigde Staten, en Graham had zich vol zelfvertrouwen naast zijn speeltjes geïnstalleerd. De ontvanger stond altijd aan en de frequentie wijzigde elk half uur volgens een schema dat door alle vier de partijen werd aangehouden.

Het was een uur geleden sinds de ontvanger voor het eerst was begonnen te sputteren en weigerde zowel te zenden als te ontvangen.

'Daar is-ie.' Graham haalde iets wat op een gigantische gevleugelde mier leek uit de opengemaakte ontvanger. 'Deze etter heeft dwars door de variabele volumeweerstand heen gevreten. Wat een zootje. Maar nu zou hij het zo weer moeten doen.'

Vijf minuten later zette Graham de schakelaar over en gaf hij de microfoon aan Parlier. 'Hij zou weer moeten werken.'

Parlier pakte de microfoon aan en drukte de knop in. 'Oom, dit is Alfa.

Oom, dit is Alfa. Hoort u mij? Over.'

Er klonk even alleen wat statische ruis door de luidspreker en toen kwam de reactie. 'Alfa, dit is Oom. Ik ontvang je luid en duidelijk. Waar hebben jullie in vredesnaam uitgehangen?'

'Sorry. We hebben een probleempje met onze radio gehad. Over.'

Weer een korte stilte. 'Begrepen, Alfa. Wat is de status van het doelwit? Over.'

Parlier keek uit over de jungle. Oom had via de satelliet een storing waargenomen bij een zendingspost, zo'n veertig kilometer naar het zuiden, en had vermoed dat het iets met hun doelwit te maken had gehad. En toen niets meer. Geen actie, geen berichten, helemaal niets.

Hij drukte de knop weer in. 'Geen activiteiten aan deze kant. Bèta en Gamma hebben ook geen bewegingen gerapporteerd. We zullen u op de hoogte houden. Over.'

'Roger, Alfa. Houd je aan het schema. Over en uit.'

Geven jullie me spullen die het in de jungle blijven doen en dan zal ik me aan het schema houden, dacht Parlier toen hij de microfoon teruggaf aan Graham. 'Goed werk, Graham. Houd die radio schoon. We kunnen ons niet nog zo'n onderbreking veroorloven.'

'Yes, sir.'

Parlier stond op, liep naar de rotsblokken die uit de bergrug staken en wierp een blik over zijn mannen. Phil en Nelson stonden op de uitkijk en tuurden toegewijd door de sterke veldkijkers naar de rand van de kliffen onder hen. Naast hen lag Giblet op zijn rug en joeg de muskieten weg die hem lastigvielen. Zijn sluipschuttersgeweer stond geduldig naast hem op zijn driepoot te wachten, klaar voor een schot. Het was natuurlijk zeer onwaarschijnlijk dat Giblet de tijd zou krijgen om een schot te lossen als ze de man in het oog zouden krijgen. En zelfs al was dat zo, dan zou het snel moeten gebeuren. Hij zou gemakkelijk kunnen missen.

Grahams opmerking dat ze beter zouden kunnen afdalen naar de kliffen, knaagde de hele nacht al aan zijn binnenste. Bèta en Gamma hadden soortgelijke observatieposten betrokken, van waaruit ze de vallei onder zich bestudeerden. Buiten de kliffen hielden ze ook het bladerdak van de jungle in het oog, om te zien of er ongebruikelijke dingen plaatsvonden die de aanwezigheid van mensen verraadde. Tot dusver hadden ze niets gezien.

Behalve dan natuurlijk insecten. Die hadden ze genoeg gezien.

Parlier liep terug naar zijn verbindingsman. 'Goed, Graham. Zeg tegen

Bèta en Gamma dat ze de boel in de gaten blijven houden. Ik neem dit team mee naar de kliffen.'

Tim Graham grinnikte en griste de microfoon uit zijn houder. 'Meteen, sir.'

'Zorg ervoor dat je goed duidelijk maakt dat we niet *naar* de kliffen toe gaan. We gaan alleen maar in de richting van de kliffen. Begrepen? En zeg ook tegen hen dat ik wil dat ze contact met me opnemen zodra ze zelfs maar een aap horen schijten.'

'Yes, sir. Nog iets anders?' De verbindingsman grijnsde breed.

'Pak je spullen. We gaan naar beneden.'

David Lunow klopte aan en liep Ingersols kantoor in zonder op een re-actie te wachten. De man keek op en staarde onder zijn borstelige zwarte wenkbrauwen door. Zijn haar was netjes achterovergekamd, vond David, zoals hij zelf zou kunnen doen als hij het een week niet zou wassen.

David liep naar hem toe en liet zich in een gemakkelijke stoel zakken die tegenover het bureau van Ingersol stond. Hij streek over zijn snor en sloeg zijn benen over elkaar.

'Als u het niet erg vindt, wil ik graag even mijn bezorgdheid uitspreken. In de vijftien jaar dat ik bij de organisatie zit, kan ik me geen situatie herin-neren dat we achter iemand aan zijn gegaan zoals nu bij Casius. Behalve in situaties waarvan we zeker wisten dat er een hoop schade aangericht zou worden. Goed, corrigeer me maar als ik ernaast zit, maar Casius is nou niet bepaald van plan een hoop schade aan te richten. Hij mag dan de een of andere losstaande drugsoperatie de nek omdraaien, maar wat dan nog? Leg me eens uit waar ik ernaast zit.'

'Hij heeft een bevel naast zich neergelegd. En een moordenaar die bevelen naast zich neerlegt, is een gevaarlijk man.'

'Klopt. Maar er zit meer aan vast, nietwaar?'

'Jij bent zijn contact, David. Wanneer jij er problemen mee hebt als ie-mand voorstelt om jouw mannetje om zeep te helpen, kan ik me dat voor-stellen. Maar dat hebben we toch al besproken?'

'Maar dat is niet alles. Casius kan voor zichzelf zorgen. En dat is eigenlijk zijn probleem. Maar of we het nu leuk vinden of niet, aan het einde van dit verhaal kleeft er bloed aan onze vingers. Het is jammer dat het nu eenmaal een dogma is dat we hem elimineren, in plaats van dat we eens gaan nadenken over alternatieven die veel redelijker zijn, en dat zit me nou zo dwars.'

Ingersol bestudeerde hem. 'Niet alle zaken die met de nationale veiligheid te maken hebben, staan breed uitgemeten in de memo's.'

David wierp de man een glimlach toe. 'Luister, ik zeg alleen dat niemand Casius beter kent dan ik. Als we op deze manier achter hem aan gaan, creëren we precies hetzelfde probleem dat we nou juist proberen te vermijden. En de directeur zou zich daarvan bewust moeten zijn.'

Hij bestudeerde het gezicht van Ingersol op het moment dat hij 'de directeur' zei. Niets. Hij vervolgde: 'Het is duidelijk dat iemand het dat risico waard vindt, omdat die persoon weet wat Casius daar boven water zou kunnen halen. Ik denk dat ze iets proberen te beschermen.'

'Nogal stevige taal voor iemand in jouw positie', reageerde Ingersol. 'Wil je daar niet nog eens goed over nadenken?'

'Heb ik al gedaan. Wel honderd keer. Ik denk dat Casius op weg is naar een deep-cover operatie en ik denk dat iemand hem dood wil hebben voor hij ontdekt wat daar in de jungle verborgen ligt.'

'De wereld hangt aan elkaar van deep-cover operaties, Lunow. En als ze het niet waard waren om te beschermen, zouden ze niet deep-cover zijn, nietwaar? Jij bevindt je niet in de positie om te bepalen of iets wel of niet verborgen gehouden moet worden. Het is jouw taak om bevelen op te volgen. Daar hebben we het al vaker over gehad.'

'Jullie proberen hem te elimineren. Ik wilde gewoon even duidelijk maken waar ik sta voor dit misgaat. En u weet dat dat zal gebeuren, of niet?'

'Nee, eigenlijk niet.'

'Als ik gelijk heb, zal dat wel degelijk gebeuren. Want wat daar ook aan de hand is, het staat op het punt om in de openbaarheid te komen.'

'Prima. Je hebt je zegje gedaan. Klaar. En, voor de duidelijkheid, ik denk dat je een beetje doordraaft omdat het *jouw* mannetje is die daar over de schreef gaat. Hup, neem een borrel op mijn kosten, maar kom niet mijn kantoor binnenstormen om de organisatie te beschuldigen van nalatigheid.'

David voelde zijn wangen rood worden. Hij voelde dat het zweet hem uitbrak.

'Duidelijk?', vroeg Ingersol.

27

Sherry's oogleden voelden zwaar aan, alsof ze van een loodcoating waren voorzien terwijl ze sliep. Ze zette meer kracht en wilde dat licht haar ogen zou binnenstromen, maar ze werkten niet mee, omdat het duister weigerde weg te gaan.

Haar gedachten werden gevuld door een beeld van Casius, die met ontblote rug door het struikgewas rende. Bij elke voetstap rolden de spieren tussen zijn schouderbladen heen en weer.

Ze zou haar ogen moeten opendoen. En toen kwam er een andere gedachte in haar op: wat als haar ogen al open waren?

Ze drukte zich omhoog op haar elleboog, hief een vinger op naar haar ene oog en deinsde terug toen die haar oogbal raakte. Er liep een rilling over haar rug en ze strekte haar armen uit. Ze raakten koude steen. Of beton.

Ze bevond zich in een donkere betonnen kamer – een cel. Ze moest hier na de verdovingspijltjes in zijn gegooid.

Sherry draaide zich om en strekte weer een hand uit, bang dat die ook een muur zou raken. Maar hij zwaaide zonder iets tegen te komen door de muffe lucht. Ze leunde voorover en toen raakte hij wel de tegenoverliggende muur. Anderhalve meter.

Ze zat in een cel. Zwarter dan teer. Het kwam allemaal weer op haar af, als een golf die brak op het strand. Op dat moment werd Sherry weer het meisje dat in de ondergrondse kist van haar vader zat opgesloten, zonder dat ze er nog uit kon.

Er kwam paniek in haar op. Ze draaide zich om en om, jammerde, bewoog zich met half spastische bewegingen in alle richtingen en voelde de lucht en koude betonnen oppervlakken. Het jammeren ging over in gehuil en ze ging bevend op haar knieën zitten.

Oh, God, alstublieft!

Het duister voelde aan als stroop op haar gezicht. Een dikke, verstikkende stroop. Golven van angst sloegen tegen haar geest aan en ze dacht dat ze ging sterven. Alweer. Dat ze zou sterven zoals in de kist.

Haar gehuil veranderde in een vreselijk gekreun dat maar door bleef gaan. Ze lag daar in het duister geknield, kreunend, verschrompelend, stervend.

Oh, God, ik zal alles voor U doen.

Plotseling bevroor ze. Misschien was dit wel geen cel! Het zou een droom kunnen zijn. Een van de terugkerende nachtmerries. Dat moest het zijn! En als ze gewoon haar ogen opende, zou het allemaal verdwenen zijn.

Maar haar ogen waren al open, nietwaar?

Sherry trok haar knieën op en sloeg haar armen eromheen. Haar keel deed pijn. 'Oh, God, alstublieft.'

Haar gefluisterde woorden dreven door de kamer. Ze schommelde kreunend naar voren en naar achteren. 'Alstublieft, God…'

Ben je klaar om te sterven, Sherry?

De woorden van de priester zweefden door haar gedachten en ze gaf snel antwoord. 'Nee.' Ze voelde de doodsangst tot in haar botten en plotseling wilde ze dat de dood zou komen. Ze slikte nogmaals. 'Ja.'

Maar ze ging niet dood. Ze bleef zo een uur schommelend en bevend in de koude, diepe ruimte zitten en mompelde: 'Alstublieft, God.' Ze had geen idee wat zich boven haar bevond. En dat interesseerde haar ook niet. Haar lichaam had het af laten weten, op het schommelen na.

Ze besefte door de mist in haar gedachten heen dat ze weer terug bij af was. Acht jaar geleden had ze ook zo gevangen gezeten. Ze had toen iets gezworen en nu keek God of ze wel meende wat ze toen zei. Ze bevond zich in de zwarte buik van de walvis en het visioen was het maagzuur.

Zou je voor hem sterven, Sherry?

Voor wie?

Het licht verlichtte abrupt en zonder waarschuwing haar gedachten, terwijl ze nog steeds zat te schommelen. Haar eerste gedachte was dat er een stroboscooplicht in de cel was gegooid, maar toen zag ze het strand en wist ze dat ze zich in die andere wereld bevond.

Sherry stond bevend op en zoog hard aan de frisse zeebries. Er verscheen een brede glimlach op haar gezicht en ze wilde het uitschreeuwen. Niet van angst, maar van opluchting en blijdschap en het plezier dat ze leefde.

De golven likten aan het strand en sisten wanneer ze zich terugtrokken. Ze hief haar ogen op en voelde de koele wind langs haar hals strijken, terwijl boven haar de palmbomen wuifden. Ze spreidde haar armen, draaide zich langzaam om in het zachte zand en lachte hardop.

Bij het derde rondje zag ze de man in de zwarte kleding over het water lopen, maar ze stopte niet met draaien. Laat hem maar. Ze zou van de zon en de wind genieten zolang ze kon. En wanneer de zuurregen kwam, zou ze pas stoppen. En sterven.

Ben je klaar om te sterven, Sherry?

Ja.

160

Het vertrouwde visioen ontrolde zich met een verbijsterend realisme. Maar deze keer veranderde er iets. Niet in het visioen, maar in haar begrip van wat ze voor zich zag gebeuren. Toen deze keer de paddenstoel begon te groeien, zag ze dat het helemaal geen paddenstoel was. Nee, natuurlijk niet! Hoe kon ze dat over het hoofd hebben gezien? Het was een wolk. Het soort wolk dat het gevolg was van een kernexplosie.

28

Casius werd wakker op een brits en ging overeind zitten. De gebeurtenissen van die nacht kwamen hortend en stotend terug toen hij zijn hand ophief naar de plek op zijn rechterschouder. Zijn overweldigers hadden verdovingspijltjes gebruikt. En ze hadden ook de vrouw en de priester neergeschoten. En die hielden ze ergens anders vast.
Sherry.
Bij die gedachte voelde hij een kleine pijnscheut door zijn borst gaan. Hij had de vrouw de jungle in geleid en dus was hij er nu verantwoordelijk voor. Dat was een kreukel in zijn missie die hij kon missen als kiespijn. Maar ook een kreukel die hem niet meer losliet.
Casius liet zijn blik door zijn cel glijden. De ruimte mat drie bij drie meter – basaltblokken. Buiten dit ene bed was ze leeg. Geen ramen, geen deur en helemaal wit. Eén fel peertje aan het plafond. Het kale matras waarop hij zat, zag eruit als iets dat ze in een steeg hadden gevonden. Het was grijs en er zaten bruine kringen op. En het rook naar pis.
Hij controleerde zijn lichaam op verwondingen en breuken, maar vond niets. Ze hadden hem zonder moeite te pakken gekregen. Of ze hadden idioot veel geluk gehad, of ze hadden een beveiligingssysteem dat veel geavanceerder was dan hij had verwacht.
Casius leunde tegen de muur en liet zijn hoofd ertegenaan hangen.
Binnen een minuut was het wachten voorbij. Een schrapend geluid bij de deur.
Dus nu zou het spelletje menens worden. Hij ontspande zijn verstijfde spieren en liet hen komen.
De soldaat die binnenkwam, had in beide handen een negen millimeter Browning. Over zijn rechteroog droeg hij een ooglapje. Een hispanic.
Er stapte nog een man naar binnen en Casius voelde dat zijn spieren zich

spanden. Het holle gezicht van de man werd omlijst door kort zwart haar met een streep wit erin. Hij keek naar Abdullah Amir. De man leek verbazingwekkend veel op zijn broer. Casius' hand draaide zich instinctief om in zijn schoot en hij sloot rustig zijn vingers.

De man stond met zijn armen slap langs zijn zijden en keek Casius met hangende ogen aan. Hij droeg een wit katoenen overhemd met korte mouwen en een strakke bruine broek, die een paar centimeter boven zijn zwartleren schoenen hing. Casius voelde een lichte angst langs zijn rug omhoogkruipen en hij vroeg zich plotseling af of hij dit zou redden. Alles.

In een hoekje van zijn gedachten had hij hier natuurlijk wel rekening mee gehouden, maar nu hij naar Abdullah keek, vroeg hij zich af of hij zijn geestelijke kracht en geduld niet een beetje had overschat.

Door de opgetrokken wenkbrauw van Abdullah werd duidelijk dat hij Casius' angst had opgemerkt. 'Denk je dat ik een geestverschijning ben?', vroeg hij.

Casius slikte en hervond zijn kalmte, terwijl zijn gedachten nog steeds een puinhoop waren. De man zou er geen idee van hebben wie hij was. Nog niet, in elk geval.

Abdullah staarde hem strak aan. 'Wie ben jij?'

Casius onderdrukte de neiging om bovenop hem te springen en er een einde aan te maken. Hij staarde de man aan zonder antwoord te geven en verzamelde moed om zijn kaarten uit te spelen zoals hij van plan was geweest.

'Abdullah', gromde Casius zacht.

De ogen van de Arabier lieten heel even wat twijfel zien. Een moment lang stond hij perplex.

Casius sprak weer voor de man iets kon zeggen. 'Jij heet Abdullah Amir. Tien dagen geleden heb ik je broer gedood. Je lijkt heel erg op hem. Je broer was een effectieve terrorist. Je kunt trots op hem zijn.'

Casius glimlachte en de man knipperde met zijn ogen, totaal verbijsterd. Elke spier in zijn magere lichaam spande zich en in zijn hals en op zijn onderarmen puilden zijn bloedvaten uit.

'Jij hebt… is Mudah dood?', stotterde Abdullah. Heel even dacht Casius dat Abdullah hem ter plekke zou neerschieten. In plaats daarvan hervond hij langzaam zijn evenwicht, alsof hij dat tussen die oren van hem aan en uit kon schakelen. Het zei genoeg over zijn kracht, dacht Casius.

'CIA.' Abdullah sprak de woorden uit alsof hij zojuist een bittere pil had doorgeslikt. Nu fonkelde er een ander licht in de ogen van de man. 'En wat doet de CIA zo diep in de jungle?', wilde hij weten.

'We zijn op zoek naar een moordenaar', zei Casius. 'Misschien jij wel, Abdullah. Ben jij een moordenaar?'

De man vond de vraag niet grappig. Hij keek Casius behoedzaam aan. 'Hoe heet je?'

'Je familie zit in Iran. In de woestijn. Wat brengt *jou* naar de jungle?'

De hispanic verschoof zijn ene goede oog naar Abdullah, zijn wapen nog steeds op het hoofd van Casius gericht.

'Waarom heb je mijn broer gedood?', vroeg Abdullah.

Casius dacht na over de vraag. 'Omdat hij een terrorist was. Ik walg van terroristen. Jullie zijn monsters die doden om een blinde bloeddorst te voeden.'

'Hij had een vrouw en vijf kinderen.'

'Hebben ze dat niet allemaal? Soms sterven er ook vrouwen en kinderen.'

Er stonden zweetdruppels op de bovenlip van de Arabier en die glinsterden in het licht van het peertje. Casius voelde zelf ook zweet langs zijn rechterslaap lopen. Zijn beeld werd omfloerst door de vertrouwde zwarte mist en klaarde toen weer op.

'Jij bent zelf een moordenaar', zei Abdullah. Er bleef wat speeksel aan zijn opgetrokken bovenlip hangen. 'De wereld lijkt vergeven te zijn van de monsters. Sommige doden voor God. Andere laten van tienduizend voet hoogte bommen vallen en doden voor olie. En alle doden vrouwen en kinderen. Van welk soort ben jij?'

Er fluisterde een klein stemmetje door zijn hoofd. *Jij bent hetzelfde als hij,* zei het. *Jullie zijn allebei monsters.*

Casius sprak de naam langzaam uit, voor hij zich realiseerde dat hij het zei. Hij voelde een doodsangst door zijn botten trekken en hij vocht om zichzelf onder controle te houden. 'Jij, Abdullah Amir, bent een monster van het ergste soort. Hoeveel mensen heb jij gedood in de acht jaar dat je op deze plantage zit?'

Er ging een alarmbel af, dacht Abdullah. En die was afgegaan door de laatste opmerking van die agent. Maar hij kon het niet plaatsen. Wat hij wel kon plaatsen, was dat de CIA een vermoeden moest hebben van zijn nevenactiviteiten. En dat was de reden waarom ze deze verkenner hadden gestuurd. Misschien dat zijn broer had gepraat onder het mes van deze

163

moordenaar. Hoe dan ook, de operatie verkeerde in gevaar.

Jamals bevel had nu een nieuwe lading gekregen.

De donkerharige man deed hem denken aan een krijger uit vervlogen tijden, zoals hij erbij liep, om de een of andere vage reden bijna zonder kleren en nog steeds met die oorlogskleuren op. Ze hadden alleen maar een mes op zijn lichaam gevonden. Nou, dan zou hij deze man ook laten doden met een mes. Langs zijn keel, misschien. En dan zou hij zijn maag eruit snijden. Of misschien wel andersom.

'Volgens de dossiers van de CIA heb je wat mensen om zeep geholpen toen je naar deze vallei kwam', zei de man tegen Abdullah. 'Dit was ooit een koffieplantage en in de buurt bevond zich ook nog een zendingspost – die allebei moesten verdwijnen. Maar het lijkt erop dat de CIA dat al net zo oninteressant vond als jij toen.'

Die laatste opmerking zorgde ervoor dat Abdullah met zijn ogen knipperde. Wist deze agent van de betrokkenheid van de CIA? En aan de flikkering in de ogen van de man te zien, was hij het er niet mee eens.

'Maar dat is mijn probleem niet', zei de moordenaar terwijl hij hem strak bleef aankijken. 'Maar Jamal is dat wel.'

Jamal? Deze vent wist van Jamal af! 'Hoe heet je?', vroeg Abdullah nog eens.

'Casius. Je kent Jamal.'

Abdullah voelde zijn hart bonken. Hij reageerde niet.

'Ik weet niet zeker of je wel doorhebt wat een problemen er zojuist bij je op de deurmat zijn gegooid, vriend, maar geloof me, je hele wereld staat op het punt te veranderen.'

'Misschien', zei Abdullah vlak. 'Maar als dat zo is, gebeurt er hetzelfde met jouw wereld.'

'Vertel me wat je over Jamal weet en dan wandel ik zonder iets te zeggen deze jungle uit. Je beseft toch wel dat mijn verdwijning heel wat alarmen laat afgaan.'

Abdullah voelde langzaam een glimlach op zijn gezicht verschijnen. De vrijpostigheid van de man was absurd. Er was een vuurwapen op zijn hoofd gericht, hij kon geen kant op en toch voelde hij zich genoeg op zijn gemak om bedreigingen te uiten? 'Als ik je nu de verblijfplaats van Jamal zou kunnen geven, zou ik dat meteen doen, geloof me', reageerde Abdullah. 'Helaas is Jamal nog ongrijpbaarder dan een geest. Maar goed, dat zul je wel weten, anders zou je hem niet in deze smerige jungle achternazitten. Hier is hij in elk geval niet. Hij is hier ook nooit geweest. Maar jij wel. Een feit dat maar niet tot je schijnt door te dringen.'

'Jamal mag zich dan niet hier bevinden, maar hij is wel degene die aan jouw touwtjes trekt, nietwaar, Abdullah? Alleen een idioot zou dat ontkennen.'

Abdullahs nekharen gingen overeind staan. Wat wist deze man allemaal? Casius verschoof zijn blik. 'Je broer heeft behoorlijk vrijuit gesproken voor ik hem zijn strot afsneed. Hij zette duidelijk zijn vraagtekens bij jouw bekwaamheid. Maar tussen de regels door bleek het eigenlijk meer Jamal te zijn die jou nogal een stumper vond.' De man keek Abdullah weer aan. 'Waarom zou Jamal een operatie overnemen die jij perfect onder controle had? Dit was helemaal jouw idee, nietwaar? Waarom heeft hij het overgenomen?'

Abdullah kon die woorden niet zomaar naast zich neerleggen. Hij wist dat het waar was. Jamal *vond* hem inderdaad een sukkel. Elk bericht droop van de afkeuring. En nu had deze moordenaar dezelfde informatie uit zijn broer weten te persen voor hij hem de strot doorsneed.

Er voer een rilling door Abdullah heen. Hij moest nadenken. Deze man zou sterven – dat mocht duidelijk zijn – maar niet voor hij Abdullah had verteld wat hij wist.

De dwaas staarde hem aan alsof *hij* degene was die de ondervraging deed. Zijn ogen straalden kracht uit, geen voorzichtigheid. Hij wist duidelijk meer dan hij losliet.

'Ik wil Jamal', zei Casius. 'Waar ik hem op wil afrekenen, gaat acht jaar terug en heeft niks met jou te maken. Als jij me vertelt hoe Jamal contact met je legt, zorg ik ervoor dat jouw operatie geheim blijft.'

Abdullah trok een wenkbrauw op. 'Als het waar is dat Jamal echt de scepter zwaait over deze operatie, waarom zou ik een moordenaar dan informatie geven over waar hij hem kan vinden?', vroeg hij.

Casius staarde hem aan zonder met zijn ogen te knipperen. 'Omdat als *Jamal* niet wordt gedood, ik er vrij zeker van ben dat hij jou zal doden. Als ik een gokker was, zou ik zeggen dat je al dood was. Je bruikbaarheid is voorbij. Je bent een blok aan het been geworden.'

Abdullah was bijna in staat het wapen van Ramón uit diens handen te grissen en Casius ter plekke neer te schieten. Alleen de arrogantie van de man hield hem in leven. En het kleine stemmetje dat maar in zijn oor bleef fluisteren. Er was iets mis.

Zijn gezicht vertrok zich van minachting. Hij keerde de man zijn rug toe en vertrok zonder nog iets te zeggen. Als Casius bruikbare informatie had, was dat nu immaterieel. De man was zo goed als dood.

Zo gauw de deur dicht was, zei Abdullah: 'Maak de bommen klaar om vervoerd te worden.' Zijn stem beefde een beetje.

'Zo snel al?'

'Onmiddellijk! Jamal had gelijk; we kunnen niet langer wachten.'

'Om te laten exploderen?'

'Natuurlijk, idioot! Allebei. We sturen ze allebei en zeggen tegen hun regering dat ze het kunnen tegenhouden door in te gaan op onze eisen, zoals gepland. Maar we laten ze hoe dan ook exploderen, nadat de Amerikanen de kans hebben gehad het in hun broek te doen van angst. Oog om oog – de beste terreur. Laat onze mensen los of we blazen je op.' Hij grinnikte. 'We zullen het mes erin steken en het dan een keer omdraaien. Zoals gepland.'

'En de anderen?'

Abdullah aarzelde. Hij was de vrouw en de priester bijna vergeten. 'Dood hen', zei hij. 'Dood ze allemaal.'

29

Casius had wat afleiding nodig.

Zo gauw de deur dichtging, stond hij ertegenaan gedrukt en dwong hij zijn hart te kalmeren, zodat hij kon horen wat er achter de deur gebeurde. Ze hadden tien stappen gelopen voor ze stilstonden. Waarschijnlijk bij een lift, te horen aan het zachte gonzen na hun laatste stap.

Het duurde tien minuten voor hij zijn plan had uitgedacht. Zijn cel bevond zich waarschijnlijk onder de grond, in de kelder. De stalen deur was op slot gedaan, zodat hij hopeloos gevangen zat. De enige te verplaatsen voorwerpen in de kamer waren het houten bed, het dunne matras en het felle peertje aan het plafond. En verder bevond zich niets bruikbaars in de cel.

Een uur nadat Abdullah en Ramón vertrokken waren, kwamen twee anderen, waarvan Casius vermoedde dat het bewakers waren, via de lift naar beneden en namen een positie in in de gang – één tegenover zijn cel en één bij de deur.

Hij wist dat hij maar weinig tijd had. Zolang Abdullah ervan overtuigd was dat hij voor de CIA werkte, zou de Arabier hem wel eens in leven kunnen houden, in de hoop dat hij daarmee wat druk kon uitoefenen. Maar zodra de man erachter zou komen dat hij op de vlucht was voor de CIA, zou

Abdullah hem doden. En Casius betwijfelde of de CIA er in dit geval ook maar het minste probleem mee zou hebben de waarheid te spreken.

Casius haalde zonder geluid te maken het matras van het bed en zette het houten bed op zijn kant, recht onder de lamp, zodat iedereen die de cel in zou komen, in eerste instantie alleen het bed zou zien. Toen scheurde hij stroken stof van het matras en bond het bed onder de lamp vast. Hij schroefde het gloeiend hete peertje los tot het licht uitging en liet het af-koelen voor hij het er in het totale duister helemaal uit haalde.

Casius bond op gevoel het peertje in enkele stroken stof en kneep toen het glas kapot. Het implodeerde met een knappend geluid en hij sneed zijn wijsvinger. Hij beet op zijn tong en wikkelde voorzichtig de stroken stof van de lamp, waarbij hij de stukken glas verwijderde. Hij voelde aan de wolfraam draad. Die was nog intact. Mooi.

Casius stak een hand uit naar het plafond, vond de fitting en draaide de lamp erin. Zonder het vacuüm gloeide de draad maar lichtjes op.

Hij scheurde nog een strook van het matras en wond die om zijn bloe-dende wijsvinger. Hij haalde diep adem en klom weer op het bed. Hij greep een handvol vulling van het matras en bracht dat bij de gloeiende draad. Het droge materiaal smeulde maar heel even voor het in brand vloog.

Casius liet zich weer op het beton zakken, duwde het brandende materiaal in het matras en legde die tegen de verste muur. Hij trok zich terug tegen de muur achter de deur en zag het vuur groeien tot de kamer hel oranje werd verlicht. Hij wachtte zo lang mogelijk, haalde een laatste keer adem en wachtte.

Het zou eropaan komen, besefte hij. Als de bewakers niet reageerden, zou hij stikken in de rook. Zijn hart begon te pompen als de zuiger van een scheepsmotor. Zijn slapen klopten en hij onderdrukte de neiging om naar het matras toe te rennen en de dodelijke vlammen te doven.

Binnen enkele seconden stond de kamer vol rook. Toen hoorde hij een alarmkreet van een van de bewakers, toen de grijze wolken onder de deur door lekten. Het duurde nog een hele minuut voor hij had besloten wat hij moest doen, waarvan hij het grootste deel verknoeide door naar hem te roepen. Toen er geen antwoord kwam, beredeneerde een gedempte stem dat de gevangene dood moest zijn en dat hun hetzelfde lot zou treffen als Ramón het idee had dat zij daar schuldig aan waren.

De sleutels schraapten tegen het metalen slot en de deur zwaaide open. Maar Casius bleef er gehurkt achter zitten, hoewel zijn longen bijna barst-ten. De bewakers riepen zeker een halve minuut lang van alles tegen de rook voor ze besloten naar binnen te gaan.

En toen sprong Casius op hen af met elke gram kracht die hij in zijn lichaam had. Hij knalde tegen de deur aan, waardoor de eerste bewaker tegen de deurpost knalde en hij ramde zijn handpalm onder de kaak van de man, waardoor diens hoofd tegen de muur sloeg. De bewaker zakte in elkaar op de grond. Casius griste het geweer uit zijn slappe handen, dook achter de muur en hapte naar adem. De rook vulde zijn longen, maar hij weigerde te hoesten.

Er klonken donderende explosies door de gang. Geweervuur. Er vlogen gaten in de muur boven hem. Casius stak de AK-47 om het hoekje en drukte zes keer in verschillende richtingen af. Het geweervuur hield op. Casius gleed op één knie naar de deuropening, zette het geweer tegen zijn schouder en joeg de overgebleven bewaker een kogel door zijn voorhoofd.

De adrenaline raasde door zijn lichaam. Hij hoestte nu flink, boog zich voorover en probeerde de rook uit zijn longen te krijgen. Hij bekeek de gang, zag dat er nog vier deuren op uitkwamen en rende toen naar de stalen lift aan het eind.

Het kostte hem vijf seconden voor hij doorkreeg dat de lift nergens heen ging zonder sleutel. De andere deuren dan – en snel. Was er een alarm afgegaan?

Casius rende naar de eerste deur, voelde dat die op slot zat en joeg een kogel door het slot. Hij trapte hem in, vond een lichtschakelaar en liep de ruimte in bij het licht van flikkerende tl-buizen. Op een tafel en drie stoelen na was de kamer leeg. Aan de muren hingen kaarten. Geen uitgang hier.

Aan de muur links van hem hingen blauwdrukken, die paars verkleurd waren van ouderdom. De bouwtekening die bij hem in de buurt hing, toonde een doorsnede van de zwarte kliffen. En in de heuvel tussen de plantage en de kliffen was een doorsnede te zien van een bouwsel van drie verdiepingen. Dat was waar hij zich nu bevond. Casius keek naar een andere blauwdruk, naast de eerste. Deze toonde een exploded view van de ondergrondse constructie, compleet met een liftschacht aan de ene kant.

Er hingen zeker twintig tekeningen aan de muren, waarop het complex gedetailleerd werd weergegeven. Lange blauwe lijnen vormden een doorgang door de berg. Rechthoeken van rode stippellijnen maakten duidelijk wat het doel van de tunnel was. In een fabriekje op de tweede verdieping werd cocaïne geraffineerd en dan in boomstammen verstopt, die door de berg heen in de Orinoco werden geschoten, waarna ze meedreven naar zee. Casius verliet de kamer en sloot de deur achter zich.

168

De volgende deur ging gemakkelijk open en er bleek een onderhoudskast achter te zitten. Hij griste een machete uit de hoek en rende terug naar de lift. Verrassend genoeg brandde het rode lampje nog steeds niet, wat hem wat ademruimte gaf. Of ze hadden het niet nodig gevonden een alarmsysteem in te bouwen in de kelder – met het idee dat eventuele bedreigingen van boven zouden komen – of ze wachtten hem op, in de wetenschap dat de lift de enige uitweg was.

Maar dan hadden ze het mis.

Met een geluid van staal tegen staal schoof Casius het kapmes tussen de deuren en leunde ertegenaan. De deuren hielden het enkele momenten vol, maar schoven toen open. Hij keek in een lege liftschacht die naar een nog lager niveau voerde en keek omhoog tegen de onderkant van de liftgondel aan, een verdieping hoger.

Hij moest de vrouw zien te vinden. Sherry. Het was nogal ironisch. Hij had jarenlang achter terroristen als Abdullah aan gezeten en hij liep al bijna net zo lang met plannen om de CIA ten val te brengen. En toch was daar die vrouw en hij wist dat hij haar moest redden. Ze was om de een of andere reden anders.

Of niet?

De zwarte mist likte aan zijn gedachten.

Hij grauwde en liet zich in de liftschacht zakken. Hij wrong de onderste liftdeur open en trad een donkere, vochtige betonnen gang binnen. Hij was leeg, op een enkele deur aan de linkerkant na. Net een wortelkelder, hoewel je in de jungle helemaal geen wortelkelder nodig had.

Ergens ver boven hem klonk een zwakke alarmkreet. Zijn hart begon weer te bonken en hij dook de gang in.

Een beeld van Sherry vulde zijn gedachten – haar mooie vormen, haar heldere ogen, haar welgevormde lippen. Ze was het tegenovergestelde van alles waarvoor hij had geleefd. Hij werd gedreven door de dood, zij door… wat eigenlijk? Liefde?

De deur was van beton en hij zag dat er een grendel op zat. Maar geen slot. Hij rukte de grendel los en schoof de betonnen deur opzij. Die ging schrapend open en gaf toegang tot een inktzwarte ruimte.

Zijn adem echode vanuit de leegte naar hem terug.

'Sherry?'

Niks.

Casius draaide zich om. Hij moest hier zien weg te komen voor deze plek werd overspoeld door Abdullahs mensen. Hij had al een stap in de richting

van de liftschacht gedaan toen hij achter zich hoorde kreunen.
'Hal... hallo?'
Casius draaide zich met een ruk om. Hij werd doorstroomd met een vreemd gevoel.
'Sherry?' Zijn hart bonkte en het was niet van angst.
'Casius?'

———•———

Sherry zag het silhouet als een revolverheld in de deuropening staan en vroeg zich af wat Shannon in haar droom deed. Shannon was natuurlijk dood. Of misschien was het degene die haar gevangengenomen had, de terrorist met de bom, als het visioen over de paddenstoel klopte. Abdullah. Hij was een paar uur geleden bij haar langs geweest en nu was hij teruggekomen.
Ze voelde zich loom en ze wist dat ze wakker aan het worden was. De figuur draaide zich om om weer te vertrekken en ze realiseerde zich dat dit wel eens echt kon zijn.
'Hallo?'
Hij draaide zich met een ruk om. Was het Casius? Was Casius gekomen om haar te redden? Ze klom uit haar doodsslaap tevoorschijn.
'Sherry?'
Het *was* Casius!
'Casius?'
Ze drukte zichzelf omhoog en Casius haastte zich naar haar toe. Hij liet zich op een knie vallen en schoof een arm onder haar rug. Hij tilde haar op als een lappenpop en dook met haar de cel weer uit.
Hij rook naar zweet, wat haar niet verbaasde – hij was doorweekt. Zijn gezicht was nog steeds groen van de camouflageverf.
'Waar is de priester?', vroeg hij rustig.
Hij hield haar nog steeds vast. 'Ik weet het niet. Wat is er gebeurd?'
Casius moest zich hebben gerealiseerd dat hij haar nog steeds vasthield, omdat hij zijn linkerarm liet zakken en haar op eigen benen liet staan.
'Kom. We hebben niet veel tijd.'
Casius rende naar een dubbele stalen deur aan het einde van de gang en drukte er zijn oor tegen. Het was een liftschacht en hij was dicht.
Hij deed een stap achteruit en hief de machete op. 'Hij is vrij. Even iets achteruit', zei hij fluisterend.

De moordenaar ramde het kapmes in de kier tussen de deuren en wrikte ze open. Er liep een kabel door de donkere liftschacht naar boven. Hij zette de machete klem tussen de deuren en stapte de schacht in. Zonder iets tegen haar te zeggen, hees hij zich op aan de kabel en verdween uit het zicht. Sherry keek met grote ogen toe.

'Waar ga je heen?!', vroeg ze zacht. Sherry keek naar boven en zag acht meter hoger de bodem van de gondel. Casius hing nu ter hoogte van een grote opening aan de andere kant van de liftschacht, drie meter boven haar. Hij zwaaide de opening in zonder antwoord te geven, maar ze kreeg haar antwoord al. Hij liet zich op zijn buik vallen en stak zijn handen naar haar uit.

Ze schuifelde naar voren, hield met één hand de liftdeur vast en reikte met de andere naar boven, terwijl ze zich afvroeg of ze wel sterk genoeg was om te blijven hangen.

Maar hij greep haar pols alsof ze vast werd gezet in een bankschroef, waardoor de vraag overbodig werd. Hij griste haar letterlijk van haar voeten en trok haar omhoog. Ze zwaaide haar ene been over de rand en rolde naar hem toe.

Hij herhaalde het proces nog eens, waardoor ze op de verdieping boven hen terechtkwamen, net onder de bodem van de liftgondel. En toen stonden ze op en bekeken de gang die ze zojuist hadden betreden.

Een lange rij lampen die aan een aarden plafond hing, strekte zich zeker honderd meter naar beide kanten uit, misschien zelfs wel meer. Rechts van hen eindigde de tunnel in een opgloeiend licht; links van hen werd de tunnel steeds donkerder. En ter hoogte van hun middel bevond zich een stilstaande transportband, die in de verte uit het gezicht verdween.

Plotseling klonk er een kreet door de tunnel en het gebonk van soldatenkisten op aangestampte aarde vibreerde langs hen heen. Casius greep haar bij haar pols en trok haar struikelend mee naar het donkere einde van de tunnel. Ze trok haar hand los en rende achter hem aan. Ze werd voortgedreven door een wilde paniek.

'De priester!', hijgde ze.

'Rennen!', zei hij.

Alarmkreten. Er werd een schot gelost. Casius kwam glijdend tot stilstand en Sherry rende bijna dwars door hem heen. Ze hief haar armen op en voelde haar handen in aanvaring komen met zijn natte rug. Haar handen gleden naar beide zijden weg en ze kletste tegen zijn natte huid aan. Maar geen van tweeën leek het te merken.

Ze zag dat ze een stalen platform hadden bereikt en het was Casius gelukt het hek los te krijgen. Hij sprong over de hoge drempel en trok haar er ook overheen. Toen hij op iets aan de muur sloeg, kwam het hele geval tot leven en begonnen ze langzaam te stijgen. Ze bevonden zich op de een of andere goederenlift. Er flitste vuur door de tunnel, gevolgd door boze uitroepen. Sherry kromp instinctief in elkaar.

En toen waren ze voorbij het aarden plafond en bewogen ze zich door een verticale liftschacht die werd verlicht door een serie lampen die aan een van de muren was gemonteerd.

Casius was met grote ogen als een gek de vloer aan het onderzoeken. Iets aan zijn rukkerige bewegingen bezorgde Sherry rillingen. Hij was bang, dacht ze. En niet alleen maar bang voor de vuurwapens onder hen. Hij wist iets wat zij niet wist en het was iets wat hem de stuipen op het lijf joeg.

Ze greep de railing beet en keek toe, te verbijsterd om te vragen wat hij aan het doen was. Hij zocht twee keer de vloer af en vond duidelijk niets, omdat hij weer opstond en haar met grote ogen aankeek.

Hij wierp een blik naar boven en ze volgde zijn blik. Drie meter boven hen gaapte een donker gat. En daarboven… een aarden plafond. Het einde van de rit.

'Doe je shirt uit!', snauwde hij bijna paniekerig.

'Wa…! Mijn shirt uit?'

'Snel! Als je dit wilt overleven, moet je je shirt uitdoen. Nu!'

Sherry klauwde aan het T-shirt en trok het over haar hoofd. Ze droeg er alleen een sportbeha onder. Casius griste het uit haar handen voor het helemaal over haar hoofd was en trok het over zijn eigen hoofd. Hij was gek geworden, dacht ze.

'Je zult me moeten vertrouwen. Goed?' Haar shirt paste nauwelijks over zijn borst en een van de schouders scheurde bij de naad. Hij was echt gek geworden.

'We gaan een ritje maken. Geef gewoon mee en laat mij je dragen. Begrepen?'

Ze gaf geen antwoord. Wat wilde hij in vredesnaam…?

'Begrepen?' Zijn gezicht zag lijkbleek.

'Ja.'

En toen kwam de lift krakend tot stilstand en begon de vloer over te hellen in de richting van een hol dat als een gapende mond op hen wachtte. Het was een stalen pijp van ongeveer een meter in doorsnede en hij verdween in het duister.

Casius sloeg een arm om haar middel en liet zich op de vloer vallen, waar-bij hij haar meetrok, zodat ze met haar gezicht omhoog op hem kwam te liggen. Hij nam haar mee de schacht in, met hun hoofd naar voren!

Sherry sloot haar ogen en begon te jammeren. 'Alstublieft, alstublieft, al-stublieft, Here Jezus.' De klap van staal tegen staal resoneerde door haar hoofd. Kogels! Als zware hagel op een zinkplaten dak. De mannen bene-den vuurden hun geweren af op de lift en hun kogels knalden tegen de stalen vloer. Ze kneep haar ogen stijf dicht en begon te gillen.

En toen vielen ze.

Dat was de reden waarom hij de vloer zo paniekerig had onderzocht, reali-seerde ze zich. Dat was de reden dat hij haar shirt wilde aantrekken omdat hij niets anders kon vinden. Omdat zijn rug over het staal gleed. Ze wist niet hoelang de rit zou duren of waar ze terecht zouden komen, maar ze vermoedde dat haar dunne katoenen shirt al begon door te slijten. Zijn huid zou het volgende zijn.

Als twee rodelaars begonnen ze steeds meer snelheid te krijgen. Sherry wist haar ogen open te krijgen en tilde haar hoofd op. Ver boven haar gloeide de ingang op tussen haar slingerende voeten. Onder haar spande de man zich plotseling en greep haar beet als een bankschroef. Hij had zijn armen om haar middel geslagen, maar het voelde aan alsof ze door een boa con-strictor werd gegrepen.

Hij gromde en ze wist dat het T-shirt het had begeven. Zijn onderarmen persten de lucht uit haar longen. Ze greep er in paniek naar, maar zonder effect. En toen schreeuwde hij en een withete doodsangst kroop langs haar ruggengraat omhoog. Ze deed haar mond open en wilde meeschreeuwen. Maar ze had geen lucht om te schreeuwen.

Plotseling werden zijn armen slap. Zijn geschreeuw veranderde in een zacht gekreun en ze wist dat hij het bewustzijn had verloren. Ze zoog haar longen vol en toen nog eens. Casius' armen bonkten slap langs zijn zijden. Ze beeldde zich in dat ze een lang bloedspoor achterlieten. Oh, God, al-stublieft!

En toen spuugde de berg hen uit, als afgewerkt rioolwater. Sherry hoorde het snelstromende water onder hen en ze besefte dat ze op weg waren naar de rivier. En Casius was bewusteloos. Instinctief strekte ze beide armen uit naar de lucht. Haar gil echode tegen de boven haar uittorenende wanden van de canyon aan.

Ze werd opeens omgeven door koud water dat de lucht uit haar longen perste, alsof ze in een vacuüm terechtgekomen was. Geluiden veranderden in mompelend gegorgel en ze kneep haar ogen stijf dicht. *Oh, God, help me. Ik ga dood!* Instinctief greep ze de arm van de huurmoordenaar beet. En toen kwam hij tot leven, waarschijnlijk door de schok van het koude water, gedesoriënteerd en bewegend als een verdrinkende man. Sherry opende haar ogen en ze zwom naar het lichtere bruin toe, in de hoop dat zich daar de oppervlakte zou bevinden. Ze trok een keer aan zijn arm en liet hem toen los, in de hoop dat hij zelf de weg zou vinden. Haar longen stonden op barsten.

Ze ademde bijna water in voor haar hoofd door het oppervlak heen brak. Maar ze hield vol en hapte naar adem voor haar mond goed en wel boven water was. Casius schoot naast haar door het wateroppervlak en ze voelde een golf van opluchting.

Sherry keek om zich heen en snakte nog steeds naar adem. Ze bevonden zich in de snelstromende rivier, die diep en glad was waar zij zich bevonden en die aan de andere kant over rotsen heen denderde. Ze voelde dat haar schouder werd beetgegrepen door een hand, die haar meesleurde naar de dichtstbijzijnde oever. Ze kwamen terecht op een zandbank tweehonderd meter stroomafwaarts, als twee aan de grond gelopen dolfijnen, op hun buik, zwaar hijgend. Sherry draaide haar hoofd opzij en zag dat Casius met zijn gezicht in de modder lag. Zijn schouderbladen lekten rood door haar T-shirt heen en haar hart zat opeens in haar keel.

Ze probeerde naar hem toe te gaan, maar er kolkte een zwarte wolk door haar beeld heen. *God, alstublieft,* dacht ze. En toen werd ze verzwolgen door de zwarte wolk.

30

Abdullah sprong op uit zijn stoel, waardoor die tegen de muur kletterde. Er welde een dikke hitte op in zijn borst en hij voelde zijn gezicht rood worden.

'Allebei? Onmogelijk!' Hoe hadden ze dan kunnen ontsnappen? Zelfs al had die agent een manier gevonden om uit zijn cel te komen, de lagere verdieping was afgesloten!

Ramón schudde zijn hoofd. Een donkere ring van zweet was in zijn zwarte ooglapje getrokken. Zijn stem beefde toen hij zei: 'Ze zijn verdwenen. De priester zit nog wel in zijn cel.'

Abdullahs hoofd tolde. 'Ik dacht dat ik had gezegd dat je ze moest doden!'
'Ja, dat ging ik ook doen. Maar gezien...'
'Dat verandert alles. De Amerikanen zullen ons nu proberen te vernietigen.'
'Maar hoe zit het dan met onze overeenkomst met hen? Hoe kunnen ze ons vernietigen met die overeenkomst?'
'Die *overeenkomst*, zoals jij het noemt, is nu niks meer waard. Ze hebben nooit geweten wat wij hier precies aan het doen zijn, idioot. Maar dat zal snel afgelopen zijn.' Hij aarzelde en keerde Ramón de rug toe. 'Ze zullen zich tegen ons keren. Dat is hun aard.'
Plotseling ramde Abdullah met zijn vuist op het bureau en klemde zijn kaken op elkaar door de pijn die door zijn arm schoot. Ramón stond er zwijgend bij en staarde langs hem heen. Abdullah sloot zijn ogen en boog zijn hoofd in de andere hand, waarmee hij zijn slapen masseerde. Er leek een dunne mist door zijn gedachten te trekken. *Denk na. Denk na, vriend.*
Heel even dacht Abdullah dat hij in tranen zou uitbarsten, voor de ogen van die dwaas. Hij haalde diep adem en hief zijn gezicht op naar het plafond, terwijl hij zijn ogen gesloten hield.
Ach, ach. Hij liet zijn hoofd heen en weer rollen, alsof hij zijn nekwervels wilde kraken. *Het is niet meer dan een spelletje schaak. Ik heb eerst een zet gedaan en nu hebben zij een zet gedaan.* Hij knarste zijn tanden.
Er is een CIA-agent binnengedrongen in mijn operatie en hij is weer ontsnapt om het door te vertellen. Dezelfde agent die mijn broer heeft gedood.
Weer voelde hij een hittegolf langs zijn nek naar boven trekken en hij schudde zijn hoofd om het weg te krijgen. Hij perste zijn lippen op elkaar en ademde hard door zijn neus.
Het was een vergissing geweest om de man niet onmiddellijk te doden. Maar misschien dat hij de val niet had overleefd.
'Meneer?' Hij hoorde de stem, wist dat het Ramón was, maar koos ervoor hem te negeren. Hij dacht na. *Denk na, denk na.*
Plotseling plopte er een beeld op in zijn gedachten, van een stuk of duizend marcherende jongens, allemaal onder de dertien. Goede moslimjongens bij de Irakese grens, die gekleed in felle kleuren een aanbiddingslied zongen. Klaar om Allah te ontmoeten. Hij had dat gebeuren vijftien jaar geleden door een veldkijker gevolgd met een brok ter grootte van een tennisbal in zijn keel. De mijnen begonnen als vuurwerk af te gaan en de tengere bruine lichamen van de kinderen begonnen alle kanten op te vliegen. En de rest liep door, zo de dood in de armen. Hij herinnerde zich dat hij toen

vond dat dat puur de schuld was van het Westen. Het Westen had de Irakezen bewapend. Het Westen had ongeloof gezaaid, zodat wanneer hij een voorbeeld van puurheid zag, zoals deze jonge jongens die naar Allah toe marcheerden, hij ineenkromp in plaats van dat hij opsprong van vreugde. *Denk dan na.* Ramón riep hem nogmaals. 'Meneer.'

Houd je kop, Ramón. Zie je dan niet dat ik aan het nadenken ben? Hij dacht het, zei het misschien ook wel. Hij wist het niet zeker. Ramón zei iets over dat de agent niks van de bommen wist. *Oh? Wie zegt dat? Beweer jij dat, Ramón? Je bent een blinde dwaas.*

Boven hem zoemde er iets en hij opende zijn ogen. De zwarte kevers in de hoek wriemelden over elkaar heen. Eén klein rotje in die massa en hij zou een aardige muurdecoratie hebben. Hij keek Ramón aan. De dwaas zei echt iets.

Abdullah kapte hem halverwege zijn zin af. 'Verzend onmiddellijk de bommen.' Ramóns mond hing een beetje open, maar hij reageerde niet. Zijn goede oog was zo groot als een schoteltje.

Abdullah deed een stap naar voren en rilde. De ontsnapping van de agent zou wel eens de hand van Allah kunnen zijn die hem in beweging zette. Als Jamal eraan kwam, zouden de bommen verdwenen zijn voor hij arriveerde. Hijzelf zou een einde aan dit spel maken, niet Jamal.

'Vanavond, Ramón. Begrepen? Ik wil dat de bommen vanavond worden verstuurd. Verpak ze in de boomstammen, alsof het drugs zijn. En doe het zelf – niemand mag van het bestaan ervan afweten. Hoor je me?'

Ramón knikte. Er liep een straaltje zweet onder zijn ooglapje vandaan en het bleef aan zijn mondhoek hangen.

Abdullah besefte dat hij de man in de gaten moest houden. Hij griste een aanwijsstok van zijn bureau en liep naar een vergoorde kaart van het land en de gebieden eromheen. Zijn stem klonk schor.

'Er komen drie schepen aan. Die pikken de boomstammen vannacht op, net buiten de delta.' Abdullah volgde de kaart met de aanwijsstok, maar doordat zijn zenuwen zo strak stonden als een snaar, maakte de punt alleen maar schokkerige cirkels en daarom smeet hij hem opzij. 'De snelste van de drie schepen neemt de grootste bom mee naar ons afwerppunt in Annapolis, in de buurt van Washington, D.C. De tweede neemt het onbruikbare exemplaar mee naar de houtzagerijen van Miami, net als elke andere vracht met cocaïne.' Hij zweeg even en ademde nog steeds zwaar. 'De derde, een gewoon vrachtschip, neemt de kleinere bom mee naar een nieuwe locatie, hier' – hij had de aanwijsstok weer opgeraapt en wees ermee op de kaart – 'in de buurt van Savannah, in Georgia.' Hij draaide zich om naar Ramón.

'Zeg tegen de kapiteins van die schepen dat dit een experimenteel transport is en dat ze dubbel worden betaald. Nee, zeg maar tegen hen dat ze tien keer zoveel krijgen. De ladingen moeten zoals gepland op de afgesproken plek aankomen, voor de Amerikanen de kans krijgen te reageren op het nieuws dat ze van die agent zullen ontvangen.'

'Jazeker, meneer. En de priester?'

'Hou die nog even in leven. Het zou wel eens handig kunnen zijn om een gijzelaar te hebben.' Hij grijnsde. 'En wat de agent betreft, we zullen *hem* opeisen, in plaats van vrijlating van de gevangenen, zoals Jamal wilde. De bommen zullen hoe dan ook afgaan, maar misschien leveren ze dat beest wel aan ons uit.' Abdullah voelde dat hij kalmer werd.

'Ik wil dat de boomstammen de rivier in gaan wanneer het donker wordt', zei hij. Plotseling voelde hij een vreemde euforie. En als Jamal eerder zou arriveren? Dan zou hij Jamal doden.

Ramón stond nog steeds waar hij de afgelopen minuten had gestaan en staarde hem aan. 'Wilde je nog iets zeggen, Ramón? Denk je dat we voor niets in dit hellegat hebben gewoond?' Abdullah glimlachte.

Heel even had hij medelijden met de man die hier voor hem stond alsof hij deel uitmaakte van iets belangrijks. Uiteindelijk zou ook hij sterven.

'Stel me niet teleur. Je kunt gaan.'

'Jazeker, meneer', reageerde Ramón. Hij draaide zich om zoals een militair dat zou doen en beende het kantoor uit.

———•———

Sherry werd wakker op de rivieroever met het visioen weer vers in haar geheugen. Casius keek naar haar op van een rotsblok waar hij boven een palmblad een bepaalde wortel zat uit te wringen. Hij gebaarde naar een plek bij haar in de buurt. 'Daar ligt je shirt.' Er zaten twee gaten op de plek waar zijn schouderbladen hadden gezeten. Ze trok het aan en liep naar hem toe.

'Dat spul op je gezicht gaat er niet snel af', zei ze, toen ze zag dat de camouflageverf de rivier had overleefd.

'Waterproof.'

Ze keek naar het kleine beetje zalfachtige spul dat hij uit de wortel had weten te wringen en dat nu in het jonge palmblad lag.

'Wat is dat?'

'Natuurlijke antibiotica', antwoordde Casius.

Ze kromp een beetje ineen toen ze terugdacht aan de glijbaan. 'Voor je rug?'

Hij knikte.

Hij draaide zijn rug naar haar toe. Zijn schouderbladen waren veranderd in glinsterend rood vlees.

'Hier.' Hij gaf het palmblad aan haar. 'Dit helpt. Ik heb dit spul wonderen zien doen.'

Ze nam het blad aan. 'Gewoon erop smeren?'

'Jij bent de arts. Er zit ook wat bacteriedodend spul in en het helpt tegen de pijn.'

Hij kromp ineen toen ze het verschroeide vlees aanraakte. Sherry smeerde het erop, eerst voorzichtig met haar vingers, maar daarna met het hele palmblad. Hij gromde een keer en ze stopte, waarna ze zich verontschuldigde. Ze werd overspoeld door een déjà vu-gevoel toen hij ineenkromp en heel even had ze het gevoel alsof ze in een ziekenhuis werkte en bezig was met een patiënt op de eerstehulpafdeling – niet hier in de jungle met een huurmoordenaar.

Maar goed, ze zag de afgelopen dagen wel meer vreemde dingen. *Alles* was één groot déjà vu. En Casius maakte daar gewoon onderdeel van uit.

Ze lieten de rivier achter zich en Casius stond erop dat ze zo snel mogelijk een dorp op zouden zoeken. Hij moest haar in veiligheid brengen en dan terugkeren voor de priester, vertelde hij haar. Hij liep de jungle in alsof hij precies wist waar ze zich bevonden. Er raasden op dat moment honderden vragen door haar heen.

Ze waren zojuist ontsnapt aan een terrorist die iets van plan was met een bom, als ze het visioen goed begreep. Was het de bedoeling dat ze hiervoor zou *sterven*? Maar dat was alleen maar wat Petrus had gezegd.

Haar gedachten vulden zich met een beeld van een kernwapen dat explodeerde en plotseling wilde ze alles aan Casius vertellen. Ze moest wel, zelfs al was er maar een kleine kans dat het allemaal waar was.

Ze slikte de droogte in haar keel weg en hield haar tong in bedwang. Wat als hij hier deel van uitmaakte? Maar *natuurlijk* maakte hij hier deel van uit. Maar goed, aan welke kant stond hij?

Ze liepen stilzwijgend lange tijd door. En wanneer ze al iets zeiden, kwam dat door haar. Ze stelde meestal simpele vragen, die voornamelijk korte maar beleefde antwoorden aan hem ontlokten. Antwoorden die nietszeggend leken.

'Je werkt dus voor de CIA, toch?', vroeg ze ten slotte.

'Ja.'

'Maar je zei ook dat ze je achterna zaten. Of zat jij achter Abdullah aan?'

Hij wierp haar een blik toe. 'Abdullah?'

'In dat complex. Ik zou het mis kunnen hebben, maar volgens mij is hij een terrorist. En hij heeft volgens mij een bom.'

Casius liep verder en mompelde iets over dat tegenwoordig iedereen een bom had.

Hij leidde haar naar een klein dorpje terwijl de zon nog steeds hoog aan de hemel stond. Ondanks de aanwezigheid van telefoons in het dorp, stond hij erop dat ze nog met niemand contact zou zoeken. Hij zou zelf bellen en de juiste mensen inlichten over de operatie van Abdullah, zei hij.

Hij pleegde het bewuste telefoontje en overtuigde een visser ervan dat hij hem een kleine korjaal moest verhuren. Al snel spoedden ze zich stroomafwaarts, begeleid door het gejank van een twintig pk buitenboordmotor en een hele serie luidruchtig opvliegende vogels in de boomtoppen langs de rivier.

'Dank je voor wat je voor me hebt gedaan', zei Sherry, waarmee ze een lange stilte doorbrak. 'Ik vermoed dat ik mijn leven aan je te danken heb.'

Casius wierp haar een blik toe en haalde zijn schouders op. Hij staarde weer naar de jungle. 'Waarom denk jij dat die Abdullah een bom heeft?'

Ze dacht even na over die vraag en besloot dat ze het hem maar moest vertellen. 'Geloof jij in visioenen?', vroeg ze.

Hij keek haar aan zonder te reageren.

'Ik bedoel bovennatuurlijke visioenen. Van God', zei ze.

'Daar hebben we het al eerder over gehad. De mens is God. Hoe kan ik geloven in visioenen van een mens?'

'Integendeel, God is de schepper van de mens. En het is bekend dat Hij visioenen geeft.' Het klonk belachelijk – iets wat ze net voor het eerst zelf geloofde. Ze hoorde hem bijna lachen. *Natuurlijk, schat. God spreekt ook tegen mij. De hele tijd, zelfs. Hij zei vanmorgen nog tegen me dat ik regelmatiger moet flossen.*

Ze zette hoe dan ook door. 'Op die manier ben ik erachter gekomen dat Abdullah een bom heeft.'

'Heb je dat in een visioen gezien?' Hij zei het op een toontje waarmee hij net zo goed had kunnen zeggen: *Ja hoor, natuurlijk.*

'Hoe anders?', zei ze.

Hij haalde zijn schouders op. 'Je hebt iets gezien in hun complex en de puzzelstukjes bij elkaar gelegd.'

'Misschien word je niet briljant door zeven jaar hogere beroepsopleiding, maar je wordt er ook niet debiel van. Als ik zeg dat ik een visioen heb gehad, heb ik een visioen gehad.'

Hij knipperde met zijn ogen en keek stroomafwaarts.

'Ik had een visioen over een man die iets in het zand plantte dat duizenden mensen doodde. Dat is de reden dat ik hier in deze jungle ben in plaats van in Denver. De enige reden.' Ze slikte en zette door, hoewel ze voelde dat ze iets bloosde. 'Wist je dat dat complex is gebouwd op de plek waar zich vroeger een zendingspost bevond? Er woonden daar zendelingen.'

Ze wachtte op een reactie. Die kreeg ze niet.

'Als er een bom is... ik bedoel zoiets als een atoombom, lijkt het me logisch dat hij van plan is die tegen de Verenigde Staten in te zetten, of niet? Denk je dat dat mogelijk is?'

Casius draaide zich om en bestudeerde haar lange tijd. 'Nee', zei hij. 'Dat complex is een cocaïnefabriekje. Hij is een drugshandelaar. Ik denk dat kernwapens een beetje te ver boven zijn pet gaan.'

'Je mag dan een behoorlijk vindingrijke moordenaar zijn, maar je luistert niet naar me. Ik heb die man in mijn droom gezien en nu heb ik hem persoonlijk ontmoet. Betekent dat dan niks voor je?'

'Je kunt moeilijk van me verwachten dat ik geloof dat je naar de jungle toe gestuurd bent om de mensheid te redden van het een of andere duivelse plot om een kernwapen in de Verenigde Staten te laten afgaan.' Hij keek haar aan en forceerde een glimlach. 'Vind je dat niet een beetje vergezocht?'

'Ja', zei Sherry. 'Dat vind ik inderdaad. Maar dat verandert niks aan het feit dat ik die Arabier op mijn netvlies zie verschijnen en zijn bom in de grond zie stoppen, elke keer dat ik mijn ogen dichtdoe.'

'Nou, dan zal ik je iets vertellen. Zoals het er nu naar uitziet, ga ik terug die jungle in om die Arabier van jou om zeep te helpen. Misschien dat hij dan ook niet meer op je netvlies verschijnt.'

'Dat is krankzinnig. Dat lukt je nooit.'

'Is dat dan niet wat je wilde – hem tegenhouden?'

Hoe kon hij teruggaan in de wetenschap dat ze hem op zouden wachten? Zou God een huurmoordenaar kunnen gebruiken? Nee, dat leek haar niet. En toen wist ze wat ze moest doen en ze zei het zonder erbij na te denken.

'Je moet de priester daar nog weg zien te krijgen. Ik moet met je mee.'

'Vergeet het maar.'

'Maar Petrus…'

'Ik haal die priester daar weg, maar jij gaat niet mee.'

'Niet jij, maar ik…' Sherry hield opeens haar mond, in het besef hoe belachelijk dat allemaal klonk.

'…word geleid door visioenen?', maakte hij de zin voor haar af. 'Geloof me, ik word geleid door mijn eigen redenen. En die zouden jouw wereldje op zijn kop zetten.'

'Doden heeft nog nooit iets opgelost', zei ze. 'Mijn ouders zijn vermoord door mensen zoals jij.'

Die opmerking nam hem de wind uit de zeilen. Het was een kwartier lang stil voor ze weer iets tegen elkaar zeiden.

'Het spijt me van je ouders', zei hij.

'Het is al goed.'

Door de manier waarop hij 'het spijt me' zei, bedacht ze dat er misschien toch iets goeds onder dat meedogenloze laagje zat. Ze kreeg een brok in haar keel en ze wist niet precies waarom.

31

CIA-directeur Torrey Friberg stond in de oostelijke vleugel van het Witte Huis en staarde door het raam naar de zwarte lucht van Washington, D.C. Het was een duistere dag en hij wist absoluut zeker dat het alleen maar donkerder zou worden. Hij diende al tweeëntwintig jaar zijn land en dat dreigde nu allemaal in rook op te gaan. En dat allemaal door één agent.

Hij keerde zich af van het raam en wierp een blik op zijn horloge. Binnen vijf minuten zouden ze de president op de hoogte stellen. Dit was krankzinnig. Nog geen week geleden liep alles op rolletjes en nu balanceerde zijn carrière door één man op de rand van de afgrond.

Hij wierp een blik op Mark Ingersol, die zijn benen over elkaar had geslagen. De man had aardig door hoe de vork in de steel zat. Dat kon ook bijna niet anders met behulp van David Lunow. Maar zijn nieuwe aanstelling bij Special Operations zou ervoor zorgen dat hij zijn kennis voor zich hield. Er stond voor hem te veel op het spel.

De deur knalde plotseling open en de nationale veiligheidsadviseur, Robert Masters, kwam de kamer binnen, samen met Myles Bancroft, de directeur van Homeland Security. Bancroft hield de deur open voor de president, die twee assistenten bij zich had.

Friberg stapte langs Ingersol heen en stak zijn hand uit naar de president, die hem welgemeend schudde, maar zonder hem te groeten. Zijn grijze ogen sprankelden niet zoals ze voor de camera's deden. Ze keken langs een scherpe neus heen – zakelijkheid ten top. Hij haalde een hand door zijn grijzende haar.

De president ging aan het hoofd van de ovale tafel zitten en ook de rest zocht een stoel. 'Goed, heren, laten we de formaliteiten overslaan. Vertel maar wat er aan de hand is.'

Friberg schraapte zijn keel. 'Nou, meneer, het lijkt erop dat we weer met een dreigement te maken hebben. Deze keer gaat het alleen om iets anders. Twee uur geleden...'

'Ik weet van het dreigement dat we hebben ontvangen', onderbrak de president hem. 'En ik zou hier niet zijn als ik er niet van overtuigd was dat het iets om het lijf had. De vraag is alleen hoe zwaar dat lijf is.'

Friberg aarzelde en wierp een blik op Bancroft. De president merkte de blik op. 'Wat kun jij me hierover vertellen, Myles?'

Bancroft leunde naar voren en legde zijn armen op tafel. 'Het bericht dat wij twee uur geleden ontvingen, was van een groepering die beweerde de Broederschap te zijn, die, zoals u waarschijnlijk weet, een terroristische organisatie is. Ze komen uit Iran, maar ze hebben de afgelopen jaren vrijwel niets ondernomen – sinds onze aanval op Afghanistan. Ze zijn een splintergroepering van Al Qaeda en zijn ondergronds gegaan. Ze geven ons tweeënzeventig uur om een recentelijk uitgeweken agent af te leveren in hotel Caribe in Carabellada, in Venezuela. Als de agent daar niet binnen tweeënzeventig uur wordt afgeleverd, dreigt de groep een kernwapen af te laten gaan waarvan ze beweren dat het ergens in de Verenigde Staten is verborgen.'

De president wachtte even, maar er kwam verder niets. 'Is het een reëel dreigement?'

Friberg antwoordde: 'We hebben absoluut geen bewijzen van nucleaire activiteiten in die regio. We hebben met heel wat dreigementen te maken gehad, die, om uw woorden te gebruiken, meer om het lijf hadden dat dit. De kans dat de Broederschap een bom heeft kunnen fabriceren, is zeer onwaarschijnlijk. En als dat wel gelukt zou zijn, slaat een bedreiging zoals dit nergens op.'

De president richtte zich weer tot Bancroft. 'Myles?'

'Eerlijk gezegd ben ik het met hem eens. Ik denk dat ze er geen één hebben, maar dan ga ik voornamelijk op mijn gevoel af. Sinds de Golfoorlog is er vrijwel niet meer aan nucleair materiaal te komen. Ondanks al die experts die beweren dat kofferbommen op elke straathoek van de zwarte markt te krijgen zijn. Zoals u weet is het vrijwel onmogelijk alle onderdelen bij elkaar te krijgen om echt een bom te maken. En zeker niet in Zuid-Amerika.'

'Maar het gaat nog steeds om een dreiging met een massavernietigingswapen', zei de president. 'We behandelen ze allemaal hetzelfde. Hoe groot is de kans dat Irak een bom heeft? Vertel eens wat meer over de man die het dreigement heeft geuit – die Abdullah Amir.'

Friberg antwoordde: 'We hebben geen idee hoe Abdullah Amir in Zuid-Amerika terecht is gekomen en *of* hij wel in Zuid-Amerika is.'

De president keek hem alleen maar aan.

'Het is aannemelijker dat het dreigement afkomstig is van een van de drugskartels in de regio.' Friberg nam toen de beslissing en hoopte dat Ingersol hem zou volgen. Er vormde zich een dun laagje zweet op zijn voorhoofd en hij haalde weloverwogen adem.

'We hebben al een agent onder de naam Casius de jungle in gestuurd om een machtig drugskartel onderuit te halen. Een "zwarte" operatie. Onze informatie is niet helemaal volledig, maar we denken dat de agent iemand heeft willen elimineren, maar daar niet in is geslaagd. En we denken dat dat drugskartel daar nu op reageert met dit dreigement. Maar het is belangrijk dat we niet vergeten wat Bancroft heeft gezegd, meneer. Het is zeer onwaarschijnlijk dat het kartel een bom tot zijn beschikking heeft.'

'Maar het is mogelijk.'

Friberg knikte. 'Het is altijd mogelijk.'

'Jij zegt dus dat je een zwarte operatie bent opgestart tegen een drugskartel en dat die vent van jou, Casius, zijn doelwit heeft gemist. En nu dreigt dat kartel dus het land op te blazen?'

Friberg wierp een blik op Ingersol en zag de glinstering in diens ogen. 'Schat jij de situatie ook ongeveer zo in, Mark?' Zijn zenuwen raakten bijna in de knoop. Ingersols volgende woorden zouden zijn positie bepalen. Om het maar niet over Fribergs toekomst te hebben.

Ingersol knikte. 'Zo ongeveer, ja.'

'En die Broederschap is er dus alleen maar om ons op het verkeerde spoor te zetten? We hebben dus niet te maken met islamitische militanten maar met drugshandelaren?'

'Dat is wat we denken', antwoordde Ingersol.

De president keek naar Masters, zijn veiligheidsadviseur. 'Klinkt dat logisch, Robert?'

'Zou kunnen.' Hij keek Friberg aan. 'Is de DEA hierbij betrokken?'

'Nee.'

'Als de moordaanslag van die agent van jullie dan niet is gelukt, waarom is dat kartel dan zo opgefokt? Lijkt een beetje een onlogische reactie, nietwaar?'

Friberg moest ze op een ander spoor zien te krijgen tot hij en Ingersol de tijd hadden gehad om met elkaar te praten. 'Gebaseerd op onze informatie, waarvan ik nogmaals moet zeggen dat die niet helemaal volledig is, heeft Casius bij zijn poging enkele onschuldige mensen gedood. Hij heeft een verleden met nogal wat bijkomende schade.'

Friberg gooide de leugens eruit in de wetenschap dat hij deze hele kwestie veel dieper wilde begraven dan hij van plan was geweest. In gedachten was hij al potentiële lekken aan het dichten. David Lunow stond boven aan de lijst van potentiële verklikkers. Die zou het zwijgen opgelegd moeten worden.

En wat de commando's betrof, dat waren pionnen zonder politieke agenda – zelfs al zouden ze daar over iets struikelen, dan zouden ze nog niets zeggen. Mark Ingersol was zojuist bij hem in het bootje gestapt. Het zou kunnen lukken. Het *moest* lukken – zo gauw deze bommenonzin voorbij was.

Friberg besefte opeens dat de andere drie hem aan zaten te staren. 'Ik denk echt dat het zo eenvoudig ligt, meneer. Ze weten hoe zenuwachtig we worden van nucleaire dreigementen. Ze spelen een spelletje met ons.'

'Laten we hopen dat je gelijk hebt. In de tussentijd behandelen we dit als elk ander terroristisch dreigement. Dus laat me jullie adviezen maar horen.'

Friberg haalde diep adem. 'Laten we Casius uitleveren en daarmee de lont uit het kruitvat halen.'

'Buiten dat. Myles?'

'We moeten Homeland Security op scherp zetten en alle ordehandhavingsdiensten ook. En we moeten vooral op de bekende drugsroutes uit laten kijken naar alles wat enigszins op een bom lijkt. Laten we gewoon het volledige protocol volgen, ook al lijkt het zeer onwaarschijnlijk dat we met een bom te maken hebben.'

Friberg wilde deze onzin zo snel mogelijk achter zich laten. Er zouden tweeënzeventig uur voorbijgaan zonder bom. Hij had het al zo vaak zien gebeuren en elke keer hadden ze weer hetzelfde onzinnige gedoe. Goed, een jaar geleden, in het kielzog van de aanslag met die vliegtuigen, was het anders geweest. Logisch. Maar hij kreeg er wat van dat ze elke keer weer alles uit de kast moesten halen wanneer iemand uit het Midden-Oosten *boe!* riep.

Myles Bancroft vervolgde: 'We hebben al een zoekschema opgesteld dat van de zuidoostkust naar de westkust loopt en zich uitbreidt naar alle belangrijke distributiecentra in het land. De kustwacht krijgt het het zwaarst. Als het kartel een bom ons land binnen heeft weten te krijgen, is dat waarschijnlijk via een zeehaven.'

De president fronste zijn wenkbrauwen en schudde zijn hoofd. 'Dat wordt weer zoeken naar een speld in een hooiberg. Laten we God bidden dat we nooit te maken krijgen met een echte atoombom.'

'Geen enkel systeem is volmaakt', zei Masters.

'En als ze echt een bom naar binnen hebben weten te krijgen, denk je dan dat we kans maken die te vinden?', vroeg de president terwijl hij zich tot de directeur van de CIA wendde.

'Wilt u mijn persoonlijke mening?', vroeg Friberg.

De president knikte.

'Persoonlijk, meneer, denk ik dat er niet eens een bom is. Maar als er wel een bom is, wordt het vrijwel onmogelijk die binnen tweeënzeventig uur te vinden. Elke *bill of lading* van de afgelopen drie maanden van alle goederen die uit Zuid-Amerika het land zijn binnengekomen, moet worden bekeken en dan moet nog alles onderzocht worden wat eventueel op de aanwezigheid van een bom kan wijzen. En dan moeten de goederen nog eens worden nagetrokken op het moment waar ze zich nu bevinden en worden onderzocht. En dat lukt nooit in tweeënzeventig uur. Dat is de reden dat we met de zeehavens in het zuidoosten en het westen beginnen.'

'Waarom elimineren we niet gewoon het hele kartel?', vroeg Masters.

Friberg knikte. 'We adviseren ook om de operatiebasis van het kartel met de grond gelijk te maken. Maar zoals al is gezegd, als de bedreiging serieus is, hoeft er maar iemand ergens een schakelaar over te halen en we hebben een catastrofe. Als we ze elimineren, moet dat goed en grondig gebeuren. Je gaat geen blufpoker spelen met iemand die ergens een kernwapen heeft verborgen.'

'Nee? En hoe wil je het dan wel spelen?'

Hij zweeg even. 'Ik heb het nog nooit meegemaakt.'

De president staarde uit het raam. 'En laten we dan maar hopen dat we het nu ook niet zullen meemaken.'

Niemand zei iets. Ten slotte stond de president op van tafel. 'Geef de gebruikelijke bevelen en zorg dat ik ze meteen op mijn bureau heb liggen. Ik hoop dat je gelijk hebt, Friberg.' De president draaide zich om en liep naar de deur.

'Dit is alleen maar een dreigement, meneer. En dat hebben we *wel* al eerder meegemaakt', zei Friberg.

'Houd dit onder de pet. Geen media. Geen lekken', zei de president. 'Als we *iets* niet kunnen gebruiken, is het de aandacht van de pers.'

Hij verliet de Oval Office en Friberg slaakte een diepe zucht.

32

Sherry volgde Casius een lange trap op achter het hotel waar hij eerder voor een week een kamer had gehuurd. Ze wist zeker dat de geest van de moordenaar hem tijdens de tocht had verlaten.

Op de rivier hadden ze maar één keer over hun gevangenschap gesproken. Een moeizaam gesprek waarbij hij voornamelijk naar de voorbijglijdende jungle had gestaard en wat korte reacties had gegromd. Hij had haar buitengesloten. Ze was weer ballast geworden.

En nu werden zijn gedachten volledig in beslag genomen door wat hij hierna zou gaan doen. En wat hij hierna zou gaan doen, was terugkeren en Abdullah doden. Hij wilde het complex vernietigen en Abdullah de strot doorsnijden.

Toen ze hem had gevraagd waarom, had hij haar alleen maar met die donkere ogen van hem doorboord en haar verteld dat de man een drugshandelaar was. Maar die uitleg sloeg eigenlijk nergens op.

Ze vroeg hem nog eens wat hij dacht dat ze zou moeten doen als zich echt een kernwapen in de jungle zou bevinden. Maar hij wuifde dat idee meteen weg en wel zo heftig dat ze ging twijfelen aan wat ze zich herinnerde van het visioen.

Uiteindelijk kwam het allemaal neer op wat ze geloofden. Hij was naar de jungle gekomen om te doden. Meer niet. Gewoon doden. Zoals de man in haar visioen. Maar zij was hierheen gekomen om te sterven. En misschien niet letterlijk, zoals de priester leek te suggereren, maar dan in elk geval voor haar verleden. Om leven te vinden door de een of andere symbolische dood. Misschien had ze die al in de gevangenis in het complex gevonden.

Een herbeleving van haar dood als kind.

Ze praatten over de jungle. Uiteindelijk. Het bleek iets te zijn wat hen verbond en wat niet tot een verhitte discussie leidde. Casius leek meer van de plaatselijke jungle af te weten dan wie dan ook. Als ze niet beter wist, zou ze denken dat de man hier was opgegroeid, in plaats van in de jungle in de buurt van Carácas.

Een beangstigend ogenblik lang bedacht ze dat als Shannon nog had geleefd, hij zo'n soort man had kunnen worden – lang, ongepolijst en knap. Shannon zou natuurlijk wel aardiger, vriendelijker zijn. Geen moordenaar. Ze duwde de vergelijking uit haar gedachten.

Op een gegeven moment, terwijl ze eindeloos over het bruine water leken te glijden, was ze er voor zichzelf uit dat hij vertrouwd aanvoelde omdat het de bedoeling was dat hij een rol speelde in haar opdracht. Hij werd ook door God getrokken en dat feit bleef als een hechtpleister in haar gedachten hangen.

Misschien had hij wel gelijk toen hij zei dat hun werelden niet zo veel van elkaar verschilden. Hemel en hel die elkaar raken, maar dan wel met een ondoordringbare stalen plaat ertussen. Misschien verklaarde dat de groeiende pijn in haar hart toen ze 's middags het slapende stadje Soledad naderden.

Ze liepen een armoedige kamer in op de derde verdieping. Hij sloot de deur achter hen. Op het queensize bed en een dressoir na was de kamer leeg. Soledad had een tiental hotels met een veel betere accommodatie dan dit, maar er stond tenminste een spiegel op het dressoir.

'Het is geen Hilton, maar er staat een bed in', zei hij terwijl hij in de badkamer ergens aan stond te frummelen. 'Ik heb voor vannacht al betaald. Waarschijnlijk zul je wel iets willen hebben wat enigszins schoner is.'

Casius kwam de badkamer weer uit en gooide twee stevig gevulde moneybelts op bed. Moorden betaalde blijkbaar goed. Hij liet zich op zijn knieën zakken, trok wat opgevouwen kleren en een tasje tevoorschijn die onder het bed verborgen lagen, en gooide die naast de moneybelts neer.

'Je reist nogal met lichte bepakking', zei Sherry en grijnsde om het kleine stapeltje eigendommen.

Hij keek haar aan zonder te glimlachen. 'Ik ben nou niet bepaald met vakantie.'

'Ik zou wat schone kleren en een douche kunnen gebruiken', zei Sherry.

Casius gebaarde naar het stapeltje kleren op bed. 'Ze zullen een beetje te groot voor je zijn, maar het zal wel voldoen tot we op de markt wat nieuwe kleren hebben gehaald. Ga je gang. Ga lekker douchen. Er is warm water en er liggen handdoeken in de badkamer.'

Sherry knikte en bekeek de kleren. Inderdaad een beetje groot. Ze zou erin verzuipen. Aan de andere kant viel het T-shirt dat ze nu aanhad, bijna letterlijk uit elkaar. Haar korte spijkerbroek had de jungle opmerkelijk goed doorstaan. Een keer goed wassen en ze kon hem zo weer aan. Ze gooide zijn broek weer terug op bed en draaide zich naar hem om met zijn witte katoenen overhemd in haar handen.

'Dank je', zei ze en liep de badkamer in.

Sherry nam een lange douche. Ondanks de warmte genoot ze van het stomend hete water en schrobde het vuil uit haar poriën. Ze waste en wrong haar korte broek uit, deed zijn overhemd aan en streek met haar vingers door haar haar. Niet helemaal geschikt voor een feestje, maar ze was tenminste schoon. Ze dacht erover om haar gekleurde contactlenzen uit te doen. Normaal gesproken kon ze die een maand lang in houden, maar de tocht door de jungle was een aanslag geweest op haar ogen en daarom besloot ze ze uit te doen, ondanks de vragen die de plotselinge verandering van kleur bij de man zou oproepen.

'Geweldig dat er warm water is', zei ze toen ze uit de badkamer tevoorschijn kwam.

Casius zat geknield naast het dressoir en schreef iets in een schrijfblok. 'Mooi', zei hij zonder op te kijken. Zijn gedachten waren duidelijk bij dat schrijfblok. Ze liet zich op bed ploffen en ging liggen, waarna ze haar ogen sloot.

'Ik ga douchen', zei hij en toen ze opkeek, was hij al verdwenen.

Sherry bleef liggen en rustte een tijdje uit. Op het moment leek de man die zijn kleine zilveren bol in het zand plantte, ver weg. Als een droom die vervaagde door de werkelijkheid.

Wat moest ze nu doen? Contact opnemen met de autoriteiten, met haar versie van wat er was gebeurd? Moest ze hun vertellen dat ze gevangen was genomen door een *terrorist* in een grot in de jungle? *En er is nog meer*, zou ze zeggen.

Oh, echt? En wat is dat dan, miss?

Hij heeft een atoombom die hij gaat laten exploderen in de Verenigde Staten, zou zij dan zeggen.

Een atoombom, zegt u? Och, hemeltje! We zullen snel het batman-signaal uitzenden, miss. Waar zei u ook alweer dat u woonde?

Ze rolde op haar zij en kreunde. Misschien had ze wel te veel in de droom willen zien. Ze was gevangengenomen, maar verder was er eigenlijk niet echt iets concreets gebeurd waaruit ze zou kunnen concluderen dat er iets als een bom in het spel was. Alleen maar haar droom. En het kon ook betekenen dat haar leven op het punt van ontploffen stond, in plaats van een echte bom.

Houd je kop erbij, Sherry.

Het gezicht van Petrus vulde haar gedachten. Hij zat daar nog steeds. Ze moest slikken. Dat was wel echt geweest. De woorden van de priester kwamen weer bovendrijven. *Zie jezelf als een kanaal. Een mok. Probeer niet te bedenken wat de Meester in die mok gaat gieten voor Hij het daadwerkelijk doet,* had hij gezegd. *Jouw kwellingen hebben ervoor gezorgd dat je nog steeds zacht bent, als een spons die Zijn woorden in zich opzuigt.*

Maar U hebt toch gegoten, hemelse Vader? U giet elke nacht en vult me met dat visioen.

Ben je klaar om te sterven, Sherry?

Sherry ging rechtop in bed zitten en verwachtte min of meer de priester in de kamer te zien staan. Maar de kamer was leeg. Het geluid van stromend water werd minder. Casius was bijna klaar met douchen.

Helen had gezegd dat ze een gave had. Dat ze een bepaalde rol speelde in Gods plan. Als een schaakstuk in het een of andere kosmische schaakspel. Tja, ze voelde zich net zomin een loper of een toren als de spons van vader Teuwen.

Ze stond op van het bed en liep naar het dressoir toe. Ze werd aangestaard door haar eigen spiegelbeeld. Ze krabde in haar haar en probeerde daarmee orde te scheppen in de chaos. Haar ogen keken haar weer helderblauw aan. Het viel haar op dat ze met dat natte haar weer op haar oude ik leek – op Tanya. De deur van de badkamer ging open en Casius kwam naar buiten.

Maar dit was niet Casius. Het was een man met blond haar, nog steeds zonder shirt, nog steeds met de zwarte korte broek aan, maar schoon.

En toen klikte er iets in haar geheugen – iets pijnlijks wat diep verborgen lag. Een déjà vu in drie dimensies die haar met haar ogen deed knipperen. Sherry draaide zich met een ruk om. Daar stond hij en hij woelde door zijn haar.

Hij zag haar geschrokken gezicht en bevroor.

'Wat?', zei hij. 'Wat is er aan de hand?' Hij keek snel de kamer rond, zag geen gevaar en richtte zijn vragende ogen weer op haar.

Sherry keek van zijn haar naar zijn gezicht, waar voor het eerst geen camouflageverf op zat. Zijn ogen waren groen. Haar knieën begonnen te knikken. Haar keel zat opeens dicht en ze voelde zich plotseling duizelig. De gelijkenis stortte zich als een tien tons rotsblok op haar gedachten.

Maar het was een onmogelijkheid en haar gedachten weigerden het beeld te verifiëren. Duizenden beelden uit haar verleden raasden door haar hoofd. Haar Shannon grijnzend boven de watervallen; haar Shannon die uit het water opdook om haar met kussen te overladen; haar Shannon die op de haan op de schuur schoot en haar toen met een schittering in zijn ogen aankeek.

En voor haar stond nu een reïncarnatie van dat beeld. Langer, breder, ouder, maar verder hetzelfde.

Ze vond haar stem terug. 'Shannon?'

Shannon stond Sherry aan te staren. Haar mond stond open alsof ze een geest zag. En hij had zijn mond al geopend om haar te vertellen dat ze even normaal moest doen, toen hij de verandering van haar ogen zag. Ze waren blauw. Niet kastanjebruin.

De woorden bleven in zijn keel steken. Hij begreep niet wat de betekenis was van de verandering van de kleur van haar ogen, maar dat detail stuiterde als een gek door zijn gedachten. Ze deed hem nu *zeker* denken aan iemand die hij kende. Het probleem was dat zijn gedachten haar identiteit in een verkeerde context hadden geplaatst. Drie dagen lang had haar beeltenis tegen zijn onderbewuste gefluisterd, maar nu begon het te jammeren. *Je kent deze vrouw! Je kent haar echt!* Een andere huurmoordenaar? CIA? De alarmbellen echoden tegen de binnenkant van zijn schedel.

En toen noemde ze zijn naam. 'Shannon?', zei ze. Alsof het een vraag was. De manier waarop ze 'Shannon' zei, liet bij hem een gezicht bovendrijven. Tanya's gezicht. Zijn knieën knikten. Maar het moest het verkeerde gezicht zijn, omdat dit nooit Tanya kon zijn. Tanya was dood.

Ze zei het nog eens. 'Shannon?'

Er vlamde een hitte langs zijn hals omhoog, die zijn oren in brand zette. Hij liet zijn handen zakken en slikte. Hij kreeg het gevoel dat als hij niet ging zitten, hij tegen de vlakte zou gaan. 'Ja?', antwoordde hij. Hij klonk als een kind, dacht hij.

Er voer een rilling door haar heen en de weinige kleur in haar gezicht trok weg. 'Ben... ben jij Shannon? Shannon Richterson?'

Deze keer hoorde hij de vraag nauwelijks omdat er een gedachte bij hem opkwam die zijn schedel bijna uiteen liet spatten. Sherry kende de jungle veel te goed voor een Amerikaanse. Haar ogen bleken helderblauw te zijn. Zou het mogelijk zijn?

'Tanya?', zei hij.

Er rolden twee dikke tranen uit haar blauwe ogen en over haar wangen, en haar lippen trilden. En toen wist Shannon dat hij naar Tanya Vandervan stond te kijken.

Levend en wel.

Zijn hart zat opeens in zijn keel en de kamer om hem heen verdween totaal uit beeld.

Tanya leefde nog!

Tanya voelde de tranen over haar wangen rollen. Ze greep naar de stoel die naast haar stond, want anders zou ze onderuitgaan.

Het was Shannon! 'Tanya?' De stem stormde vanuit duizend-en-één herinneringen op haar af en plotseling wilde ze tegelijkertijd haar armen om hem heen slaan en ervandoor gaan. Casius. De huurmoordenaar! Shannon? Deze man, die haar door de jungle heen had gesleurd op een missie om iemand te vermoorden, was echt Shannon. Na al die jaren. Hoe was dat mogelijk?

'Ja', antwoordde ze. 'Wat is er allemaal aan de hand?!' De vraag echode door de kamer. Het was hem echt! Ze liep naar het bed toe alsof ze zich op een wolk bevond en ging zitten, verdoofd.

Shannon stond ook te wankelen op zijn benen. 'Ik... ik dacht dat je dood was', zei hij. Ze zag dat zich twee kleine poeltjes in zijn ooghoeken vormden.

'Ze hadden me verteld dat je gedood was', zei ze en ze probeerde de hardnekkige brok in haar keel weg te slikken.

'Ik kwam bij de zendingspost aan en zag de lichamen. Ik... ik dacht dat je dood was.' Hij deed een stap terug en stond met zijn rug tegen de muur. Ze zag zijn adamsappel op en neer gaan. Hij had zichzelf nauwelijks nog in de hand, realiseerde ze zich.

'Hoe ben je... weggekomen?'

'Ik... ik heb er een paar gedood en ben toen ontsnapt over de kliffen', zei hij. 'Wat...'

Ze liep naar hem toe en besefte nauwelijks wat ze deed. Dit was een andere man geworden. Iemand uit haar dromen.

'Shannon...'

Hij haastte zich naar haar toe. Hij spreidde op onhandige wijze zijn armen voor hij haar bereikte. Het voelde aan alsof haar borst zou exploderen als ze hem nu niet zou aanraken. Hun lichamen raakten elkaar. Tanya omarmde zijn brede borst en begon te huilen. Shannon hield haar met bevende armen vast.

Ze wiegden heen en weer en hielden elkaar stevig vast. Heel even was hij weer de jongen onder de waterval, sterk en jong en met een hart zo groot als de jungle. Hij dook met zijn armen wijd naar beneden en zijn lange blonde haar wapperde achter hem aan. En toen tuimelden ze het water in en lachten ze. Ze lachten omdat hij was teruggekomen voor haar.

Ze begroef haar gezicht in zijn hals en rook zijn huid en liet haar tranen langs zijn borst lopen.

De volgende gedachte viel als een granaat in haar ziel en met een verblindende flits versplinterde hij alle beelden.

Dit was niet Shannon die haar tegen zich aan drukte. Dit was... dit was Casius. De moordenaar. De bezetene.

Haar ogen vlogen open. Haar armen verstijfden, hoewel ze nog steeds om hem heen geslagen waren. Er borrelde paniek in haar op. *Mijn God, wat hebt U met hem gedaan?*

Ze duwde zich langzaam, voorzichtig van hem af en was plotseling doodsbang. Hij was verstard. Hij stond daar en keek haar aan, en zijn uitpuilende spieren liepen als dikke lianen over zijn lichaam. Hier en daar zaten gemene littekens, als kogels die onder zijn huid waren blijven zitten.

Dit was Shannon niet.

Dit was het een of andere beest dat het lichaam had gekaapt van de jongen van wie ze ooit had gehouden en het had veranderd in... dit! Een zieke grap. Met haar als mikpunt. *Oh, lieve Tanya, we hebben uiteindelijk toch maar besloten je gebed te beantwoorden. Hier is je geliefde Shannon. Hij is een beetje misvormd en kwijlt een beetje, maar je hebt om hem gevraagd en hier is hij dan.*

'Nee', zei ze hardop en haar stem beefde.

In Shannons ogen stonden vraagtekens.

Ze haalde diep adem en probeerde zichzelf weer onder controle te krijgen. Ze kon het nog steeds niet geloven. Dat deze moordenaar, Casius, op de een of andere manier was verbonden met Shannon. Dat hij Shannon *was*.

'Je… je bent veranderd.'

Ze zag zijn borst op en neer gaan van zijn zware ademhaling. Maar hij reageerde niet. Hij leek opeens net zo in de war te zijn als zij.

'Wat is er met je *gebeurd*?' Ze wilde het niet, maar de woorden rolden beschuldigend over haar lippen. Vol bitterheid.

Zijn bovenlip krulde zich kwaad op. Als bij een gewond dier. Maar hij herstelde zich onmiddellijk. 'Ik ontsnapte… naar Carácas. Ik nam de identiteit aan van een jongen die samen met zijn vader was vermoord, in hetzelfde jaar dat mijn ouders waren gestorven.'

'Nee! Ik bedoel, wat is er met *jou* gebeurd? Je bent… net als zij geworden!'

Die woorden drongen op de een of andere manier tot hem door en haalden een schakelaar over. Zijn ogen werden mat en zijn kaakspieren spanden zich. Ze deed nog een stap achteruit en bedacht dat ze maar beter meteen kon wegrennen. Deze nachtmerrie verlaten.

'Net als zij? Ik *dood* ze!', zei hij.

'En wie zijn zij?'

'De mensen die mijn moeder hebben vermoord!' Hij zei het tussen strak gespannen lippen en omlaag getrokken mondhoeken door, tot de rand toe gevuld met bitterheid. 'Wist je dat de CIA er opdracht voor had gegeven? Om die vent daar in de jungle een plek te geven waar hij zijn drugs kon telen?'

'Maar je gaat toch niet zomaar lopen moorden? Dat is de reden dat we wetten hebben. Je bent net als zij geworden.'

Hij sprak nu rustig, maar beefde over heel zijn lichaam. 'Sula is mijn wet.'

De naam echode door haar gedachten. *Sula*. De god van de dood. De geest van de medicijnman.

'Ik zal alles doen wat in mijn macht ligt om hen te vernietigen. Alles! Je hebt er geen idee van hoelang ik bezig ben geweest om dit te plannen.' Er spetterde speeksel op zijn onderlip. 'En je hebt er geen idee van hoe ziek ze zijn.'

Ze knipperde met haar ogen. 'Wat bedoel je? Hoe kun je dat nou zeggen? Je bent gek!'

'Ze hebben mijn… onze ouders vermoord!' Zijn gezicht was vervormd tot een lelijk, angstaanjagend masker.

'Hoe kon je me dit aandoen?', fluisterde ze.

'Ik heb je niks misdaan!', zei Shannon. Hij keerde zich van haar af en beende naar de deur. Zonder om te kijken en nog steeds alleen met een broek aan, liep hij de kamer uit en deed de deur achter zich dicht.

Tanya liep geschokt achteruit tegen het bed aan. Ze ging zwaar zitten, nauwelijks in staat samenhangende gedachten te vormen. De wereld was gek geworden en zij ook.

Ze ging liggen en was zich opeens bewust van de stilte van de late middag. Buiten klonken claxons en riepen voetgangers van alles naar elkaar, maar het drong gedempt tot haar kamer door. Ze was alleen. En misschien had zelfs God haar verlaten.

Vader, wat is er met me aan de hand? Ik word gek.

En toen begon Tanya zachtjes op bed te huilen. Ze voelde zich net zo verlaten en berooid als tijdens de eerste weken na de dood van haar ouders.

Zou je voor hem sterven, Tanya?

Voor hem? Shannon.

Ze rolde zich op tot een bal en liet zich overspoelen door haar verdriet.

33

'Ja, dat klopt, Bill. We hebben er geen idee van wat daar gebeurt. Maar wat het ook is, het zal de wereld veranderen.'

'Ik ben me aan het voorbereiden voor de bijbelstudie die ik woensdagavond in de kerk ga geven, mijn zoon is naar de voetbaltraining en Tanya is in de jungle bezig de wereld te veranderen.'

'Ja. Ze heeft lief, ze is aan het doodgaan en ze is de wereld aan het veranderen.'

'En wie heeft ze dan lief?'

'De jongen.'

'Shannon. Hij leeft dus nog?'

'Ik denk het wel. Ik denk dat ze daarheen is geroepen om hem lief te hebben.'

'En hoe verandert dat dan de wereld?'

'Ik weet het niet. Maar meer krijg ik op het ogenblik niet te horen. Ik bid voor haar dat ze van de jongen zal kunnen houden. In feite denk ik dat het daar allemaal om draait. Dat Tanya van de jongen houdt. Eigenlijk denk ik dat de ouders van Tanya daar twintig jaar geleden heen zijn gestuurd, zodat Tanya verliefd zou worden op de jongen.'

Het bleef stil aan de andere kant van de lijn.

'En ik denk dat vader Petrus jaren geleden naar de jungle is geroepen voor deze dag.'
'Een belangrijke dag', reageerde hij.

———

Zes uur nadat Shannon en Tanya via de pijp in de Orinoco terecht waren gekomen, werden ze gevolgd door drie grote Yevaro-boomstammen. De berg spuugde ze uit als torpedo's en ze spoedden zich door het modderige water naar de kust. Ze bereikten de delta van de Orinoco en dobberden naar zee.

Een klipper met de naam *Angel of the Sea* plukte die avond om acht uur de eerste boomstam uit zee. De boomstam werd klemgezet tussen twintig soortgelijke stammen, bestemd voor Annapolis, ruim dertig kilometer van Washington, D.C., en een krappe vijftig kilometer bij het hoofdkwartier van de CIA vandaan. De *Angel of the Sea* koerste naar het noorden met een snelheid van veertig knopen. Onvoorziene stormen even niet meegerekend, zou het schip binnen dertig uur op de plaats van bestemming zijn.

De *Marlin Watch*, op weg naar Miami, takelde een uur later de tweede boomstam uit het water. In deze boomstam zat een zilverkleurige rugbybal die niet meer bevatte dan een kleine bal plutonium. Genoeg om een Geigerteller te laten afgaan als die in de buurt van de boomstam kwam, maar meer ook niet.

Twee zeemijlen achter de *Marlin Watch* stouwde de *Lumber Lord* een derde boomstam in zijn ruim en stoomde in noordelijke richting achter de andere twee schepen aan. Kapitein Moses Catura leunde over zijn kaart in de stuurhut en zei tegen Andrew, die naast hem stond: 'Twee graden bakboord, Andrew. Dat zou genoeg moeten zijn om de wind te compenseren.' Hij tuurde in het duister voor zich en vloekte zachtjes. Dit was de eerste keer dat hij zo snel achter elkaar twee ladingen moest vervoeren, maar Ramón had erop gestaan. En dat voor één boomstam! Ze moesten voor hij wist niet hoeveel geld aan cocaïne in die boomstam hebben geprop.

'Geregeld, kapitein', zei Andrew. 'Als het weer zo blijft, zitten we goed.'

Moses knikte. 'Laten we het hopen. Het zint me deze keer niks. Hoe sneller we deze stam kwijt zijn, hoe beter.'

'Ze betalen goed. Meer dan we normaal in een jaar verdienen. Het is maar één boomstam. Wat kan er nou misgaan met één boomstam?' Andrew doelde op de honderdduizend dollar die ze voor dit tochtje kregen. In Senegal, waar zijn gezin op hem wachtte, zou zijn deel een rijk man van hem maken.

'Misschien heb je gelijk, Andrew. Wist je trouwens dat de Amerikaanse kustwacht groter is dan de hele marine van Zuid-Afrika? Ze zijn niet erg vriendelijk tegen drugshandelaren.'

Andrew grinnikte. 'Maar we zijn helemaal geen drugshandelaren. We hebben geen flauw idee hoe die stam aan boord is gekomen. We zijn maar een stelletje domme zeelui.' Hij draaide zich om om samen met de kapitein naar het duister voor hen te turen. 'En trouwens, dit wordt ons laatste tochtje. Ik vind het wel passend dat we zo veel verdienen aan ons laatste tochtje.'

Moses knikte.

Onder hem begon de Yevaro-boom die ze uit zee hadden opgepikt, langzaam te drogen. In de buik van die stam bevond zich een zilveren rugbybal, waarin een zwarte bal hing die genoeg kracht in zich had om met een enkel kuchje het schip van zevenduizend ton in een wolk damp te veranderen.

Jamal keerde zijn rug naar de drukke straat toe en zei in de telefoon: 'Hallo, Abdullah.'

Stilte.

'Heb je nog iets te rapporteren, mijn beste jungle-ventje?'

'Ik heb uw bevelen opgevolgd.'

'Mooi. Ze zijn dus onderweg?'

Hij kon Abdullahs hersens aan de andere kant van de lijn bijna horen kraken. 'Er was mij verteld om ze klaar te maken', zei Abdullah. 'Niet om ze te versturen.'

'Of er moesten problemen komen. Was dat niet wat ik je had verteld, hmm?'

'Wat voor problemen…'

'Doe niet alsof je imbeciel bent!', beet Jamal hem door de telefoon toe. 'Denk je nou echt dat ik niet weet wanneer je eet en wanneer je slaapt en wanneer je een scheet laat?'

Zijn hand beefde en hij haalde diep adem om zichzelf onder controle te krijgen. Hij had twee mensen in het complex zitten die hem regelmatig op de hoogte hielden. Niet dat hij hen nou zo vaak nodig had – hij kende Abdullahs motieven al voor de dwaas het zelf wist.

'Ik ben op weg, vriend. Als je precies hebt gedaan wat ik heb gezegd…'

'De bommen zijn onderweg', zei Abdullah gespannen.

Jamal knipperde met zijn ogen. 'Is dat zo?' Dat bracht hem even tot zwijgen.

'Mooi.'

Hij knalde de telefoon neer en liep bij de telefooncel vandaan.

———·———

Onder de tl-balken glinsterde het zweet op Abdullahs gezicht. Hij legde de telefoon neer, schonk nog een glas tequila in, duwde het puntje van zijn tong in het brandende vocht en knikte zijn hoofd toen achterover, tot het glaasje leeg was. Hoewel hij nooit zo'n drinker was geweest, was dat de afgelopen vierentwintig uur veranderd. Hij en Ramón hadden niet veel meer gedaan dan aan zijn bureau zitten en afwachten. En drinken.

Hij zweette zo door de alcohol, dacht hij. Als een varken. 'Waar bevinden de schepen zich nu?', vroeg hij nog eens.

'Waarschijnlijk in de buurt van Cuba', antwoordde Ramón.

Jamal was dus op weg. En wanneer hij hier arriveerde, zou hij sterven. Abdullah voelde iets kriebelen tussen zijn schouderbladen. Hij wist echt niet welke gedachte hem nu meer plezier deed; Jamal doden of een thermonucleair wapen op Amerikaanse bodem tot ontploffing brengen.

Hij liet zijn vinger langs de zender glijden die naast hem lag. Het was een eenvoudige 2,4 gigahertz zender, onmogelijk om snel te isoleren. Maar hij was ingesteld op een veel geavanceerder zender die twee kilometer verderop in het bladerdak was verborgen, in een beschermende behuizing. Van daaruit zou een zeer kort signaal worden verzonden dat op een televisiesignaal zou lijken en dat tegelijkertijd via diverse commerciële communicatiesatellieten zou worden verstuurd. En ze zouden niet allemaal weigeren. Ze zouden niet allemaal kunnen worden tegengehouden.

En tegen de tijd dat de autoriteiten het korte signaal zouden ontdekken, wat ook zou gebeuren, zou het al te laat zijn. De detonatie van de eerste bom zou automatisch een signaal naar de tweede bom versturen, die na vierentwintig uur ook af zou gaan. Uit het zwarte plastic van het zendertje staken twee groene knoppen omhoog, als twee erwten. Hij tekende eerst een kringetje om de eerste knop en toen om de tweede. Onder de knoppen bevond zich een numeriek toetsenbordje met negen cijfers. Alleen hij en Jamal hadden de codes om het onvermijdelijke tegen te houden.

Zonder op te kijken zei Abdullah: 'Weet je zeker dat de boomstammen intact in de schepen zijn getakeld?' Hij wuifde zijn eigen vraag weg met een hoofdknikje. 'Ja, natuurlijk, dat had je al gezegd.'

'Denkt u dat ze ons de agent zullen geven?', vroeg Ramón.

Abdullah dacht na over Casius en knipperde met zijn ogen. Er welde een gedachte in hem op dat het maar het beste zou zijn als ze de agent niet uitleverden. Dan zou hij gedwongen zijn de bommen af te laten gaan – dan zou het de hand van Allah zijn.

Abdullah wierp een blik op de klok die aan de wand tegenover hem de uren wegtikte. Ze waren al vierentwintig uur verder en hij had nog niks van de dwazen gehoord. Er liep plotseling een rilling over zijn rug. Wat als ze het bericht gewoon negeerden, omdat ze dachten dat hij een ongevaarlijke gek was? Wat als ze het bericht zelfs niet hadden gehad? Het was verzonden via dezelfde kanalen als die hij zou gebruiken voor de bommen. Vijf miljoen dollar aan technologie – natuurlijk allemaal van Jamal.

Abdullah gromde en schoof zijn stoel achteruit. 'Er is iets niet in orde. We sturen nog een bericht.'

Hij liep naar de deur, met Ramón op zijn hielen. Zijn vingers beefden flink. Macht was net een drug, dacht hij, en het stroomde nu door zijn aderen. Op dit moment zou hij wel eens de machtigste man ter wereld kunnen zijn.

Friberg schrok toen er op zijn deur werd geklopt. Hij hief zijn hoofd op, maar de deur ging al open voor hij iets kon zeggen. Mark kwam binnen.

Ingersols vette haar flopte naar rechts. Hij veegde het gehaast op zijn plek en beende naar hem toe. 'We hebben weer een bericht gehad!'

Friberg stond op en griste het bericht uit zijn handen. 'Rustig aan, Ingersol.' Maar hij was al begonnen aan het getypte bericht in zijn vingers.

Ingersol ging in een van de stoelen tegenover zijn bureau zitten. 'Die vent is bloedserieus. Hij blijft volhouden dat hij een bom heeft. Ik dacht dat u zei…'

'Houd je kop!'

Friberg ging langzaam zitten. 'Achtenveertig uur', las hij hardop. 'Hij heeft de tweeënzeventig uur veranderd in achtenveertig uur omdat wij *niet afdoende hebben gereageerd?*' Hij liet het papier zakken. 'Dit is absurd! Dat kan die vent niet menen.'

Ingersols sluike, zwarte haar was weer langs zijn wang gevallen. 'Dit is niet het type bericht dat wordt verstuurd door een man die bluft, meneer. Het is of een totale imbeciel, of hij heeft echt een bom. En het feit dat Casius hem nog steeds niet te pakken heeft, laat niet veel ruimte voor de imbecielenthe-orie.' Ingersol zweeg en haalde diep adem door zijn neus.

De directeur voelde de huid op zijn schedel samentrekken. Wat als Ingersol gelijk had? Wat als…?

Het bericht was ondertekend door Abdullah Amir. Losse fragmenten infor-matie uit zijn geheugen vielen samen en hij knipperde met zijn ogen. Jamal. Casius zat achter Jamal aan.

Wat als Casius over iets anders was gestruikeld dan alleen maar een cocaï-nefabriekje?

'Wat is er aan de hand?', herhaalde Ingersol. 'Volgens mij heb ik samen met u mijn nek uitgestoken. Vindt u ook niet dat ik het verdien te weten waar ik in terecht ben gekomen?'

Friberg keek de man aan. Ingersol was een wrak. Als hij hem niet in ver-trouwen nam, zou hij hen allebei vernietigen.

'Dit blijft onder ons, Mark. Begrepen?'

Ingersol reageerde niet.

'Goed dan. Wil je het weten? Tien jaar geleden heeft Abdullah Amir ons benaderd met een plan om de Colombiaanse drugskartels te infiltreren in ruil voor zijn eigen handeltje. Daar hebben we toen mee ingestemd. Hij verdween in hun netwerken. Twee jaar later dook hij weer op, deze keer met genoeg informatie om twee kartels te elimineren. In ruil daarvoor wilde hij onze medewerking, waardoor hij een kleine cocaïnefabriek in Venezuela kon neerzetten. Daar zijn we mee akkoord gegaan. We wezen hem een kof-fieplantage en hebben hem geassisteerd bij de overname. Niets bijzonders – weinig slachtoffers. En sindsdien opereert hij vanaf die plek. Het kleinere werk. We kregen de DEA zover de deal te sluiten, maar ik was de agent die het rond kreeg. Iedereen zei dat het een zeer succesvolle operatie was. We vernietigden bijna vijftigduizend hectare cocaproductie in ruil voor vijftig.'

Ingersol knipperde met zijn ogen. 'Is dat alles?'

Friberg knikte.

'En wat heeft dat dan te maken met die bom?'

'Niks. Behalve als Casius gelijk had en Jamal in verbinding staat met Abdul-lah Amir. Of als Abdullah niet is wie we denken dat hij is. Zuid-Amerika zou een uitstekende basis vormen voor een aanval op de Verenigde Staten.'

Terwijl Friberg het zei, begon het hem te dagen.

'En er is geen cent van Abdullahs geld naar uw pensioenfonds gestroomd, hoop ik?'

Friberg reageerde niet.

Ingersol schudde zijn hoofd en staarde uit het raam. Hij had geen keus, realiseerde Friberg zich. Hij had zijn positie al bepaald met de president erbij. Het geld was alleen maar een extraatje.

'Ik ben gewoon beetgenomen', zei Ingersol en Friberg sprak het niet tegen. 'Ik zat hier niet op te wachten. Zo ben ik helemaal niet.'

'Misschien niet, Mark, maar soms hebben we gewoon niet veel keus. En jij hebt je keuze gemaakt.'

Ingersols blik viel op het bericht en Friberg hield het omhoog. Oh ja, de bom. Die zou alles goed kunnen verzieken. 'Dus jij denkt dat we met een gek te maken hebben die echt in het bezit is van een bom?', vroeg Friberg.

'Ik weet het niet meer', reageerde Ingersol.

'Ik ook niet. Maar als die bom waar is, hebben we nog vierentwintig uur om Casius uit te leveren en daarmee het vuur te doven. Of we moeten die bom zien te vinden.' Het klonk absurd. Een zelfmoordaanslag of zelfs een biologische aanval, oké. Dat was niets nieuws. Maar een atoombom? Misschien in een Hollywoodfilm.

'Wie weet hier nog meer van?', vroeg Friberg terwijl hij met het papier wapperde.

'Niemand. Het is nog geen tien minuten geleden binnengekomen.'

'Hoe staat het met de zoektocht?'

'Het kantoor van Homeland Security werkt zijn protocol af. Alle betreffende overheidsdiensten staan op scherp. Alles wat ook maar eventueel verdacht lijkt, wordt nagetrokken. Maar ze zijn nog maar vierentwintig uur bezig. Over twaalf uur zullen we misschien enkele sporen hebben, maar dan zal er nog maar bitter weinig echt ter plaatse onderzocht zijn. Misschien nog wel helemaal niks.' Ingersol beet op zijn onderlip.

'Niemand krijgt iets te horen over dit laatste bericht, begrepen?'

Ingersol knikte en plakte zijn haar weer over zijn kalende schedel.

'Goed. Geef de commando's de vrijheid om de vallei schoon te vegen. We gaan af op alles wat er in dat complex woont. Als Abdullah een bom heeft, riskeren we dat hij hem laat afgaan op het moment dat we aanvallen, maar ik zie op dit moment geen andere mogelijkheid. Nog iets van de satellieten?'

'Niks behalve cocaïnevelden. Als ze daar nog meer hebben, is het verborgen.'

'En geen bericht over Casius?'

'Niks.'

'Dan gaan we op Abdullah Amir af, of wie die idiote berichten dan ook verstuurt. Ik ga ze adviseren om alle zuidelijke havens te sluiten tot we een beter overzicht hebben over de situatie. We zouden het een oefening kunnen noemen, of zoiets.' Hij verzonk even in gedachten. Ze wisten allemaal dat het een kwestie van tijd was voor een terroristische organisatie een manier zou vinden om een kernwapen de V.S. in te smokkelen. Het instorten van het World Trade Center was dan niet meer dan een warming up.

Ingersol stond op. 'Ik ga dit in gang zetten. Ik hoop dat u weet wat u doet.'

34

Shannon Richterson rende op blote voeten door de jungle, door een zwarte mist van verwarring. Boven het bladerdak scheen de zon vanuit een blauwe hemel naar beneden, maar in zijn gedachten drong nauwelijks licht door.

Sherry was Tanya. Tanya leefde nog. Hij kon het idee nauwelijks bevatten. Tanya Vandervan leefde nog. En was woest op hem. Zag ze dan niet dat hij deed wat maar weinig mensen durfden?

Wat wilde ze dan dat hij deed? Naast Abdullah neerknielen en bidden dat hij zichzelf de strot zou doorsnijden? Shannon grauwde bij die gedachte.

Ze wist amper de helft van wat er gaande was. Als ze dat echt zou weten, zou ze zelf Abdullah om zeep helpen.

Shannon hield halt aan de rand van Soledad. Hij hijgde stevig en had zijn handen in zijn zijden geplant.

In werkelijkheid was *hij* het die in de echte wereld iets kon veranderen. De wereld stond bol van verraad en de enige manier om met dat verraad af te rekenen, was door zelf verraad te gebruiken. Dat was een van de eerste lessen geweest die hij als jongen van de inheemsen had geleerd. Geweld bestrijd je met geweld.

Maar Tanya…

Tanya was begonnen over die onzin van dat sterven.

Shannon spuugde op de grond en rende verder. Op dit moment had hij zich acht jaar lang voorbereid en niemand – ook geen vrouw – had hierbij iets in de melk te brokkelen gehad. Zelfs Tanya niet. Hij had haar vastgehouden en gekust en ooit zou hij graag zijn leven voor haar hebben gegeven. Maar ze was veranderd. En ze haatte hem.

Het werd donker in Shannons gedachten en hij kreunde boven het geluid van zijn voetstappen uit. Hij sloot zijn ogen.

Hij zou het haar laten zien.

Hij hield weer halt na die gedachte. Ze was niet langer Tanya. Niet echt. Ze was Sherry geworden.

Hij kwam weer in beweging en rende op dubbele snelheid naar het stadje toe.

En nu zou hij Sherry laten zien hoe het er in de echte wereld aan toe ging. Waarom hij dit deed. Hoe je moest omgaan met een wereld die ziek geworden was. Misschien zou ze het dan begrijpen.

Hij zou terugkeren naar de jungle en afmaken wat hij was begonnen. En dan zou hij het Sherry met haar eigen ogen laten zien.

Graham schakelde zijn microfoon in. 'Begrepen. Ga door.'

'De opdracht is veranderd. Veeg het complex in de vallei schoon en elimineer alles wat je vijandig gezind is. Begrepen?'

Graham keek op naar Parlier. Parlier knikte. 'Vraag hem wat hij bedoelt met vijandig gezind', zei hij.

Graham drukte de zendknop weer in. 'Begrepen, sir. Verzoek om vijandig gezind te verduidelijken.'

Ze hoorden heel even alleen statische ruis.

'Als je hun naam niet kent, zijn ze vijandig gezind. Begrepen? Schiet alles overhoop wat op twee benen loopt.'

Parlier knikte naar Graham. 'En hoe zit het met die agent?'

'Begrepen. Hoe zit het met die agent?', vroeg Graham in de microfoon.

'Opruimen.'

'Begrepen. Alfa uit.'

Parlier liep al naar de anderen toe die op het klif waren gestationeerd. Hij draaide zich om naar Graham. 'Bel Bèta en Gamma en zeg tegen ze dat ze ons moeten volgen. Ik wil tegen de ochtend onder aan de kliffen zijn. Daar verspreidt Bèta zich naar het oosten en Gamma naar het westen.'

Hij draaide zich weer om naar de kliffen. 'Inpakken, jongens. We gaan naar beneden.'

Tanya had drie uur lang liggen soezen op het hotelbed. Haar gedachten cirkelden loom om het idee dat ze deze keer echt haar verstand had verloren. Dat dit hele gebeuren net zo goed een verlengde van haar droom was, waarin ze weer naar Zuid-Amerika was afgereisd om erachter te komen dat Shannon een krankzinnige huurmoordenaar was in plaats van haar onschuldige geliefde. Na acht jaar nachtmerries te hebben gehad, kon je geest zich zoiets best voorstellen, nietwaar? Ze had ooit eens gelezen dat als alle kracht van je hersens zou worden gebundeld, ze moleculen zouden kunnen hergroeperen, zodat je door een muur heen zou kunnen lopen. Nou, als ze er dan voor konden zorgen dat je door massieve voorwerpen kon lopen, zouden ze deze waanzin ook wel aankunnen.

Ze vloog bijna tegen het plafond toen er op de deur werd geklopt. Ze ging rechtop zitten en gleed bijna van het bed.

En toen kwam hij binnen. Shannon. Of Casius, of wie hij dan ook mocht zijn. De lange, ruige moordenaar met de groene ogen en het gespierde lijf. Ze wilde het liefst in een hoekje wegschrompelen.

Hij liep naar het dressoir, griste er een kleine rugzak uit en maakte die vast om zijn middel. 'Goed, dame', zei hij. 'We gaan een wandelingetje maken.'

'Een wandeling? Waarheen dan?'

'Een wandeling naar de hel. Wat maakt het uit? We hebben het allebei overleefd. Prima. En nu ga je zien hoe een en ander werkt in die verziekte wereld van ons. Kom.'

Hij liep naar haar toe, greep haar bij een arm en rukte haar ruw overeind. Zijn ogen flikkerden.

Tanya voelde de pijn door haar arm schieten en hapte naar adem. Hij liet zijn greep iets verslappen en trok haar mee naar de deur. Ze struikelde achter hem aan.

'Ik *heb* jouw wereld gezien. Laat me los!'

'En nu ga je zien waarom ik doe wat ik doe. Dat ben ik je in elk geval schuldig, vind je niet?'

'Je hoeft me geen pijn te doen. Laat me gaan!'

Deze keer liet hij haar los. Ze volgde hem. Ze zou dit absurde spelletje voor het moment even meespelen. Ze wist niet waarom. Maar ze moest erachter zien te komen waarom haar grote liefde veranderd was in dit… schepsel. Shannon leidde haar bij het hotel vandaan. Ze stond stil toen ze bij de straat aankwamen, maar hij liep door. Hij wierp haar een boze blik toe en ze volgde hem.

Ze liepen naar de rand van Soledad. Ze verwachtte elk moment dat hij een zijstraat zou induiken om haar zijn 'verziekte wereld' te laten zien. Maar dat deed hij niet. Hij liep de laatste straat voorbij en sloeg een smal pad in dat de jungle in slingerde.

'Wacht even', protesteerde ze. 'Ik ga echt niet meer met jou die jungle in. Ben je wel helemaal lekker? Denk je dat je…'

Hij draaide zich om, greep haar bij een arm en trok haar langs zich heen. Ze vocht tegen de drang om zich om te draaien en hem een pets in zijn gezicht te geven. 'Goed dan!'

En toen snapte ze niet meer wat zijn bedoelingen waren. Hij passeerde haar toen ze eenmaal het bos in waren gegaan. Ze volgde, met de gedachte dat ze elk moment zou kunnen omkeren om naar het stadje terug te keren.

Maar dat deed ze niet. Een van de redenen was dat ze al een paar keer waren afgeslagen en ze zich realiseerde dat ze niet zeker wist hoe ze de weg terug zou moeten vinden. En ten tweede werd ze aangetrokken door de halfnaakte man voor haar, die haar als een halve wilde de jungle door leidde. Niet aangetrokken *tot* hem, maar *door* hem, als een baken dat in de verte opgloeide.

Dat het Shannon was die haar door de jungle leidde en niet Casius, deed haar beseffen dat ze hem naar de hel zou volgen als hij dat van haar vroeg. Diep in haar hart was Shannon nog steeds haar verloren liefde.

Maar dat zweefde nog maar net door haar gedachten voor ze bedacht dat *hij* het verdiende om naar de hel te worden gestuurd.

Lieve God, help me!

Binnen het uur liep ze te hijgen. Shannon keek geen enkele keer om om te zien of ze het wel volhield. Misschien ging hij zelfs nog wel harder lopen, misschien wel om haar te straffen. Ze besloot hem die lol niet te gunnen. Ze had hem al eens eerder bijgehouden en dat zou ze gewoon weer doen. Zolang hij haar daar natuurlijk de kans voor gaf.

Tanya liep achter hem en zag zijn spieren bij elke voetstap over zijn botten rollen. En dan te bedenken dat ze deze man ooit zo hartstochtelijk had liefgehad. Shannon. Hoe was hij zo sterk geworden? Niet dat hij vroeger niet sterk was, maar deze… deze man die zich een weg door de jungle baande, was zo sterk als een mens maar kon worden.

En ze haatte hem erom, omdat die ooit zo tedere vingers waren vervangen door klauwen. Die smaragden ogen waardoor ze ooit in een liefdevol hart had gestaard, schitterden nu met een meedogenloze woestheid.

Wat had je dan gedacht van een jongen die was getraumatiseerd door de brute moord op zijn ouders? Acht jaar nachtmerries?

Nee. Zo werkte het bij jou, Tanya.

Tanya knarste met haar tanden en verwenste het sentiment. Hij was een van hen geworden. Hij reisde de wereld over en keek wie hij zou kunnen vernietigen. Deze bezetene leidde haar recht de hel in.

Die gedachten raasden ongestoord door haar hoofd.

De maan kwam achter hen op en verlichtte zijn glimmende rug. Nog steeds weigerde hij achterom te kijken. Misschien dat hij haar rook, zoals een wreed beest dat wist wanneer het werd gevolgd. En ze rook zijn zweet – muskusachtig en zoet in de vochtige avond.

Ze stond stil en voor het eerst sinds ze de jungle in waren gedoken, zei ze iets.

'Waar breng je me naartoe? Het is donker.'

Hij liep door en negeerde haar.

'Neem me niet kwalijk!' Ze werd kwaad. 'Neem me niet kwalijk, meneer Tarzan, maar het is donker, voor het geval het je nog niet was opgevallen!' Zijn stem dreef tussen het krijsen van de krekels naar haar toe. 'Dan kun je maar beter dicht bij me blijven als je niet wilt dat ik je hier achterlaat.'

Ze mompelde een paar verwensingen aan het adres van de lomperd die voor haar liep en rende achter hem aan. Hij had haar het gevaar in geleid zonder aan haar veiligheid te denken en nu dreigde hij haar achter te laten.

Tanya haalde hem in en gaf hem een beuk tegen zijn schouder. 'Stop hiermee!', gilde ze. 'Wat probeer je te bewijzen? Dit is krankzinnig!'

Hij draaide zich met een ruk om, zijn vuisten gebald. 'Denk je? Vind je *dit* krankzinnig? Luister goed, Tanya. *Dit* is niets!' Ze zag dat hij beefde. 'Dit zijn twee mensen die over een pad in de echte wereld lopen. Ik zal je vertellen wat er krankzinnig is. Toekijken hoe een paar man je vader en moeder doorzeven terwijl je er machteloos bij staat. *Dat* is krankzinnig. En dat is dus de echte wereld. Maar goed, jij bent niet gewend aan de echte wereld, of wel? Te druk met vluchten voor je nachtmerries, vermoed ik. Met het wegredeneren van de dood van je vader en moeder. Probeer je wijs te worden uit dit hele gedoe? Er is maar één ding dat nu hout snijdt en dat heeft niets met die God van jou te maken.'

Hij draaide zich om en liet haar daar staan, met haar mond wijdopen.

Vluchten voor mijn nachtmerries? Ze volgde hem vlug, bang om alleen in het donker achter te blijven.

En hij had haar Tanya genoemd.

Hij is verwond, Tanya.

Hij is een beest.

Dan is hij een verwond beest. Maar hij heeft Mijn liefde nodig.

Ze liepen zonder iets te zeggen urenlang door en stopten alleen af en toe om wat uit te rusten en water te drinken. En zelfs dan praatten ze niet. Tanya liet haar gedachten wegglijden in een verdovend ritme dat de regelmatige cadans van haar voeten volgde.

Uiteindelijk bleef er alleen een gebed over dat haar uitgeputte geest vertroostte.

Vader… lieve God, ik voel me verloren. Vergeef me. Ik ben de weg kwijt en voel me alleen en verward. Ik haat deze man en ik haat het dat ik hem haat. En ik weet niet eens of dat wel mogelijk is! Waar bent U mee bezig? Wat bent U hier van plan?

Ze stapte zonder voorzichtig te zijn over het pad achter Shannon aan en vertrouwde op zijn leiding.

Ik haat deze man.

Maar je moet van deze man houden.

Nooit!

Dan ben je net als hij.

Ja, en ik ben stapelgek, wat ik ook doe.

Een beeld van Jezus die met gespreide armen aan het kruis hing, bleef in haar gedachten hangen. *Vergeef het hun, Vader, want ze weten niet wat ze doen.* Dat beeld bezorgde Tanya een brok in haar keel.

En toen moest ze aan het visioen denken. Ze had geen flauw idee meer wat voor rol haar leven in deze waanzin speelde. De gedachte aan de nucleaire paddenstoel bleef hier in dit dichte regenwoud nauwelijks hangen. Ze vond het allemaal absurd. Shannon was daar in elk geval van overtuigd.

Ze dacht weer aan hem. *God, help me.*

Bij elke stap legde ze zich meer neer bij de wetenschap dat dit inderdaad deel uitmaakte van een symfonie die werd uitgevoerd door God zelf. Op de een of andere absurde manier klonk het wel logisch. Uiteindelijk zou ze het begrijpen. En dat besef gaf haar kracht.

35

Zaterdag

Ze waren in acht uur ver gevorderd. Shannon had niet verwacht dat de vrouw het zo lang zou volhouden. Hij hield halt bij de Caura, zeven kilometer stroomafwaarts van de plantage, en het ochtendzonnetje bescheen zijn opeengeklemde kaken. De rivier was hier maar een meter of zeven breed en kronkelig. Dit zou de veiligste plaats zijn om haar achter te laten. Ze zou naderende dieren op tijd zien aankomen en als hij niet meer terug zou komen, zou ze via de rivier weer de bewoonde wereld kunnen bereiken. En hij zou haar ook snel kunnen bereiken wanneer hij eenmaal klaar was.

Tanya.

Ze was in zijn gedachten niet echt Tanya meer. Ze was 'die vrouw'. Zo noemde hij haar in gedachten. Maar af en toe noemde dat andere deel van zijn gedachten haar opeens weer Tanya en dan brak zijn hart een beetje. De stemmen dreven hem onophoudelijk voort.

Voor hem rees de berg op en achter de kliffen lag de plantage. Boven zich hoorde hij een toekan en Shannon hief zijn ogen op naar het bladerdak. De dertig centimeter lange snavel van de zwarte vogel hing iets open. Een geel oog bestudeerde hem. Shannon liet zijn hoofd weer zakken en keek naar de bomen die tegen de helling voor hem groeiden. Daar wachtte Abdullah. Daar wachtte een moord – een strot die erom smeekte te worden doorgesneden. Hij beeldde zich de dikke bruine pezen van Abdullahs hals in, die zich vaneenscheidden door Shannons mes. De ogen van de man glimlachten.

Shannons ademhaling werd zwaarder. Het plan was goed doordacht en klopte als een bus. Friberg zou ondertussen wel in actie zijn gekomen. Er liep een rilling over zijn rug. Hij wilde ernaartoe. Hij wilde de man zien die zijn vader en moeder had vermoord, het bonken van zijn hart voelen, zijn bloed proeven.

'Kunnen we even rusten?' De stem van de vrouw bracht hem met een ruk weer terug naar de werkelijkheid. Oh ja, de vrouw. Tanya. Hij kon zich nauwelijks nog herinneren waarom hij haar had meegenomen. Om dit deel van zijn leven met hem te delen, natuurlijk. Om haar in de heilige tegenwoordigheid van de dood te brengen. Om haar te haten, zodat ze van hem zou kunnen houden. Dat was iets dat voor zwakke geesten nergens op sloeg, maar voor anderen was het meer dan logisch.

In de zwarte mist.

Je bent krankzinnig, Shannon.

Is dat zo? De hele wereld is krankzinnig.

Hij draaide zich naar haar om. Ze stond een meter of acht verderop. Ze was uitgeput, doorweekt en leek op instorten te staan. Ze keek hem recht aan. Haar geest was lang niet zo zwak als haar lichaam, besefte hij.

'Jij blijft hier wachten', zei hij. 'Als ik niet terugkeer, neem je de rivier naar Soledad. Gewoon met de stroom mee.'

Hij hoorde zijn eigen stem van een afstandje, alsof hij boven zijn lichaam zweefde, en het klonk vreemd. Als de woorden van de een of andere duistere priester die het bevel gaf om een lichaam te offeren.

'Waarom doe je dit?', vroeg ze zacht.

'Om je te helpen begrijpen', antwoordde hij.

'Om *wat* te begrijpen? Dat jij een gekwelde ziel bent?'

Shannon forceerde een glimlach. De mist zwom door zijn gedachten.

'Zie je? Zelfs nu probeer je nog tegen me te preken', zei hij. 'Wil je dan niet begrijpen hoe het komt dat jouw geliefde Shannon zo door en door slecht is geworden? Dat ga ik je nu laten zien.'

'Shannon…' Ze zweeg.

Ze noemde je Shannon.

'Je laat me maar één ding zien', vervolgde ze. 'Je laat me zien dat je hulp nodig hebt. Ik moet toegeven dat ik in het hotel een beetje doorsloeg, maar je bent over het randje gegaan. Je hebt hulp nodig.'

'Misschien ben *jij* wel degene die hulp nodig heeft. Heb je al eens over die mogelijkheid nagedacht? Of zit je hoofd te vol met nachtmerries om helder te kunnen nadenken?'

Hij zag haar slikken. 'Wees voorzichtig met wat je zegt. Ik heet Sherry. Of Tanya. Je herinnert je die naam toch nog wel?'

'En hoe heet *ik* dan?'

'Shannon', zei ze zacht. 'We hebben allebei een moeilijke tijd achter de rug. Dat kan ik niet ontkennen. Ik heb acht jaar lang steeds opnieuw de nachtmerrie van de dagen in die kist beleefd. Maar er is maar één juiste weg om hieruit te komen. Denk je nou echt dat het puur toeval was dat we elkaar hier in de jungle hebben ontmoet? Denk je dat mijn dromen onzin zijn?'

Ze zweeg even. 'Ik denk het wel. Maar dat verandert niks aan wat we eigenlijk zouden moeten doen.'

'En wat zouden we dan wel niet moeten doen?'

'Ik weet het niet. Dit in elk geval niet.'

'*Dit?* Je weet niet eens wat *dit* is', zei hij. 'Dit, Tanya, is bloedvergieten. Dit, *Tanya*, is de stier en ik heb het zwaard vast. Zonder bloedvergieten is er geen vergeving van zonden. Staat dat niet in jouw Bijbel? De halve wereld zit op gestoffeerde banken liedjes te zingen over het bloed van Christus. Nou, nu zul je zien wat het betekent om bloed te vergieten in de echte wereld.'

Terwijl hij sprak, tolden er verwarrende gedachten door zijn hoofd. Hij zou niet op deze manier tegen haar moeten praten. Ze stak hem een hand toe. Misschien zelfs wel meer. En wat bood hij *haar* aan? Alleen maar woede. Haat.

'Jij hebt jezelf aan satan gegeven, Shannon. Zie je dat dan niet?' Haar stem klonk erg verdrietig. 'Het was verkeerd om boos op je te zijn. Vergeef me. Ik heb medelijden met je.'

Medelijden? Het idee dat hij haar vrede aanbood, spetterde bij die woorden uit elkaar. Als golven die op het strand beukten, spoelde de weerzin door hem heen.

Hij wist dat hij niet kon toestaan dat ze zag wat haar woorden teweegbrachten, maar zijn handen beefden al en dat zag ze gegarandeerd. Hij had een mes aan zijn heup hangen. Hij zou het in een fractie van een seconde kunnen trekken en haar ermee aan een boom nagelen.

Hij knipperde met zijn ogen. Waar was hij mee bezig? Het was *Tanya* die daar stond!

Shannon hief een trillende vinger op. 'We zullen zien wie medelijden met wie moet hebben. Ik heb hier geen tijd voor. Blijf hier bij de rivier wachten. Ik ben vanavond terug.'

Hij draaide zich met een ruk om en rende weg, in de wetenschap dat hij haar zou moeten vertellen hoe ze de krokodillen moest ontwijken, maar daar was hij te kwaad voor. Ze moest zich maar aan haar God vasthouden.

Er stuiterden allerlei gedachten door Shannons hoofd terwijl hij verward en woest onder de bomen door rende. Langzaam werden de beelden van de vrouw vervangen door beelden van Abdullah. Langzaam kroop de bloeddorst door zijn gedachten, als een pijnstiller voor die andere pijn. Langzaam kroop Shannon terug in zijn oude huid en bereidde hij zich voor op het eind van deze lange reis.

Het eerste teken dat hij niet alleen was op de berg, kwam aan de basis van de kliffen. Verderop in de vallei vloog een zwerm papegaaien luid protesterend op. Hij hield onmiddellijk halt en veranderde van richting.

Shannon vond zijn weg door het groen, naar de rechterkant van waar de verstoring was geweest. Hij bewoog zich van boom tot boom en zocht zorgvuldig de jungle voor zich af. De wind draaide iets en er streek een licht briesje over zijn gezicht. Hij liet zich op de grond zakken toen zijn neusgaten zich vulden met de sterke geur van vis – tonijn.

Mensen. Blanken.

En toen zag hij de soldaat. Naar links, een meter of vijftig verderop, tussen het groen, stond een man in de aangepaste militaire outfit die typerend was voor de Special Forces. Het met camouflageverf overdekte hoofd van de man was bijna kaalgeschoren. Voor zijn borst hing een automatisch geweer.

Shannon staarde door het gebladerte naar de soldaat en overdacht snel zijn opties. Dit was waarschijnlijk een wachtpost voor een post die zich verderop bevond. Waarschijnlijk de kliffen.

Hij bestudeerde de man een minuut of vijf lang nauwkeurig voor hij verder ging. Hij sloop voorzichtig in de richting van de af en toe bewegende wachtpost. Omdat hij slechts gewapend met een mes een doder met een automatisch wapen besloop, betekende onzichtbaarheid voor Shannon het verschil tussen leven en dood.

Hij hield halt en bestudeerde gehurkt tussen het groen de stevig uitgevallen man. Ondanks hun zelfvertrouwen hoorden de meesten van deze blanke jongens niet thuis in de jungle – in elk geval niet in *deze* jungle.

Shannon bewoog zijn arm naar achteren, hield hem daar een seconde en wierp het mes toen naar het onbeschermde hoofd van de man. De geschrokken soldaat was nauwelijks begonnen met omkijken toen de kolf van het mes hem raakte en hij tegen de vlakte ging. Shannon bleef enkele seconden stilstaan en wachtte tot de adrenalinestoot wat begon af te nemen. Tevreden met het feit dat er geen alarm was geslagen, gleed hij naar de bewusteloze commando toe en eigende zich de 9-mm van de man toe. Hij liet de man op zijn rug liggen en gleed tussen de bomen door naar de pas over het klif.

Het was natuurlijk niet echt nodig geweest om die commando neer te leggen. Hij had gemakkelijk ongezien langs de eenheid kunnen komen. Maar omdat de CIA de moeite had genomen om commando's achter hem aan te sturen om hem tegen te houden, kon hij toch op zijn minst even laten weten dat hij dat gebaar waardeerde.

Hij dacht even aan de vrouw, die nu een vage herinnering was. *Nee, je kunt niet veranderen wat ik nu ben, Tanya. En ik ben een doder. Dat is mijn baan. Ik dood. Ik ga niet dood. Er zijn er al genoeg doodgegaan. Doodgaan is voor dwazen.*

36

De loskade voor hout op de zuidelijke punt van de haven van Miami kreeg zes uur na de uitvaardiging van de directeur van de CIA het bevel de haven te sluiten. Drie uur daarvan waren verloren gegaan doordat de juiste havenautoriteiten achterhaald moesten worden, die net een congres in Las Vegas bijwoonden. En het kostte de havenautoriteiten nog eens twee uur om de orders uit te voeren. De haven sloot dus zijn deuren pas acht uur nadat de beslissing daartoe was genomen.

Niet slecht voor een monolithische bureaucratie. Te langzaam, gezien de operationele doelen van Homeland Security.

Tijdens die laatste twee uur loste een groot, omgebouwd vissersschip met de naam *Marlin Watch* zijn laatste vracht voor hij weer het ruime sop koos en op weg ging naar Panama. Niemand besteedde veel aandacht aan de ongezaagde Yevaro-boomstam die tussen de andere stammen lag. Het was tenslotte maar een boomstam.

Een half uur nadat de stam was uitgeladen, werd hij samen met zes andere importstammen op een achttienwiels houttransport geladen, die het geheel netjes bij de Hayward houtzagerij aan de buitenrand van Miami afleverde. Zes uur later ronkte er een andere achttienwieler het terrein van de houtzagerij op en vertrok weer zonder papierwerk in te vullen.

Verder naar het noorden voer een klipper met de naam *Angel of the Sea* langs de noordoostkust van de Verenigde Staten.

En verder naar het zuiden stoomde een ander schip, een groter, met de naam *Lumber Lord*, net de wateren van de Verenigde Staten binnen en verder langs de kustlijn van oostelijk Florida.

'Hoeveel?', wilde Abdullah weten. Hij zette zijn lege glas op zijn bureau.
'Achttien. Ze zijn drie minuten geleden de beveiligingsgrens bij de voet van
het klif gepasseerd. Drie groepen die dezelfde route nemen.'
Abdullah draaide zich om en sloeg met zijn vuist op het bureaublad. 'Geloven ze me niet? Vallen ze aan?' Hij staarde woest naar de kaart aan de
muur. 'Achttien man, één rij – professionele soldaten. Hoelang voor ze ons
bereiken?'
'Een uur, als ze snel gaan. Anderhalf uur als ze voorzichtig aan doen', reageerde Ramón.
Ze kwamen hem dus halen. Hij wachtte hier al acht jaar en nu ging het dus
gebeuren. De Amerikanen namen hem niet serieus.
Hij rilde, alsof er in zijn rug een zenuw werd aangeraakt. Maar die zenuw
was aangeraakt door de hitte die langs zijn rug omhoogkroop. Misschien
was het maar beter, zo. De explosies zouden hun zelfvoldane kleine wereldje flink door elkaar schudden. En zelfs al zouden ze hem te pakken
krijgen, ze zouden toch flink hun handen branden.
Hij wendde zich tot Ramón, die bezorgd stond af te wachten. 'Zeg tegen
Manuel dat hij zijn zes beste mensen meeneemt om hen aan de noordrand
van het complex te laten surveilleren. Ze moeten geen gevecht aangaan
met de soldaten, behalve als ze ons bereiken.' Hij keek naar de kaart waarop het beveiligingssysteem van de omgeving stond aangegeven. De oude
Claymore mijnen lagen vlak onder het oppervlak begraven, in een drie
meter brede strook die het hele complex omgaf. Het had twee maanden
geduurd voor ze de drieduizend mijnen hadden ingegraven en daar lagen
ze nu al drie jaar werkeloos te wachten.
'Activeer de mijnen en zeg tegen de mannen dat ze uit de buurt blijven.' Hij
draaide zich met een ruk om naar Ramón. 'Schiet op!'
Ramón verdween haastig.
Abdullah liep om zijn bureau heen en ging langzaam zitten. Het was stil in
het kantoor, op het licht schrapende geluid van de kevers in de hoeken na.
Het was een soort met een hard rugschild, dat zich met lange poten aan de
andere vasthield.
Het werd tijd dat hij nog een bericht stuurde. De Amerikanen hadden nooit
echte doodsangst gevoeld. Niet echt. Niet de afgelopen tijd. Hun ledematen
waren nooit van hun lichaam gerukt, hun vrouwen nooit verkracht en hun

kinderen nooit gedood. En nu zou hij daar dus verandering in brengen. Waar bleef Jamal?

Wat als Yuri's bom niet afging? Abdullah rilde en sloot zijn ogen. Zijn zweet doordrenkte zijn kraag en hij wreef met een hand over zijn nek.

Er liep iemand het kantoor in en Abdullah opende zijn ogen. Het kantoor leek iets weg te draaien. Hij zag alles dubbel – twee deuren, twee Ramóns. Hij schudde zijn hoofd en knipperde. Nu was er nog maar één. Hij hief twee klamme handen op naar het bureau en zette ze voor zich neer. Er landde een vlieg op een van zijn knokkels, maar hij negeerde hem.

'Waar zijn de bommen?', vroeg hij.

'Het schip met de grootste zou nu de Chesapeake Bay moeten binnenvaren. Hij zal vroeg genoeg op de plaats van bestemming zijn.' Ramóns stem sloeg over – hij was bang, dacht Abdullah. Stel je voor, bang.

'De *Lumber Lord* vaart nog steeds in noordelijke richting langs de kust van Florida.'

Abdullah knikte. Naast zijn rechterhand stond de zwarte zender naar het plafond te staren.

'Stuur een bericht naar de Amerikanen', zei hij zacht. 'Vertel hun dat ze een half uur hebben om hun mensen terug te trekken uit de vallei.'

Hij liet zijn vinger over de groene knoppen glijden. Zijn wereld vertraagde. Hij voelde zich alsof hij drugs had gebruikt. Maar zelfs die gedachte ging traag. Alsof hij een hoger bewustzijn was binnengegaan. Of misschien een lager bewustzijn. Nee, nee. Het moest een hoger bewustzijnsniveau zijn, eentje die in de buurt van grootsheid kwam. Zoals die jonge jongens die toen in de mijnenvelden hun dood tegemoet marcheerden.

'Vertel hun dat als ze die soldaten niet terugtrekken, we een kleine bom laten afgaan. Vertel er niet bij dat dat ook het aftelmechanisme van de grote in werking zal stellen', zei hij en zijn vingers lagen bevend op de zender.

De armen van Mark Ingersol hingen slap langs zijn zijden en hij zweette alsof hij zich in een sauna bevond, in plaats van in de commandoruimte waarin hij en Friberg zich hadden teruggetrokken.

Ze hadden een derde bericht gehad.

Langs de muren stonden duizenden boeken, die een lange vergadertafel omringden, maar geen enkel boek kon hen nu helpen. De crisis was kritiek geworden en Friberg had eigenlijk een en al actie moeten uitstralen. De hoge leren stoelen rond de houten tafel zouden tot op de laatste zetel bezet moeten zijn met hooggeplaatste strategen. In plaats daarvan zat er maar één man en die zat onderuitgezakt en verdoofd voor zich uit te staren, nauwelijks in staat zich te bewegen.

'Vertellen we het hem of niet?', vroeg Ingersol.

Friberg keek op. Hij zag er meer uit als een puppy dan als de topman van de CIA. 'Wie *wat* vertellen?'

'De president! U kunt hier niet zomaar zo blijven zitten. Die gek daar heeft ons een half uur gegeven om…'

'Ik weet wat die gek daar ons heeft gegeven. Ik weet alleen niet of ik het wel geloof.'

'Of u het wel gelooft?! Als u het niet erg vindt, zou ik u er even op willen wijzen dat we dat stadium al gepasseerd zijn. We komen er snel genoeg achter of ze wel of geen bom hebben. In de tussentijd kunnen we maar beter de president op de hoogte stellen.'

'Ik speel dit spelletje al lang genoeg om te weten wat we zouden moeten doen, *Ingersol*. Feit is dat jij en ik op de verkeerde plek zitten als die idioot inderdaad een bom heeft. Maar denk je nou echt dat ik hier in een half uur iets aan kan doen? Wat dacht je ervan om een bulletin te versturen naar alle grote radio- en televisiestations met de mededeling: "Wegwezen allemaal, want er staat verderop in de straat een atoombom op springen!" We zouden meer mensen verliezen door de paniek die dan ontstaat, dan door de bom.'

'Hoe dan ook, de president zou dit moeten weten.'

'De president is wel de *laatste* die het zou moeten weten!' Friberg was weer tot leven gekomen. Zijn gezicht werd rood en was verwrongen. 'Hoe minder hij weet, hoe beter het is. Als er een explosie komt, hebben we een probleem. Mee eens. Maar het heeft geen zin de aandacht op ons te richten. Er is een dreiging en we zijn ermee bezig – dat is alles wat hij op het ogenblik hoeft te weten. Ik heb hem nog geen drie uur geleden bijgepraat over de situatie. We zijn bezig de boel systematisch aan te pakken. Gewoon een routinedreiging, dat is alles. Denk even na, zeg.'

Ingersol knipperde met zijn ogen. 'En wat als dat ding ontploft en ze erachter komen dat u informatie hebt achtergehouden?'

'Wij, Ingersol. *Wij* hebben informatie achtergehouden. En het wordt nooit ontdekt – dat is het hele punt. Niet als jij je tenminste niet gek laat maken.'

Er liep een rilling over Ingersols rug. 'We zouden in elk geval de commando's terug kunnen trekken. Ze nu door laten gaan is gekkenwerk. Abdullah

214

zal die bom laten afgaan!'

De directeur knikte. 'Je hebt gelijk. Laat ze onmiddellijk terugtrekken.'

Ingersol aarzelde een moment en dacht dat hij misschien iets zou moeten zeggen. Iets wat deze waanzin zou verzachten, iets waar hij zich wat gemakkelijker door zou voelen. Maar zijn gedachten wilden niet.

Hij draaide zich om en verliet de kamer. Ze hadden dat bericht naar de commando's tien minuten geleden al moeten verzenden. Nu hadden die mannen amper een kwartier om zich terug te trekken voor Abdullah gekke dingen ging doen.

Wat dat dan ook mocht zijn.

37

Enkele minuten na de haastige verdwijning van Shannon liet Tanya zich aan de rand van de open plek bij de rivier op de grond neerploffen. Ze bedacht dat er van alles in het bruine water dertig meter verderop kon zitten, maar ze gaf niet echt meer om haar eigen veiligheid.

De waanzin van acht jaar geleden was zich in haar gedachten aan het ontrollen; het voelde aan alsof het een slang was die zich uitrolde. Ze wist nog niet hoe, maar op de een of andere manier voegde dit alles zich samen tot een collage met een bepaalde betekenis. De noten begonnen samen een muziekstuk te spelen. De woorden droegen een boodschap in zich. En het stroomde allemaal door haar heen.

De eerste paar uur bracht ze door in de mist, zich nauwelijks bewust van de nieuwsgierige vogels die boven haar heen en weer fladderden of de parade aan insecten die over haar schoenen en benen krioelden.

De woorden die ze tot Shannon had gesproken waren niet van haarzelf geweest. Goed, ze waren voortgekomen uit haar mond en zelfs uit haar eigen gedachten, maar haar geest had ze overgedragen aan haar gedachten. Dat wist ze omdat er een warmte in haar geest was gaan gloeien die niet bij haarzelf vandaan kwam.

God verwarmde haar. Hij hield haar vast en ademde zijn troostende woorden in haar, als een vader die iets tegen een huilende baby fluistert.

En met zijn adem kwam er een nieuw begrip in verband met Shannon. Een pijn voor hem die brandde tot in haar botten. Hij was jarenlang gekweld, zag ze nu, ongeveer net zoals zij. Maar zijn kwelgeest kwam recht uit de hel en trapte hem de grond in. Haar kwelling was een gave uit de hemel, een tijd om haar geest zacht te maken, zoals de priester had geopperd. Een doorn in haar vlees, die haar voorbereidde op deze dag. Deze botsing van verschillende werelden. Dit crescendo van cimbalen, als de finale van een grootse symfonie.

Je had natuurlijk ook dat hele gedoe met de droom en die bom en zo, maar dat leek allemaal opeens niet belangrijk meer. Dit draaide allemaal om Shannon.

Tanya legde haar hoofd op haar onderarm en sloot haar ogen. 'Shannon, arme Shannon', fluisterde ze. En meteen stonden haar ogen vol tranen. De pijn in haar hart voor hem werd groter. Het was geen liefde in de klassieke zin van romantische liefde, dacht ze. Het was meer een soort van medeleven.

'Het spijt me zo, Shannon.' De klank van zijn naam die zachtjes over haar lippen rolde, wierp haar terug in de tijd, toen ze elkaar nog van alles toefluisterden. Ik hou van je, Shannon. Ik hou van je, Tanya.

Wat is er aan de hand, Vader? Zeg alstublieft iets tegen me.

En toen viel ze uitgeput in slaap.

Shannon hurkte neer aan de rand van de jungle en hijgde van het rennen. Voor hem lag de oude plantage en dat was een afschuwelijk vertrouwd beeld, als een landschap dat uit een oude nachtmerrie was gehaald en dat nu voor hem uitgespreid lag. Hij hield zijn adem in en slikte. Het woonhuis, dat enkele honderden meters naar rechts stond, was een bouwval met afbladderende planken. Het ooit zo strakke gazon waarop zijn vader aan stukken geschoten was, stond nu vol met wuivend gras dat tot aan zijn middel reikte.

Tanya's stem fluisterde in zijn oor. *Ben je klaar om te sterven, Shannon?* Een absurde vraag. Er joeg een hete vlaag langs de binnenkant van zijn schedel.

Ben je klaar om te doden, Shannon?

Ja.

Hij keek met een ruk naar rechts, waar de ingang naar de cocaïnefabriek werd afgesloten door een grote hangardeur. Buiten de twee bewakers die aan beide zijden van de deur stonden, waren er geen andere mensen te zien. De mensen in het veld woonden waarschijnlijk in hun oude woonhuis, vermoedde hij. Alleen God wist wat ze daar hadden uitgespookt en wie er al die jaren in zijn bed had geslapen. Ook dat zou hij moeten afbranden. Tot op de grond.

Shannon trok zich weer terug in het oerwoud en rende langs de rand van de open plek in de richting van de hangar. Hij was al eerder een ander stel bewakers tegengekomen en het was duidelijk dat ze lui waren geworden van al die jaren dat ze niet met getrainde vijanden te maken hadden gehad. Misschien dat ze in staat waren wat inheemsen in hun slaap te verrassen en af te slachten, maar vandaag zou hij ze eens stevig uittesten. Hij liet zich dertig meter van de eerste bewaker vandaan op een knie zakken.

Er ging een kleinere deur open en Shannon trok zich terug in de schaduwen. Een man met een witte laboratoriumjas kwam even naar buiten, praatte met de bewaker en ging toen weer naar binnen.

Het gras tussen de jungle en de hangardeur stond ruim een halve meter hoog. Het was de afgelopen maanden niet gemaaid – een stomme vergissing. Shannon verplaatste de groene rugzak met explosieven naar zijn borst en liet zich zover zakken dat de rugzak over de grond sleepte. Hij tijgerde bij de bomen vandaan en bleef net onder het maaiveld.

Hij had de helft van de afstand overbrugd toen hij stopte en hen voorzichtig begluurde. Als hij het wapen zou gebruiken dat hij van de commando had afgepakt, zou hij net zo goed een drumband kunnen meenemen, maar hij had hoe dan ook altijd liever een mes gebruikt. Beide wachtposten leunden tegen de metalen deurpost en hun wapens stonden binnen bereik tegen de muur.

Shannon pakte het steentje dat hij uit de jungle had meegenomen en wachtte af. Er ging een volle vijf minuten voorbij in de smoorhete stilte voor beide bewakers een andere kant uitkeken.

Shannon smeet de steen naar de verste hoek van de hangardeur, in de richting waarin ze keken, maar dan wel tegen het metaal van de roldeur. De steen kletterde ertegenaan en ze schrokken zichtbaar.

Op dat moment kwam hij uit het gras tevoorschijn, terwijl hun zintuigen even niet optimaal functioneerden door de schrik. Voor de steen goed en wel op de grond stuiterde, een meter of twintig voorbij de bewakers, was Shannon al halverwege, een mes in elke hand. Onder het rennen gooide hij het bowie-mes naar de dichtstbijzijnde bewaker. De Arkansas Slider flitste naar zijn rechterhand terwijl de bowie zich nog steeds in de lucht bevond. Vanuit zijn ooghoeken zag Shannon dat de bowie de eerste bewaker in zijn slaap raakte. De tweede bewaker draaide zich met een ruk om, maar Shannons werparm schoot al naar voren met de Slider. Die vloog door de lucht en boorde zich in de borst van de man, rechts van zijn borstbeen. Geen van tweeën had een alarmkreet geuit; beide mannen hapten naar adem en zakten in elkaar.

Shannon rende recht naar de kleine deur toe, griste het bowie-mes uit de dichtstbijzijnde bewaker en ging plat tegen de muur staan, terwijl de adrenaline door zijn aderen raasde. Het euforische zoemen dat altijd gepaard ging met het moorden, vloog langs zijn ruggenmerg omhoog. Hij gooide de rugzak weer op zijn rug, greep de deurknop en haalde de negen millimeter Browning van de commando tevoorschijn.

Er zouden twee dingen kunnen gebeuren wanneer hij de deur opende. Ze zouden hem in de gaten kunnen krijgen, waardoor hij midden in een vuurgevecht terecht zou komen, of hij zou ongemerkt naar binnen kunnen glippen. Hij kon zich niet herinneren dat hij het succes van een missie had laten afhangen van zulke onzekerheden en hij knarste met zijn tanden nu hij eraan dacht. Hij was echter niet minder gebrand op dat succes dan anders.

Shannon draaide aan de deurknop en duwde er heel erg langzaam tegen. Het zweet droop van het puntje van zijn neus en spatte op zijn knie. De deur ging op een kiertje open en hij hield hem stil.

Geen reactie.

Hij gluurde door de spleet. Zijn hart bonkte door zijn borst als een basketbal waarmee in een lege sporthal werd gedribbeld. Hij zag één helikopter vanuit zijn beperkte uitkijkpunt. Hij duwde de deur iets verder open. Twee helikopters. En erachter een deur die naar de fabriek leidde.

Maar in de schamel verlichte hangar was het stil. Hij werd niet bewaakt. Shannon ademde de vochtige lucht in, gleed naar binnen en deed de deur zachtjes achter zich dicht. Zonder te stoppen rende hij naar een rood gereedschapskarretje en hurkte erachter neer. Hij werkte nu snel en pakte drie springladingen uit zijn rugzak. Hij zette elke timer op een half uur en zwaaide de rugtas weer over zijn schouder.

Shannon gluurde om het gereedschapskarretje heen, zag dat er niemand de hangar was binnengekomen en liep voorzichtig naar de dichtstbijzijnde helikopter toe. Hij bevestigde een pakketje C-4 aan de brandstoftank en ging op weg naar de volgende. Het derde pakketje gooide hij achter een grote brandstoftank die achter in de hangar stond. Wanneer het explosief over achtentwintig minuten zou afgaan, zou de hele hangar naar beneden komen. Als het hun zou lukken een van de heli's in de lucht te krijgen, zou hij daar uit elkaar spatten. Shannon veegde het zweet van zijn voorhoofd. De deur die naar het cocaïnefabriekje leidde, was nog steeds dicht. Shannon negeerde hem en rende naar de gebogen stalen profielen in de hoeken, die het plafond ondersteunden. Tot zover ging het goed.

Misschien wel *te* goed.

De drie commando-eenheden bewogen zich in een conventionele vork-constructie door de jungle. Rick Parlier leidde zijn eenheid in het midden en liep lichtvoetig door het gebladerte. Er zoemde een tiental insecten om hem heen, maar alleen aan de krengen die in zijn nek dreigden te gaan zitten, ergerde hij zich en dan pas na een uur hoog stappend door de vallei te hebben gelopen en niets te hebben gevonden. Hij zou zich liever veel sneller hebben voortbewogen – met het team rennend eropaf. Maar er bleven drie feiten door zijn gedachten cirkelen.

Ten eerste kenden ze de omgeving niet. Dit was iets anders dan een punt aan de andere kant van een paar zandduinen uitkiezen en dan de boel overlopen. Het leek meer op achteruit door een bos doornstruiken kruipen. 's Nachts.

Ten tweede, ook al wisten ze dat de vallei bezet was, ze wisten niet precies waar die heli vandaan was gekomen of hoeveel helikopters er nog meer onder het bladerdak verscholen stonden.

En ten derde liep die agent hier nog steeds als een maniak door het oerwoud te rennen. Waarschijnlijk was hij degene geweest die Phil enkele uren geleden te grazen had genomen. Verder sloeg het eigenlijk nergens op.

Parlier bleef achter een grote palm staan en gaf een klap in zijn nek. Hij vond het onderhand tijd worden om het tempo wat te verhogen toen Mark achter hem snel zijn vuist in de lucht stak, het teken dat ze meteen moesten stoppen. Hij liet zich op een knie zakken en wachtte tot Graham hem van achter uit de rij zou bereiken.

Graham kwam naast Parlier zitten. 'We hebben een probleem, sir. Oom heeft opdracht gegeven ons terug te trekken.'

Parlier staarde de verbindingsman aan. 'Zijn ze nou helemáál?'

'Vind ik ook. Ze weigeren uitleg te geven. We moeten hier gewoon zo snel mogelijk verdwijnen. We hebben vijf minuten om terug naar de kliffen te gaan.'

'Wat heb je tegen ze gezegd?'

'Dat dat onmogelijk is.'

Parlier stond op en griste de microfoon uit Grahams hand. 'We worden door de een of andere imbeciel...'

Plotseling echode er een explosie door de jungle, nog geen honderd meter rechts van hen. Parlier draaide zich met een ruk om naar het geluid.

De jungle krijste met de reactie van duizenden beesten. 'Dat was Gamma!' Graham griste de microfoon weer terug. Hij drukte de zendknop in en sprak snel in de microfoon. 'Kom erin, James. Wat was dat?'

Alleen ruis over de radio.

Grahams hand beefde en hij drukte de knop weer in. 'Gamma, Gamma, dit is Alfa. Kom erin!'

De ontvanger kwam tot leven. 'Alfa, we hebben hier problemen! Er is iemand neer. Tony is neer. Ik herhaal, er is een man neer door de een of andere mijn!'

Parlier pakte de microfoon weer over van Graham. 'James, dit is Parlier. Luister goed. Ga terug naar de kliffen. Ga niet, herhaal, ga *niet* verder. Begrepen?'

'Begrepen. We trekken ons terug.' Het werd weer stil.

Een landmijn? Voor wat? 'Bèta, hebben jullie dat laatste bevel begrepen?'

'Begrepen, Alfa.'

'Als de sodemieter wegwezen daar, Bèta. Terug naar de kliffen. Begrepen?'

'Begrepen, sir.'

Parlier gooide de microfoon terug naar Tim en gebaarde naar Mark dat ze zich terug moesten trekken, die dat signaal weer doorgaf aan Ben en Dave, die zich achter hem bevonden.

'Lopen.' Graham zwaaide de microfoon over zijn arm en kwam snel in beweging.

Parlier wierp nog een laatste blik naar de jungle voor hen en verdween toen ook de vallei in. Ze bevonden zich al vier dagen in de jungle en hadden nog maar één ander mens gezien, en dan nog maar heel kort voor de bewuste commando buiten westen ging. En nu was er een man neer. Als ze geen verklaring kregen voor het donker werd, zou hij teruggaan om in zijn eentje de opdracht af te maken. Misschien wel samen met Graham.

Parlier schudde zijn hoofd en liep door in de richting van de kliffen.

Abdullah zat aan zijn bureau en keek naar de klok. Het was hem nooit eerder opgevallen dat het ding zacht tikte, maar nu klonk het zelfs boven het geklik van de kevers uit.

Er rolden druppels zweet over zijn kin, die op het stuk wit papier drupten waarop hij zijn eerste radiobericht had gekrabbeld. Er zaten meerdere vliegen onbeweeglijk op zijn knokkels, maar hij merkte het amper. Zijn ogen bleven op de klok gericht, terwijl zijn gedachten zich door de mist heen kronkelden.

Hij ademde regelmatig, in lange teugen, en knipperde alleen wanneer zijn ogen erg begonnen te steken. Ramón zat met zijn benen over elkaar geslagen tegenover hem en staarde Abdullah door zijn ene goede oog emotieloos aan.

Er was iets veranderd. Gisteren had het laten afgaan van een kernwapen in de Verenigde Staten nog een opwindend idee geleken. Maar het was een project. Een plan. Zelfs een obsessie. Maar altijd meer een obsessie van Jamal dan van hem.

En nu was het van hem geworden. Een wanhopig verlangen – als een hap lucht na twee minuten onder water te zijn geweest. Het voelde aan alsof *niet* op deze kleine plastic knopjes drukken het leven uit hem zou wegzuigen.

Het effect leek surreëel. Onmogelijk, eigenlijk. Zijn gedachten bladerden door de stappen van de detonatie heen, zoals Yuri hem zo vaak had uitgelegd.

Wie was hij om de wereld te veranderen? Abdullah Amir. Die gedachte deed een rilling door hem heen varen. Hij drukte bijna op de knop. Er ging een hoog en schel alarm af in zijn hoofd en de klok werd even wazig. En toen had hij weer beeld.

De commando's hadden nog vijf minuten om de ondergrondse draad over te steken. Abdullah mompelde een gebed voor hun falen. Het lag nu in handen van Allah.

38

Ramón keek naar Abdullah en voelde een nieuwe angst bezit van hem nemen. Zijn rechterbeen was vijf minuten geleden gaan slapen en zijn rug deed pijn van het te lang in dezelfde houding zitten.

Abdullah zat tegenover hem enorm te zweten. Het zoute vocht droop op zijn bureau, maar hij verroerde zich niet. Zijn steeds roder wordende ogen verplaatsten zich van de wandklok naar het zendertje. Om de paar seconden vertoonde zijn rechterwang een zenuwtrekje, alsof er een vlieg op was neergestreken. Zijn lippen vertrokken zich tot een vreemde grimas en het was niet duidelijk of dat nu van plezier of van bitterheid was.

Ramón wierp een blik op de wandklok en zag de grote wijzer langzaam naar beneden kruipen. Hij slikte en werd plotseling getroffen door de absurditeit van dit hele gebeuren. Over dertig seconden zou er niet alleen maar een plastic knopje worden ingedrukt, maar zou een nietsvermoedende wereld een vuist in het gezicht krijgen. Er zouden niet één, maar twee atoombommen exploderen, met een tussenruimte van vierentwintig uur. In naam van Allah.

De grote wijzer begon aan zijn klim en Ramón bedacht plotseling dat hij de man zou moeten tegenhouden. Hij zou zijn pistool moeten opheffen en hem door zijn natte voorhoofd schieten. Die gedachte krijste door zijn hoofd, maar Ramón kon hem niet omzetten in een signaal naar zijn motorische zenuwen, naar zijn ledematen, waar zijn verstijfde spieren zaten.

En toen was de grote wijzer bovenaan.

Ramón merkte dat hij was gestopt met ademhalen. Zijn ogen schoten naar de Arabier. Abdullahs gezicht huiverde, waardoor hij een laatste druppel zweet van zijn bovenlip schudde. Zijn ogen keken als twee zwarte, uitpuilende knikkers naar de klok.

Maar hij had de groene knop niet ingedrukt.

Ramón dwong zijn blik naar de klok aan de muur. De grote wijzer bewoog zich weer naar beneden, langs de grote vijf en dan naar de tien. En toen hoorde hij iemand rumoerig uitademen en zijn ogen schoten weer terug naar de man tegenover hem.

Abdullah zat in elkaar gezakt in zijn stoel, zijn ogen gesloten, uitdrukkingsloos. Ramón liet zijn blik naar de hand van de man zakken. De rechter wijsvinger van de Arabier lag nog steeds op de groene knop.

Hij was ingedrukt.

Daytona Beach had altijd al bekendgestaan om zijn stranden en werd aanbeden om zijn zon. Op zaterdag was de lucht meestal blauw. Maar vandaag had een koele wind wolken meegevoerd, die de zonnestralen tegenhielden, waardoor het strand er grijs en bijna verlaten bij lag. Normaal gesproken lagen er duizenden toeristen op het witte zand of speelden ze in de golven, maar alleen de echte diehards waren overgebleven.

Twintig mijl uit de kust stoomde de *Lumber Lord* in noordelijke richting, langs de kust van Florida. Er scheerde een zwerm zeemeeuwen over het schip, die elk etensrestje uit zee pikten dat ze maar konden vinden. Een tiental bemanningsleden was enthousiast bezig met een watergevecht, dat werd geleid door Andrew. Kapitein Moses Catura had zijn gebruikelijke positie in de stuurhut ingenomen en keek hoe de mannen elkaar op het dek nat gooiden. Hij glimlachte in zichzelf. Dat waren van die momenten dat hij blij was dat hij leefde.

Het was ook meteen zijn laatste moment.

Een enkel signaal, onzichtbaar voor het menselijk oog, versterkt en doorgestuurd van de kust van Venezuela naar de zuidoostkust van Cuba, vond op dat moment de *Lumber Lord*. Het drong door de romp heen, vond de kleine zwarte ontvanger in een van de boomstammen en liet daar een schakelaar overgaan.

De explosie in de *Lumber Lord* begon onschuldig genoeg. De krytron schakelingen lieten hun vierduizend volt ladingen los op de veertig detonators die de kern van de zilveren rugbybal omgaven. De detonators lieten op hun beurt simultaan de vijftien kilogram voorgevormde ladingen rond de uranium reflector afgaan. Met een volmaakte precisie, zoals de Rus had bedoeld, ramden de voorgevormde ladingen de uranium reflector in de plutonium bal ter grootte van een sinaasappel.

Op dit punt was het meer een implosie dan een explosie.

De implosie perste de plutonium kern zo krachtig samen, dat er aan de rand een atoomkern splitste en hij een neutron losliet. Op precies datzelfde moment brak de schok van de implosie de initiator in de kern van het plutonium. Toen de initiator werd gekraakt, vermengden het beryllium en het polonium erin zich, waardoor ze een stortvloed aan neutronen in het hun omringende plutonium loslieten.

Binnen driemiljoenste seconde kwam de eerste neutron vrij uit zijn atoom – de eerste generatie.

In vijfenvijftig generaties bereikte het plutonium een superkritische massa en de kleine plutonium bol vermorzelde elke natuurwet.

Deze hele gebeurtenis duurde nog geen duizendste seconde.

Plotseling was de plutonium sinaasappel helemaal geen bol meer, maar een zon van ruim honderd miljoen graden, die met meer dan zestienhonderd kilometer per uur om zich heen greep. Twintig mijl uit de kust van

Daytona Beach was de derde offensieve kernexplosie uit de menselijke geschiedenis een feit.

Het ene moment sneed de massief stalen boeg van de *Lumber Lord* door een kalm zeetje en het volgende moment werd het schip verdampt in een verblindende bal licht, alsof het van crêpepapier was gemaakt.

De explosie deed de horizon oplichten, alsof de zon stotterde. Er rees een enorme vuurbal op uit zee en staarde de nietsvermoedende badgasten in het gezicht. In de eerste milliseconde bereikte een thermische lichtpuls het strand, waarbij een stuk of duizend toeschouwers een flinke zonnebrand opliepen. Langs de kust vloog er op een tiental plekken een en ander in brand.

Een elektromagnetische puls van de explosie legde alle elektriciteit en communicatiemiddelen in de stad lam. Er rees een enorme paddenstoel boven de oceaan uit en het bleef een paar seconden narommelen.

En toen werd het stil.

Na een eindeloze pauze begon de stad zich weer te vullen met geluid. Politiesirenes huilden door de straten, hoewel dat helemaal geen zin had en ze geen radiocontact konden krijgen met het politiebureau of welke andere instantie dan ook. Mensen renden gillend door elkaar.

De vloedgolf die de kust raakte, was relatief klein, maar genoeg om een meter of honderd landinwaarts te rollen. Het water raasde ongeveer tien minuten na de explosie over de stranden heen.

En toen klapte het vacuüm, dat was veroorzaakt door de explosie, weer in elkaar, en de wind, die eerder de wolken had meegevoerd, vervolgde zijn weg naar zee. De fall-out dreef voorlopig bij het land vandaan.

De explosie was niet meer dan een nies, vergeleken bij de veel grotere andere bom, die al aan het aftellen was.

Nog drieëntwintig uur en achtenveertig minuten.

Tanya sliep onder de hoog boven zich uittorenende bomen, zich niet bewust van de langslopende jaguar en ook niet van de drie krokodillen die haar vanaf de oever beloerden. En ze was zich nog minder bewust van de kleine zon die de hemel voor de kust van Florida had verlicht. Bij haar was het donker. Het heerlijke donker van de slaap.

Tot de hemel zich plotseling opende, als een scheur in de ruimte. Het strand lag voor haar en de golven likten aan het strand. Het visioen was terug. Maar deze keer riep Shannon haar dat ze moest komen.

Shannon. Lieve Shannon. Ik hou van je, Shannon.

Ze schokte in haar slaap. Ik hou van wie hij was.

Kom op, Tanya!, riep de jongen naar haar. *Red me alsjeblieft.*

En toen barstte de lucht in haar gedachten open, als een flashgranaat. De adem werd haar ontnomen door een witheet vuur en de wereld werd weer zwart.

Tanya ging met een ruk overeind zitten en hijgde hard. Het zweet stroomde over haar rug. De bom was afgegaan!

De bom was net afgegaan!

39

Mark Ingersol stond in de ondergrondse ruimte tussen de computers en faxen, met één hand om zijn middel geslagen en de andere onder zijn kin. Hij was nooit een nagelbijter geweest, maar de afgelopen twintig minuten was het hem gelukt zijn wijsvinger tot bloedens toe open te kauwen. Hij had deze keer hoogstpersoonlijk met de commando-eenheid gesproken, waarbij hij de gebruikelijke communicatiekanalen had genegeerd. Een militair met de naam Graham had hem verteld dat ze zich niet op tijd konden terugtrekken.

'Wat bedoel je dat je je niet op tijd kunt terugtrekken? Je bent een commando! Topsnelheid, man!'

Hij was twee keer in de verleiding gekomen om terug te bellen, om te zien of ze al opschoten. Maar hij hield het op ijsberen. De verbindingsman die op dat moment dienst had, kwam naar hem toe en vroeg of hij misschien kon helpen. Ingersol had de man de deur uit gescholden.

En nu was de klok al twee minuten over de deadline heen getikt en er was nog niets gebeurd. Dat was mooi. Dat was echt heel mooi. Ingersol voelde dat zijn schouderspieren zich ontspanden.

Hij haalde een keer diep adem en ging naar het toilet.

Ondanks dat krankzinnige dreigement, hingen er nog steeds wat losse eindjes in zijn gedachten te bungelen. David Lunow, bijvoorbeeld. Hij deed zijn behoefte en dacht erover na hoe het zou voelen om iemand als David te elimineren. Een willekeurige agent, oké, maar David? Dat was een vriend.

Hij duwde de wc-deur open en wilde op weg gaan naar zijn eigen kantoor, maar zijn blik werd naar een van de faxen getrokken. Als een lange tong rolde er een blad papier uit. Er liep een rilling langs Ingersols rug.

Dat bericht zou overal en nergens vandaan kunnen komen. Hij week af van zijn koers en boog zich over het apparaat heen.

In eerste instantie wilde het bericht dat erop stond, niet eens bij hem landen. Toch was het een vrij eenvoudig verhaal:

Als jullie die agent niet uitleveren, zoals geëist, gaat er een volgende bom af. In Miami. Een veel grotere bom, die al aan het aftellen is. Jullie hebben precies vierentwintig uur.

De Broederschap

Het was dat ene woord – *volgende* – dat plotseling als een sirene in Ingersols hoofd afging. Zijn knieën knikten en de rilling keerde om en bereikte zijn hielen. Hij hief een bevende hand op naar het papier en scheurde het los. Hij draaide zich met een ruk om en rende de communicatieruimte uit.

Binnen vijfentwintig seconden bereikte Ingersol het kantoor van de directeur, vier verdiepingen hoger. Friberg zat te telefoneren. Hij zag lijkbleek en zijn ogen stonden wijd open. Hij keek niet op toen Ingersol het bericht voor zijn ogen heen en weer wapperde. Zijn gedachten waren ergens anders.

'… ja, meneer. Ik begrijp het, meneer. Maar dat was onder andere voorwendselen. Het is duidelijk dat er het een en ander is gewijzigd.'

Hij praat met de president, dacht Ingersol. *Het is zover!*

Friberg vervolgde: 'Tja, als hij er een had, zou hij er wel meer kunnen hebben.'

'Die heeft hij inderdaad', zei Ingersol. Fribergs gezicht werd zo mogelijk nog witter. Ingersol slikte en liet het bericht iets zakken.

Friberg luisterde nog even. 'Jazeker, meneer.' En toen hing hij op.

Ze staarden elkaar enkele seconden stilzwijgend aan.

Fribergs gezicht kreeg weer wat uitdrukking voor hij zei: 'NORAD heeft vijf minuten geleden twintig mijl uit de kust van Daytona Beach een explosie van twintig kiloton gemeten.'

Ingersol knipperde enkele keren snel met zijn ogen. Hij ging verdoofd in een stoel zitten.

Friberg keek uit het raam en bleef stil zitten. Zijn gezicht stond weer uitdrukkingsloos. 'Gelukkig was het geen weer om naar het strand te gaan; er zijn nog geen slachtoffers gerapporteerd. Ze hebben alleen een zware structurele schade aan het strand gemeld.'

'Dit had niet moeten gebeuren.'

'En toch is het gebeurd. Wen er maar aan.'

'Wat doet de president?'

Friberg keek hem aan. 'Wat verwacht je dat hij aan het doen is? Die is in alle staten. Hij slaat groot alarm. Hij heeft bevel gegeven onmiddellijk alle vliegvelden te sluiten. De Europeanen lopen al te gillen dat de fall-out hun kant op komt. Ze hebben al een squadron F-16's op de startbaan staan en schreeuwen om een doelwit. En ik vermoed dat ze Zuid-Florida gaan evacueren. Zoals ik al zei, grote paniek.'

'Hebt u die F-16's een doelwit gegeven?'

'Nee.'

Ingersol schoof het bericht naar Friberg toe. 'Nou, dat kunt u maar beter wel doen. We hebben nog een bom.'

Friberg pakte het korte bericht op en bekeek het. 'Zie je, dat is nou precies de reden dat we de luchtmacht geen doelwit kunnen geven.'

'Wat bedoelt u? Dit verandert alles! Ik ga niet rustig zitten afwachten tot...'

'Houd je kop, Ingersol! Denk even na, man! Die bom werd van een afstand bediend. We kunnen niet zomaar de hele jungle daar platbombarderen. Iemand die gek genoeg is om een atoombom te laten afgaan omdat we niet iemands hoofd op een zilveren schaal aanbieden, is ook gek genoeg om die tweede bom te laten afgaan als hij ook maar even denkt dat hij wordt aangevallen.'

'Dat zegt hij. Het zou bluf kunnen zijn. Als dat zo is, zijn we zo klaar.'

'We moeten alle signalen uit die regio onderdrukken.'

'We zitten er al bovenop.' De man dacht dus eindelijk verder dan zijn eigen hachje. 'Kunnen ze niet een *smart weapon* op dat complex gooien? Iets dat zijn werk al heeft gedaan voor zij doorhebben dat het eraan komt?'

'Om wat te bereiken? Als hij die tweede bom al heeft ingeschakeld, zou een bom ons beroven van de kans om het aftellen te laten stoppen. En als hij hem nog niet heeft ingeschakeld, kunnen we niet het risico nemen dat hij dat wel doet.'

'Maar wat moeten we *dan*?'

Friberg wierp nogmaals een blik op het bericht. 'We evacueren het zuiden van Florida. We gaan in de omgeving van Miami elk hoekje en gaatje afzoeken naar een bom. We vervloeken de dag dat we Casius hebben laten leven. We doen alles wat in ons vermogen ligt om Abdullah Amir te lokaliseren en hopen dat we het signaal kunnen isoleren dat hij voor de detonatie gebruikt.'

Er kwam bij Ingersol een gedachte bovendrijven. De gedachte dat hun grootste kans wel eens een zeer vakkundige operationeel agent zou kunnen zijn die in de jungle werd afgezet.

'Dan moeten we Casius achter hem aan sturen.'

Friberg knipperde met zijn ogen. 'Casius?'

'Dat is de beste operationeel agent die we hebben. Daarbij komt nog dat hij de regio kent en ook dat hij er al zit.'

'We kunnen met geen mogelijkheid contact met hem leggen.' Friberg stond op. 'Vergeet Casius maar. We moeten wat briefings geven. We praten de president wel bij vanuit de auto.'

Hij liep naar de deur toe.

'Waar gaat u heen?', vroeg Ingersol, nog steeds buiten adem.

'*We,* Ingersol. We gaan naar Miami.'

Het simpele feit dat de Amerikanen nog nooit een kernexplosie op eigen grondgebied hadden meegemaakt, had tot gevolg dat niemand het in eerste instantie geloofde. De terroristische activiteiten in New York waren verschrikkelijk geweest, maar dit was eenvoudigweg niet te vatten. Toen de beelden uiteindelijk over de buis flitsten, kwam het land letterlijk tot stilstand.

De eerste live-beelden kwamen van een lijnvliegtuig die hoog genoeg vloog om geen last te hebben van de elektromagnetische puls. De beelden lieten een kustlijn zien die werd opgesierd door honderden kleine rookslierten, waarvan nieuwspresentator Gary Reese van CBS beweerde dat het vuurhaarden waren. Tegen de tijd dat de eerste helikopter tegen de specifieke bevelen om de lucht vrij te houden in over het gebied vloog, zat negentig procent van het volk achter de televisie en staarden ze met open mond naar het vuur en de zwaar beschadigde gebouwen.

Een privévideo-opname die vanuit een hotelkamer in Daytona Beach was gemaakt, werd eerst alleen door een regionale zender op de buis gebracht. Maar de grote netwerken namen het al snel over en de eenvoudige beelden van een oplichtende oostelijke horizon, midden op de dag, werd duizenden keren op elke televisie in de Verenigde Staten herhaald.

De grootste snelwegen liepen verlaten door verstilde steden. Cafés met een televisie waren afgeladen.

Alle reguliere programmeringen waren afgelast en er waren alleen nog maar actualiteitenprogramma's te vinden. De president smeekte het land geduld te hebben en hij zwoer dat er snel een vergeldingsaanval ondernomen zou worden. Het was een terroristische aanval, dat was iedereen al snel met elkaar eens. Sommige analisten adviseerden meteen en afdoende te reageren met kernwapens. Andere leken meer in te zijn voor een precisieaanval. Tegen wie of wat leek niet interessant.

En toen kwam er ander nieuws door de ether en een nieuwe angst golfde als een om zich heen grijpend vuur door het land. Inwoners van het zuiden van Florida werd gevraagd hun huizen te verlaten en hun heil elders in het land te zoeken. Rustig aan, natuurlijk, gecontroleerd door de Nationale Garde, langs vijf geselecteerde routes in noordelijke richting. Maar wel snel vertrekken en niets meenemen. Maar waarom dan? Tja, daar kon maar één reden voor zijn, wat er ook van officiële zijde werd beweerd.

Er was nog een bom.

En als er nog een bom in Florida was, wie kon hun dan verzekeren dat dezelfde terroristen er ook niet nog een in Chicago of Los Angeles of welke stad dan ook hadden verstopt? Zou het niet logischer zijn om de atoombommen te verspreiden, voor een grotere effectiviteit?

Binnen drie uur na de explosie was het hele land in paniek. De waarheid kwam aan als een klap in de maag – het onmogelijke was gebeurd en niemand wist wat hij moest doen.

40

In het cocaïnefabriekje verborg Shannon zich achter een van de vijf grote witte tanks, die allemaal waren geëtiketteerd met de chemische stof die erin zat: calciumbicarbonaat, zwavelzuur, ammoniumhydroxide, kaliumpermanganaat en benzine. Chemicaliën die werden gebruikt om cocaïne te raffineren. Hij gluurde om de tank met benzine heen en bekeek de ruimte voor zich. Van de tanks liepen pijpen naar de mengvaten die zich in het midden van de hal bevonden. Het hele proces werd geregeld vanuit de glazen ruimte die tegenover de tanks tegen de muur was aangebouwd.

Er hingen twee bewakers rond bij de deur die het laboratorium uit leidde. In het laboratorium werkte een man of acht. Zoals het er nu voor stond, zou het onmogelijk worden om ongemerkt de hal door te lopen. En hij had ongeveer vierentwintig minuten voor de eerste helikopter zou exploderen.

Shannon liet de rugzak van zijn rug glijden, zette een timer op tweeëntwintig minuten en drukte het plastic explosief onder de benzinetank. Hij sloop naar de ammoniumhydroxidetank helemaal aan de linkerkant, legde een kleine hoeveelheid C-4 op de betonnen vloer erachter, zette de timer op één minuut en trok zich weer terug naar de rechterkant van de hal.

Hij kroop in elkaar en wachtte af. Recht tegenover hem, aan de andere kant van de hal, begon de tunnel waardoor hij en de vrouw waren ontsnapt. Tanya. Ze heette Tanya en was opgestaan uit de dood om met hem over haar God te praten. Ze was nog net zo mooi als in zijn herinneringen. Misschien zelfs mooier. Zijn hart bonkte een gestaag ritme.

En de priester? Het was te laat voor de priester.

De lucht werd verscheurd door een explosie. Onmiddellijk draaiden alle hoofden zich met een ruk naar de andere hoek en Shannon sprintte uit zijn schuilhoek tevoorschijn. Er spoot op diverse plaatsen ammoniumhydroxidedamp uit de gescheurde tank. Er ging een alarm af toen het smerige goedje zich sissend met de lucht in de hal vermengde. Voor iemand ook maar in de gaten had wat er precies aan de hand was, was Shannon de hal al overgestoken en sprintte hij de tunnel door in de richting van de lift die hij en Tanya hadden gebruikt.

Hij gooide al rennend een pakketje C-4 onder de transportband. Dat zou de tunnel wel afsluiten. En toen stond hij voor de gapende liftkoker. De gondel hing boven hem. Hij keek in de richting van het laboratorium, waar nu tumult opklonk. Als hij al was gezien, zaten ze hem in elk geval niet achterna.

Hij greep de dikke staalkabel en liet zich naar de kelder zakken, drie meter boven de rotsachtige bodem. Hij haalde het bowie-mes tevoorschijn, ramde dat tussen de liftdeuren en wrikte. De stalen deuren weken iets vaneen en hij duwde een voet in de opening. Vijf seconden later tuimelde Shannon de gang in waarin hij pas twee dagen geleden nog gevangen had gezeten.

Abdullah stond licht gebogen in zijn kantoor op de bovenste verdieping. Hij was doorweekt van het zweet en zijn gezichtsspieren maakten spastische bewegingen.

Hij was van plan geweest de kust te bellen voor informatie over de explosie, maar die nerveuze hispanic had gelijk. Ze konden momenteel niemand vertrouwen. Ze zouden hier eigenlijk moeten verdwijnen voor een jachtbommenwerper een van die bommen liet vallen die zich dwars door bergwanden heen boorden. Voor Jamal per helikopter arriveerde.

'Maar ze kunnen ons niet aanvallen. Ze weten dat de tweede bom al aan het aftellen is. Ze zullen aannemen dat alleen ik dat kan tegenhouden. Zie je, dat is nou de kracht van echte terreur.' Hij kon zich niet herinneren dat hij zich zo tevreden had gevoeld.

Plotseling beefde het kantoor door het gerommel van een explosie en Ramón sprong doodsbang op van zijn stoel.

Abdullah vloog naar het raam. De mensen in de hal vluchtten bij een gescheurde tank vandaan. Een ongeval? Dat was te toevallig. De seconden tikten tergend langzaam weg in zijn gedachten, met de surreële traagheid van een enorme pendule.

En toen zag hij de halfnaakte man helemaal links van hem de tunnel in verdwijnen en hij moest even slikken.

De agent. Casius!

Hij draaide zich met een ruk om naar Ramón. 'Het is die agent weer!' Heel even was hij niet in staat om na te denken. Hij staarde Ramón aan, die zijn pistool al had getrokken.

'Casius?', vroeg Ramón.

De Amerikanen hadden hun huurmoordenaar dus weer achter hem aan gestuurd! In plaats van zich terug te trekken, richtte de CIA zich op de halsslagader.

Het werd tijd om te vertrekken. 'Breng de priester hierheen!'

Hij leunde opeens over het bureau heen en greep het zendertje.

'De priester?'

'Ja, de priester, idioot! De gijzelaar! Ik heb een gijzelaar nodig!'

Shannon plaatste vier ladingen in de kelder voor hij weer de liftschacht in ging en hand over hand naar de tweede verdieping klom.

Hij verschafte zich nogmaals met behulp van zijn bowie-mes toegang tot de middelste verdieping en trok zijn pistool. Een gang met drie deuren, verder niks.

Shannon haastte zich naar de twee deuren aan zijn linkerkant, luisterde even met zijn oor tegen het hout gedrukt en deed ze op een kiertje open. Leeg. De mannen hadden zich waarschijnlijk naar de explosie in het laboratorium gehaast. Een barretje en een eetzaal kregen allebei een pakketje explosieven met timers.

Hij rende terug naar de lift en drukte op de knop, waarbij hij de derde deur negeerde, waarvan hij wist dat die naar het laboratorium moest leiden. Dan bleef alleen de derde verdieping nog over. En daar zou Abdullah zich bevinden.

Achter de deuren kwam de lift zoemend in beweging. Shannon knipperde het zweet weg dat in zijn rechteroog liep en haalde diep adem. Hij zou naar boven gaan en Abdullah doden, zoals hij altijd al van plan was geweest. En dan zou hij voor altijd de jungle de rug toekeren. Er flitste een beeld van Tanya door zijn gedachten en hij gaf een ruk met zijn hoofd.

Ben je klaar om te sterven, Shannon?

Dat komt. Echt, dat komt.

Hij drukte zich tegen de muur, hief zijn pistool op in de richting van de liftdeuren en ademde uit.

Ramón drukte zich zo ver mogelijk in de hoek van de liftgondel en hurkte neer. Hij had de priester naar Abdullah gebracht en was toen naar beneden gestuurd om met Casius af te rekenen. De agent had hem een keer beetgenomen, maar hij zou niet nog eens ontsnappen. De liftbel rinkelde luid en hij hurkte nog lager.

De lift kwam met het gebruikelijke schokje tot stilstand en de deuren schoven open. Ramóns hand met het wapen beefde voor zijn ogen. Niets. Hij hield zijn adem in en wachtte, gespitst op de geringste beweging.

Maar er gebeurde niets. De deuren gleden weer dicht en de lift bleef hangen waar hij hing, wachtend op verdere instructies.

En nu? Als Ramón op een knop zou drukken, zou hij zichzelf kunnen verraden. Behalve als de agent zich in de kelder zou bevinden. Maar waarom zakte de lift dan niet verder? Iemand had de lift laten komen en dat was niet *hij*.

Ramón bleef enkele momenten gehurkt in de hoek zitten afwachten en wist niet wat hij moest doen. Die agent zou ongetwijfeld onder of boven hem zitten. Niet op deze verdieping. Die gedachte dreef hem ertoe voorover te leunen en de knop voor het openen van de deuren in te drukken. De deuren gleden weer open en Ramón richtte zijn wapen op de opening. Nog steeds niets. Hij stond op en schoof langzaam in de richting van de deuren.

Shannon rook de zweetgeur op het moment dat de deuren opengingen en hij schoof achteruit de hoek in voor ze helemaal open waren. Hij keek langs de muur en wachtte af.

De deuren gingen voor de neus van de inzittende dicht, maar de liftgondel bleef waar hij was. Hij wachtte met zijn wapen op de deuropening gericht. De ladingen in de hangar zouden binnen vijf minuten exploderen. Hij had niet de hele dag.

De deur ging weer open en na enkele momenten schoof de loop van een pistool door de deuropening. Hij bleef afwachten, hoewel zijn geduld in snel tempo opraakte.

Het wapen werd gevolgd door een hand. Op dat moment schoot Shannon, in de hand. De kogel hakte hem er bij de knokkels af en hij rende naar voren. De gang werd gevuld met het geschreeuw van de man.

In Shannons gedachten schreeuwde er iets anders – de wetenschap dat hij hier geen tijd voor had. Hij stapte de lift in op het moment dat de deuren weer begonnen dicht te gaan. De man die hij had verwond, knielde neer in een steeds groter wordende plas bloed. Het was de man met het ene oog. Shannon schoot hem door zijn voorhoofd en had hem al beet bij zijn kraag voor het hoofd achterover knakte. De ogen van de man bleven openstaan. Met een nijdige ruk slingerde hij het lichaam de lift uit, sprong eroverheen en ramde met een vinger op de knop van de derde verdieping.

Te langzaam. De berg zou nu elk moment kunnen gaan bezwijken onder hevige explosies.

De lift gleed grommend omhoog. Shannon vervloekte de hitte die langs zijn rug omhoog kroop. Woede vertroebelde zijn gedachten. Wat als Abdullah hem op de derde verdieping verdekt stond op te wachten? Had hij *daar* al over nagedacht? Nee. Het enige wat hem interesseerde, was dat hij de man wilde doden, een blind verlangen dat als gesmolten lood door zijn aderen vloeide. Acht jaar plannen maken hadden uiteindelijk tot dit moment geleid.

En wat als Abdullah daar helemaal niet zou zijn?

Shannon knarste met zijn tanden. De bel rinkelde kort en de deur opende zich voor zijn uitgestoken wapen.

De gang was leeg.

Hij stapte de gondel uit en besefte dat dit waanzin was, nog voor hij de lift uit was – eerst doen en dan denken.

De gang was leeg. Hij had witte muren en daarin waren twee bruine deuren aangebracht. Shannon rende naar de eerste toe en pakte de Browning over naar zijn linkerhand. De deur zat op slot. De C-4 in de helikopters kon nu elk moment exploderen. Grommend tegen een plotseling opborrelende paniek deed hij een stap achteruit, joeg een kogel door de deurknop en trapte hard tegen de deur. Die knalde open en hij sprong met uitgestoken wapen naar binnen.

Het drong nauwelijks tot hem door wat hij zag. Een soort opslagruimte. Wat wel tot hem doordrong, was dat Abdullah hier niet was.

Shannon draaide zich om en rende naar de tweede deur toe. Deze keer probeerde hij de deurknop niet eens. Hij schoot eenvoudigweg het slot aan barrels en trapte hem open. Hij vloog door de deuropening en dook meteen in elkaar, waarbij hij zijn wapen een snelle boog door het kantoor liet beschrijven.

Aan de ene kant een bureau dat was afgeladen met papieren en een hoge boekenkast aan de andere kant. Het kantoor was leeg! Onmogelijk!

Shannon stond op en wist even niet wat hij hiervan moest denken. Dat kon maar één ding betekenen: Abdullah was ontsnapt! Er begon een gegrom op te borrelen in zijn keel, dat naar buiten kwam als een woeste grauw. Er golfde een rode waas door zijn gedachten, die hem tijdelijk verblindde.

Hij keek weer naar het bureau. Er lag een boek over nucleaire principes met de kaft naar boven op het bureaublad. De bom.

Ja, de bom.

Aan de andere kant van het kantoor begon een klein raam te trillen en hij realiseerde zich dat de explosies waren begonnen. En toen kwam het geluid, zware klappen die de grond onder zijn voeten lieten trillen.

En op dat moment namen zijn instincten het over. Hij boog zich voorover, griste een tapijtje van de houten vloer en rende het kantoor uit. Wanneer de benzinetank zou gaan, zou het hele complex instorten. Geschreeuw bij de volgende detonatie. Nog steeds in de hangar, dacht hij. De helikopters waren bezig uit elkaar te spatten.

Hij drukte op de liftknop en de deuren sprongen open. Plotseling schudde de gondel hard heen en weer en hij besefte dat een van de ladingen in de kelder te vroeg was afgegaan. Als de lading in de tunnel zou afgaan, was hij er geweest.

De lift zakte knarsend een verdieping en gaf toegang tot de tunnel waarin de transportband zich bevond. Shannon dook uit de lift en sprintte bij de fabriek vandaan. De grond schudde opeens van een aantal explosies en de lampen boven hem knipperden en gingen uit. De benzinetank was geëxplodeerd! De grotten zouden om hem heen instorten!

Hij zette alles op alles. Dertig meter voor hem, in het donker, wachtte de vrachtlift, die nu zonder stroom zat. Maar hij kon nog wel omhoog klimmen naar de pijp.

Hij was er ineens. De verticale tunnel werd vaag verlicht door de vlammen die in het laboratorium ver achter hem raasden. Hij sprong over de railing en greep het stalen frame dat in de liftschacht was aangebracht. Hij gooide het tapijtje over zijn schouder en klauwde zich een weg naar boven, in de wetenschap dat de explosieven in de tunnel elk moment zouden kunnen afgaan.

En toen gebeurde dat ook, met een verschrikkelijk gedonder. Steen verkruimelde en viel langs hem heen. Shannon zwaaide het tapijt de pijp in en krabbelde zelf ook over de rand heen, voor de tweede keer in net zoveel dagen. Deze keer zou hij op zijn buik gaan – hij had geen tijd om een andere positie aan te nemen. Het tapijt begon te glijden en de stalen liftconstructie achter hem werd losgerukt van het gesteente.

Shannon greep zich met beide handen aan het tapijt vast en viel in de richting van de rivier, ver beneden hem.

41

'Het lijkt erop dat zich misschien, en ik wil het woord *misschien* even duidelijk benadrukken, ergens in het zuiden van Florida nog een bom bevindt.' De president zag er op televisie nogal bleek uit, ondanks de makeup die CNN haastig had aangebracht, dacht David.

Het ging dus echt gebeuren. En hij hoorde ervan samen met de rest van de afdeling – nee, samen met de rest van het land. Hij had wel iets verwacht, maar niet zoiets. Het was stil in de vergaderzaal.

'Het is van het allergrootste belang dat mensen die zich in een omtrek van tachtig kilometer van de noordelijke pier bevinden, zich zo spoedig, maar wel zo kalm mogelijk, via de aangewezen routes naar het noorden begeven. Dit is natuurlijk alleen maar een voorzorgsmaatregel en we kunnen ons geen paniek veroorloven. Ik kan niet genoeg benadrukken hoe belangrijk het is dat u niet in paniek raakt. Er wordt echt alles aan gedaan om met zeer gespecialiseerde sensors de omgeving uit te kammen. Als zich nog een kernwapen in de buurt van Miami bevindt, zullen we hem vinden. Maar we moeten de voorzorgsmaatregelen treffen die Homeland Security heeft bepaald.'

De president praatte verder, maar er fluisterde nog een stem door Davids gedachten. Het was Casius, die hem vertelde dat hij maar beter even kon verdwijnen. Ver weg. En dat betekende dat Casius meer wist, of in elk geval vermoedde, dan wie dan ook van hen.

Terwijl alle ogen op Miami waren gericht, voer een in de Verenigde Staten geregistreerde klipper met de naam *Angel of the Sea* door de Intracoastal Waterway, die beter bekendstond als Chesapeake Bay. Het was een van de honderden schepen die zich die dag op het water bevonden. Het kleine vrachtschip had de reis van de Bahama's naar Curtis Point – net ten zuiden van Annapolis en op een steenworp afstand van Washington – al tientallen keren gemaakt, elke keer met een keur aan geïmporteerde goederen aan boord, meestal ook met een lading exclusief hout.

De eigenaar van het schip – in de plaatselijke cafés bekend onder de naam John Boy – was behoorlijk rijk geworden van zijn handel. Of om precies te zijn, had het *extra* werk dat hij met de *Angel of the Sea* verrichtte dat gedaan.

Voor elke week dat John Boy heen en weer voer naar de Bahama's, dealde hij twee weken in coke. De prijs die hij Abdullah ervoor betaalde, lag twee keer zo laag als wat de andere dealers ervoor moesten neertellen – het voordeel van een nieuwe route.

Hij vond het prima. Hoe minder hij betaalde, hoe meer winst hij maakte. En als je keek naar hoe soepel deze tochtjes verliepen, kon het nauwelijks veiliger. Nee, hij had zelfs al een paar keer naar de kustwacht gezwaaid terwijl hij door de baai voer. Ze kenden John Boy allemaal.

John Boy had net aan het roer een biertje opengetrokken toen het nieuws over de kernexplosie voor de kust van Florida hem bereikte. Hij staarde een half uur lang naar de radio en zijn bier was lauw geworden. Hij had daar nog geen vierentwintig uur geleden zelf gevaren. Als hij in Freeport was gestopt, zoals zijn gewoonte was, dan zou hij… nu geroosterd zijn. Letterlijk. Maar Ramón had erop gestaan dat hij deze keer meteen door zou varen.

'Zo zie je maar weer, John Boy', mompelde hij in zichzelf. 'Leven en laten leven, en sterven wanneer het je tijd is.' Zo had hij altijd geleefd.

'Niet te geloven.' De volgende keer zou de een of andere gek misschien wel een bom laten afgaan in de hoofdstad. Misschien werd het tijd om eens naar het westen te vertrekken.

Hij wierp een blik op de kaart die voor hem lag uitgespreid. Als het weer zo bleef, zou hij over vier uur bij Curtis Point zijn, voor anker gaan in de baai en dan snel naar huis verdwijnen. De boomstam met de goederen zou deze keer maar moeten wachten. Hij wachtte hoe dan ook altijd tot alle ogen hun interesse voor het schip hadden verloren voor hij die laatste stam uitlaadde – minstens achtenveertig uur. Maar nu met dat gedoe in Florida…

'Niet te geloven.'

Abdullah kwam net de ondergrondse tunnel uit, met de geblinddoekte priester achter zich aan, toen de berg begon te beven. Om hem heen kwam de jungle tot leven en Abdullah bukte diep om niet door tientallen vliegende beesten te worden geraakt. De ontsnappingsroute achter de boekenkast was al vanaf het begin zijn eigen idee geweest, maar hij had altijd gedacht dat hij hem zou gebruiken om uit handen van zijn eigen mannen of van Jamal te blijven, niet van de een of andere huurmoordenaar van de CIA. Hoe dan ook, hij had juist gehandeld door Ramón naar beneden te sturen om af te rekenen met Casius.

De Caura stroomde bijna een kilometer naar het zuiden. Hij had de knop op Yuri's zender ingedrukt en als alles goed was gegaan, was de bom aan boord van de *Lumber Lord* geëxplodeerd. Maar was dat zo? Hij knarste met zijn tanden en wilde wanhopig graag weten of het echt was gebeurd.

Andere dingen deden er nu niet toe. De tweede bom zou spoedig ook afgaan en er was niets wat hem tegenhield.

Eigenlijk was er niets wat hem *kon* tegenhouden.

Ja, zo was het, nietwaar? Hij had de codes, maar hij had ze niet uit zijn hoofd geleerd. En nu waren ze in rook opgegaan, door de stommiteit van die Amerikaan. Dus niemand kon die tweede bom meer tegenhouden. Behalve Jamal, natuurlijk. Maar Jamal was er niet om hem tegen te houden. Hij hoefde er nu alleen nog maar voor te zorgen dat hij uit deze jungle wegkwam.

Hij huiverde en onderdrukte de neiging om het tweede signaal te sturen, waardoor de andere bom zou afgaan, voor het geval de eerste had gefaald. Abdullah sloot zijn ogen. De tweede bom zou geschiedenis schrijven – niet dat inferieure stuk vuurwerk dat hij hun had gestuurd. De tweede bom bevond zich dicht genoeg bij Washington om de CIA te vernietigen. En de hoofdstad. Door die gedachte zwol er een zacht gegrom op in zijn borst.

Hij dacht erover om de priester neer te schieten en hem hier achter te laten. Dat zou veel eenvoudiger zijn dan hem meenemen. Maar een andere gedachte hield hem tegen. Er liepen nog meer mensen rond, degenen die over de sensordraad waren gelopen. Amerikaanse militairen. Een gijzelaar zou van pas kunnen komen. Hij zou hem verder stroomafwaarts doden, waar de Caura en de Orinoco samenkwamen.

42

Zondag

David Lunow tuurde vanaf tienduizend voet hoogte vanuit een militair transportvliegtuig naar Miami en vond het net een octopus, met lange tentakels van voortkruipende auto's die zo snel mogelijk de stad wilden ontvluchten.

Gebaseerd op de verslagen van de Nationale Garde gaf de situatie op de grond een nieuwe betekenis aan het begrip 'chaos'. Twintig miljoen stedelingen hadden op aandringen van de president en na het zien van televisiebeelden van het zwartgeblakerde strand van Daytona Beach hun biezen gepakt. De straten waren binnen enkele uren helemaal verstopt geraakt door claxonnerende auto's. En tussen de stilstaande auto's door baanden fietsers zich zigzaggend een weg. En de fitste bewoners waren te voet gegaan. Uiteindelijk werd de exodus geleid door de hardlopers. De rest van het transport stond vast of kwam alleen maar stapvoets vooruit.

En waar zouden ze allemaal naartoe gaan?

Naar het noorden. Gewoon naar het noorden.

David wierp een blik op zijn horloge. Tien uur. Aan de overkant van het gangpad staarde Friberg samen met Mark Ingersol uit een ander raampje. David trok de aandacht van Ingersol en wees met zijn duim naar buiten. 'U weet best dat ze daar nooit op tijd weg kunnen komen.'

Eén van de wenkbrauwen van de man ging omhoog. 'Ze doen het beter dan ik had gedacht. Als ze wat hersens onder hun schedeldak hadden, zouden ze uitstappen en gaan lopen.'

'Voor de duidelijkheid, meneer, wil ik even zeggen dat ik denk dat we dit niet goed aanpakken. We zouden ook noordelijker moeten zoeken.'

'Dat had je al gezegd. Maar we hebben al niet eens de tijd om Miami te doorzoeken en dan wil jij dat we ons ook nog gaan verspreiden? We hebben een dreigement ontvangen waaruit blijkt dat zich ergens in Miami een bom moet bevinden. Ik weet niet eens of we wel een keuze hebben.'

Hij had ergens wel gelijk, natuurlijk. Maar dat voorgevoel van David bezorgde hem de kriebels. Het vliegtuig maakte een bocht en begon aan een snelle afdaling naar Miami International. Ze waren het enige vliegtuig dat arriveerde en binnen tien minuten stonden ze op de grond.

De lucht leek dikker dan David zich herinnerde en hij vroeg zich af of de explosie op zee het weer had beïnvloed. Ze werden de terminal in geleid waar de ernstig kijkende grijze luitenant John Bird hen met uitgestoken hand tegemoetliep.

'Ik hoop dat u wat informatie voor ons hebt', zei Bird, die iedereen snel de hand schudde. 'Ik heb duizenden mensen over het zuiden van Florida verspreid, maar we hebben geen idee waar we naar moeten zoeken. Een tekening of een beschrijving zou welkom zijn.' Hij sprak zonder te glimlachen. Aan de wallen onder zijn ogen te zien had hij al een tijdje niet geslapen, dacht David.

'Als ik wist waarnaar jullie op zoek waren, had je dat al geweten, nietwaar?' De toon waarop Friberg sprak, leverde hem een boze blik op van de officier van de Nationale Garde.

'Vertel maar wat je hebt', zei Friberg.

Bird aarzelde maar een moment voor zijn verslag er in staccato uit ratelde. 'We doorzoeken elke haven ten zuiden van de explosie met eenheden van tien man met geigertellers. Tot nu toe hebben we niks gevonden. We controleren elke opslagruimte die wacht op inspectie van de douane, maar zoals ik al zei, gaat het nogal traag zonder specifieke beschrijving. We hebben elke lading geïsoleerd die de afgelopen drie dagen is binnengekomen en we zijn alle leveringen aan het natrekken, maar nogmaals, we tasten in het duister. Al wisten we maar de afmetingen van dat...'

'Maar we *weten* de afmetingen niet. En hoe zit het met de sporen van de DEA? Hebben jullie de verdachte drugsroutes al nagetrokken?'

'Nog niet, meneer. We...'

'Nog niet? Ik dacht dat de DEA daar een topprioriteit aan had gegeven. Die terroristen opereren vanuit een drugsregio, luitenant. Denk je ook niet dat het logisch zou zijn als ze de drugsroutes zouden gebruiken?' Het gezicht van de directeur werd rood. 'Geef me de inlichtingenafdeling van de DEA.'

'Yes, sir.' Bird keek Friberg enkele momenten zwijgend aan.

'Nu, luitenant.'

Bird draaide zich om en beende weg in de richting van de deur.

'Neem me niet kwalijk, meneer', zei David. 'Maar hebben we al weer contact weten te leggen met Casius?'

Friberg draaide zich naar hem om. 'Wat heeft Casius hiermee te maken, Lunow? Als we contact met hem hadden weten te leggen, was hij al dood geweest, of niet?'

'Misschien. Misschien ook niet.'

Fribergs neusvleugels verwijdden zich.

'Maar ik had het over zijn kennis van de situatie, niet over zijn eliminatie. Hebt u al een oproep naar hem verzonden?'

'Het is een losgeslagen agent. We zijn van plan hem te doden, niet om hem op te vrijen. En we hebben ook niet bepaald een privélijn naar het hoofd van de man.'

'Hij is in contact geweest met die terroristen! Misschien heeft hij wel alle informatie die u nodig hebt', wierp David tegen. 'En als u contact met hem zou willen, denk ik dat een paar heli's met luidsprekers aan boord een goed begin zouden zijn. Maar u zit er niet echt op te wachten dat hij hierbij betrokken raakt, of wel?'

Friberg beefde toen hij antwoordde: 'Je gaat te ver, Lunow! Maar ik heb geen tijd om me bezig te houden met je gebrek aan gezond verstand. We zitten met een deadline.'

De directeur keerde David de rug toe en beende naar het raam.

'Ingersol!', snauwde hij.

Ingersol wierp David een boze blik toe en volgde de directeur naar het raam. Bird kwam binnenstormen met het verslag van de DEA in zijn handen. Hij liep naar de mannen bij het raam.

David slikte. 'We zijn er geweest', mompelde hij. 'We zijn er geweest en dat weten ze.'

Shannon krabbelde de oever van de Orinoco op en voelde een diepe wanhoop die hij zelden had gevoeld. Dit was hetzelfde vacuüm dat acht jaar geleden aan zijn hart had gezogen – de leegte waarvan hij vermoedde dat die tot zelfmoord kon leiden.

Zijn rug deed behoorlijk pijn en hij vroeg zich af of zijn huid misschien aan het ontsteken was. Hij bevond zich ruim vijftien kilometer van de plek waar hij Tanya op de oever van de Caura had achtergelaten.

Shannon bleef even op de oever staan en zijn handen hingen druipend langs zijn zijden. Voor het eerst in acht jaar was het hem niet gelukt een man te doden die hij achtervolgde. Abdullah was ontsnapt.

Hij balde zijn vuisten, keek omhoog naar de berg en begon te lopen. Hij zou dit afmaken. Dat was het enige dat hij kende, dit verlangen om te doden. En het ging niet alleen om Abdullah, nietwaar? Hij zou het hun allemaal laten zien.

Dit gevoel kon nooit veel verschillen van wat een gevangen dier voelde, die onophoudelijk tegen de betonnen muur aan bonkte, tot het bloed uit zijn kop liep.

Shannon knipperde het zweet uit zijn ogen en baande zich een weg door het struikgewas. Het interesseerde hem niet wie hem nu zou horen. Als dit zijn laatste missie zou zijn – het zij zo. Het zou een passend einde zijn – sterven terwijl hij de man doodde die zijn moeder het leven had ontnomen.

Ben je klaar om te sterven, Shannon?

Tanya.

Haar gezicht doemde op in zijn gedachten, door de zwarte mist heen. Een blondine van zeventien jaar oud, die van het klif af in zijn armen dook. Een vrouw van vijfentwintig die vlak achter hem door de jungle rende. Zijn beeld werd troebel en hij gromde.

Je bent een dwaas, Shannon.

Hij stond stil, greep met beide handen zijn hoofd beet en was opeens doodsbang. Hij stond te beven op het pad. Waar was hij mee bezig? Wat had hij *gedaan*?

De zwarte mist daalde langzaam neer over zijn gedachten.

Er stuiterde een gedachte door zijn hoofd. Een beeld van een lemmet dat over Abdullahs hals gleed. Hij beefde nogmaals, maar deze keer met een vertrouwde hunkering.

Shannon liet zijn handen weer zakken en begon te rennen. Hij zou eerst Abdullah doden.

43

Tanya lag verzonken in een droomloze slaap toen ze een klap in haar maagstreek kreeg. Ze kwam hoestend overeind. Boven haar werd er geschreeuwd.

'Opstaan!'

Een klap tegen haar rug. Ze krabbelde overeind op haar knieën. Boven zich zag ze een silhouet, van achteren beschenen door de middagzon. Haar hoofd tolde, alsof ze zou flauwvallen. Maar het gevoel ging voorbij en ze knipperde met haar ogen.

De man, met een grijze streep in zijn haar, stond vals grijnzend over haar heen gebogen. Abdullah. Ze herkende hem onmiddellijk.

In zijn rechterhand lag een zilverkleurig pistool. Een kleine aluminium kano die was vastgelegd aan een stuk steen, dobberde op het water achter hem. Het witte overhemd van de man was bruin geworden van de modderige rivier en aan zijn zwarte schoenen koekte de modder. Hij had zijn broek een beetje schoon kunnen houden door de pijpen op te rollen tot boven zijn sokken, waardoor harige benen zichtbaar werden die duidelijk in geen jaren de zon meer hadden gezien. Het rafelige litteken op zijn wang krulde mee met zijn grijns. Hij was met de rivier mee komen drijven, wat betekende dat Shannon hem niet had kunnen vinden.

'Nou, nou, wat een verrassing. De vrouw van de huurmoordenaar', zei Abdullah. Zijn tong leek donker toen hij sprak, als een paling die zich verborg in een donkere spelonk. Zijn vochtige lippen beefden spastisch.

'Het lijkt erop dat je uiteindelijk toch zult sterven.' De ogen van de Arabier glinsterden zwart en uitpuilend in hun kassen, en Tanya had het vermoeden dat hij was doorgedraaid. Ze stond langzaam op.

En toen zag ze Petrus, die geblinddoekt in de modder naast de kano neerknielde. Zijn handen waren achter zijn rug gebonden.

'Vader Petrus!' Ze bewoog zich instinctief naar hem toe.

'Houd je kop!' Abdullah raakte haar tegen haar schouder en ze viel op haar achterwerk.

Ze krabbelde weer op. 'Wat heb je met hem gedaan?'

'Het is al goed, Tanya.' De stem van de priester klonk hees.

Tanya? Kende hij haar echte naam?

Abdullah glimlachte geamuseerd. 'Jij wilt je priester, is het niet? Ja, natuurlijk. Je staat op het punt om te sterven en nu wil je een priester.' Hij draaide zich om naar de rivier. 'Priester, kom hier.'

Petrus verroerde zich niet.

'Kom hier!', schreeuwde Abdullah. 'Ben je soms doof?!'

Petrus zag kans op te staan en strompelde naar hen toe. De Arabier deed ongeduldig een paar stappen naar hem toe en sleurde hem mee. Petrus viel naast Tanya neer.

Ze rukte zijn blinddoek af en gooide die opzij. Petrus knipperde tegen het felle licht en ze hielp hem overeind te gaan zitten.

Abdullah keek naar hen met een geamuseerde blik op zijn gezicht. Het leek erop dat hij even niet wist wat hij zou gaan doen. Hij hief zijn zwarte ogen op en bestudeerde de boomtoppen rond de open plek. 'Waar is je ventje nu? Niet hier, hè? Nee. Zo snel is hij niet. Maar hij komt wel. Hij komt gegarandeerd zijn liefje halen.'

Alstublieft, God..., begon Tanya haar gebed, maar ze wist niet wat ze verder moest zeggen.

Abdullah liet zijn ogen nogmaals op haar rusten. Hij gebaarde met zijn pistool naar haar. 'Weet je wat ik heb gedaan?'

Er stond zo'n pure slechtheid in zijn ogen te lezen, dat Tanya het meteen wist. De bom. Hij had de bom in haar visioen laten exploderen. De angst sloeg haar om het hart.

'Ja?' Een schuine grijns tilde zijn linkerwang omhoog, die zonder litteken. Er liepen straaltjes zweet langs zijn slapen. 'Weet je dat?'

'Jij bent de duivel', zei ze.

Zijn glimlach was meteen verdwenen. Zijn ogen staarden haar woest aan. 'Houd je kop!' Er bleef wat speeksel aan zijn onderlip hangen.

Ze keek naar de priester, die naast haar zat. Ze maakten oogcontact en die van hem stonden helder. Er lag een milde glimlach op zijn lippen. Ze knipperde met haar ogen en kreeg een brok in haar keel.

Ze keek op naar Abdullah. 'Jij bent de handlanger van satan.'

De hand van de Arabier waarin het wapen lag, begon te beven toen ze met iets meer zelfvertrouwen zei: 'Ja, ik weet wat je hebt gedaan. Je hebt een atoombom laten exploderen.'

Dat verraste hem. 'Heeft hij gewerkt?'

Wist hij dat niet? 'Ik denk het wel.'

'En hoe weet jij dat dan?'

'Ik heb het gezien', zei ze eenvoudigweg. 'In een droom.'

Hij hield zijn hoofd een beetje scheef en bestudeerde nauwkeurig haar gezicht. 'Je hebt het dus gezien, hè? En wat heb je nog meer gezien?' Zijn mondhoeken krulden weer iets omhoog. 'Zie je ook wat er nu gaat gebeuren?'

Ze aarzelde. Ze wist alleen dat het prettig zou zijn als Shannon nu tussen de bomen vandaan zou komen. En hij hoefde haar ook niet per se te redden, hoewel dat best redelijk zou zijn, maar ze wilde gewoon dat hij hier zou zijn. Shannon.

'Ik weet zeker dat jij wilt doden', zei ze.

Hij knipperde. 'En lukt dat?'

'Weet ik niet.'

'Dan weet je helemaal niks.'

'Ik weet dat jij dood bent.'

'Houd je kop!', schreeuwde hij. Zijn stem echode tussen de bomen door.

Ze keek langs hem heen naar de bosrand. *Shannon, hoorde je dat, liefste? Kom snel. Alsjeblieft, onze tijd raakt op.*

Mijn liefste?

'Als je nog een keer iets zegt, dood ik hem', zei Abdullah, terwijl hij zijn wapen op Petrus richtte.

Ze keek hem aan. 'Je kunt hem niet doden.'

Abdullahs gezicht beefde van woede.

'Dan zou hij het schot horen. Mijn Shannon zou het horen', zei Tanya.

De zwarte ogen van de Arabier leken hol te worden van pure haat. Twee gaten die in zijn schedel waren geboord.

'Ga op je buik liggen.'

Petrus protesteerde. 'Alsjeblieft, ik moet…'

'Houd je kop!'

Tanya aarzelde en deed toen wat haar was opgedragen. Ze voelde zijn knie in haar rug en ze wachtte tot er iets zou gebeuren. En toen keerde haar angst weer terug. Een paniekerige doodsangst die als witheet lood door haar beenderen werd geperst. Ze werd misselijk en beeldde zich in dat zijn mes zich naar haar keel bewoog en haar slagaders doorsneed.

244

Oh, God, alstublieft! Red me alstublieft! Haar hart bonkte in haar keel en haar spieren stonden zo strak als een snaar. Achter haar werd Abdullahs ademhaling zwaarder.

En toen stond Abdullah simpelweg op en liep hij weg.

Tanya bleef een volle minuut op haar buik liggen voor ze zich bewoog. Petrus zat nog steeds naast haar en staarde naar de rivier. Ze volgde zijn blik. Abdullah zat twintig meter verderop gehurkt op de rivieroever. Hij staarde naar voren en naar achteren wiegend naar hen, zijn wapen losjes in zijn hand.

Tanya drukt zich op tot ze zat en keek Abdullah aan.

'Vader Petrus?'

Hij antwoordde zonder zich naar haar om te draaien. 'Ja, Tanya?'

'Ik… het spijt me heel erg, vader.'

Hij draaide zijn hoofd om en trok een wenkbrauw op. 'Spijt? Dat hoeft niet, hoor. We zijn aan de winnende hand. Zie je dat niet?'

'Aan de winnende hand? We zitten ver bij alles en iedereen vandaan en er zit een gek met een pistool naar ons te staren. Ik geloof niet dat ik u hele-maal volg.'

'Om eerlijk te zijn, volg ik het geloof ik ook niet helemaal. Maar ik weet wel het een en ander. Ik weet bijvoorbeeld dat jouw ouders twintig jaar geleden naar deze jungle zijn geroepen zodat jij vandaag hier zou zijn. En ik weet dat in mijn vaderland Bosnië veertig jaar geleden een jong meisje met de naam Nadia is gestorven zodat *ik* hier vandaag zou zijn.' Hij produceerde een glimlach. 'Dit gaat onze pet ver te boven, lieve meid.'

'Mijn ouders zijn *vermoord*, vader.'

De priester keek naar het bladerdak links boven zich en zuchtte. 'Die van mij ook. En misschien gebeurt met ons wel hetzelfde. Net zoals alle disci-pelen van Christus.'

Het duizelde Tanya. Iets in haar binnenste maakte haar duidelijk dat dit gouden woorden waren. Haar beeld vertroebelde.

'Gods schaakspel', zei ze.

Ze verwachtte dat hij haar op haar gemak zou stellen. Dat hij hierover met haar zou discussiëren. Maar dat deed hij niet.

'Ja.'

Een volle minuut lang staarden ze alleen maar wat tussen de bomen door, luisterden naar de vele krekels en voelden de starende blik van Abdullah vanaf de rivieroever. Hij zat nog steeds neergehurkt en wachtte op iets. Hij was krankzinnig.

'U beweert dus dat mijn ouders zijn gestorven zodat ik in die kist terecht zou komen en mijn leven aan God zou toevertrouwen, zodat ik daarna terug zou komen om hier op de rivieroever te gaan liggen om te sterven.'

'Misschien wel. Of zodat je iets zult doen wat alleen jij maar kunt doen.' Hij keek haar aan. 'Weet jij wat dat zou kunnen zijn?'

Daar moest ze even over nadenken. 'Het klinkt idioot, maar misschien wel om… van Shannon te houden.'

'De jongen.'

'Ja, de jongen. U kent hem beter als Casius. De huurmoordenaar.'

De ogen van de priester werden groot. 'Casius.' Zijn mondhoeken gingen iets omhoog. 'Natuurlijk.'

Haar ogen werden vochtig. 'Misschien vindt u het niet echt logisch, maar mijn hart huilt om hem.'

'Dus dan maakt hij ook deel uit van dit hele gebeuren.'

'Ik hield van hem.'

'Ja, maar er is meer.'

'Wat dan?'

'Ik weet het niet. Maar er gebeurt niets zonder reden. Als je het mij vraagt, werden ook *zijn* ouders naar de jungle geroepen, zodat hij kon worden wie hij is.'

'Een huurmoordenaar? Dat lijkt me niet echt iets wat God heeft gedaan. Maar u beweert dus dat een van de redenen dat God onze ouders naar de jungle heeft gebracht, was dat Shannon en ik verliefd op elkaar konden worden en dat we zouden worden wat we nu zijn, voor iets wat te maken heeft met… die terroristische aanval op de Verenigde Staten.'

'Het schaakspel. Wat ik wil zeggen, is dat de duisternis iets in zijn schild voerde en dat God dat allang wist. Ja, dat gebeurt duizenden keren per dag.'

'Maar wat als mijn ouders niet hadden geluisterd naar de roepstem van God?'

'Dan zou jij niet verliefd zijn geworden op Shannon, toch?'

'En wat als Helen me niet had overgehaald om terug te gaan naar Venezuela?'

'Dan… dan zou jij niet in staat zijn geweest om Shannon weer lief te hebben.'

'En?'

Hij zweeg even. 'Ik zou het niet weten.'

Ze kreeg een brok in haar keel en ze slikte een keer stevig. 'Een deel van me houdt nog steeds van hem. Maar hij is veranderd. Ik weet niet goed hoe ik van hem moet houden.'

'Houd op dezelfde manier van hem als waarop er van jou wordt gehouden,' zei hij.

Ze keek Petrus aan en hij hield haar blik lange tijd vast. Hij liet zijn wenkbrauwen een paar keer op en neer gaan. 'Ik kende een priester die ooit stierf voor een dorp. Hij werd gekruisigd. Zou jij de liefde willen voelen die hij voelde, Tanya?'

Liefde voelen? 'Ja,' zei ze.

Petrus glimlachte en sloot zijn ogen.

Tanya wendde haar blik af. Abdullah zat nog steeds op dezelfde plek en staarde naar hen. De vogels zongen nog steeds in de hitte van de middag. Er waaide een warme wind over haar heen, zwaar van de geur van gardenia's. Zoals van de gardenia's rond Helens huis. Die uit Bosnië.

Tanya's hart bonkte. Ze voelde dat de geur haar neus binnendrong en toen haar longen in stroomde. Er raasde een hitte door haar botten. Net een elektrische schok.

Ze hapte naar adem en viel achterover op het gras.

De euforie volgde vrijwel onmiddellijk en verzwolg haar helemaal – een extase die ze nooit eerder had gevoeld. Alsof er drugs in haar zenuwen waren geïnjecteerd. Gods liefde die door haar heen stroomde.

Maar het waren niet haar zenuwen of haar botten of haar vlees. Het was haar hart. Nee, niet haar hart, omdat haar hart niet meer was dan een verzameling spieren.

Het ging om haar ziel. Dat ding in haar borstkas dat zich lang geleden had verstopt. Haar ziel was bezig aan een serie salto's. Hij sprong en draaide en schreeuwde het uit van genot.

Ze spreidde haar armen wijduit op het gras en lachte hardop, door en door bedwelmd door die liefde. Ze voelde warme tranen over haar wangen rollen, alsof er een kraan was opengedraaid. Maar het waren tranen van extase. Ze zou haar leven geven om in een meer van die tranen te kunnen zwemmen.

Op dat moment wilde ze exploderen. Ze wilde een verloren gewaande wees opzoeken en hem een hele dag lang stevig tegen zich aan drukken. Ze wilde haar tranen nemen en die op de wereld sprenkelen. Ze wilde geven.

Alles geven, zodat iemand anders dit gevoel ook zou hebben. Zo'n soort liefde was het.

En toen zweefde er een beeld van een kruis door haar gedachten en ze hield haar adem in. Haar armen lagen nog steeds uitgespreid, maar haar ademhaling was gestopt. Er hing een man aan het oprijzende hout te bloeden. Het was een priester. Nee, het was Christus! Het was God. Het was zijn liefde. Dit kwam allemaal bij Hem vandaan, die tranen van vreugde, die euforie die door haar botten had geraasd, haar ziel die salto's maakte – allemaal door zijn dood aan dat hout.

Het beeld werd als een roodheet merkijzer in haar gedachten geschroeid. En toen was het verdwenen.

Tanya bleef liggen waar ze lag en schokte van het huilen. Ze huilde omdat haar geheugen voor het eerst begon op te klaren. Het doel van haar leven lag voor haar, kristalhelder en adembenemend mooi. Alles klopte. En niet zomaar, nee, het klopte als een bus. En nu ze hiermee werd geconfronteerd, was er van haar niet veel meer over dan een… jankend hoopje vlees.

Ja, er was iets vreselijks gebeurd. Maar daar ontfermde God zich verder over. Daar hoefde zij zich verder niet druk om te maken. Wat nu van belang was, was dat Christus van haar had gehouden. Van haar hield.

Dat ze was geroepen om zelf lief te hebben.

Shannon, oh Shannon! Wat schrijnde haar hart vanwege hem. Het was net alsof die ene ademhaling, die geur, haar een liefdestransfusie had gegeven. Liefde voor Shannon.

Tanya lag nog steeds op haar rug en staarde door haar tranen heen naar de zon. Ze was zich er nauwelijks van bewust dat Petrus zachtjes naast haar zat te huilen. De jungle was in de middaghitte in slaap gevallen. De gedachte dat de loop der geschiedenis lag ingekapseld in de boezem van een jonge vrouw die zich midden in de jungle bevond, terwijl de rest van de wereld op zijn kop stond, leek absurd. Hoog boven haar klapwiekte een ara loom door de blauwe lucht. Hij leek geen enkele interesse te hebben voor die mensen bij de rivier. Misschien zag hij hen niet eens.

Tanya sloot haar ogen en haar gedachten vulden zich weer met het beeld van een lange, gespierde man die haar hierheen had gesleept – Shannon Richterson.

Vader, ik zal doen wat U van me vraagt. Ik doe alles voor U. Ik zal van hem houden. Breng hem alstublieft terug bij mij.

Zou je voor hem sterven, Tanya?

Tanya hoorde iets ritselen en deed net op tijd haar ogen open om te zien hoe een grijnzende Abdullah naar haar uithaalde met zijn pistool. De kolf raakte haar hoofd, waarna haar wereld explodeerde en alles zwart werd.

Tegen de tijd dat David Lunow zijn meerderen het vliegtuig in volgde en ze opstegen van Miami International, hadden ze nog drie uur te gaan voor de vierentwintig uur van de Broederschap afliep. En de mensen van Bird hadden nog niets gevonden.

De Bell helikopter steeg langzaam op en vloog toen in noordelijke richting weg, over verlaten straten heen. Ze zagen nog enkele achterblijvers in het centrum en verder naar het noorden werden de snelwegen afgesloten, om elke terugkeer van de gestrande automobilisten te voorkomen. Er werd één ding erg duidelijk toen de helikopter het gevaar ontvluchtte: als er een andere bom verder landinwaarts zou exploderen, zouden er heel wat burgers sterven, ondanks de evacuatie. Een miljoen. Misschien zelfs wel meer. En als de bom in een andere stad zou afgaan, nog veel meer.

David keek naar Ingersol en zag dat de man wat vaag naar hem zat te staren. 'Als dat ding afgaat, zijn jullie er geweest. Ik hoop dat u dat beseft.'

Voor het eerst sinds dit was begonnen, reageerde Ingersol niet.

'Jullie zijn er hoe dan ook geweest.'

Nog steeds geen reactie.

'Als jullie een week geleden naar mij hadden geluisterd, zou die eerste explosie er misschien niet eens zijn gekomen en gingen we er nu niet vandoor. Iemand zal de klap moeten opvangen.'

Toen hij op zijn derde opmerking nog geen reactie kreeg, keek David weer uit het raam.

'God sta ons bij', mompelde hij. 'God sta ons bij.'

Van de bijna driehonderd miljoen mensen die in de Verenigde Staten woonden, waren degenen die het zuiden van Florida uit vluchtten, de enigen die niet naar de real time satellietbeelden van het zuiden van Florida keken.

Het was een gebeurtenis die de rest van het wereldnieuws uit de ether drukte. De steden in de buurt van Miami waren verlaten, de ziekenhuizen waren geëvacueerd en de lucht boven Florida was verboden terrein. Het was daar beneden een plunderparadijs en niemand leek het iets uit te maken. Zelfs de plunderaars niet. Ook die hadden het te druk met naar het noorden rijden.

De nieuwslezers lieten hele volksstammen experts aan het woord, die urenlang allerlei speculaties door de microfoons stamelden. En uiteindelijk keek iedereen met ogen vol wanhoop in de camera.

Iemand in het Witte Huis had gelekt over de deadline van vierentwintig uur en elk televisiestation had een klok in beeld, die aftelde tot het moment dat de bom zou afgaan. Met enkele seconden verschil gaven de klokken allemaal een tijd weer van een uur en achtendertig minuten.

John Boy zat een sandwich in zijn huis in Shady Side te eten en keek hoofdschuddend naar NBC. Alle zeehavens waren gesloten, maar gelukkig pas nadat hij het anker had laten zakken. Het was de terroristen dus uiteindelijk gelukt.

Het schip van John Boy, de *Angel of the Sea*, lag in het rimpelloze water en als iemand met zeer geavanceerde afluisterapparatuur zou hebben geluisterd, zouden ze misschien de elektronische pulsjes hebben opgevangen van het elektronische aftelmechanisme in het ruim. Maar niemand luisterde naar de *Angel of the Sea*. Er *dacht* zelfs niemand aan het schip.

Behalve Abdullah, natuurlijk.

En Jamal.

44

Verloren lopend in zijn waanzin, zich nauwelijks bewust van zichzelf, kwam Shannon aan bij de oever waar hij de vrouw had achtergelaten.

De zon neigde al naar de horizon. Voor hem lag een eindeloze zee van gebladerte en ergens eronder kroop een eenzame man voor hem weg. De Arabier Abdullah. Dit was gekkenwerk. Ze waren allebei gek.

Maar diep in zijn geest, voorbij de waanzin, bleef een aaneengeschakelde serie beelden zichzelf steeds maar weer herhalen, waardoor Shannon ondanks alles in beweging bleef. Beelden van een groen gazon en op het pad zijn vader. En naast zijn vader de weggeblazen muur met het raamkozijn waarin zijn moeder had gezeten. Zijn vader was zojuist in tweeën geschoten en het hoofd van zijn moeder was verdwenen. En in de vliegmachine boven hem zat Abdullah te grijnzen. En naast Abdullah duizenden mannen in bruine maatpakken, met een plastic grijns op hun gezicht.

De kilometers gleden geleidelijk onder zijn voeten door, in een bonkende monotonie. Maar zijn gedachten waren absoluut niet monotoon – meer alsof de hel was losgebarsten.

Terwijl zijn voetzolen de kilometers aftelden, voegden zich een paar nieuwe beeldjes bij de videoclip die in zijn gedachten werd afgespeeld. Een jonge vrouw die gevangen zat in een kist en gilde, terwijl haar vader boven haar de kogels opving.

Tanya.

Ze had hem met haar nagels vastgegrepen. Hij kon de beelden niet van zich afschudden. Het leek er zelfs op dat ze zich bij elke voetstap dieper ingroeven, als speren met weerhaakjes.

Ze was nog net zo mooi als op de dag dat hij haar voor het laatst had gezien, zwemmend in het water onder de waterval. Er zweefden oude herinneringen door zijn gedachten. Tedere momenten die totaal misplaatst leken in zijn gedachten. Momentopnames van een sprookje met een happy end. Bladzijden gevuld met gelach en tedere omhelzingen. Heerlijke kussen. Haar dat door de wind tegen een schitterende hals werd geblazen. Zachte woorden die in zijn oor werden gefluisterd.

Ik hou van je, Shannon.

Zijn ogen vulden zich met tranen en hij gromde voor hij zijn tanden op elkaar klemde en de tranen wegveegde.

Abdullah, Abdullah, Shannon. Denk aan Jamal. Denk aan het plan.

Tanya, oh, Tanya. Wat is er gebeurd? We hadden een paradijs.

Maar Abdullah had dat voor hun neus weggekaapt. En de CIA. Ze zouden allemaal sterven. Allemaal.

Shannon rende onder het bladerdak door en vocht wanhopig tegen de vreselijke pijn die in zijn keel bleef haken. En toen begonnen de jaren van discipline het te winnen. Hij was naar deze jungle toe gekomen om te doden. Hij had acht lange, kwellende jaren gewacht voor de perfecte timing en dat was nu.

Sula…

Hij liet zijn hoofd iets zakken en speelde in zijn gedachten de brute moord op zijn ouders af, waarbij hij elke kogel isoleerde en toekeek hoe die zich in hun lichaam begroef. Bij elke voetstap een nieuwe kogel. Bij elke ademhaling sloegen de rotorbladen van de heli door de lucht. Een mes langs zijn keel zou te barmhartig zijn voor Abdullah. Zijn dood zou een langzame worden. Zijn bloed moest lang blijven vloeien.

Toen Shannon aankwam bij de plek waar hij Tanya had achtergelaten, was hij zich nauwelijks bewust van zijn eigen bestaan. Hij zwom door een zwarte mist.

Hij naderde de plek vanuit het zuiden, tussen hoge bomen en een schaarse bodembedekking door. Het gemurmel van stromend water droeg ver in de stilte. Er speelde een zacht briesje over het gras.

Tanya lag in het gras.

Shannon hield halt.

Ze lag op haar rug, midden op het grasveld. Niet dat hij had verwacht dat ze druk bezig zou zijn geweest, maar een van haar benen lag opgevouwen onder haar – een vreemde houding om in te slapen.

Shannon bestudeerde snel de bosrand. Hij rook aan de lucht maar had de wind in zijn rug. Ze zou kunnen slapen, nog steeds uitgeput van de lange tocht door de jungle.

Hij zag bij elke ademhaling haar borst op en neer gaan. Hij bleef lang naar haar staan kijken en de pijn in zijn keel keerde terug.

Lieve Tanya, wat heb ik gedaan? Wat heb ik je aangedaan? Hij sloot zijn ogen. Toen hij ze weer opende, was zijn beeld vertroebeld.

Je bent gewond, mijn lieve Tanya. Het feit dat hij dat dacht, dat hij die woorden gebruikte – *lieve Tanya* – maakte een stortvloed van emoties in hem los. *Er werd een speer door je hart gestoken toen je nog een gevoelige vrouw was. En nu heb ik hem nog dieper geduwd. Ik wilde het je alleen maar laten zien, Tanya. Kun je dat begrijpen? Doden is het enige dat ik heb. Dat is wat Sula me heeft gegeven. Dat wilde ik je laten zien. Ik wilde je niet kwetsen.*

Shannon leunde tegen de hoge Yevaro-boom naast zich en liet de pijn door zich heen rollen. De geluiden uit de jungle vielen weg en hij wentelde zich in deze vreemde gevoelens. Het veld lag in een surreële stilte voor hem en Tanya lag vredig in het gras. En hij stond aan de rand ervan en hunkerde naar bloed, als een smerig monster dat vanuit de schaduwen naar een onschuldige schoonheid gluurde.

Hij hield zich aan de boom vast en voelde zijn lichaam schokken door een droge snik.

Dit was de eerste keer dat hij zo'n verwoestend verdriet voelde. Ze lag daar zo onschuldig, ademend als een kind, en hij... had haar bijna gedood.

Dood haar, Shannon.

Hij knipperde met zijn ogen. De mist zweefde door zijn geest en heel even dacht hij dat hij stervende was. Haar doden? Hoe kon hij er zelfs maar aan denken dat hij haar zou doden?

Sula...

Shannon sloot zijn ogen en slikte hard. Hij liep de open plek op en zag de donkere plek in haar haar toen hij halverwege was.

Zijn instincten namen het meteen over, zelfs voor hij duidelijk op een rijtje had dat er bloed aan haar hoofd kleefde. Hij dook en had zijn mes al in zijn handen voor hij het gras raakte.

'Sta op, dwaas!', sneerde een stem over de open plek heen.

De stem. Er liep een rilling over Shannons rug.

Tanya ademde nog steeds – de wond was niet fataal geweest. Ze was alleen maar bewusteloos geraakt door een klap tegen haar hoofd. En nu stond Abdullah naar hem te schreeuwen.

'Sta op of anders schiet ik die vrouw van je neer!'

Abdullah was hier! In die duizenden vierkante kilometers jungle was hij over Tanya gestruikeld. Het kwam natuurlijk door de rivier. Hij had de rivier genomen, zoals de meesten zouden doen. De krokodillen hadden haar niet te pakken gekregen, maar Abdullah wel.

Shannons geest was al teruggekropen in zijn moordenaarshuid. Nu zou hij Abdullah doden. En dat zou hij doen waar Tanya bij was.

Hij stond langzaam op en zag Abdullah tussen de bomen vandaan stappen, terwijl hij een man bij zijn kraagje meesleepte. De priester! Hij had Petrus.

Shannon vervloekte zijn eigen onvoorzichtigheid. Hij had Abdullah het voordeel van de verrassing gegeven. Het was de waanzin die hem dwarszat, de stemmen die door zijn hoofd schreeuwden, die belachelijke gevoelens – ze hadden hem verzwakt. En nu werd hij geconfronteerd met een man met een vuurwapen in zijn handen, op een afstand van twintig meter, zonder dat hij ook maar enige dekking in de buurt had.

De terrorist ontblootte een rij witte tanden en dwong de priester te knielen. Het hoofd van Petrus knikte heen en weer – hij was nauwelijks bij bewustzijn.

Hij bewoog zijn wapen in de richting van Tanya. 'Laat je messen vallen. Langzaam. Heel erg langzaam. En denk maar niet dat ik haar niet zal doden. Je hoeft maar één keer met je ogen te knipperen en ze is er geweest. Begrepen?' Hij hield het wapen een meter bij Tanya's uitgetelde lichaam vandaan, dat nog steeds lichtjes op en neer ging in een diepe slaap.

Shannon knarste met zijn tanden. Als hij snel genoeg bewoog, kon hij het mes onderhands gooien en Abdullah in zijn keel raken. Vanaf deze afstand kon hij de man gemakkelijk doden. Hem laten bloeden als een rund.

Maar Abdullah zou de tijd hebben om de trekker over te halen. Als het wapen op hem gericht zou zijn geweest, zou hij de kogel hebben kunnen ontwijken, maar Abdullah hield het wapen op Tanya gericht.

'Laat vallen, die dingen!'

Elke spier in Shannons lichaam smeekte hem het mes nu te gooien. Hij aarzelde nog een laatste seconde en liet het mes toen vallen. Het landde met een zachte plof op de grond. Hij klemde zijn kaken op elkaar.

'En het andere. Of zijn er nog twee andere?' Weer die grijns.

Shannon boog zich langzaam voorover en haalde de Arkansas Slider uit een enkelschede. Hij gooide hem opzij. Het mes landde op de bowie en gaf een metalen *kleng!*

'Draai je langzaam om.'

Shannon wierp een blik om zich heen. Zijn gedachten draaiden overuren om alternatieven te bedenken, maar ze wilden op het ogenblik niet erg vlot komen. Hij draaide zich om zoals Abdullah hem had bevolen. Als hij de man binnen handbereik zou kunnen krijgen, zou hij hem kunnen doden zonder het leven van de vrouw in gevaar te brengen. Snel, voor de slager de tijd had om te beseffen dat hij hem te slim af was geweest. Of langzaam, om hem de tijd te geven zijn dood te voelen aankomen.

'Draai je om.'

Toen Shannon zich omdraaide, trapte Abdullah Tanya in haar ribben. Shannon stopte abrupt met draaien.

'Terug!', gilde Abdullah. Er verschenen spetters speeksel op zijn lippen. In zijn gespannen hals werden dikke aderen zichtbaar.

'Ik zei dat je je langzaam moest bewegen. De volgende keer jaag ik haar een kogel door haar dij.'

De Arabier was snel. Erg snel. Hij had de reactie van Shannon aan zien komen – of zelfs uitgelokt – en reageerde erg snel. Als een slang.

Tanya bewoog bij de volgende trap in haar middel. Ze kreunde en drukte zichzelf omhoog op haar knieën. Op haar ene slaap zat een dun straaltje geronnen bloed.

Dood hem, Shannon. Dood ze allebei. Dood ze allemaal.

Hij haatte die gedachte.

Tanya stond op en keek Abdullah aan. Ze had Shannon nog niet gezien. De priester zat nog steeds geknield en met gesloten ogen tussen hen in.

'Draai je eens om en heet onze gast welkom.' Abdullah grijnsde met een kinderlijk plezier om zijn getapte opmerking.

Tanya draaide zich om. Heel erg langzaam. Alsof ze droomde.

Hun blikken kruisten elkaar. Haar ogen waren blauw en rond, zoals hij zich herinnerde van de poel. Haar lippen weken van elkaar. Diezelfde lippen die hem hadden gekust, op de rotsen langs de poel. Er was iets veranderd in haar gezicht sinds hij haar hier had achtergelaten. Hij zag er meer in dan een noodkreet. Eigenlijk was het helemaal geen noodkreet.

Shannons hart stopte enkele lange momenten met kloppen. Ze trok hem mee naar de poel en hij wilde met haar mee.

De Arabier deed een stap opzij en glimlachte naar hen. 'Nu zijn jullie weer samen, toch?' Hij gooide een klosje hengelsnoer naar Tanya. 'Bind hem aan handen en voeten! Weet je hoe dat moet?'

Ze schudde haar hoofd.

'Natuurlijk niet.' Hij gaf een ruk met zijn pistool naar Shannon. 'Bind hem vast.'

Shannon keek naar Abdullah en zag dat er in zijn ogen een vuur brandde. Hij keek weer naar Tanya. Ze liep naar hem toe en hield zijn blik vast. Ze staarde hem aan als een kind dat opkijkt naar een goochelaar die een truc doet – met groot ontzag. Alsof de laatste acht jaar niet meer waren dan een van die levendige dromen van haar en ze voor het eerst naar hem keek nadat ze wakker was geworden.

Om haar mondhoeken speelde een flauwe glimlach.

'Shannon', zei ze en haar zachte stem echode door zijn gedachten.

'Houd je kop!', gilde Abdullah. Zijn stem klonk luid over de open plek en een zwerm papegaaien vloog geschrokken op. Abdullah hield zijn wapen op haar gericht en deed een paar stappen opzij om haar bij te houden.

'Heb ik tegen je gezegd dat je tegen hem moest praten? Nee, ik had gezegd dat je hem moest vastbinden!' Hij maakte met zijn vrije hand een belachelijke cirkelvormige beweging. 'Bind zijn handen achter zijn rug en aan zijn enkels.'

Shannon zag haar met verbijstering naderen. Ze hoorde de Arabier nauwelijks, dat besefte hij nu wel. Hij had honderden mannen onder extreme druk bestudeerd, meestal een extreme druk die hijzelf veroorzaakt had. En hij wist één ding: Tanya was zich nauwelijks bewust van de man rechts van haar. Ze werd helemaal in beslag genomen door *hem*, door Shannon.

Dat besef deed hem duizelen.

Ze was nu bij hem aangekomen en staarde hem aan. Ze liet haar blik naar zijn hals zakken, naar zijn schouders, en zijn borst, en bestudeerde elke spier alsof ze die voor het eerst zag. Teder, als een geliefde.

'Bind hem vast!'

Er schreeuwde een stem door Shannons gedachten, ergens helemaal achterin, waar zijn oren het nauwelijks hoorden, maar zijn geest boog zich voorover van de pijn.

'Bind mijn handen achter mijn rug en wanneer ik neerkniel, bind je ze vast aan mijn enkels', zei Shannon met bevende stem. Hij wilde plotseling huilen. Zoals hij een paar minuten geleden had gehuild. Wat was er met hem aan de hand?

Tanya.

Sula. Beide namen worstelden in zijn gedachten om de overhand.

Hij dacht niet langer net zo helder na als hij een week geleden nog deed.

Tanya trok haar blik los van hem, nog steeds met die zachte glimlach op haar gezicht. Ze gleed om hem heen en nam zijn handen in de hare. Hete naalden prikten door zijn botten en hij voelde zijn vingertoppen beven.

Ze raakte hem heel teder aan; voelde zijn vingers, zijn handpalmen. Ze liet haar vingers langs zijn armen glijden. Ze sprak tegen hem met haar tedere aanraking. Zijn hart bonkte als een wilde.

Bind me vast, Tanya. Bind me alsjeblieft vast.

Ze wikkelde het hengelsnoer losjes om zijn polsen en raakte nog steeds lichtjes zijn handen aan, streelde zijn handpalmen. Ze legde een paar knopen en hij knielde neer. Ze knielde ook en trok de lijn onder zijn enkels door.

Hij voelde haar warme adem tegen zijn schouders terwijl ze bezig was en over hem heen leunde. Een zware bloemengeur – gardenia's – drong zijn neus binnen en hij huiverde een keer.

Wat gebeurt er met me?

Dood haar, Shannon! Dood haar, ruggengraatloos gedrocht!

Hij liet zijn hoofd naar één kant knikken. Het werd stil op de open plek. Zelfs de wind leek zijn adem in te houden. Tanya's huid kwam dichterbij en raakte toen lichtjes zijn rug aan. Zijn spieren huiverden door haar aanraking.

Hij kreeg een brok in zijn keel en een vreselijk moment lang was hij bang dat hij in tranen zou uitbarsten. Gewoon zomaar.

Lieve Tanya, wat heb ik je aangedaan? Het spijt me zo.

Dood haar! Dood…

'Shannon', fluisterde ze.

Hij bevroor.

Ze fluisterde het nog een keer, nauwelijks hoorbaar, maar toch teder. 'Shannon, ik hou van je.' Haar adem streelde zijn schouder en vulde zijn longen.

Muskusachtig en zoet. Gardenia's.

Zijn laatste restje zelfbeheersing verdween toen hij haar geur rook. Ze ademde haar liefde in hem. Hij werd helemaal slap – alles behalve zijn hart, dat wanhopig tegen zijn ribben aan hamerde.

En toen was ze klaar met vastbinden.

'Ga bij hem vandaan', zei Abdullah.

Tanya bewoog zich niet. Misschien had ze hem niet eens gehoord.

Abdullah krijste nu. 'Ga bij hem vandaan!'

Tanya stond langzaam op en deed een stap opzij. Abdullah stapte op Shannon af en trok het snoer strak aan. Shannon beet op zijn lip tegen de pijn en raapte zijn gedachten bij elkaar. Elke hoop die hij had om zichzelf te bevrijden uit Tanya's losse boeien, vervloog.

Abdullah sprong weer achteruit en lachte als een hyena. 'Zo, varken. Nu is het helemaal niet moeilijk om je te doden, of wel?'

Hij greep Tanya en duwde haar terug naar het midden van de open plek. Ze struikelde naar voren en draaide zich met een woeste blik naar hem om. Heel even dacht Shannon dat ze tegen Abdullah zou gaan staan schreeuwen. Maar het moment ging voorbij en ze verschoof haar blik weer naar hem.

Abdullah stond tussen hen in en deed een stap achteruit om zijn slachtoffers te bekijken. Hij zette zijn voeten uit elkaar en grijnsde breed.

Hij likte het speeksel van zijn lippen, pakte zijn wapen over met zijn linkerhand en toen weer terug. 'Tjongejonge.' Hij wierp een blik op zijn horloge. 'We hebben de tijd. Weet je wat ik heb gedaan, huurmoordenaar?'

Tanya staarde Shannon weer aan en was zich niet meer bewust van Abdullahs bestaan. Haar figuur vervormde door de tranen in zijn ogen.

'Ik heb in jouw land een kernwapen tot ontploffing gebracht, gringo. En zeer binnenkort gaat de tweede af. Binnen het uur zelfs. En niemand kan dat tegenhouden.'

Shannon staarde de man uitdrukkingsloos aan.

'Ik heb de macht en de wereld kan niets uitrichten.' Hij hief een vinger op naar Shannon. 'De enige code waarmee het aftellen kan worden gestopt, heb jij vernietigd toen je het complex in de berg opblies.'

'Shannon.' Dat was Tanya, die weer met die zachte, bedeesde stem sprak. 'Vergeef me. Het spijt me zo.'

Abdullah keek met een ruk naar links. 'Houd je kop!'

Shannon knipperde de mist uit zijn ogen en had het gevoel alsof hij zou instorten door de waanzin van haar woorden.

Tanya negeerde Abdullah. 'Ik weet nu het een en ander, Shannon. Ik weet dat ik ben gemaakt om van je te houden. En ik weet dat jij het nodig hebt dat ik van je houd. Ik weet dat ik altijd van je heb gehouden en dat ik je nog steeds wanhopig liefheb.'

Abdullah deed drie grote stappen naar haar toe en sloeg haar hard tegen haar wang. Het kletste gewoon.

Er borrelde een hete woede omhoog in Shannon. Hij gromde en rukte woest aan zijn boeien. Tanya's gezicht werd felrood. Maar haar glimlach bleef.

'Laat haar met rust!', schreeuwde Shannon. 'Raak haar nog eens aan en ik ruk je hart uit je lijf!'

Er schoot een hevige pijn door zijn rug en zijn hoofd tolde, en hij wist dat dat door Sula kwam. Hij sloot zijn ogen tegen de pijn.

'Shannon.' Ze begon weer te praten en haar woorden waren balsem voor zijn ziel. 'Shannon, weet je nog dat we samen in de poel zwommen?'

Hij opende zijn ogen.

De Arabier stond er met stomheid geslagen bij.

Shannon herinnerde het zich.

'Weet je nog hoe ik in je armen viel? En hoe je mijn lippen kuste?'

Haar diepblauwe ogen keken hem recht aan.

De Arabier verschoof met een ruk zijn blik naar Shannon en was uit evenwicht.

Tanya negeerde hem. 'Weet je dat het voor vandaag was dat we toen van elkaar hielden? Dit ging verder dan wij twee, Shannon. Onze ouders zijn voor deze dag gestorven.'

Haar woorden sloegen nergens op, maar haar ogen en lippen en stem – ze doken allemaal tegelijk boven op hem. Haar adem leek zich weer naar hem uit te strekken.

Ze hield van hem met een intensiteit waarvan hij niet eens wist dat die bestond. Het bloed trok weg uit zijn hoofd en hij liet haar woorden over zich heen spoelen.

Ze zei iets waardoor Abdullah een stap achteruit deed.

'We maken deel uit van Gods plan, Shannon. Echt. Net als Rachab, Gods troefkaart.'

Shannons gedachten waren één grote maalstroom.

'Die liefdesbanden zijn nooit verbroken geweest. Zeg tegen me dat je van me houdt, Shannon. Zeg het alsjeblieft.'

De druk op zijn borst voelde aan als een dam die op het punt stond door te breken. De tranen liepen over zijn wangen. Zijn hartslag bulderde in zijn oren en zijn gezicht vertrok van de diepe innerlijke pijn.

'Ik hou verschrikkelijk veel van je, Shannon.'

Ik hou van je, Tanya.

Een bal van pijn rolde in zijn borst omhoog en werd steeds groter.

Dood haar...

'Nee!'

De pijn bulderde in zijn oren en heel even dacht hij dat hij bewusteloos zou raken. De tranen liepen over zijn gezicht en hij schudde met zijn hoofd. 'Neeeee!' Hij schreeuwde tot zijn longen leeg waren en snakte naar adem. 'Nee, ziek gedrocht. Ik *hou* van haar!' Tussen de snikken door haalde hij hortend en stotend adem. Hij zoog zijn longen vol, trok zijn hoofd achterover en schreeuwde uit volle borst naar de lucht.

'Ik hou van haaaaaar!'

Zijn kreet echode door de jungle, waardoor alle geluiden stilvielen.

En toen knalde er een bal van pijn door zijn schedeldak. Zijn spieren spanden zich tot het uiterste en lieten hem toen los. Hij kreunde en zakte in elkaar.

Heel even was hij zich niet bewust van de wereld om zich heen. De rivier stopte met ruisen, de grond drukte niet langer tegen zijn knieën en de wind leek te zijn bevroren. En toen begon zijn geest langzaam uit zijn hol omhoog te kruipen.

'... wanneer ik iets zeg, *meen* ik dat ook!' De Arabier stond te schreeuwen en zijn gezicht was helemaal rood. Shannon keerde zich naar Tanya, die achter hem stond. Tanya? Hij voelde zich vreemd, alsof hij een andere wereld was binnengestapt. Of een wereld uit.

Tanya! Waar was ze mee bezig? Ze glimlachte naar hem.

Hij begon zacht te snikken. 'Ik... ik hou van je, Tanya', zei hij. Hij zat daar op zijn knieën als een kind dat was verdwaald. 'Ik hou van je. Ik hou zo veel van je. Het spijt me. Het spijt me zo.'

'Houd je kop!', schreeuwde Abdullah.

Ze begon te huilen. 'Sst... nee, niet huilen, Shannon. We zijn weer samen. Het is goed. Alles zal nu goed komen.'

'Tanya', snikte hij. 'Oh God!', jammerde hij. 'Vergeef me. Ik zat er zo naast! Oh, God, help me!'

En wat heb je dan gedaan, Shannon? Waar ben je geweest en wat heb je gedaan? Paniek borrelde in hem op. *Ik moet...*

Beng!

Het schot echode tussen de bomen door en Shannons ogen vlogen open. Petrus lag op zijn zij en er lekte bloed uit een hoofdwond. *Oh, lieve God, wat heb ik gedaan?*

Tanya huilde.

'Houd je kop!', zei Abdullah voor de zoveelste keer en zijn gezicht straalde pure razernij uit. Hij sprong op Shannon af. Er glinsterde een mes in zijn rechterhand. Hij haalde flink uit en sneed Shannons borst open tot op zijn ribben.

Shannon plofte op zijn achterste en zijn hoofd tolde.

De Arabier beefde van top tot teen. Zijn zwarte ogen fonkelden. Hij stond over hem heen gebogen als een dolle hond over een konijn. Hij haalde uit en sneed nog een keer – over Shannons schouder.

Shannon kreunde. Een golf van misselijkheid spoelde door hem heen. Hij keek smekend naar Tanya. Niet om hulp, maar om liefde.

'Ik hou van je, Tanya', zei hij.

De tranen biggelden stilletjes over haar wangen, terwijl haar mond de woorden vormde: *Ik hou van je, Shannon.*

De Arabier haalde nogmaals uit en er spetterde speeksel van zijn lippen. Het mes raakte Shannons borst voor de tweede maal en vormde een soort kruis. En weer ging zijn arm naar achteren.

'Sula!' Tanya's stem sneed door de stilte van de open plek.

De Arabier tolde om zijn as, zijn arm nog steeds omhoog. Shannons gedachten waren er maar half bij. De andere helft bedacht dat hij iets moest tegenhouden. Iets wat alleen hij kon tegenhouden.

Tanya staarde Abdullah aan. Ze had hem *Sula* genoemd. Haar mondhoeken gingen langzaam omhoog. 'Ik ken jou. We hebben elkaar al een keer ontmoet. Weet je het nog? Jij heet Sula en dat betekent dood.'

Ja, de dood. Bij sommigen bekend als Sula. Bij anderen als Lucifer. Dat was één en dezelfde persoon. Abdullah stond er als versteend bij. Hij had het pistool in zijn ene hand en in de andere het bloederige mes. Zijn gezicht trok wit weg.

Tanya stond daar met haar armen langs haar zijden en haar houding gaf aan dat ze nieuwe moed had gevat. 'En wat nu, Sula?'

De Arabier sjokte moeizaam drie stappen naar voren. Hij staarde met stomheid geslagen naar Tanya.

'Je weet dat ik niet kan toestaan dat je hem doodt', zei Tanya zacht.

De wereld leek langzamer te gaan draaien. En alles leek op zijn kop te staan. Hij moest iets tegenhouden. Iets wat veel erger was dan dit. En zij schiep de mogelijkheid om dat te doen.

Abdullah trilde nu als een espenblad. Op de een of andere manier had deze aanvaring tussen hem en Tanya een schakelaar overgezet.

Tanya spreidde haar armen en glimlachte nog steeds nauwelijks zichtbaar. 'Je hebt dit al eerder gedaan, nietwaar?'

En toen schreeuwde Shannon: 'Abdullah! Neem mij! Laat haar met rust!'

Hij trok aan zijn boeien en voelde ze in zijn huid snijden. Bloed uit de wonden in zijn borst en schouder liep langs zijn buik naar beneden.

De Arabier keek hem aan en zijn gezichtsspieren huiverden. Hij liet het pistool langs zijn lichaam hangen.

'Nee, neem mij', zei Tanya. Ze had haar armen opgeheven om een kruis te vormen.

De Arabier draaide zijn hoofd om en richtte in één vloeiende beweging zijn pistool op haar hoofd. De wereld viel uiteen in vage beelden. Tanya richtte twee grote blauwe ogen op Shannon en straalde pure liefde uit.

Ze ging haar leven voor hem geven!

En toen verloor Shannons geest elke samenhang. Hij sprong op en liet de vislijn knappen. De jungle krijste.

Zijn hoofd raakte Abdullahs rug en het pistool schokte in diens hand. *Beng!*

Vanuit zijn ooghoeken zag Shannon Tanya staan, haar armen wijd uitge-spreid en haar hoofd achterover geknikt. Abdullah had haar geraakt! Hij had Tanya geraakt!

De jungle krijste nog steeds – lange, wanhopige uithalen die in zijn oren gonsden.

En toen raakte de Arabier de grond en Shannon kwam met zijn volle ge-wicht op zijn rug terecht. Hij schoof zijn knieën naar voren, zodat hij de borst van de man ingeklemd hield. Zijn linkerhand had Abdullahs zwarte haar gevonden. Hij griste zijn bowie-mes achter Abdullahs riem vandaan. En toen drong het tot hem door dat het gebrul uit zijn eigen keel voort-kwam en niet uit de jungle.

Heel even dacht Shannon dat ook hijzelf gestorven was. Zijn lichaam was om zijn ziel heen weggezogen en er was alleen nog maar een lege holte overgebleven. Maar hij wist dat dat niet waar kon zijn, want hij schreeuwde nog steeds. 'Neeeee! Neeeee!' Meer niet. Steeds maar weer opnieuw.

En toen realiseerde hij zich pas dat Tanya niet viel. En dat besef nam hem alle wind uit de zeilen en hij hield zich in.

Abdullah verdween voor dat moment even uit beeld. Met een ruk keek hij op en staarde in Tanya's blauwe ogen. Ze liet haar armen zakken.

Ze leefde nog. Shannons arm begon te trillen.

'Maak hem niet dood, Shannon.'

De Arabier hoestte onder hem.

Shannon haalde zwaar adem en zijn longen brandden. Zijn werelden kwamen met elkaar in aanvaring. Enkele seconden lang verroerde niemand zich.

Hij liet Abdullahs haar los. Hij zou deze vrouw over het klif volgen als ze dat zou willen.

Je moet het tegenhouden, Shannon. Alleen jij kunt het tegenhouden.

Hij griste Abdullahs pistool van de grond en krabbelde overeind. 'Tanya! Er is een bom!' Hij versteende door deze vreemde paniek die door hem heen raasde. Hij voelde zich op een vreemde manier leeg, onbewoond.

Tanya, er is een bom? Waar haalde hij *dat* nou weer vandaan?

Ze keek hem verbaasd aan. 'Die is al afgegaan en...'

'Nee. Nog een andere bom!'

Lieve God, wat had hij gedaan?!

Abdullah werkte zich hoestend omhoog op zijn ellebogen. De man had al dood moeten zijn. Maar Shannon was op de een of andere manier veranderd. De zwarte mist was verwenen en dat besef maakte hem duizelig.

Abdullah deinsde langzaam en starend achteruit. En toen draaide hij zich om en strompelde naar de kano.

'Stop!' Shannon hief het pistool op en vuurde in de lucht. 'De volgende is raak.'

De Arabier bleef staan.

Shannon rende naar hem toe. Hij wist niet zeker hoeveel tijd hij nog had, maar dat maakte niet meer uit. Hij zou het halen of niet.

De Arabier draaide zich om en Shannon duwde het pistool onder zijn kin.

'Geef me de zender!'

De Arabier verroerde geen vin. 'Die is nutteloos zonder de code, dwaas. Zelfs ik ken de code niet eens uit mijn...'

'Geef hier dat ding!', schreeuwde Shannon.

Abdullah groef in een van zijn zakken en haalde de zwarte zender tevoorschijn. Shannon rukte het ding uit zijn handen en duwde de man van zich af. Hij draaide hem om, activeerde hem met een schakelaar en staarde naar het numerieke toetsenbordje.

Hij hief een onvaste hand op, toetste een code van vijf cijfers in, drukte op de groene knop aan de linkerkant en wachtte af. Binnen drie seconden knipperde de rode LED bovenop een keer.

Verzending bevestigd.

Tanya was naar hem toe gelopen, met haar armen slap langs haar zijden. De Arabier staarde hem met een bleek gezicht aan.

'Alleen Jamal...'

'*Ik* ben Jamal.'

Abdullahs gezicht werd nog bleker dan het al was. Hij ontblootte met een snauw zijn tanden en vloog toen schreeuwend op Shannon af. Die reageerde zonder er bij na te denken. Hij deed een stap naar hem toe en haalde uit met zijn rechterhand. Abdullah zakte in elkaar als een zak aardappels.

Lange tijd stond Shannon daar alleen maar en staarde naar de gevallen terrorist.

'Ben jij Jamal?', vroeg Tanya. 'Wie is *Jamal*?'

Shannon voelde zijn knieën knikken. En toen deinsde hij plotseling angstig achteruit. 'Jamal', zei hij.

Ze deed een stap naar hem toe. 'Ja, maar wie is Jamal, Shannon?'

Er stroomde een wanhopige neiging door hem heen om weg te vluchten van deze plek. Zijn ledematen begonnen te beven.

'Shannon... Niets van wat Jamal heeft gedaan, verandert iets aan mijn liefde voor jou.' Ze glimlachte.

Dit werd hem te veel. Shannon liet zijn hoofd zakken en barstte in snikken uit.

Ze kwam naar hem toe en legde een hand op zijn schouder. 'Het is goed...'

'Nee!' Hij wendde zich met een ruk van haar af.

'Alsjeblieft...'

Shannon keek haar weer aan en spreidde met een ruk zijn armen. 'Ik ben Jamal! Snap je het dan niet? Die bommen zijn van mij!'

Ze knipperde met haar ogen. Haar gezicht werd bleek.

Hij haalde diep adem. 'Ik heb een eed afgelegd, Tanya... Iedereen die iets te maken had met de dood van... onze ouders – de terroristen, de CIA...' Hij zweeg even. Het klonk absurd.

Ze staarde hem enkele momenten verbijsterd aan. 'Een atoombom?'

Hij keek wanhopig naar haar. 'Sula...', was zijn enige verklaring.

'Hij had jou in bezit genomen.'

Zijn verdriet kookte over en hij wendde zich snikkend van haar af. 'Oh, God... Oh, God', bad hij. Hij hield zijn adem in. Hij liet zich hard op zijn achterwerk op de grond ploffen en verborg zijn hoofd tussen zijn knieën. Haar handen lagen plotseling op zijn schouders en hij wilde ze afschudden.

'Vertel me wat je hebt gedaan', zei ze.

Hij sloot zijn ogen.

'Vertel het me.'

Hoe kon hij het haar nou vertellen?

Hij hief zijn hoofd op en slikte. Hij begon te praten, maar hoorde zichzelf maar half. 'Ik kwam erachter dat de Broederschap Abdullah naar Zuid-Amerika had gestuurd om een bom te fabriceren en de Verenigde Staten in te smokkelen. Dat was de reden waarom ze die drugsroutes hadden opgezet. En de CIA heeft hen geholpen, zonder iets van de bom af te weten. Ze wilden Abdullah uit Colombia weg hebben, dus stelden ze voor dat hij in Venezuela zou beginnen. Dat is de reden dat mijn ouders zijn vermoord. En die van jou.'

'En hoe ben jij dan Jamal geworden?'

'Ik besloot dat de beste manier om hen te vernietigen, was door hun plan over te nemen en daarmee de CIA te vernietigen. Ik haalde de Broederschap over om mij bepaalde delen van het plan te laten coördineren. Ik gebruikte een bestaand plan en heb dat verbeterd.'

'Een bom zou niet alleen de CIA hebben gedood', zei ze zacht.

'Weet ik. Ik weet het niet. Het maakte niet uit.' Hij kon zich nu nauwelijks nog herinneren waarom hij het had gedaan.

De Arabier was gestopt met kreunen en bleef stilliggen, misschien wel bewusteloos. De jungle om hen heen krijste, zich niet bewust van wat hier gebeurde. Ze bleven even stil voor zich uit zitten staren. Zij was verbijsterd en hij was verdoofd.

'Maar het is nu in orde', zei Tanya zacht. 'Als jij niet Jamal was geworden, zou de tweede bom zijn afgegaan.' Ze zweeg even en begon met haar vingers zijn ongeschonden schouder te kneden.

Hij keek haar aan.

'En als ik niet van je had gehouden,' vervolgde ze, 'zou de bom ook zijn afgegaan. Het was allemaal de leiding van God en Hij heeft het kwaad ten goede gekeerd.'

Shannon begreep waar ze naartoe wilde, maar het leek een onmogelijk idee.

'En als onze ouders niet waren gedood?'

Ze knikte. 'Ja, als onze ouders niet waren gedood, zou de bom ook zijn afgegaan. Ze zouden het zonder jou hebben gedaan en de bom zou vandaag waarschijnlijk miljoenen mensen hebben gedood.'

Vanuit zijn ooghoeken nam hij beweging waar en met een ruk keek hij opzij.

Abdullah was al halverwege. Er stond een grauw op zijn gezicht en in zijn rechterhand lag het bowie-mes. Op dat moment begon hij te schreeuwen en was hij nog maar drie meter bij hem vandaan.

Shannon rolde naar rechts, bij Tanya vandaan, greep het pistool stevig beet en kwam op één knie omhoog, zijn wapen opgeheven. Doden was de laatste acht jaar bijna net zo gewoon voor hem geweest als ademhalen. Hij had mensen opgejaagd en afgeslacht en hij had van elke moord genoten. Sula. Maar nu was Sula overwonnen door de liefde en viel het hem moeilijk de trekker over te halen, nu Abdullah als een dolle hond op hem afstormde. Op het laatste moment drukte hij de loop omlaag. Het wapen schokte in zijn hand.

Beng!

De kogel raakte Abdullah in zijn heup.

Door de kracht van de inslag tolde hij om zijn as en landde hij met een dreun op zijn rug.

Shannon liet het wapen vallen en zakte weer neer op de grond. Hij sloot zijn ogen en kreunde. *Was zijn vader hiervoor gestorven? Was zijn moeder hiervoor gestorven, zodat hij degene zou zijn die deze bom kon tegenhouden?*

Was hij hiervoor straalverliefd geworden op een zeventienjarig meisje in de jungle?

Tanya's armen gleden om zijn nek en haar warme adem streelde zijn wang. Ze huilde heel erg zacht.

'Ik hou van je, Shannon. En God houdt wanhopig veel van je.'

Hij sloeg zijn armen om haar heen toen ze haar gezicht in zijn hals begroef.

En toen huilden ze samen, in gedachten teruggevoerd naar de poel, verloren in elkaars omhelzing, verloren in een hervonden liefde.

Epiloog

Een maand later

Tanya stond bij de vierkante eikenhouten tafel wat met haar vingers te friemelen en keek naar de deur waardoor ze Shannon waarschijnlijk naar binnen zouden brengen. Het was haar eerste bezoek aan de Canyon City Correctional Facility en ze hoopte dat het ook direct haar laatste zou zijn.
Helen liet zich met een zucht in haar stoel zakken. 'Niet slecht voor een gevangenis.'
Tanya verplaatste haar gewicht van haar ene op haar andere been. Ja, maar het bleef een gevangenis.
'Maak je geen zorgen, lieverd', zei Helen zacht. 'Van wat je me hebt verteld, zal Shannon weinig problemen hebben om zich hier staande te houden. En trouwens, hij is vrijwel een nationale held. Hij heeft tenslotte de bom tegengehouden! Die kan hier nooit lang zitten.'
'Hij is niet meer wie hij was', reageerde Tanya. 'En ik weet niet precies wat hij nog aankan.'
Tanya was tijdens de tenlastelegging en de daaropvolgende hoorzitting van de *grand jury* bij Shannon gebleven. Het was een vreemde zaak, dat was duidelijk. De media hadden de dag van hun leven met de CIA-agent die eigenlijk Jamal was, de terrorist, die eigenlijk de jongen uit de jungle was die had gezien hoe terroristen, in samenwerking met de CIA, zijn ouders hadden vermoord. Zou de echte Shannon Richterson alsjeblieft willen opstaan?
Als je het aan Jan met de pet vroeg, was de echte Shannon de man die de Verenigde Staten had gered van het vreselijkste terroristische complot dat het internationale terrorisme ooit in elkaar had gedraaid. Goed, door de dood van zijn ouders was hij deel gaan uitmaken van dat complot, maar toen hij eenmaal bij zinnen was gekomen, had hij ook een eind aan dat complot gemaakt. Zonder hem zou er een ramp zijn gebeurd. Dat was wat Jan met de pet zou zeggen. In feite was dat wat het hele land zei.
Maar technisch gezien had Shannon terroristen geassisteerd. Degenen die hij door de jaren heen allemaal had gedood, had hij gedood in dienst van de Verenigde Staten. Maar op de *Lumber Lord* waren dertien mensen gedood als gevolg van de kernexplosie en daar was Shannon medeschuldig

aan. Hoewel dat weer voornamelijk criminelen waren geweest. Maar dat was nog geen geldig excuus voor de man die heel Amerika weer op vrije voeten wilde zien.

Er liep een gewapende bewaker langs het raam aan de overkant van de ruimte waarin Tanya zich bevond en haar hart maakte een sprongetje. De man die achter de bewaker aan liep, was gekleed in oranje gevangeniskleding, zoals elke andere gedetineerde in het zwaar bewaakte gebouw. Maar ze merkte de felle kleur nauwelijks op; ze keek alleen maar naar Shannons gezicht. Naar zijn haar, naar zijn kaaklijn…

En toen was Shannon weer verdwenen. Heel even. De deur zwaaide open en Shannon stapte naar binnen. Zijn groene ogen richtten zich op haar, stelden scherp en bleven strak op haar gericht. Hij stond net voor de deur stil, die weer achter hem werd dichtgetrokken.

Tanya's hart bonkte en heel even bleven ze elkaar aanstaren. Ze wilde naar hem toe rennen en haar armen om hem heen slaan en hem overladen met kussen, maar op de een of andere manier leek dit moment te serieus voor een serie luchthartige kussen. Dit was Shannon, de man voor wie ze terug de jungle in moest, om van hem te houden. De man van wie ze altijd had gehouden. De man die een en al spier was, zo gehard als staal en toch zo zachtaardig als een duif.

Haar Shannon.

Er speelde een schaapachtige glimlach om zijn lippen en Tanya besefte dat hij zich een beetje ongemakkelijk voelde.

'Hoi, Shannon', zei ze zacht.

'Hoi, Tanya.' Er verscheen een brede glimlach op zijn gezicht en hij liep naar hen toe. Ja, dat gebeurde er wanneer hij haar zag, toch? Dan smolt hij.

Zij kwam ook in beweging. Er borrelde verdriet op in haar borst en ze wist dat ze zou gaan huilen. Hij nam haar in zijn armen, waarna ze haar hoofd tussen zijn hoofd en zijn schouder verborg en haar armen om zijn middel liet glijden.

'Het is goed, Tanya. Het gaat goed met me.'

Tanya snoof een keer en moest flink slikken. 'Ik mis je.'

Ze hielden elkaar vast en Tanya had hem het liefst het hele uur vastgehouden. Achter hen ging Helen verzitten. Shannon kuste Tanya's haar en ze gingen tegenover elkaar aan tafel zitten.

'Nou, jongeman, je ziet er in het echt groter uit dan op tv', zei Helen. 'En zeker knapper.'

Shannon bloosde door zijn glimlach heen en wierp een blik op Tanya.
'Het spijt me. Ik had je even moeten voorstellen. Dit is Helen.'
Shannon keek naar Tanya's grootmoeder. 'Dus u bent Helen. Ik heb al veel over u gehoord. Natuurlijk alleen maar goeie dingen. Fijn u te ontmoeten.' Hij knikte naar haar.
'Insgelijks', grinnikte Helen.
Ze wisselden wat nieuwtjes uit en praatten wat over de gevangenis. Tanya vertelde Shannon over de laatste positieve ontwikkelingen bij *Larry King Live*. Shannon maakte een geintje over het eten en praatte goedmoedig over de bewakers. Binnen tien minuten raakten ze uitgepraat over koetjes en kalfjes, en er viel een ongemakkelijke stilte.
Toen ze naar de verlegen, vriendelijke man tegenover zich keek, deed Tanya's hart pijn.
'Je bent nog steeds in de war, Shannon', merkte Helen op.
'Oma', protesteerde Tanya, 'ik weet niet of het daar nu wel het juiste moment voor is.'
Shannon keek naar Tanya en liet toen zijn blik naar het tafelblad zakken.
'Ik kan me nauwelijks nog herinneren wie ik ben geweest', zei Shannon. De kamer leek wel elektrisch geladen. *Je hoeft dit niet te doen, Shannon.*
Hij sloot zijn ogen en haalde diep adem. 'Eigenlijk voel ik me meer verloren dan verward.' Hij keek op naar Helen, die lichtjes glimlachte. Ze leken in elkaars ziel te kijken.
'Vertel me dan wat je je wel herinnert', zei Helen.
Shannon aarzelde en wendde zijn blik af.
'Ik herinner me wel wat er is gebeurd. Het lijkt alleen net of iemand anders al die dingen heeft gedaan.' Hij zweeg even. En toen hij weer verder praatte, was dat vol zelfonderzoek.
'Toen mijn ouders door de Broederschap werden vermoord, is er iets in me geknapt. Ik ben naar de grot gegaan…'
'Sula', zei Tanya. 'Het graf van de medicijnman.'
'Ja. En ik… ik ben daar veranderd.'
'Hoe veranderd?', vroeg Helen.
'Alles werd wazig. Ik kon me nauwelijks herinneren hoe Tanya eruitzag, of mijn ouders. Ik werd helemaal geobsedeerd door de dood. Door doden. En dan vooral degenen die mijn leven hadden geruïneerd.'
'Abdullah en de CIA', zei Tanya. Hij had haar alles al verteld, maar nu ze het hem aan Helen hoorde vertellen, klonk het nieuw. Op de een of andere manier anders.

'Ja, maar meer dan dat.' Hij schudde zijn hoofd en zijn ogen werden vochtig. 'Alles leek bewolkt. Ik haatte alles. Toen ik erachter kwam dat de CIA erbij betrokken was, begon ik alles te haten wat met de CIA te maken had.'

'Maar als je dan door het kwaad werd gedreven, waarom zou je dan Abdullah willen vernietigen, die ook het kwaad belichaamde?', vroeg Tanya.

Hij haalde zijn schouders op. 'Het kwaad maakt geen onderscheid. Binnen een jaar na de dood van mijn ouders ben ik nogmaals de jungle in gegaan, met de bedoeling Abdullah te doden. Ik kwam er toen achter dat de CIA minstens net zo schuldig was als Abdullah. En toen ik hoorde van het plan van de Broederschap om een bom de VS in te smokkelen, besloot ik Jamal te worden en beide in één klap te vernietigen.'

'Waarom heb je hen dan niet gewoon gedood om daarna achter de CIA aan te gaan?', wilde Tanya weten.

Hij keek haar aan. 'Dat was niet genoeg. Ik denk dat ik de hele wereld had kunnen opblazen zonder dat het genoeg zou zijn geweest.' Hij slikte. 'Je moet begrijpen dat ik erg... erg werd opgeslokt door dat gedoe.'

'Hij was bezeten', zei Helen.

Die eenvoudige opmerking veroorzaakte een stilte in de kamer.

'Maar de machten der duisternis waren iets vergeten', vervolgde Helen. 'Of misschien hebben ze het nooit echt begrepen. De Schepper is de absolute schaakkampioen, nietwaar? We begrijpen amper waarom Hij het kwaad zo veel de ruimte geeft, maar uiteindelijk trekt Hij altijd aan het langste eind.' Ze zweeg even. 'Net zoals deze keer.'

'Dat vind ik moeilijk te accepteren', zei Shannon. Er lag een diep verdriet in zijn ogen en Tanya stak een hand naar hem uit. 'Het heeft zo veel... schade aangericht. Het voelt zo onvoorstelbaar aan.'

'Ik heb het zelf ook meegemaakt, Shannon', zei Helen. 'Geloof me, ik heb het zelf ook meegemaakt. Het kwaad is machtig, maar niet zo machtig als Gods genade en vergeving. Je bent bevrijd, kind. En God houdt van je.'

De tranen stonden Shannon in zijn ogen en er rolde er een over zijn rechterwang.

Tanya leunde naar voren en pakte zijn hand in de hare. 'Luister, Shannon. Ik hou verschrikkelijk veel van je. Ik heb altijd verschrikkelijk veel van je gehouden. God heeft mijn ouders naar de jungle gebracht zodat ik stapelverliefd op je kon worden en dat heeft Hij niet voor niets gedaan. Denk je dat het allemaal gewoon een vergissing is geweest?'

Hij schudde zijn hoofd, maar de tranen liepen nu over zijn gezicht.

'En de liefde die ik voor je voel, is maar een fractie van de liefde die *Hij* voor je heeft.'

Zijn schouders begonnen te schokken en plotseling zat hij zacht te snikken. Tanya keek wanhopig naar Helen. Die glimlachte, maar ook in haar ogen stonden tranen.

Tanya keek weer naar Shannon en het viel haar op dat er meer in die tranen lag dan alleen verdriet. Er lag ook dankbaarheid in. En opluchting. En liefde.

Ze duwde haar stoel achteruit, liep om de tafel heen en sloeg haar armen om zijn schouders. Hij liet zijn hoofd tegen haar schouder rusten en beefde over zijn hele lichaam toen hij daar uithuilde. Opeens ging hij overeind zitten en sloeg zijn armen om haar heen.

'Ik hou van je, Tanya.'

'Weet ik, weet ik. En ik hou van jou.'

Ze hielden elkaar vast en huilden. Maar dat was prima. Het was het soort huilen dat hun ziel schoonspoelde en hun hart samenbond. Het soort dat diepe wonden genas. Tranen van liefde.

Op een gegeven moment zag Tanya dat Helen hen alleen had gelaten. Ze zag de oudere vrouw verderop door een groot raam naar de blauwe lucht staan staren. Ze glimlachte. En als Tanya zich niet vergiste, neuriede ze iets. Het was dat oude wijsje dat ze al honderden keren had gehoord.

Jesus, Lover of my soul.

Uiteindelijk kwam het toch altijd weer op de liefde neer, nietwaar?